Inhalt

Ein Versteck für Andy

Es liegt etwas in der Luft.

Joy spürt es genau, irgend etwas wird heute geschehen! Dabei kann sie nicht einmal sagen, ob es etwas Unangenehmes oder etwas Erfreuliches sein wird. Vielleicht sogar etwas ganz Außergewöhnliches? Sie fühlt dieses Kribbeln in der Magengegend – wie vor einer Klassenarbeit, auf die man sich nicht vorbereitet hat. Oder vor der Bescherung am Heiligen Abend, wenn Pop das Weihnachtskonzert von Corelli auflegt und die ersten Töne durch die geschlossene Wohnzimmertür dringen.

Fühlt sich an wie Brandung, denkt Joy. Wie Wellen, die heranrollen und wieder zurückgleiten. Unwillkürlich preßt sie die Hand auf den Magen. Wird es ein Besuch sein? Ein Brief? Eine Nachricht, daß sie den ersten Preis im Waschmittel-Preisausschreiben gewonnen hat, die Reise nach Mallorca?

Oder hat sie etwas ausgefressen und muß vor Allah erscheinen? Allah – Direktor Alfred Lahrner – dem Allgewaltigen, bespöttelt, geliebt und gefürchtet von allen Schülern der Margaretenburg.

Drüben auf dem Sportplatz kriegen sich Tim und Mike in die Wolle.

„Gib doch den Ball früher ab, du Trottel!"

„Konnte ich gar nicht! Es war ja niemand da!"

„Drei Mann waren da, du Flasche! Aber du mußt ja alles im Alleingang machen! Du versaust uns jede Torchance!"

Joy schneidet eine gelangweilte Grimasse und springt aus ihrem Versteck in der großen Blutbuche auf das Garagendach hinunter. Es ist gleich halb drei, Zeit für die Strafexpedition. Sie muß sich bei den anderen sehen lassen. Die beiden Zimmer mit der höchsten Punktzahl für Unordnung sind verdonnert worden, in den Freistunden Pflanzen für den Biologie-Unterricht bei Frau Birger zu sammeln.

Wieder dieses Kribbeln!

Vielleicht stoßen wir auf einen vergrabenen Schatz, denkt Joy. Oder wir finden eine Leiche im Wald! Vielleicht wünsche ich mir ja auch nur, daß in diesem Saftladen mal etwas passiert – und das Flattern im Bauch beruht auf purer Einbildung!

Joy klettert an der Rückwand der Garage auf den Komposthaufen hinunter, springt auf die Erde und schlendert zum Hauptgebäude.

Wie ein riesiges U aus Marzipan und Zuckerguß liegt das Schloß Margaretenburg da, das seit einigen Jahren das Landschulheim für Jungen und Mädchen beherbergt. Es steht unter Denkmalschutz und ist in den Sommerferien frisch gestrichen worden. Weiß und rosa! Sein Aussehen steht in krassem Gegensatz zu seinem Inhalt – der gleicht nämlich eher einem Wespennest. Den ganzen Tag quirlt, lacht, schreit und schimpft es da durcheinander, die Jungen gegen die Mädchen, die Großen gegen die Kleinen,

Lehrer gegen Schüler und umgekehrt. Aber auch wenn sie nicht gegen-, sondern miteinander gehen, ist es nicht viel leiser. Jedenfalls bei den Jungen nicht.

Joy schaut zu den Fenstern des linken Flügels hinauf. Auf den Fensterbrettern hocken die Mädchen wie müde Fliegen, dösen in der Spätsommersonne, lesen oder fummeln an ihren Fingernägeln herum. Und tratschen natürlich.

Die Jungen drüben im rechten Flügel tratschen auch. Aber vor allem machen sie Krach. Das scheint ihre Hauptbeschäftigung zu sein. Wenn unten ein Mädchen oder jemand von den Lehrern vorbeigeht, schmeißen sie Sachen aus dem Fenster, Papierkügelchen oder Apfelreste. Das ist streng verboten, trotzdem ist es ihre zweite Hauptbeschäftigung.

Im Mittelgebäude befinden sich die Gemeinschafts- und Unterrichtsräume, die Krankenstation und das Büro des Direktors.

Mike und Christian kommen vom Sportplatz herüber.

„Typisch! Noch kein Mensch da! Dann hätten wir auch noch weiterspielen können!“ mault Christian.

„Ich bin da! Reicht das nicht?“ Joy blinzelt herausfordernd zu dem langen Blonden hinauf, der mit einem Zipfel seines T-Shirts seine Brillengläser reinigt. „Daß du dich überhaupt herabläßt, mit kleinen Jungen um die Wette nach einem Ball zu treten!“

„Wieso?“ Christian schaut sie verständnislos an. Ohne Brille hat er Augen wie ein Fisch.

„Pah“, macht Joy verächtlich. „Fußball! Höchstens Boxen ist noch primitiver!“ sagt sie und schielt zu Mike hinüber.

Ehe Mike aufbrausen kann, haut ihm jemand von hinten auf die Schulter. Mike zuckt übertrieben zusammen und dreht sich mit schmerzverzerrtem Gesicht um.

„Verdammt, Hexi, du weißt doch, daß ich auf deine Zärtlichkeiten keinen Wert lege. Ich bin ein sensibler Typ“, sagt er mit einem Zentner Weltschmerz in der Stimme.

Hexi läßt ihre Grübchen sehen, ein Anblick, bei dem sämtliche Jungen schmelzen wie Vanille-Eis unter heißer Schokoladensoße. Sie gleicht einem kuscheligen Plüschtier mit ihren schwarzen

Knopfaugen und dem dunklen Wuschelkopf. Und wenn die Jungen sich auch eher die Zunge abbeißen würden, als das zuzugeben – es gibt keinen in der Margaretenburg, der dieses Plüschtier nicht gern auf seinem Weihnachtstisch gesehen hätte.

„Ach hier seid ihr!"

„Wir warten schon seit Stunden!"

Aus der Tür quillt der Rest der Expeditionsmannschaft. Verena, Sabine und Edward.

„Was treibt ihr denn hier! Wir haben uns doch klar und deutlich um drei an der Veranda verabredet!" sagt Sabine klagend.

„Draußen an der Treppe", berichtigt Christian. „Und das ist hier!"

„Wenn ich Treppe sage, meine ich die Verandatreppe!" belehrt ihn Sabine mit empört nach oben gezogenen Augenbrauen.

„Dann mußt du es schon dazusagen."

„Kann ich wissen, daß ich es hier mit lauter geistig Minderbemittelten zu tun habe", meckert Sabine gereizt zurück.

„Frieden, Leute! Nichts als ein Mist-Verständnis! Reicht euch das Patschhändchen und seid wieder gut. Allah ist groß!" besänftigt Mike die beiden Kampfhähne.

„Allah ist groß!" seufzt auch Sabine, und ihre eben noch so giftige Miene zeigt den Hauch eines Lächelns.

Es ist eine Art Zauberformel, die von allen Schülern des Landschulheims Margaretenburg benutzt wird, gleich ob es sich um einen Fünfer in Mathe, einen unerwarteten Einser oder sonst eine gemütserregende Begebenheit handelt.

„Warum suchen wir das Gemüse eigentlich nicht gleich hier im Park?" fragt Edward.

„Hier?" Sabine sieht ihn spöttisch von der Seite an. „Was willst du denn hier schon finden, schau dich doch um!" Sie weist mit großer Gebärde zu dem gepflegten Rasen mit den Blumenrabatten und dem Springbrunnen hinüber. „Unsere Gärtnergruppe hat jede Spur der ‚wildwachsenden Flora auf unseren heimatlichen Wiesen' vernichtet, die wir der Birger bringen sollen. Nichts als Zivilisation weit und breit. Aber ich weiß eine prima Stelle hinter dem

Gutswald, eine Kuhkoppel mit einem Tümpel in der Mitte. Da finden wir jede Menge von dem Zeug."

„Okay, Frau Professor, dann führ uns mal schön."

Die kleine Gruppe setzt sich in Bewegung. Voran Sabine und ihre Freundin Verena, deren Hauptbeschäftigung es ist, schön zu sein. Seit dem Mittagessen hat sie Frisuren ausprobiert. Jetzt trägt sie ihr weißblondes Haar lose über die Schulter fallend, rechts und links von zwei kleinen Zöpfen gehalten, die sie am Hinterkopf mit einem Schleifchen zusammengebunden hat, das in der Farbe zu Bluse und Kniestrümpfen paßt: alles ist himbeerrosa. Hexi, umringt von den Jungen, folgt ihr.

Joy geht wie immer ein paar Meter hinter den anderen her. In den wenigen Wochen, die sie im Landschulheim ist, hat sie noch mit niemandem Freundschaft geschlossen. Sie will es auch gar nicht.

Nein, Joy hat nicht die Absicht, sich auf der Margaretenburg einzuleben. Sie nimmt ihren Aufenthalt hier als eine Art Gefangenschaft hin – eine Strafversetzung, weg von allem, was ihr lieb war. Und lieb waren ihr die Großstadtstraßen mit ihrem Lärm, ihren Geschäften und Eisbuden, den Disco-Läden und Kinos, dem Jugendzentrum mit dem Flipperautomaten. Und vor allem mit den „fliegenden Teufeln" auf ihren Mopeds, ihren heißen Kisten, die von den Erwachsenen beschimpft und von den Jüngeren hemmungslos bewundert wurden.

Freunde – nein, die hat sie eigentlich auch dort nicht gehabt. Aber sie hat sich unheimlich gut gefühlt, wenn Roland, der Anführer der Bande, ihr auf die Schulter klopfte, weil sie nicht mit der Wimper zuckte, wenn er so haarscharf an ihr vorbeisauste, daß sie fast rückwärts aus den Schuhen kippte. Und wenn er ihr dann eine Cola spendierte oder ihr erlaubte, seine Zigarette anzuzünden.

Eines Tages war die Bombe geplatzt. Mami hatte sie durch Zufall mit Roland gesehen. Und als sie dann noch zu spät nach Hause kam, war es aus gewesen. Joy sollte nicht länger den Gefahren der Großstadt ausgesetzt bleiben, man würde sie dem bewährten

Einfluß eines guten Internats anvertrauen.

Alles Jammern und Wüten half nichts. Nachdem Mami und Pop sich erst mal in den Haufen farbiger Prospekte vertieft hatten, als ginge es um eine Urlaubsreise, und sich gegenseitig mit den Vorzügen der verschiedenen Landschulheime verrückt gemacht hatten, gab es kein Zurück mehr.

„Phantastisch, was dort geboten wird! Jede Sportmöglichkeit, ein Schulorchester, Theater und Tanzgruppen, Neigungsgruppen für fast jedes Hobby! Nicht ein Zehntel von all dem könnten wir dir hier zu Hause bieten, Liebes. Ich wünschte, ich hätte als Kind diese Chancen gehabt", flötete Mami.

„Und die gute Luft! Das herrliche Klima! Du wirst dir vorkommen, als hättest du ständig Ferien!" Pops Augen leuchteten in überirdischem Glanz. „Mein Gott – ich wünschte, ich käme aus diesem Benzinmief hier heraus!"

„Dann geh du doch ins Internat!" sagte Joy gehässig. „Ich will ja nicht hin! Ihr braucht mich gar nicht so anzusehen, ich weiß schon, was los ist. Ihr wollt mich loswerden! Die Verantwortung auf andere abschieben! Erziehung von der Stange, da kann nichts schiefgehen, denkt ihr. Und ihr seid aus allem raus! Euch bleibt neben dem Beruf ja sowieso keine Zeit, euch um euer Kind zu kümmern!"

Pop war kalkweiß geworden.

„Wenn du die Sache so siehst, ist jedes weitere Wort überflüssig." Seine Stimme klang wie Schneesturm am Nordpol.

Joy stößt wütend einen Kieselstein vor sich her. Die Erinnerung an dieses Gespräch regt sie jedesmal furchtbar auf. Und jedesmal schwört sie von neuem, sich zu rächen – sie weiß nur noch nicht, wie. Am liebsten würde sie sich jetzt gleich mit jemandem prügeln.

Die anderen sind in einen Feldweg eingebogen, der an einer Scheune vorbeiführt.

„Da gibt's Ratten – sooo groß!" Mike fummelt vor Hexis Gesicht herum und malt eine Ratte von einem Meter Länge in die Luft.

„Du spinnst!“

„Im Ernst! Wußtest du das nicht? Deshalb heißt sie doch die Rattenscheune!“ mischt sich Sabine ins Gespräch.

„Ekelhaft!“ Verena schüttelt sich, als wäre ihr bereits eine unter den Rock gekrochen.

„Ich hab mal gelesen, daß Ratten sogar Menschen anknabbern, wenn sie hungrig sind“, weiß Christian zu berichten. „Sie wurden früher als eine Art Folter für die Feinde benutzt!“

„Was habt ihr gegen Ratten? Sind doch nette Tiere!“ Joy sieht die anderen herablassend an. „Alles Aberglaube!“

„O ja, reizende Tierchen“, spottet Mike. „Ich schenke dir eine zum Geburtstag!“

„In der Scheune soll's Hunderte davon geben, hab ich gehört!“ Edward schaut mit sichtlichem Unbehagen zu dem mächtigen Bau aus dunklem Holz hinüber.

„Wer's glaubt, wird selig“, knurrt Joy verächtlich.

Sabine tuschelt Verena etwas ins Ohr. Verena kichert. Mike beugt sich neugierig hinüber, und nun kichern und flüstern sie alle. Joy bohrt wütend die Fäuste in die Taschen ihrer Jeans und vergrößert den Abstand zu den anderen. Sollen sie doch über sie herziehen, die Idioten!

Jetzt bleiben sie stehen. Erwartungsvoll schauen sie Joy entgegen, die sich gelangweilt nähert. Als sie bei ihnen angelangt ist, stürzen sie sich auf sie und drehen ihr die Hände auf den Rücken. Joy schreit überrascht auf, beißt sich aber sofort auf die Lippen.

„Was soll das“, sagt sie so unbeteiligt wie möglich. „Wollt ihr mich nicht freundlichst loslassen?“

„Erst wirst du deinen geliebten kleinen Nagetierchen einen Besuch abstatten“, höhnt Sabine. „Vielleicht vergeht dir der Hochmut dann!“

Joy muß sich gewaltig zusammennehmen, um ihre Angst nicht zu verraten. Es gibt wenig, wovor sie sich fürchtet. Aber Hunderte von Ratten? Wenn das nun stimmt?

Mike und Edward schleppen sie zum Scheunentor.

„Wetten, daß sie um Hilfe schreit?“ flüstert Verena.

Joy ballt die Fäuste. Sabine öffnet das Tor gerade so weit, daß sie Joy hindurchschubsen können. Sie stolpert ins Dunkle. Kein Wort des Protestes, kein Schrei. Den Gefallen tut sie ihnen nicht.

Hinter ihr wird der Riegel vorgeschoben. Jetzt kichern und flüstern sie wieder, Joy spürt, wie sie die Ohren an das rissige Holz der Tür pressen. Wenn doch alle Ratten der Welt unter dem Tor hindurch ins Freie drängen, sich in Sabines Lockenfrisur festklammern und Verenas Himbeerstrümpfe auffressen würden!

Langsam gewöhnen sich ihre Augen an das Dunkel. Rechts und links von ihr türmen sich die Strohballen bis unters Dach. Vielleicht gibt es an der anderen Seite einen zweiten Ausgang? Joy schleicht vorwärts. Sie zuckt zusammen, als es unter dem Stroh raschelt, aber keine Ratte läßt sich sehen.

Das Tor auf der anderen Seite ist ebenfalls von außen verriegelt. Mist! Was jetzt?

„Na, wie fühlst du dich da drinnen?“ Das ist Mike.

Joy antwortet nicht. Sie sieht prüfend an dem Berg aus Strohballen entlang. Ja, das ist die Lösung! Sie wird sich verstecken – so lange, bis die anderen es mit der Angst bekommen!

Joy beginnt, sich an den Strohballen hochzuziehen, ihre Fußspitzen bohren sich in die schmalen Rillen zwischen den hartgepreßten Ballen. Gleich hat sie es geschafft! Sie stützt sich ab und wirft sich mit einem letzten Schwung über die Kante, rollt weiter und rutscht ein Stück bergab. Hier oben ist es heller, das Stroh liegt locker wie in einem großen kuscheligen Nest. Joy atmet auf und läßt sich noch ein wenig tiefer in die Mulde rutschen.

Au verdammt! Was war das? Sie ist mit dem Schienbein gegen etwas Hartes gestoßen. Ein Stiefel! Und dieser Stiefel sitzt an einem Bein...

Joy bleibt der Schrei in der Kehle stecken. Regungslos starrt sie auf dieses schmutzige Bein, das plötzlich zu strampeln beginnt. Ein Stück ausgefranste Jeans, bis über die Knie hochgerollt, werden sichtbar, dann ein fleckiges graues Hemd, das an einigen Stellen einmal rot-weiß kariert gewesen sein muß – und schließlich ein dunkler Wuschelkopf. Ein Jungenkopf mit Augen wie Brombeeren, ebenso schwarzen Haaren und einer Haut wie Milchkaffee mit viel Milch drin.

Der Junge starrt Joy ebenso fassungslos an wie sie ihn. Er scheint so alt zu sein wie sie, zwölf, vielleicht auch dreizehn Jahre. Er muß fest geschlafen haben. Aber was tut er hier?

Am Ellbogen hat er eine verkrustete Wunde, der Arm ist blutverschmiert.

„Du wirst eine Blutvergiftung kriegen", sagt Joy. „Du solltest nicht so leichtsinnig sein."

Unten am Tor wird es unruhig. Jemand haut mit der Faust gegen das Holz, daß es dröhnt.

Die Hand des Jungen, der Joy gegenübersitzt, schießt hoch. Er macht eine Bewegung, als wolle er Joy den Mund zuhalten, doch dann zuckt er zurück und legt nur warnend den Finger auf die Lippen. Dabei sieht er Joy so flehend an, daß ihr ganz komisch wird.

„Was ist los mit dir?" flüstert sie. „Keine Angst! Ich verrate dich nicht!"

Jetzt gehen die da unten auf die Suche. Mike öffnet die Tür und späht ins Dunkel.

„Geh schon!" flüstert der Junge. „Sonst finden sie uns beide!"

Joy schüttelt heftig den Kopf.

„Joy?" Das ist Christians Stimme.

„Sie wird zur anderen Seite rausgegangen sein", sagte Mike. „Schau mal nach!"

Sabine schiebt sich an den beiden vorbei und betritt vorsichtig die Scheune.

„Vielleicht hat sie sich auch nur versteckt."

Joy kann Sabine durch einen Spalt zwischen den Strohballen beobachten. Sabine wagt sich noch ein paar Schritte weiter. Und nun passiert etwas Wunderbares. Dicht neben Sabines Fuß löst sich ein grauer Schatten aus dem Stroh und huscht über ihre Schuhe. Es ist zwar keine Ratte, aber eine herrlich fette, ausgewachsene Maus. Sabine schreit, als versuche jemand, sie abzustechen. Joy hat Mühe, nicht einfach loszuprusten, und grinst breit.

2 4080-20

„Wie heißt du?“ flüstert Joy, als Sabine den Rückzug angetreten hat und den Freunden draußen in glühenden Farben ihre Begegnung mit einer Riesenratte schildert.

„Andy. Und du heißt Joy? Komischer Name. Ich kenne bloß Joe. Aber das ist ein Jungenname.“

„Joy heißt Freude“, sagt Joy, als erkläre das alles. „Warum bist du hier oben?“

„Trotzdem ein komischer Name“, lenkt Andy ab.

„Ich hab ihn mir schließlich nicht selbst ausgesucht“, sagt Joy ärgerlich. „Meine Eltern dachten, sie würden nie Kinder bekommen. Und als ich dann schließlich erschien, haben sie mich vor Freude so genannt. Was ist daran komisch?“

Andy schweigt. Nachdenklich mustert er das Mädchen, das Freude heißt und ein bißchen so aussieht wie er. Nicht so schmutzig natürlich, und ihre Haut ist heller, alles ist ein bißchen heller, auch die Haare und die Augen. Außerdem hat sie eine Stupsnase und ein paar Sommersprossen darauf. Ihre Beine sind ziemlich lang. Und sicher geht sie oft schwimmen, denn ihre Schultern und Arme sind rund und kräftig. Aber die Hände sind genauso rauh und rissig wie seine eigenen.

„Willst du mir nicht endlich sagen, was du hier treibst?“ drängelt Joy.

Andy zögert.

„Ich bin abgehauen“, stößt er plötzlich hervor. „Und wenn du mich verpfeifst, mach ich dich kalt!“

„Quatsch. Traust du dich gar nicht. Außerdem verpfeife ich niemanden.“

„Das möchte ich dir auch nicht geraten haben!“

Ehe Joy es sich versieht, blitzt ein Messer dicht vor ihrer Nase auf. Andys Augen sind zu schmalen Schlitzen geworden. Sein Gesicht drückt Drohung und zugleich Angst aus.

„Was soll das!“ sagt Joy kopfschüttelnd. „Traust du mir nicht?“

„Ich traue keinem.“

„Warum bist du von zu Hause abgehauen? Hattest du Ärger mit deinen Eltern?“

„Eltern!“ schnauft Andy verächtlich. „Was anderes kennst du wohl nicht. Hast du was zu essen da?“

Joy kramt in ihren Hosentaschen nach einem Kaugummi und fördert noch ein Stück Traubenzucker zutage. Andy stopft beides zugleich in den Mund.

„Ist das alles?“

„Tut mir leid. Hast du heute noch nichts gegessen?“

„Heute? Seit drei Tagen!“

Joy pfeift durch die Zähne und betrachtet Andy prüfend.

„Nun sag schon – wo bist du abgehauen?“

„Aus dem Heim. Hab's nicht mehr ausgehalten“, knautscht Andy hinter seinem Kaugummi hervor.

„Aus dem Heim?“

„Sag ich doch. Bist du schwerhörig?“

„Hm...“

Sie weiß nicht viel über Heimkinder, sie ist noch nie einem begegnet. Ist es so etwas wie ein Waisenhaus? Oder hat es etwas mit Jugendstrafe zu tun – vielleicht hat Andy Automaten geknackt? Oder im Warenhaus etwas geklaut?

„Bist du schon lange in dem Heim da?“

„Nein, erst vier Wochen.“

„Und vorher?“

„Vorher war ich in drei anderen. Und dazwischen auch mal bei Pflegeeltern. Aber das haute nicht hin, da war's im Heim schon besser.“

„Und deine Eltern?“

„Hab keine.“

„Quatsch, jeder hat Eltern.“

„Sicher. Aber ich kenne sie nicht. Meine Mutter hat sich gleich nach der Geburt verdrückt, und mein Vater – keine Ahnung.“ Andy zuckt gleichgültig mit den Schultern und grinst. „Wahrscheinlich...“

„Pssst! Hör doch mal!“

Hilfe, wir kriegen ein Kind!

Draußen vor dem Scheunentor haben die anderen inzwischen die Köpfe zusammengesteckt. Was ist mit Joy los? Warum meldet sie sich nicht?

„Schieb einfach den Riegel zurück, und dann hauen wir ab. Sie wird schon allein zurückfinden", schlägt Sabine vor. „Die will uns doch bloß ärgern!"

Die Stille dort drinnen ist ihr unheimlich. Schließlich wollte man Joy nichts Ernsthaftes antun – sie nur ein bißchen ärgern, weil – ja, warum eigentlich? Vielleicht einfach, weil sie so störrisch ist und niemanden an sich heranläßt. Sabine, die gern in allem Vorbild ist und sich sofort um die Neue gekümmert hat, als sie vor einigen Wochen ankam, ist immer noch verletzt über deren Abweisung.

„Und wenn ihr etwas zugestoßen ist?" fragt Mike. „Vielleicht hat sie sich vor uns verstecken wollen und ist in eine Strohspalte gerutscht und erstickt?"

„Dann hätte sie doch geschrien!"

„Egal, kommt, wir suchen sie. Wir können ja nicht ewig hier herumstehen!"

„Ohne mich, ich gehe da nicht noch mal rein!" protestiert Sabine. „Wenn ihr mich sucht – ich bin auf der Wiese drüben und mach mich schon an die Arbeit."

„Ich komme mit", sagt Verena schnell. Sie verspürt keine Lust auf eine Begegnung mit der Riesenratte, von der Sabine erzählt hat.

„Okay, macht was ihr wollt."

Mike öffnet das Tor weit und betritt, gefolgt von den anderen, die Scheune.

„He! Joy! Joy – wo steckst du! So rühr dich doch!"

„Alles still. Ob ihr wirklich etwas passiert ist?" fragt Edward besorgt. Da haben sie sich ja was Schönes eingebrockt!

„Los, wir müssen die Scheune durchsuchen! Nehmen wir erst die linke Seite.“ Mike beginnt den Aufstieg dort, wo vorher auch Joy hinaufgeklettert ist. Die anderen folgen ihm.

Joy und Andy sitzen wie zu zwei Statuen erstarrt auf der anderen Seite der weiten Mulde aus Stroh, als sich Mikes Kopf über den Rand schiebt. Mike ist so damit beschäftigt, sich hochzuziehen und der ihm folgenden Hexi behilflich zu sein, daß er die beiden gar nicht bemerkt. Hexi entdeckt sie als erste. Bei ihrem überraschten Aufschrei fährt Mikes Kopf herum.

Dort hockt Joy. Und halb dahinter ein Junge mit einem Messer in der Hand, das er drohend vor sich hält wie ein zum Sprung bereites Raubtier.

„Joy!“ Hexis Stimme bebt vor Entsetzen. „Will er dich umbringen?“

„Blödsinn!“ sagte Joy rauh und dreht sich ärgerlich zu Andy um. „Steck doch das Messer weg, was soll denn der Quatsch!“ Und leiser fährt sie fort: „Du bist wirklich zu dämlich, du hast alles versaut! Ich hätte ihnen schon gesagt, daß du hier in der Nähe wohnst und nur auf Mäusefang bist...“

Andy klappt mit einer entschuldigenden Grimasse das Messer zusammen. Was jetzt kommen wird, weiß er. Sie werden ihn hier wegführen – ab zur nächsten Polizeistation und dann ins Heim zurück. Oder vielleicht in ein anderes, strenger bewachtes Heim.

Joy errät Andys Gedanken. Während Christian, Mike, Edward und Hexi immer noch sprachlos auf den Jungen starren, überlegt sie fieberhaft, wie sie Andy helfen kann. Durch seine drohende Haltung sind die anderen mißtrauisch geworden. Sie muß versuchen, sie auf Andys Seite zu bringen.

Mike schiebt sich ein wenig näher heran.

„Was ist denn das für ein Typ? Tickt der nicht richtig?“

Joy legt Andy schützend den Arm um die Schultern.

„Jedenfalls besser als du. Er wollte mich nur gegen euch verteidigen!“

„Ach so, er hat geglaubt... reg dich wieder ab, Kumpel, war

doch nur ein Scherz!" sagt Christian gönnerhaft. „Wir wollten sie nur ein bißchen erschrecken."

„Gehst du immer gleich mit einem Messer auf die Leute los?" erkundigt sich Hexi und lacht erleichtert, als Andy freundlich grinsend den Kopf schüttelt.

„Die Scheune gehört seinem Vater", phantasiert Joy drauflos. Vielleicht kann sie die Situation noch retten. „Er war hier auf Mäusejagd und hat mit angehört, wie ihr mich eingesperrt habt."

„Ach, das wußte ich gar nicht, daß Bauer Hinze einen Sohn hat", wundert sich Christian. „Bist du normalerweise nicht zu Hause auf dem Hof?"

„Er ist im Internat, genau wie wir", sagt Joy schnell. „Nur eben in einem anderen." Hui, das kann gefährlich werden – wenn die erst beginnen, Andy richtig auszuquetschen!

Schon rückt Hexi ihm auf die Pelle.

„In einem anderen? Erzähl mal, in welchem denn?"

„Haus Sonnenwinkel." Andy hat sich gefangen, Joy hat ihm Mut gemacht. „Das ist eine Mischung zwischen Kinderheim und... und Schule."

„Sonderschule, hä?" sagt Mike und grinst verständnisvoll.

„Wenn du so willst." In Andys Augen blitzen plötzlich ein Dutzend kleine Teufel auf. „Für besonders Begabte."

Mike vergißt, den Mund zuzumachen.

Joy wird es ungemütlich.

„Müssen wir nicht gehen? Die Freistunden sind gleich um, und wir haben noch keine Pflanzen gesammelt!"

„Okay, du hast recht. Dein Freund kann ja mitkommen und uns die besten Stellen zeigen. Er kennt sie sicher besser als wir." Mike hat das Gefühl, er müsse etwas gutmachen. „Wie heißt du übrigens? Ich bin Mike."

„Andy. Nett, euch kennenzulernen – aber ich kann leider nicht mitkommen. Hab hier noch etwas zu tun...", murmelt Andy entschuldigend.

„Du kannst ja später nachkommen", sagt Joy mit sichtlich übertriebener Munterkeit und versucht, die anderen vor sich her zum

Abstieg zu treiben.

Da passiert es.

Edward hat Andy die ganze Zeit schweigend beobachtet. „Du hast gelogen!" platzt er jetzt heraus. „Ich wußte, daß ich dich schon mal gesehen habe! Ich kam nur nicht drauf, wo! Aber als du deinen Namen gesagt hast, ist der Groschen gefallen. Andy. Andreas Havemann, genannt Andy. Du wirst von der Polizei gesucht. Gestern haben sie's in der Abendschau gebracht – mit einem Foto von dir. Du bist aus einem Waisenhaus ausgerissen – mit dem Fahrrad des Hausmeisters! Du bist ein ganz gemeiner Dieb!"

„Ist das wahr?" Joy sieht Andy fassungslos an. „Du hast etwas geklaut?"

„Ich habe es mir nur geliehen!" verteidigt sich Andy.

„Das kann jeder sagen!" Edwards Stimme ist messerscharf.

„Aber es stimmt! Ich werde mir Arbeit auf einem Schiff suchen, und sobald ich Geld verdient habe, bezahle ich den Schaden. Das Fahrrad habe ich im nächsten Dorf stehengelassen, als es kaputtging, mit einem Zettel dran, wem es gehört!"

„Wie edel!" höhnt Edward.

Mike, Christian und Hexi rücken interessiert näher. Ihre Haltung ist nicht drohend, nur neugierig. Trotzdem greift Andy von neuem nach dem Messer.

„Pech, mein Junge!" fährt Edward fort. „Scheint nicht gerade dein Glückstag zu sein. Wir werden dich jetzt hübsch zur Polizei bringen. Na los doch, keine Müdigkeit vorschützen! In der Jugendstrafanstalt warten sie schon auf dich."

„Halt!" faucht Joy. Ihre Augen funkeln vor Zorn. „Rührt ihn nicht an! Ich werde nicht zulassen, daß ihr ihm etwas tut!"

„Spinnst du? Kein Mensch will ihm etwas tun! Er soll nur dorthin zurück, wo er hingehört! Hast du keine Nachrichten gehört? Die Bevölkerung wird gebeten, sachdienliche Hinweise..."

„Ich bin nicht die Bevölkerung!" knurrt Joy. „Und ich verrate ihn nicht."

„Sei nicht albern, Joy", mischt sich Christian ein. „Edward übertreibt zwar, aber im Grunde hat er recht. Wir machen uns strafbar, wenn wir verschweigen, daß wir ihn gefunden haben."

„Ach! Womöglich wollt ihr noch eine Belohnung kassieren, wie? Kapiert ihr denn nicht? Andy ist so alt wie wir. Sein ganzes Verbrechen besteht darin, daß er keine Eltern hat! Seine Mutter hat ihn als Baby ausgesetzt, und wer sein Vater ist, weiß er auch nicht. Warum fragt ihr ihn nicht mal, warum er aus dem Heim fortgelaufen ist?"

„Na und? Was ändert das schon!" sagt Edward ungerührt. „Eben weil er so alt ist wie wir, kann er nicht allein durch die Welt zigeunern. Auf einem Schiff anheuern, daß ich nicht lache. Wir leben doch nicht mehr im vorigen Jahrhundert!"

„Da ist was dran, Joy." Mike zupft sich verlegen am Ohrläppchen. „Ohne Papiere, in unserem Alter – und mit den paar Piepen, da geht er garantiert baden!"

„Warum gebt ihr ihm nicht wenigstens eine Chance!" fleht Joy. „Wir müssen es doch nicht sein, die ihn ans Messer liefern!"

„Ans Messer liefern, wie sich das anhört!" schnauft Edward. „Und daß wir ihm gegenüber eine Verantwortung haben, daran denkst du nicht?"

„Ich kann für mich selber sorgen!" meldet sich Andy plötzlich zu Wort. Es klingt hart und eiskalt. „Wenn ich das Wort Verantwortung höre, kriege ich schon das Kotzen. Es gibt viele Leute, die sich für mich verantwortlich fühlen. Sie schreiben Briefe und Berichte und Gutachten und immer neue Gutachten und füllen damit einen Haufen dicker Aktendeckel für mich. Schon mal was von einem Aktenzeichen gehört? Ein paar Buchstaben und eine Zahl, das bin ich! Ein Aktenzeichen, weiter nichts!"

„Ich finde, eigentlich hat Joy recht", wagt sich Hexi vor. „Warum geben wir ihm nicht wirklich eine Chance? Warum fragen wir ihn nicht, warum er weggelaufen ist – und wie wir ihm helfen können?"

„Ich pfeife auf eure Hilfe!" bellt Andy. Mitleid – das hat ihm gerade noch gefehlt! „Alles, was ich will, ist, daß ihr mich in Ruhe laßt!"

„Nun mal langsam, Kumpel, wie stellst du dir das eigentlich vor? Überall in den Zeitungen ist dein Foto abgebildet! Du kannst mit deinen paar Piepen noch nicht mal in einen Laden gehen und ein Brot kaufen, ohne geschnappt zu werden", sagt Christian ruhig. „Willst du dir rohe Kartoffeln aus dem Acker buddeln – oder auf der Weide eine Kuh anzapfen? Und wenn du es tatsächlich bis zur Küste schaffst und auf einem Schiff nach Arbeit fragst – das sieht doch ein Blinder, daß du erst zwölf bist!"

„Ich werde bald dreizehn", verbessert Andy.

„Genauso schlimm. Der erste, dem du über den Weg läufst, wird dich zur Polizei bringen. Und bei dem, was du angestellt hast, heißt die Endstation immer Jugendstrafanstalt."

„Du lügst! Ich weiß, daß ich es schaffe! Ich schaffe es! Ich schaffe es!" schreit Andy verzweifelt und boxt im Takt seiner Worte ins Stroh.

Joy spürt einen dicken Kloß in der Kehle. Andys wütender Ausbruch erinnert sie an ihre eigene Verzweiflung, ihre wilden Fluchtpläne, als die Eltern sie ins Internat brachten. Nein, sie wird Andy nicht im Stich lassen!

„Und wenn wir ihn nun verstecken und versorgen – so lange, bis wir eine Lösung für ihn gefunden haben?" fragt sie in die Stille hinein, die auf Andys Ausbruch gefolgt ist.

„Wir könnten doch seine Familie sein! Wir richten ihm ein Versteck ein, in dem er bequem wohnen kann, wir bringen ihm zu essen – und Bücher, und was er sonst noch braucht."

„Du spinnst!"

„Das klappt doch nie! Wie willst du denn das machen?" fügt Mike kopfschüttelnd hinzu.

„Wir sind doch mehrere, oder nicht?" Joy schaut sich herausfordernd um. „Klar, einer allein könnte das nicht. Aber fünf? Jeder steuert etwas dazu bei. Mal kümmert sich der eine, mal der andere um Andy – dann fällt es im Internat nicht so auf. Das ist nur eine Frage der Organisation."

„Ein interessanter Gedanke." Christian beginnt, aufgeregt seine Brille zu putzen. „Man könnte ihn zumindest mal diskutieren."

„Ich finde die Idee prima!" sagt Hexi strahlend. „Stellt euch doch mal vor – vielleicht können wir wirklich so etwas wie eine Familie für Andy sein!"

„Hilfe, wir kriegen ein Kind!" Mike wirft sich kichernd hintenüber. Das Abenteuer beginnt ihn zu locken – endlich mal etwas Außergewöhnliches im langweiligen Internatsalltag!

„Und ich sage, ihr spinnt komplett!" protestiert Edward. „Wir machen uns alle miteinander strafbar! Woher wollt ihr denn wissen, daß er nicht lügt? Vielleicht hat er noch ganz andere Sachen geklaut. Heimkinder! Das weiß doch jeder, was das für schräge Typen sind!"

„Das nimmst du zurück!"

Andy wirft das Messer Joy in den Schoß und stürzt sich auf Ed-

Andy wirft das Messer weg und stürzt sich auf Edward

ward. In Sekundenschnelle rollen sie ineinander verkeilt durchs Stroh.

„He, was ist denn hier los?“ Sabines Kopf taucht am Rand des Strohstapels auf. Alle fahren erschreckt zu ihr herum.

„Sabine?! Bist du vor den Ratten hier heraufgeflüchtet?“ stottert Hexi verlegen. Jetzt werden sie auch Sabine und Verena ins Vertrauen ziehen müssen.

„Ich hörte euch hier rumstreiten – da wollte ich mal sehen, was los ist.“

„Hol Verena rauf. Wir haben was Wichtiges zu besprechen“, sagt Christian bestimmt. „Und ihr anderen setzt euch wieder hin. Wir werden abstimmen.“

„Abstimmen? Worüber denn?“ fragt Sabine und starrt mit weitaufgerissenen Augen auf Andy.

„Das erfährst du gleich. Hol erst Verena, sonst müssen wir alles zweimal erzählen.“

Sabine verschwindet, und man hört sie aufgeregt auf Verena einreden, die ihre Angst hinuntergeschluckt und sich bis zu dem Strohgebirge vorgewagt hat.

„Nun mach kein Theater, Verena, es wird dich schon nichts beißen!“ Mike beugt sich hinunter und gibt dem ängstlichen Mädchen Hilfestellung beim Aufstieg.

„Setzt euch dahin. Christian wird euch erklären, worum es geht“, sagt Joy und ist froh, daß der besonnene Christian die Regie übernommen hat.

Christian erklärt Sabine und Verena in kurzen Worten das Problem. Vor Staunen vergißt Verena, ihre Frisur in Ordnung zu bringen und die Strohhalme aus ihren Himbeerstrümpfen zu zupfen.

Sabine steigt sofort voll ein.

„Klar machen wir das!“ sagt sie begeistert. „Wir werden diesen blöden Beamten schon zeigen, was es heißt, sich um einen Menschen zu kümmern – ich meine wirklich für ihn dazusein, ihm Freundschaft zu beweisen und so!“

Andy zieht eine Grimasse, zum Glück sieht es Sabine nicht. Sie ist viel zu sehr mit ihren künftigen guten Taten beschäftigt.

„Zuerst müssen wir ein gutes Versteck für ihn finden, und dann braucht er dringend heißes Wasser und Seife, er sieht ja zum Fürchten aus! Und dann..."

„Moment, Sabine!" unterbricht Edward sie. „Es ist noch keineswegs beschlossen, daß wir Andy verstecken und nicht an die Polizei übergeben. Was mich betrifft – ich halte es für einen großen Fehler, ihn zu verstecken!"

„Okay. Aber wenn wir nun abstimmen und die Mehrheit dafür ist – wirst du dich dem Beschluß beugen und den Mund halten? Kein Mensch verlangt von dir, daß du uns hilfst, aber wir müssen uns darauf verlassen können, daß du uns nicht verpfeifst", meint Joy.

„Sehe ich aus wie ein Verräter? Ich beuge mich dem Beschluß der Mehrheit, das ist nur demokratisch. Aber wenn die Sache schiefgeht und ihr bis zum Hals im Schlamassel steckt, dann erwartet nicht von mir, daß ich euch helfe!"

„Danke. Geheime oder offene Abstimmung?" fragt Christian.

„Offene!" tönt es von allen Seiten.

„Also, wer ist dafür, daß wir Andy verstecken?"

Christian, Mike, Joy, Hexi und Sabine heben gleichzeitig die Hand. Verena schließt sich zögernd an. Andy schaut dem Unternehmen interessiert zu.

„Also gut, ich schließe mich euch an", brummt Edward und hebt nun ebenfalls die Hand. „Ich helfe euch."

„Einstimmig angenommen. Danke, Edward!"

„Dann laßt uns gleich zum nächsten Punkt kommen", sagt Sabine eifrig. „Wo verstecken wir ihn, und was brauchen wir alles für seine Ausrüstung? Hat jemand Papier und Bleistift da?"

„Also, ich möchte euch ja nicht hineinreden", wagt Andy sich vor, den die anderen über der Diskussion völlig vergessen haben, „aber wenn ich mal einen Vorschlag machen darf: Zuerst hätte ich gern etwas zu essen. Ich hab nämlich seit drei Tagen nichts mehr in den Magen bekommen."

Ein Super-Versteck

Allen wird mit einem Schlag klar, was sie sich da aufgeladen haben, als sie mit einer halben Stunde Verspätung in der Margaretenburg eintreffen und geradewegs Allah in die Arme laufen. Auf dem Heimweg haben sie in aller Eile noch ein paar Pflanzen ausgerupft, die sie ihm jetzt entschuldigend unter die Nase halten.

„Wir... wir haben Pflanzen gesucht, für den Biologie-Unterricht", stottert Hexi, ehe Allah den Mund aufmachen kann.

„...und auf dem Rückweg haben wir uns verlaufen", fügt Sabine schnell hinzu, „wir wollten eine Abkürzung nehmen und da..."

„So, so, verlaufen. In meiner Jugend hatten wir bessere Ausreden", knurrt Allah und rülpst diskret hinter vorgehaltener Hand. Er hätte nicht so starken Kaffee trinken sollen, der Arzt hat ihn gewarnt. Jetzt spürt er seinen Magen.

„Allah ist groß!" seufzt Christian, als sie außer Hörweite sind. „Das war erst ein kleiner Vorgeschmack. Wir werden aus dem Schwindeln gar nicht mehr rauskommen."

„Es ist für eine gute Sache", sagt Joy bestimmt. „Und wenn wir die Sache erst mal richtig organisiert haben, passiert so was auch nicht mehr."

Zum Glück hat heute Herr Kestenberg die Aufsicht über diejenigen, die ihre Studierzeit in der Klasse absitzen müssen.

Herr Kestenberg sieht aus wie Rübezahls Sohn. Er unterrichtet Geschichte, Latein und Französisch und schreibt an einem Roman über die Familie Karls des Großen. Und da er diesen Roman vor allem schreibt, wenn er Aufsicht hat, nimmt er kaum wahr, was um ihn herum vorgeht. Wenn er wirklich einmal aufschaut, dann nicht, um die über ihre Hefte und Bücher gebeugten Köpfe der Schüler zu kontrollieren, sondern weil er sich zu süßen Träumen hinreißen läßt. Träume, in denen sich begeisterte Leser seinen Roman aus den Händen reißen, in denen Buchhändler ganze Schaufenster mit seinem Buch dekorieren und Fernsehkritiker ihn in höchsten Tönen loben.

An Herrn Kestenbergs verzücktem Gesichtsausdruck erkennt Sabine, daß der Lehrer mit seinen Gedanken weit, weit fort ist.

„Ich habe eine Super-Idee, wo wir Andy unterbringen können", flüstert sie Hexi zu, die vor ihr sitzt und Vokabeln lernt.

Hexi wirft einen schnellen Blick in Richtung Pult und wispert zurück: „Wirklich? Wo denn? Erzähl!"

„Das leerstehende Kutscherhaus hinter dem Park!"

„Aber das ist doch baufällig! Fenster und Türen sind vernagelt – und überall hängen Schilder mit der Warnung vor Einsturzgefahr!"

„Eben das ist ja das Gute! Kein Mensch wird ihn dort suchen!"

„Und wenn die Bude über ihm zusammenkracht?"

„Halb so wild. Sie haben die Schilder doch nur deswegen angebracht, damit die Schüler des Internats dort keinen Unfug treiben!"

„Keine schlechte Idee."

Joy hat die beiden flüstern gehört. Sie hat zwar nicht alles verstanden, aber daß es um Andys Versteck geht, hat sie mitbekommen. Sie schaut fragend zu Sabine hinüber. Die kritzelt schnell ein paar Worte auf einen Zettel und schiebt ihn ihr zu.

Herr Kestenberg erwacht aus seinen Träumen, seufzt noch einmal tief und glücklich und beugt sich wieder über sein Manuskript. Joy läßt den Zettel schnell in ihrer Hosentasche verschwinden.

Nach der Studierzeit treffen sich die Freunde an der Verandatreppe. Die Jungen sind diese Woche dran, die Hausaufgaben in ihren Zimmern zu machen. Woche für Woche wird gewechselt.

„Sabine hat eine phänomenale Idee!" empfängt Hexi Mike, Christian und Edward und berichtet von dem alten Kutscherhaus.

„Klasse! Schade, daß mir das nicht eingefallen ist!" sagt Mike begeistert. „Gleich nach dem Abendbrot schleichen wir uns rüber und sehen uns die Sache an."

„Vergeßt nicht, Werkzeug mitzunehmen. Wir müssen eine Tür

oder ein Fenster aufbrechen, um reinzukommen." Sabine schaut sich zur Vorsicht um, ob niemand in der Nähe ist. „Und wir müssen es irgendwie hinkriegen, daß man es hinterher nicht sieht."

„Keine Sorge, da fällt uns schon etwas ein. Ich kenne ein paar gute Tricks, zum Beispiel..."

„Viel wichtiger ist jetzt, daß Andy etwas zu essen bekommt!" unterbricht Joy Mike. „Denkt beim Abendbrot daran!"

„Warum hast du deine Jacke an? Frierst du?" fragt Hexi Joy, als sie den Eßsaal betreten und zu ihrem Tisch hinübergehen.

„Ach was. Schau mal, hier!" Joy lüftet ihre Jacke ein wenig und zeigt Hexi, daß sie an den Innenseiten zwei Plastikbeutel festgesteckt hat, in denen man wunderbar Brot und Aufschnitt verschwinden lassen kann.

„Spitze! Warum hast du mir das nicht früher gezeigt, dann hätte ich es auch gemacht!"

„Das würde vielleicht auffallen. Gebt mir nur unterm Tisch rüber, was ihr für Andy organisiert, ich stecke es dann ein."

„Okay."

Den Vorsitz am Tisch der Sechsten führt Pepsi. Pepsi ist die Familienmutter von Joy, Hexi, Sabine und Verena. Und natürlich gehören auch die übrigen Mädchen der Sechsten zu Pepsis Familie, zum Beispiel die dicke Bruni und ihre Freundin Helga. Sie haben innerhalb der Margaretenburg ihre eigene Wohnung, die aus mehreren Schlafzimmern, einem Gemeinschaftsraum und Pepsis Wohnzimmer besteht, sowie den Duschräumen und Pepsis Bad und Küche. Und genauso bilden die Mädchen und Jungen aller anderen Klassen ihre Familien, die Mädchen unter der Obhut einer Familienmutter, die Jungen unter der eines Familienvaters.

Pepsi heißt natürlich nicht Pepsi, sondern Frau Kolar. Genauer gesagt, Marianne Kolar. Aber weil sich Kolar so nach „Cola" anhört, hatte sie bald ihren Spitznamen weg. Zuerst nannten die Mädchen sie heimlich so, dann kam die Geschichte heraus, und da Pepsi nicht der Typ ist, der übelnimmt und sich köstlich darüber amüsierte, redeten sie von dem Tag an alle so an.

Pepsi ist gelernte Erzieherin. Sie sieht aus wie ein gutgelaunter

Zwergpudel, blond, mit dunklen Knopfaugen, und sie ist noch sehr jung. Außer ihrem unschlagbaren Temperament, das sie manchmal dafür benutzt, sich in kritischen Situationen zwischen Allah und die Mädchen zu werfen, besitzt Pepsi irgendwo in der Ferne einen Mann, der ihr davongelaufen ist, und einen siebenjährigen Sohn, der ihr zum Bedauern der Mädchen nicht davongelaufen ist, denn er ist eine schreckliche Nervensäge.

Mit Pepsi kann man reden, man kann sogar unter Umständen Pferde – oder ähnliches – mit ihr stehlen. Da ist es klar, daß Joy, Sabine und Hexi im stillen darüber nachdenken, was passieren würde, wenn man Pepsi von Andy erzählte. Aber als Erzieherin und Angestellte des Landschulheims könnte sie wohl gar nicht anders, als Andys Auftauchen zu melden. Also kommt das nicht in Frage.

„Was ist denn heute mit euch los? So viel habt ihr noch nie verputzt!“ sagt Pepsi und sieht kopfschüttelnd auf die leere Wurstplatte.

„Der Spaziergang hat uns so hungrig gemacht“, antwortet Verena schnell, die Todesängste aussteht, weil eine Scheibe Wurst nach der anderen unter dem Tisch verschwindet. Joy sieht bereits aus wie eine zu stark aufgeblasene Gummiente.

„Dürfen wir noch Nachschub holen? Die da drüben haben so viel übriggelassen!“ Hexi schaut begehrlich zum Nachbartisch.

„Meinetwegen.“

Pepsi scheint keinen Argwohn zu hegen. Warum auch? Warum sollen die Mädchen nicht mal größeren Hunger haben als sonst? Schwierig wird es erst werden, wenn das von nun an jeden Tag so geht, überlegt Joy. Und wie soll sie eigentlich Kartoffeln, Fleisch und Gemüse in die Plastiktüten praktizieren? Schließlich braucht Andy eine warme Mahlzeit am Tag!

Der Tischdienst beginnt die Teller zusammenzustellen. Joy benutzt das große Stühlerücken, um im Schutz der anderen nach draußen zu flitzen. Sie betritt die Halle als erste, verschwindet hinter der großen Tür zum linken Seitenflügel, rennt den Gang entlang bis zur Hintertür und schlüpft, nachdem sie sich noch einmal sorgsam umgesehen hat, ins Freie. Uff – geschafft! Niemand hat sie gesehen. Jetzt nur keine Zeit verlieren! Um acht Uhr wird abgeschlossen – bis dahin muß sie zurück sein.

Wenn ihr auf dem Weg jemand von den Lehrern begegnet, wird sie sagen, sie habe ihre Armbanduhr auf dem Spaziergang verloren und wolle noch schnell nach ihr suchen.

Ungesehen kommt sie bis zur Scheune. Leise wie eine Katze schiebt sie sich durch den Türspalt und zieht das schwere Tor wieder hinter sich zu.

„Andy? Ich bin's! Joy – ich bringe dir etwas zu essen!"

„Mann, o Mann! Ich hab schon geglaubt, ihr hättet mich verschaukelt! Hast du etwas zu trinken da? Ich verdurste!"

Joy schüttelt bedauernd den Kopf.

„Ich hatte keine Zeit, eine Feldflasche zu besorgen. Aber hier, zwei ganz saftige Äpfel, ein Stück Gurke und zwei Tomaten. Und hier sind Brot, Wurst und Käse. Ich muß gleich zurück, sonst ist das Haus abgeschlossen, und ich muß klingeln. Und schwindeln mag ich nicht gern."

Während Andy sich gierig auf die mitgebrachten Schätze stürzt, erzählt Joy noch schnell von den Plänen mit dem alten Kutscherhaus.

„Baufällig? Kein Problem", mampft Andy, „das setze ich schon wieder instand."

„Wenn es klappt, kannst du morgen nacht umziehen, wir werden alles Nötige organisieren."

Unter dem Stroh raschelt etwas. Joy zuckt zusammen.

„Hast du keine Angst vor Ratten?"

„Nein, warum?"

„Tu doch nicht so! Klar hast du Angst!" sagt Joy ärgerlich. „Hier... äh... hier soll es nämlich welche geben."

„Na, wenn schon. Ich habe vor keinem Tier Angst", antwortet Andy. „Tiere sind schön. Ich habe nur vor Menschen Angst."

„Du kannst doch nicht sagen, daß alle Tiere schön sind!"

„Doch. Alle. Die meisten Menschen sind nur zu dämlich, um das zu kapieren. Du auch."

3 4080-20

Joy schluckt.

„Na ja, also, ich muß jetzt gehen. In der Freistunde morgen bringt dir einer von uns etwas zu essen. Tschüs, bis dann."

So leise, wie sie gekommen ist, verläßt sie die Scheune und läuft den Weg zurück. Kurz vor acht erreicht sie das Haus und kommt atemlos im Gemeinschaftsraum an.

Pepsi hockt mit den Mädchen um den Plattenspieler. Sie hat aus der Stadt eine neue LP mitgebracht, harter Beat aus den sechziger Jahren. Pepsi schwelgt in Erinnerungen, und die Mädchen wiegen sich im Rhythmus der Musik. Keiner achtet auf Joy.

Kurz nach ihr betreten auch Hexi und Sabine das Zimmer und zwinkern ihr zu. Es scheint also geklappt zu haben mit der Besichtigung des Kutscherhauses.

Pepsi erzählt gerade, daß sie als Dreizehnjährige so verliebt in die Beatles war, daß sie allen vieren Heiratsanträge gemacht hat, in der Hoffnung, einer von ihnen würde sie schon nehmen.

„Sicher sind die Briefe nicht angekommen", sagt Hexi lachend. „Sonst hätten dich garantiert alle vier geheiratet."

Nicht alle Familienmütter in der Margaretenburg lassen sich von ihren Schützlingen duzen. Aber Pepsi meint, seine Mutter sieze man schließlich auch nicht, und sie wolle doch so etwas wie eine Mutter für sie sein.

„Jetzt aber Schluß, ab in die Falle, meine Lieben! In einer halben Stunde komme ich zum Gutenachtsagen! Bruni und Verena, seid so lieb und räumt die Platten ein. Ich muß mich um meinen mißratenen Sohn kümmern, der setzt wieder das Badezimmer unter Wasser."

Das ist auch so ein Punkt. Ein Pluspunkt von Pepsi. Das Gutenachtsagen. Sie setzt sich zu jedem auf die Bettkante und hat sehr viel Zeit, sich alle Nöte, Freuden, Ängste und Sehnsüchte anzuhören, sie drängelt nicht „jetzt muß ich aber weiter, die anderen warten auch auf mich" – selbst wenn es längst neun Uhr vorbei ist. Wirklich wie eine Mutter. Deshalb mögen die Mädchen sie so.

Joy, Hexi, Sabine und Verena wohnen in einem Viererzimmer zusammen. Die Betten sind wie Schiffskojen in die Wand einge-

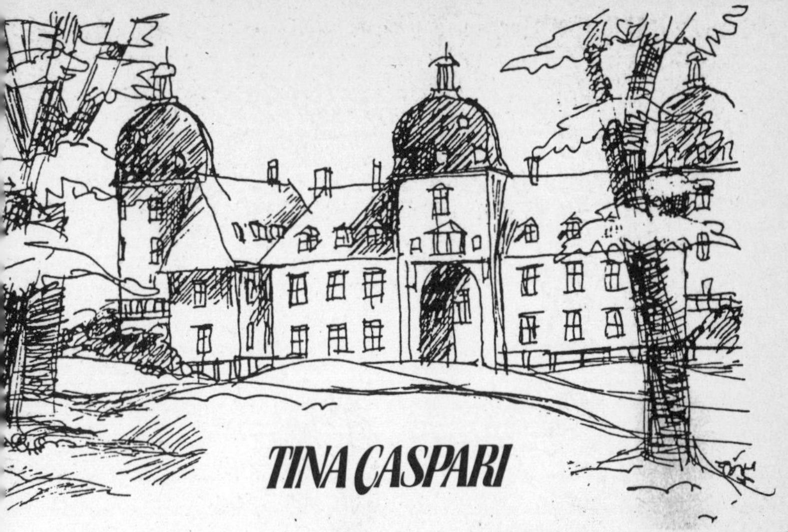

TINA CASPARI

Internat Wespennest

DREI GESCHICHTEN
VOLL SPASS UND SPANNUNG
FÜR MÄDCHEN UND JUNGEN

SCHNEIDER BUCH

CIP-Titelaufnahme der Deutschen Bibliothek

Caspari, Tina:
Internat Wespennest : 3 Geschichten voll Spaß u. Spannung für Mädchen u. Jungen / Tina Caspari. – München : F. Schneider, 1989
ISBN 3-505-04080-0

8000 München 40 · Frankfurter Ring 150

Titelbild/Illustrationen: Ulrike Heyne
Umschlaggestaltung: Angelika Bachmann
Herstellung: Manfred Prochnow
Satz/Druck: Presse-Druck Augsburg
ISBN 3 505 04080-0

Dieser Band enthält die ungekürzten Einzeltitel:
Ein Versteck für Andy Bd. 1
Wirbel um Florian Bd. 2
Die rosarote Verschwörung Bd. 3

89 90 91 92 / 12 11 10 9 8 7 6 5 4 3

baut, umrahmt von den Schränken. Hier hat jede ihre kleine Höhle, in die sie sich verkriechen kann, wenn es Ärger gegeben hat oder das Heimweh zwickt. Oder wenn sie sich ganz einfach in eine ruhige Ecke verziehen möchte, um einen aufregenden Schmöker ungestört zu Ende zu lesen.

Kaum ist Joy im Zimmer, stürzt sie sich auf Hexi und Sabine.

„Na, was habt ihr rausgekriegt?"

„Alles ist super, könnte gar nicht besser sein", erzählt Hexi leise. „Wir haben einen Einstieg entdeckt – durch den Kohlenkeller. Da gibt's eine Treppe, die ist inzwischen so von Holunderbüschen überwachsen, daß man sie kaum sieht! Drinnen in der Bude sieht es natürlich grauenvoll aus! Den Dreck kannst du dir gar nicht vorstellen! Wirst ja morgen alles sehen. Achtung – da kommt Pepsi!"

Pepsi sieht mitgenommen aus, wie immer, wenn sie sich auf einen Nahkampf mit ihrem Sprößling eingelassen hat. Seifenschaum klebt an ihren Haaren, der Pulli weist Spuren von Zahnpasta auf, die Jeans sind durchnäßt. Aber Pepsi strahlt, anscheinend hat sie gesiegt.

„Na, fertig? Was soll denn das sein, Verena, schon wieder eine neue Frisur?"

Verena, die den Spiegel auf den hochgestellten Knien balanciert und ihre blonden Strähnen über der Stirn zu mondänen Fransen zu drapieren versucht hat, läßt beschämt die Hände sinken, ehe Pepsi beginnen kann, sie durch den Kakao zu ziehen.

„Ach, das hab ich nur so aus Quatsch gemacht."

„Vielleicht keine schlechte Idee für den nächsten Fasching, du könntest als Film-Vamp der dreißiger Jahre gehen. Mit ochsenblutfarbenen Lippen und Augenbrauen, so dünn wie Bleistiftstriche – die müßtest du dir natürlich total ausrasieren."

„Um Himmels willen, so bescheuert bin ich ja nun doch nicht. Ausrasieren!" wehrt Verena entsetzt ab, und Pepsi setzt sich mit einem Schwung auf ihre Bettkante und räumt den Spiegel in die Nachttischschublade.

„Alles klar?" fragt Pepsi leise, während Verena sich unter die

Decke kuschelt. „Keine Falten in der Seele?“

Verena schielt zu Sabine hinüber. Dann schüttelt sie energisch den Kopf.

„Wie ging's bei dir mit der Mathe-Ex?“

„Einigermaßen. Besser als sonst, würde ich sagen.“

„Hoffen wir das Beste. Wenn sie danebengegangen ist, werden wir uns mal etwas in Richtung Nachhilfestunden ausdenken, okay?“

„Okay.“

„Dann schlaf gut. Gute Nacht.“

Pepsi löscht das Licht in Verenas Koje und geht zu Hexi hinüber.

„Nanu – kein Schmöker unter der Bettdecke? Bist du krank?“

„Ich hab heute meinen geistigen Fasttag“, meint Hexi achselzukkend. Pepsi merkt wirklich alles – sogar, daß sie vor lauter Aufregung über Andy ihren Krimi vergessen hat.

„Komisch, ich hatte noch nie den Eindruck, daß du dich vor dem Einschlafen mit hochgeistiger Kost beschäftigst“, spottet Sabine.

„Das verstehst du nicht“, Pepsi zwinkert Hexi zu. „Es geht nichts über ein paar Leichen vor dem Einschlafen.“

„Immer noch besser als deine Schnulzen“, verteidigt sich Hexi. „Geschichten, die zu Herzen gehen – wenn ich schon den Titel höre, wird mir schlecht.“

„Wir werden mal wieder Leseabende einrichten“, beendet Pepsi das Gefecht. „Wenn die langen Winterabende kommen – ich habe ein paar herrliche Bücher entdeckt!“

Pepsi sagt Hexi gute Nacht und wendet sich an Sabine, die immer noch vor ihrem Schrank steht und ihre Pullover auf- und umschichtet.

„Suchst du etwas Bestimmtes? Wie wär's mit Zubettgehen?“

„Ich hab nur ein bißchen Ordnung gemacht.“

Pepsi seufzt.

„Beneidenswert. Könntest du meine Pullis nicht auch mal so schön in Reih und Glied bringen? Ich kann tun, was ich will – ich kriege das nie hin.“

Sabine schließt schnell den Schrank und schlüpft in ihr Bett. War das nun Anerkennung oder Spott? Bei Pepsi weiß man das nie so genau. Nur über eines ist sich Sabine klar: Mit ihrer übergroßen Pedanterie kann sie bei Pepsi keinen Blumentopf gewinnen. „Ordnungsliebe kann auch zum Selbstzweck werden", hat sie ihr einmal gesagt, „und dann wird es schlimm!" Aber Sabine kann nun mal nicht aus ihrer Haut heraus, wenn nicht alles wie abgezirkelt in ihrem Schrank oder auf ihrem Schreibtisch liegt, dann wird sie von einer bohrenden Unruhe befallen, so als hätte sie etwas Schlimmes getan. Von klein auf ist sie dazu erzogen worden, alles peinlich sauber und ordentlich zu halten. Und wenn Pepsi hundertmal beteuert, die Welt ginge nicht gleich unter, wenn man seine Schuhe einen Tag mal nicht geputzt hat, Sabine hatte trotzdem immer das Gefühl, als sei es eine Katastrophe.

„Na du?" Pepsi klopft Sabine freundschaftlich das Kopfkissen zurecht. „Alles okay? Hast du schon Antwort von deiner Mutter?"

„Noch nicht."

„Wird sicher morgen kommen, vielleicht hatte sie zuviel zu tun, um gleich zu schreiben."

„Sicher sogar. Ich weiß ja, wie es zu Hause zugeht. Und sie macht sich auch immer so viel Arbeit."

„...daß sie die wirklich wichtigen Dinge darüber nicht mehr schafft", rutscht es Pepsi heraus. Sie kennt Sabines Mutter.

„Das habe ich jetzt auch manchmal gedacht. Wenn ich dich so ansehe..."

„Du wirst doch nicht meinem unmoralischen Einfluß unterliegen?" lacht Pepsi. „Aber im Ernst: Vielleicht ist es für dich wichtig, Abstand zu gewinnen und zu sehen, wie du es einmal besser machen kannst. Ich finde, du hast dich schon sehr verändert!"

Das stimmt zwar nicht, aber es macht Sabine vielleicht Mut, denkt Pepsi, den Sinn des Lebens nicht nur in Sauberkeit, Ordnung und guten Schulnoten zu sehen. Sie lacht viel zu selten, und wenn, dann klingt es nicht frei.

„Gute Nacht, Sabine. Schlaf ein mit dem Gedanken: Morgen

wird ein ganz toller, herrlicher Tag, an dem ich viel Spaß haben werde!"

„Ich will's versuchen."

Wenn du wüßtest, denkt Sabine. Ich sende höchstens ein Stoßgebet gen Himmel, daß mit diesem Andy alles klargeht und wir nicht erwischt werden! Aber prima ist Pepsi schon. Schade, daß man ihr nicht einfach alles sagen kann.

Nachdem Pepsi auch Joy gute Nacht gesagt hat – was immer ein bißchen schneller geht als bei den anderen, denn Joy hat ihre unsichtbare Mauer, mit der sie sich gegen alles hier abschirmt, noch nicht eingerissen –, löscht sie das Licht und geht hinaus. Einen Augenblick warten die Mädchen, bis sie sicher sind, daß Pepsi im Nebenzimmer verschwunden ist, dann flüstern sie drauflos.

„Hoffentlich sind die Jungen überhaupt zu so etwas zu gebrauchen", wispert Hexi.

„Was meinst du?" erkundigt sich Sabine.

„Na, ein Haus instand zu setzen. Weißt du, ob sie mit einem Hammer umgehen können und sich nicht nur blaue Daumen hauen?"

„Zur Not kann ich es", grunzt Joy. „Wir machen zu Hause alles selber – malen, tapezieren, reparieren. Viel größere Sorge macht mir das Werkzeug."

„Warten wir ab, was die Jungen zustande bringen", meint Hexi gähnend. „Geben wir ihnen eine Chance, ihre Fähigkeiten unter Beweis zu stellen. Alle zusammen werden wir das schon hinkriegen."

Am nächsten Tag, gleich nach dem Mittagessen, treffen sie sich hinter der Garage. Hexi hat sich von Pepsi zu einem Gang in den nächsten Ort beurlauben lassen, angeblich, um ein Geschenk zu besorgen. Sie wird sich um die nötigen Ausrüstungsgegenstände kümmern. Ein Eßgeschirr und Besteck, Zahnbürste, Seife und eine Plastikschüssel, vielleicht auch, wenn das Geld reicht, einen kleinen Campingkocher mit Topf. Und natürlich ein paar Lebensmittel. Alle haben von ihrem Taschengeld dazugegeben.

„Paßt auf!" sagt Christian hastig. „Wir dürfen keine Zeit verlieren! Jeder geht jetzt auf einem anderen Weg zum Kutscherhaus. Achtet darauf, daß euch niemand sieht, wenn ihr hineingeht, und überlegt euch gut, was ihr sagen wollt, wenn ihr jemandem begegnet, okay?"

„Logisch."

„Mike nimmt den kürzesten Weg, weil er die Tür öffnen muß. Paßt genau auf, wie er sie hinterläßt, wenn er hineingegangen ist. Genauso müßt ihr es auch machen, klar? Ich hole inzwischen das Putzzeug, hab es hinter dem Haus versteckt."

„Wo hast du es organisiert?" fragt Sabine.

„Aus dem Putzraum im Keller. Nachmittags kommt da sowieso niemand mehr hin. Abends muß es natürlich wieder an Ort und Stelle sein."

Mike grinst.

„Ach, darum ist dir beim Mittagessen die Zuckerdose runtergefallen! Hab mir doch gedacht, daß das kein Zufall war!"

„Kluges Kerlchen! Es war die beste Gelegenheit, ungestört alles zu holen, was wir brauchen, und es hinter dem Haus zu verstekken. Nachdem ich den Zucker im Eßsaal aufgefegt hatte, habe ich Kehrschaufel und Besen noch dazugelegt, den Putzkeller abgeschlossen, und kein Mensch hat was gemerkt. Aber jetzt kommt!"

Auf Christians Wink hin verschwindet Mike zwischen den Bäumen und rennt quer durch den Park zum Kutscherhaus. Weit und breit ist niemand zu hören und zu sehen. Nur drüben vom Sportplatz dringt Kreischen und Lachen herüber, da trainieren die Kleinen aus der Fünften für den Handballwettbewerb.

Mike schleicht um das verwitterte Gebäude herum zur Kellertreppe, duckt sich tief unter die überhängenden Sträucher und gibt der morschen Tür einen leichten Stoß. Das verrostete Schloß hat gestern beim ersten Druck nachgegeben, unter den kreuzweise über die Öffnung genagelten Brettern kann man leicht hindurchkriechen.

In dem engen, dunklen Flur riecht es nach Schimmel und faulendem Unrat. Durch die zerbrochene Fensterscheibe über der Tür hat der Wind trockene Blätter und Staub hereingewirbelt, die sich auf dem Boden zu einer feucht-schmierigen Paste vermischt haben. Rechts ist die Öffnung zum Kohlenverschlag, links gibt es zwei Räume, die wohl einmal als Vorratskeller gedient haben. Sie liegen voller Gerümpel. Vielleicht findet man sogar noch etwas Brauchbares darunter.

Von der Mitte des Flurs aus führt eine steile Stiege bis zu einer Bodenklappe, hier geht es nach oben. Mike stemmt die schwere Platte zur Seite, die Scharniere brauchen dringend einen Tropfen Öl, sie quietschen, daß man eine Gänsehaut bekommt.

„Mike? Bist du da?“

Joy schiebt vorsichtig ihren Kopf durch die Türöffnung.

„Komm rein, du mußt unten durchkriechen!“

„Pfui Deibel, stinkt das hier! Wer soll denn das aushalten!“

„Oben ist es besser, da pfeift im Winter der Sturm durch alle Ritzen und lüftet ordentlich. Und jetzt im Spätsommer ist es direkt komfortabel.“

Joy klettert hinter Mike ins Erdgeschoß.

„Erschrick nicht, hier ist alles voller Spinnweben. Komm, ich führe dich erst mal herum.“

„Was ist eigentlich, wenn das Haus wirklich einkracht?“

„Wir haben gestern alles geprüft und abgeklopft. So schlimm ist es gar nicht – wenn nicht gerade Windstärke zwölf kommt und das halbe Dach abdeckt. Hier ist die Küche. Und dahinter so eine Art Speisekammer. Auf der anderen Seite die Wohnstube, da steht sogar noch ein altes ausgeleiertes Sofa und ein wackliger Tisch. Oben unterm Dach gibt’s dann noch zwei Schlafstuben.“

„Igitt, ist das dunkel, man kommt sich vor wie in einem Burgverlies!“

„Deshalb werden wir Andys Versteck auch oben einrichten. Warte, ich zeig’s dir!“

Mike klettert die ausgetretene Stiege zum Dachgeschoß hoch, Joy folgt ihm mit dem unbehaglichen Gefühl, die Stufen müßten jeden Augenblick unter ihr wegrutschen und in die Tiefe krachen.

Hier oben ist es heller, die kleinen Dachfenster sind nicht vernagelt, sie liegen hoch oben in der Dachschräge und schauen direkt in den Himmel, so daß man von draußen nicht hereinsehen kann.

Sie betreten das Stübchen zur Rechten der Treppe. Von den Wänden hängt in langen Fetzen schmutzige Tapete, aus der Decke sprießt ein abgerissenes Kabel. Nasse Flecken erinnern an den letzten Regen, dem das schadhafte Dach nicht mehr standgehalten hat. Aber aushalten läßt sich's hier – wenigstens wenn man in Andys Lage ist.

„Sicher, schön ist es nicht gerade, aber man kann was daraus machen", sagt Mike, als habe er Joys Gedanken gelesen.

Unten poltern die anderen heran. Joy hört sie in der Küche tuscheln. Gleich darauf erscheint Sabine mit Besen und Kehrschaufel bewaffnet.

„Beeilung, Leute, wir haben keine Zeit zu verlieren. Hier, Joy, feg schon mal das Zimmer aus. Wir versuchen gerade herauszubekommen, ob es in diesem Stall einen Tropfen Wasser gibt. In der Küche ist ein Wasserhahn, aber der röchelt nur."

„Sie werden den Haupthahn abgedreht haben. Wartet mal, ich schau im Keller nach." Mike wendet sich geschäftig zur Tür.

„Kluges Kind", lobt Sabine ihn. „Ein Segen, daß wir wenigstens einen Praktiker unter uns haben. Hoffentlich findet er etwas!"

Joy beginnt damit, Wände und Decken von Spinnweben zu reinigen.

„Ohne Wasser kriegen wir das hier nie sauber", stöhnt sie.

„Christian ist gerade dabei, Eimer und Wischlappen zu holen."

„Wenigstens etwas, für den Anfang."

Ein schrilles Aufkreischen in der Küche läßt die beiden Mädchen zusammenschrecken.

„Mir scheint, sie haben das Wasser gefunden. Komm, das sehen wir uns an", sagt Joy trocken.

In der Küche stehen Verena, Edward und Christian von oben bis unten mit einer schmutzigen Brühe bekleckert, die dort herausschießt, wo sich vorhin noch der Wasserhahn befand. Der hängt jetzt wie ein seekranker Storch über dem Waschbeckenrand.

„Dreh den Haupthahn ab, du Trottel!" kreischt Christian hysterisch. „Nun mach schon!"

Gehorsam versiegt der gelb-bräunliche Strom. Mikes Kopf schiebt sich vorsichtig um die Ecke. Fassungslos starrt er auf die drei triefenden Jammergestalten und auf den Wasserhahn.

„Allah ist groß! Mir scheint, den müssen wir reparieren."

„So, glaubst du!" schimpft Edward.

Mike übersieht die wütenden Blicke der Freunde und wendet sich fachmännisch dem schadhaften Wasserhahn zu.

„Hm, nicht so schlimm, wie ich dachte. Die Schraubmuffe ist durchgerostet. Wenn wir die ersetzen, ist alles in Butter."

„Schraubmuffe? Was ist denn das?" Sabine tritt interessiert näher.

„Das Verbindungsstück zwischen Rohr und Wasserhahn. Sieh mal, hier – das müssen wir erneuern."

„Aber das ist doch sicher irre teuer?"

„Wer hat gesagt, daß wir es kaufen? Wir werden es uns anderswo ausleihen! Entschuldigt mich einen Moment."

Und schon ist Mike auf und davon. Die anderen machen sich an die Arbeit. Verena, Edward und Christian mit zusammengebissenen Zähnen, denn das abgestandene schmutzige Wasser auf der Haut ist nicht besonders angenehm.

Sabine und Joy reinigen die Kammern unter dem Dach so gut es geht, die anderen durchstöbern das Gerümpel nach brauchbaren Gegenständen, klopfen den Staub aus dem alten Sofa, schrauben Lehne und Seitenteile ab und schleppen alles nach oben. Es gibt noch ein ganz passables Bett ab. Dann folgt der wacklige Tisch. Christian repariert ihn notdürftig.

„Ein Glück, daß hier niemand in der Nähe wohnt", seufzt Verena. „Bei eurem Klopfen und Rumpeln wären sie schon längst mißtrauisch geworden!"

„Du hast recht, wir müssen vorsichtiger sein." Christian wendet sich zur Küche, aus der fröhliches Pfeifen erklingt. „He! Welcher Idiot pfeift denn da so laut!"

„Entschuldige...", kommt Mikes Stimme irgendwo aus der Tiefe unter dem Waschbecken. „Aber nach einer gelungenen Aktion muß ich einfach pfeifen."

Christian, Edward, Sabine und Joy drängen in die Küche. Tatsächlich! Das Wasser sprudelt, wenn auch noch nicht ganz sauber, da heraus, wo es herkommen soll – aus dem Wasserhahn!

„Allah ist groß!" platzt Joy heraus. „Wie hast du das fertiggebracht?"

„Mein Geheimnis. Ist einer von euch zufällig in der Gärtnergruppe?"

„Nein, warum?"

„Das ist gut so."

„Du sprichst in Rätseln!"

„Vergeßt es."

Nächtlicher Umzug

„Da kommt Hexi!"

Joy, die gerade zwischen den Ritzen hindurch einen Blick aus dem Fenster geworfen hat, sieht Hexis dunklen Schopf draußen vorüberhuschen. Gleich darauf erscheint sie unter Rumpeln und Poltern, bepackt wie ein Muli.

„Nun helft mir doch mal! Ich kann das Zeug kaum noch schleppen! Und ewig die Angst, daß mir einer begegnet! Zum Glück ist alles gutgegangen – aber ich hab auch einen ganz schönen Umweg durch den Wald gemacht. Uff!"

Hexi lehnt sich erschöpft gegen die Wand, dann packt sie aus, was sie eingekauft hat. Einen rot-weiß getupften Becher mit passendem Teller, ein einfaches Besteck, Seife, Zahnbürste, Zahnpasta und Kamm, einen kleinen Campingkocher mit Topf und Brennwürfeln, Kakao, Zucker, Salz, Milch und ein paar Tüten mit Fertigsuppe, Brot und eine Dauerwurst, eine Tafel Schokolade und eine Rolle Toilettenpapier.

„Tapfer, tapfer, was du da geschleppt hast. Na ja, du bist und bleibst eine Sportskanone. Übrigens, das wollte ich euch schon vorhin fragen", sagt Verena, „wo ist hier das Badezimmer?"

„Badezimmer? So was gibt's hier nicht", brummt Mike.
„Und wenn Andy mal muß?"
„Neben dem Stall draußen ist ein Plumpsklo. Kannst es gleich mal putzen. Natürlich darf er es nur nachts benutzen, wir werden wohl noch einen Deckeleimer organisieren müssen."
Verena rümpft die Nase.
„Das ist doch wohl nicht dein Ernst!"
„Was?"
„Daß ich das Klo putzen soll!"
„Aber Prinzessin, ihr starrt doch sowieso schon vor Dreck, was macht denn das jetzt noch aus!"
„Du Idiot!"
„Frieden, Leute. Wir müssen Schluß machen, laßt uns schnell überlegen, was jetzt noch fehlt. Bettwäsche, Handtücher, eine Decke und ein Kissen – was noch?" überlegt Sabine.
„Bücher und Spiele – und etwas zum Schreiben. Das bringen wir heute abend mit", erklärt Christian.
„Okay, dann geht ihr schon mal los, damit ihr euch vor der Studierzeit säubern und umziehen könnt. Joy und ich wischen noch den Fußboden auf, Hexi und Mike verstauen die Sachen."
Einer nach dem anderen verläßt das Kutscherhaus, vorsichtig wie ein Wildtier rundum witternd, ob auch keine Gefahr droht. Aber nichts regt sich. Hierher verirrt sich selten jemand. Wirklich ein ideales Versteck!
Mike und Joy gehen als letzte. Sie machen einen Umweg über die große Allee, die am Gewächshaus vorbeiführt.
„Pssst!" Mike bekommt plötzlich kugelrunde Augen. „Ich wußte gar nicht, daß heute eine der Gärtnergruppen dran ist!"
„Klar doch – die aus der Zehnten."
„Das Wasser ist weg", kommt eine klagende Stimme aus dem Innern des Gebäudes.
„Nun warte doch mal!" Mike hält Joy am Ärmel fest und starrt fasziniert zum Gewächshaus hinüber. Drinnen wird gemurmelt und gestritten. Dann erkennen sie die Stimme von Herrn Brockhoff, dem Deutschlehrer und Leiter der Gärtnergruppen.

Herr Brockhoff kommt aus dem Geräteraum und macht sich an einem Hahn an der Außenwand zu schaffen. Joy und Mike hören ihn leise schimpfen.

„Welcher Idiot hat denn den Haupthahn abgedreht, ohne mir etwas zu sagen."

Vielstimmiges Kreischen und Quietschen von drinnen unterbricht ihn.

„Na komm", sagt Mike. „Gehen wir lieber."

Um acht Uhr werden nicht nur das große Haupttor, sondern auch die beiden Türen zum Trakt der Mädchen und dem der Jungen abgeschlossen. Von da an sind die Familien unter sich, sitzen in ihren Gemeinschaftsräumen oder Zimmern, hören Musik oder lesen und spielen, manchmal gibt es eine Fernsehsendung, einen Film oder Dias anzusehen, und wer will, kann im Tischtennisraum unten im Keller noch eine Runde vor dem Schlafengehen spielen.

Um neun Uhr kehrt Ruhe ein. Dann hört das Huschen und Trappeln auf den Gängen und Treppen auf, das Plätschern, Lachen und Pfeifen hinter den Türen der Duschräume verstummt, und ein Licht nach dem anderen verlöscht.

Sabine hat auf dem Weg vom Duschraum zu ihrem Zimmer einen kleinen Abstecher in die Wäschekammer gemacht. Sie hat aus der Flickenkiste zwei Handtücher, zwei Laken und einen Kopfkissenbezug geholt. Was macht es, daß die Wäsche große Löcher aufweist, Hauptsache, sie ist frisch gewaschen, und vermissen wird sie so bald niemand, die Flickschneiderin kommt nur zweimal im Jahr ins Landschulheim.

Christian hat versprochen, aus der Kofferkammer zwei von den Tüchern zu organisieren, mit denen die Koffer abgedeckt werden. Wenn man sie mehrfach zusammenlegt, ergibt das eine ausreichende Bettdecke. Und den Kopfkissenbezug werden sie mit alten Pullovern stopfen – jeder opfert den, den er am wenigsten leiden kann, haben sie ausgemacht.

„Hier, schau mal!" sagt Hexi, als sie im Flur auf Sabine trifft, die mit ihrer Beute unter dem Bademantel wie eine Hochschwangere daherkommt. „Eine ganze Dose voller Putzmittel! Und Joy hat noch mal soviel – ihre ganze Fußpuderdose voll!"

„Und was hat sie mit dem Fußpuder gemacht?"

„Wir haben getauscht – den Fußpuder in die Putzmitteldose im Duschraum, und das Putzmittel hier rein." Hexi kichert. „Die Putzfrauen werden vielleicht staunen!"

„Pssst!"

Die dicke Bruni kommt aus ihrem Zimmer und schaut entgeistert auf Sabines ungewöhnlich rundliche Leibesmitte.

„Was hast du denn da?"

„Oh, nichts, das ist nur mein Handtuch. Das mach ich immer so." Sabine wendet sich schnell ab und verschwindet im Zimmer.

Jetzt heißt es Geduld haben und nicht einschlafen, bis im ganzen Haus Ruhe eingekehrt ist und auch Lehrer und Erzieher schlafen gegangen sind. Joy hockt sich aufrecht in einen Winkel ihrer Koje und starrt auf die Leuchtziffern ihrer Armbanduhr.

Dann muß sie aber doch einen Augenblick eingenickt sein. Jedenfalls schreckt sie hoch, als jemand sie sanft am Arm zieht und flüstert: „Es ist soweit! Komm!"

Joy schlüpft in Jeans, Pulli und Turnschuhe und schleicht hinter den anderen her auf den Flur hinaus und die Treppe hinunter. Verena haben sie zurückgelassen, sie ist zu ängstlich für so eine Unternehmung.

Ohne Zwischenfall kommen sie bis in den Tischtenniskeller. Hier gibt es ein Fenster, durch das man leicht ins Freie gelangen kann, sie haben es vorher ausprobiert.

Die Jungen warten hinter der Garage.

Mike hat einen Rucksack auf dem Rücken, in den er alles gestopft hat, was sie für Andys Ausrüstung organisiert haben – die beiden Koffertücher, die Hälfte eines ausrangierten Schlafsacks, Bücher, Spiele und Schreibutensilien, Unterwäsche, Strümpfe und Pullis, Kerzen und Streichhölzer.

„Hier, nehmt schon mal die Klamotten mit!" flüstert Christian. „Mike und ich holen Andy aus der Scheune, ihr geht ins Kutscherhaus und richtet alles her, okay?"

„Klarissimo, bis gleich!"

Im Dunkeln wirkt das windschiefe, verfallene Gebäude noch unheimlicher. Edward leuchtet mit seiner Taschenlampe in jeden Winkel, bevor er sich vorwärts wagt. Joy zündet in der Küche zwei Kerzen an und beginnt, mit dem Putzmittel das verklebte Waschbecken zu reinigen, während Sabine den Campingkocher installiert, um heißes Wasser zu bereiten. Hexi und Edward richten Andys Lager her.

Bald sieht Andys neues Versteck richtig gemütlich aus. Im Kerzenschein fällt die zerfetzte Tapete kaum auf, und auch die häßlichen Flecken verblassen. Auf dem Tisch steht das Abendbrot bereit, und daneben liegt ein Zettel: „Herzlich willkommen im neuen Heim!" Schön von Blumen und Girlanden umrahmt, Hexis Werk.

„Sie kommen!"

Vom Keller her nähern sich Stimmen. Dann erscheinen nacheinander Mike, Andy und Christian.

Sabine schiebt die anderen beiseite und nimmt Andy bei der Hand.

„Ich zeig dir die Küche, da kannst du dich waschen. Das Wasser im Waschbecken ist warm, also besser, du tust das gleich, damit es nicht wieder abkühlt." Sabine schaut mitleidig auf die Dreckkrusten in Andys Gesicht. „Oben ist dein Wohn- und Schlafzimmer, da liegt frische Wäsche für dich. Möchtest du lieber Suppe oder Kakao?"

„Wenn es euch recht ist, Kakao." Andys Augen leuchten. Magisch angezogen von dem Kerzenschimmer steigt er die Stiege hinauf und betritt sein zukünftiges Reich. „Klasse! Ihr seid wirklich einsame Spitze!" seufzt er und will sich an den Tisch setzen.

„Nein, nein, nun geh dich erst mal waschen", drängt Sabine. „Hier, nimm Wäsche und Strümpfe mit."

„Muß das sein?"

Aber Sabine ist unerbittlich. Sie drückt Andy die sauberen Kleidungsstücke in den Arm und schiebt ihn zur Treppe.

„Wir kochen inzwischen den Kakao."

Andy trollt sich zögernd. Aber als er erst einmal die Hände ins

Andy prustet und bedeckt sich mit Seifenschaum

Wasser taucht und es über sein Gesicht laufen läßt, packt es ihn: Er reißt sich die schmutzigen Kleidungsstücke vom Leib, planscht sich die lauwarmen Fluten über den ganzen Körper, bedeckt sich von Kopf bis Fuß mit einer weichen Schicht von Seifenschaum, prustet, schippt Wasser nach, dreht den Wasserhahn voll auf, legt sich halb darunter und schaufelt und spritzt sich die Ströme über den Körper. Dabei jauchzt er urplötzlich so laut auf, daß Sabine vor Schreck fast den Kakaotopf vom Kocher fallen läßt.

„Ist der verrückt geworden? Was treibt er da? Sieh doch mal nach, was los ist", zischt Hexi. „Er wird uns alle verraten!"

Christian verschwindet nach unten und kommt gleich darauf grinsend zurück.

„Alles in Ordnung, Leute", sagt er. „Unser Söhnchen hat die Küche zu einer Art Swimmingpool gemacht. Vergeßt den Taucheranzug nicht, wenn einer von euch auf die Idee kommt, runterzugehen."

Bald darauf erscheint auch Andy. Vor Sauberkeit ist er kaum wiederzuerkennen, sogar die Haare glänzen vor Nässe. Bekleidet ist er nur mit einem T-Shirt und einer Unterhose, an den Füßen trägt er Christians rote Socken.

„Ich hatte keine Lust, wieder in die dreckigen Jeans reinzusteigen", sagt er entschuldigend. „Ich hab sie gleich zum Aufwischen benutzt. Ihr könnt sie mir doch sicher morgen waschen, oder?"

Sabine schluckt.

„Sicher. Machen wir alles."

Andy setzt sich an den Tisch. Zwei übereinandergestellte Kisten, die sie im Keller gefunden haben, dienen als Stuhl. In wenigen Schlucken hat Andy den Kakaobecher geleert, und Joy schenkt nach. Auf dem Teller liegen Wurst- und Käsebrote, zwei Tomaten und ein hartgekochtes Ei. Andy läßt es sich schmecken, und seine Gönner stehen um ihn herum und fühlen sich, als schwebten sie einen Meter über dem Erdboden. War es nicht eine großartige Idee, diesem armen Jungen zu helfen, der noch nie im Leben eine richtige Familie gehabt hat? Alle früheren Sticheleien und Zänkereien zwischen ihnen sind vergessen. Sogar Joys Rache-

4 4080-20

gelüste und Fluchtgedanken haben sich in nichts aufgelöst. Andy braucht sie. Nichts anderes spielt mehr eine Rolle.

„Hier sind Bücher und Schreibzeug, wenn du dich langweilst", erklärt Christian. „Und dort ein bißchen Werkzeug. Mit dem Hammer mußt du vorsichtig sein, der Stiel ist locker, wir haben ihn unten im Keller gefunden. Aber die Nägel sind neu, aus meinem eigenen Werkzeugkasten!"

„Paß bloß auf, daß du nicht zuviel Lärm damit machst", mahnt Edward. „Abends mußt du die Fenster verhängen, damit man von außen keinen Lichtschein sieht. Und vergiß nicht, die Kerzen zu löschen, bevor du einschläfst, sonst brennt dir die Bude über dem Kopf ab!"

„Ich werd's nicht vergessen."

„Wir machen schnell noch die Küche sauber, komm, Joy!" Sabine räumt das Geschirr zusammen und drückt es Joy in die Hand. Mit einer Kerze klettert sie ihr voraus nach unten.

„Du lieber Himmel, was für ein Schweinestall! Das müßte meine Mutter sehen! Höchste Zeit, daß wir unserem Söhnchen Ordnung und Sauberkeit beibringen!" Angeekelt sammelt Sabine Andys Kleidungsstücke vom Fußboden.

„Sei froh, daß er sich überhaupt gewaschen hat, Frau Saubermann", meint Joy achselzuckend. „Nehmen wir das Zeug mit ins Landschulheim?"

„So dreckig? Da werden sogar die in der Wäscherei mißtrauisch! Nein, nein, wir waschen es hier, morgen besorge ich Waschpulver."

„Ganz schön mühsam, so ein Familienzuwachs, wie?" kichert Joy.

„He – seid ihr fertig? Wir müssen gehen!"

Mike, Christian, Edward und Hexi kommen die Stiege herunter.

„Okay, alles andere morgen. Komm, Joy, wir sagen unserem Schützling nur noch schnell gute Nacht."

Aber als sie nach oben kommen, schläft Andy bereits tief und fest. Wie ein Baby liegt er zwischen seine weißen Laken gekuschelt, sauber und satt.

„Süß, unser Kleiner", flüstert Joy und lacht. „Wenn sie schlafen, sind sie doch immer am niedlichsten!"

Beinah erwischt

Andy fühlt sich in seinem neuen Reich wie ein Märchenkönig.

Nachdem er bis in den hellen Vormittag hinein geschlafen hat, trinkt er ein großes Glas Milch, verzehrt ein Butterbrot, das er statt mit Wurst mit einer Tafel Schokolade belegt, und inspiziert dabei Bücher und Rätselhefte, die die Jungen für ihn mitgebracht haben. Dann geht er daran, sein Haus zu erforschen.

An das Dämmerlicht gewöhnt er sich schnell. Er schreitet die Zimmer in ihrer Länge und Breite ab, durchstöbert jeden Winkel vom Keller bis unters Dach und überlegt, was er alles aus seinem Haus machen könnte.

In Gedanken verteilt er Möbel, Lampen und Teppiche, immer gleich mehrere übereinander, wie in dem Zelt des Sultans, das er einmal auf einem Zeitungsfoto gesehen hat. Hier kommt der Fernsehapparat hin und dort die Stereoanlage. Gleich daneben das Podium für das Orchester – natürlich muß dazu das Zimmer vergrößert werden.

Der Kohlenkeller wird Hobbyraum, daneben läßt Andy eine Schwimmhalle erstehen mit Sportgeräten und einem Extrazimmer für den Tischtennistisch und die Flipperautomaten.

Jetzt baut er unterirdisch weiter. Er richtet Zimmer für die Gäste ein, rote, blaue und gelbe Salons mit Goldfischteichen und von innen beleuchteten Globen, die Wände bedecken Bücherregale und geheimnisvolle Land- und Seekarten.

Auch oben kommen noch ein paar Stockwerke drauf. Das Wichtigste ist ein Turmzimmer mit Fenstern nach allen Seiten und Nestern und Brutkästen für viele Vögel unter dem Dach.

Klar, daß draußen im Stall zwei Dutzend schöne Pferde stehen,

Andy erfindet jedes einzelne mit Farbe und Namen. Ein paar Kamele mit edelsteingeschmückten Sätteln gibt es und jede Menge Hunde und Katzen. Vor dem flackernden Kaminfeuer schläft ein zahmer Löwe, dessen Freunde und Spielgefährten sind die weißen Lämmchen dort draußen unter dem Apfelbaum. Oder vielleicht lieber ein Pfirsichbaum? Ach was, beides, und von jeder Sorte ein Dutzend! „Haben Sie schon meine Pfirsiche probiert, lieber Prinz? Es sind die köstlichsten, die Sie je gegessen haben!"

Andy gestaltet seinen Phantasie-Palast. Hier ist er frei, kein Heimleiter kann ihn anschnauzen, keine Stubenkameraden können ihn verspotten, weil er träumt. Andy sieht ihre hämischen Gesichter, hört ihre Sprechchöre, ihre schrillen, boshaften Stimmen.

„Wache! Nehmt sie und bindet sie fest! Werft sie in den Brunnenschacht! Dort sollen sie schmachten, bei Wasser und Brot!"

„Gnade, Fürst! Gnade! Wir wollen alles tun, was ihr befehlt!"

„Na gut, damit ihr seht, daß ich nicht so grausam bin wie ihr. Jeden Tag eine Cola und ein Kaugummi zusätzlich. Küßt mir die Hand für meine Güte!"

Andy seufzt glücklich. Nein, sie können ihm nichts mehr tun, ihn nicht mehr quälen, weil er nicht so stark und rauflustig ist wie sie und nicht mitmacht bei ihren gemeinen Spielen. Hier können ihn Ede Fuchs und die beiden Krauses nicht mehr erreichen.

Wenn Andy ehrlich ist, muß er zugeben, daß er vor allem wegen der beiden Brüder Krause abgehauen ist. Aus Angst vor ihren Drohungen und Grausamkeiten. Sie haben mit ihm gemacht, was sie wollten. Und Herr Niemöller? Der hat immer nur den anderen geglaubt, für ihn war Andy ein Schlappschwanz, ein Versager.

„Das haben Sie nun davon, Herr Niemöller! Das hätten Sie nicht gedacht, wie? Ziehen Sie gefälligst Ihre Schuhe aus, wenn Sie mein Haus betreten. Nehmt ihm die Zigarre weg, Männer, meine Spinnen vertragen keinen Rauch. Sie werden niemals mehr eine Spinne zertreten, die ich aufgezogen habe, Herr Niemöller! Jetzt werden Sie selbst zertreten. Alle, die meinen Tieren was tun, werden genauso getötet, hört ihr?"

Andy erschrickt. Hat er wirklich laut geredet? Wenn ihn nun

einer gehört hat? Vorsichtig späht er durch die Fensterritzen. Nein, alles ist still.

Andy wendet sich wieder seinen unsichtbaren Besuchern zu. Ah, sieh mal an, die Schulkameraden! Die auf der Bank und im Schulhof immer weggerückt sind von ihm, dem Heimkind! Die nachmittags nie Zeit hatten, weil die lieben Muttis das nicht wollten! „Bring mir ja nicht den Jungen aus dem Heim ins Haus!" Schaut mich an! Da werdet ihr blaß und grün vor Neid, wie? Andy – der freieste Junge der Welt, der ein eigenes Haus hat!

Hier wird er Vögel anlocken und sich zu Freunden machen. Vielleicht gibt es wilde Kaninchen? Mäuse ganz bestimmt! Die niedlichen kleinen Feldmäuse mit den großen, dunklen Augen! Wenn er Glück hat, verirrt sich mal ein herrenloses Kätzchen zu ihm, das sich freut, ein Zuhause zu finden. Andy hat sich immer schon ein eigenes Tier gewünscht, aber er hat nie etwas anderes besessen als Spinnen, Schnecken und eine Hummel.

Im Heim sind Tiere unerwünscht. Das wäre undenkbar! Tiere könnten ja Bazillen hereinbringen. Wenn im Heim nicht alles nach Putzmitteln riecht, sind sie nicht zufrieden. Aber hier...

Andy betrachtet eine Wüstenlandschaft, die die nassen Flecken auf die Wand gemalt haben. Farbe braucht er, viel Farbe, dann wird er alle Wände mit Bildern bemalen!

Am ersten Abend, nachdem die Freunde ihn besucht haben und wieder gegangen sind, traut Andy sich bis zum Stall. Christian hat ihm seine Taschenlampe dagelassen. Der Stall ist nicht mehr zu gebrauchen, die Decke hängt halb herunter wie eine aufgeschlitzte Matratze. Nur am Eingang könnte man noch einen Kaninchenstall unterbringen, da ist es geschützt und trocken. Er wird mit Mike darüber reden.

Am zweiten Abend macht er schon einen kleinen Spaziergang durch die Felder, und mit jedem neuen Tag wagt er sich ein Stück weiter hinaus.

Natürlich erzählt er den anderen nichts davon. Sabine und Edward würden sich sicherlich fürchterlich aufregen. Mike hat ein neues Schloß in die Kellertür eingesetzt. Den einen Schlüssel hat

Andy bekommen, den anderen verstecken sie draußen unter den Büschen, wenn sie fortgehen. Es ist ein tolles Gefühl, einen eigenen Hausschlüssel zu besitzen, auch wenn Andy sein Versteck nur nachts verlassen kann.

Ganz allmählich jedoch beginnt Andy, sich zu langweilen. Es ist nicht mehr besonders aufregend, bis mittags im Bett zu bleiben und seine Mahlzeiten einzunehmen, wenn man gerade Lust dazu hat. Und nachts draußen allein herumzustreifen ist auch nicht so interessant. Ja, wenn Joy dabei wäre – oder Mike oder Hexi. Aber so?

Auch seine Freunde spüren, daß Andy jeden Tag unzufriedener wird. Der Gedanke, wie man diesen Zustand ändern könnte, beschäftigt sie sogar in den Schulstunden, vor allem Joy, die sich gerade vergeblich bemüht, etwas von dem in sich aufzunehmen, was Herr Brockhoff über den Satzbau erzählt. Seine Stimme wirkt einschläfernd.

Sie kann tun, was sie will, sich zusammennehmen, die Luft anhalten oder tief einatmen, die Augen aufreißen und den Deutschlehrer anschauen, als sauge sie jedes Wort von seinen Lippen – es ist alles vergeblich. Schon nach Sekunden kriecht ein Gefühl bleierner Müdigkeit durch ihren Körper, die Augenlider werden schwer, als hätte jemand Kaugummi draufgeklebt. Verflixt noch mal, sie muß sich einfach zusammenreißen!

In der ersten Bank am Fenster sitzt die blonde Bärbel und kaut gelangweilt an ihrem Zopfende. Herrn Brockhoff macht der Anblick rasend, wie Bärbel ihr naßgelutschtes Zopfende durch die Zähne zieht. Bärbel weiß das. Deswegen tut sie es ja. Und Herr Brockhoff weiß, daß Bärbel es weiß, deshalb darf er sich um keinen Preis etwas anmerken lassen. Joy beobachtet den stummen Zweikampf und schließt mit sich selber Wetten ab. Wird er explodieren? Wird er durchhalten? Herr Brockhoff will sich nicht rasend machen lassen. Herr Brockhoff konzentriert sich auf den Satzbau und zwingt sich, nicht in Bärbels Richtung zu schauen.

Joy fühlt ein Stück Papier unter ihrer Hand knistern. Sabine hat ihr einen Zettel zugeschoben. Joy faltet ihn unter der Hand auseinander und liest: „Andy muß Unterricht bekommen! Ihm fehlt die Schule."

Sabine hat recht. Fast zwei Wochen lebt Andy nun in seinem Versteck. Sie haben einen Plan ausgearbeitet, wer an welchem Tag für ihn sorgt. Immer zwei von ihnen – manchmal nur einer – bringen Andy zu essen und was er sonst benötigt, wechseln seine Wäsche aus, spielen mit ihm, unterhalten sich mit ihm oder helfen ihm, sein Haus zu reparieren.

Andy hat seine Bude gestrichen und mit den Postern dekoriert, die ihm die Freunde mitgebracht haben. An den Wänden prangen Oldtimer, Popstars und ein paar weidende Zebras und Giraffen vor dem schneebedeckten Gipfel des Kilimandscharo. Sogar ein altes Transistorradio haben sie für ihn aufgetrieben, damit er sich nicht so allein fühlt, wenn sie ihn nach den Freistunden wieder verlassen.

Trotzdem ist Andys Laune manchmal richtig saumäßig. Und dann kann er ekelhaft sein, aufsässig und unverschämt.

Gestern zum Beispiel. Sabine hatte ihm Nudelsuppe gekocht.

„Deine Suppe ödet mich an!" hat er rumgemäkelt. „Weißt du, wovon ich träume? Von einem Riesensteak mit drei Spiegeleiern drauf!"

„Sag bloß, das hat es im Heim gegeben!"

„Natürlich nicht. Aber auch nicht ewig diese labbrigen Suppen!"

„Sei froh, daß du überhaupt was kriegst! Ohne uns wärst du längst verhungert!"

„Okay, reg dich nicht auf, war ja nicht so gemeint", hatte Andy schlechtgelaunt gemurmelt, sich auf seinem Lager zusammengerollt und den ganzen Nachmittag keinen Laut mehr von sich gegeben.

Sabine hat Joy empört von der Begebenheit erzählt.

Es ist wahr. Man muß Andy klarmachen, daß er eine richtige Aufgabe braucht. Schulunterricht. Etwas, das nicht nur Zeitvertreib ist.

In der Pause diskutieren sie darüber. Alle sind mit dem Vorschlag einverstanden. Endlich gibt es mal wieder etwas Neues in

Angriff zu nehmen, die Sache mit Andy drohte schon langweilig zu werden.

„Wer geht heute zu ihm? Christian, prima, du bist genau der Richtige, um ihm das beizubringen. Auf dich hört er."

„Ich werde mal versuchen rauszukriegen, was er überhaupt kann. Angeblich hatte er ja in der Schule keine Schwierigkeiten."

„Sicher alles geschwindelt", meint Edward hochnäsig. „Na, du wirst ihm schon auf den Zahn fühlen."

Am Nachmittag hat Joy Gitarrenunterricht. Anschließend soll eine Probe des Schulorchesters stattfinden.

Zu Joys Überraschung fällt beides aus. Frau Ofenhahn, die Musiklehrerin, ist auf einer Beerdigung, heißt es. Joy sitzt allein im Musikzimmer, klimpert noch ein paar Takte, dann packt auch sie ihre Sachen zusammen. Anderthalb Stunden sind es noch bis zur Studierzeit.

In einem plötzlichen Entschluß läuft Joy zu Pepsi hinauf und holt sich die Erlaubnis, ins Dorf gehen zu dürfen. Sie möchte ein wenig im Buchladen stöbern.

Pepsi ist gerade dabei, Florian, ihrem ungeratenen Sprößling, das kleine Einmaleins abzuhören.

„Ins Dorf? Okay, da kannst du mir gleich – Florian, nimm den Finger aus der Nase! – gleich etwas aus der Apotheke mitbringen."

Pepsi steht auf, um ihr Portemonnaie zu holen und Joy aufzuschreiben, was sie mitbringen soll. Florian benutzt die Gelegenheit, um mit seinem Füller nach Joy zu spritzen. Es gibt einen häßlichen Klecks auf ihrem roten T-Shirt.

„Laß das, du Ferkel!" zischt Joy, und Pepsi haut zielsicher einmal kurz hinter sich. Ohne hinzuschauen klatscht ihre Hand leicht auf Florians rotgelockten Schädel. Sie muß einen sechsten Sinn dafür haben, wenn er etwas ausgefressen hat.

Im Dorf führt Joys erster Weg zu einem Metzger. Bei den Preisen für saftige große Steaks verliert sie sofort den Mut. Schließlich entscheidet sie sich für ein dickes Kotelett und kauft noch zwei Eier dazu. Im Haushaltsgeschäft daneben erwirbt sie eine einfache

Aluminiumpfanne mit einer Delle, für den halben Preis.

Nachdem Joy auch noch die Besorgung für Pepsi erledigt hat, läuft sie auf dem kürzesten Weg zum Kutscherhaus. Christian und Andy spielen eine Partie Mühle. Christian glaubt wohl, Andy die Neuigkeit so am schonendsten beibringen zu können.

„Hallo", sagt Joy. „Hast du schon gegessen?"

„Keine Lust", muffelt Andy.

„Dann laßt euch nicht stören."

Joy geht hinunter in die Küche und setzt den Campingkocher in Gang. In Andys Vorratskiste findet sie Margarine und Salz, und bald duftet das ganze Haus köstlich nach gebratenem Fleisch.

Andy schießt die Stiege hinunter wie eine Rakete.

„Eine Überraschung für dich", sagt Joy und wird rot, ohne daß sie weiß, warum. „Willst du die Spiegeleier dazu – oder erst später?"

„Dazu! Wenn schon, denn schon, heute wird gefeiert!"

Joy läßt die Eier in die Pfanne gleiten, und wenige Minuten später ist der Festtagsschmaus fertig. Andy schreitet triumphierend mit der Pfanne nach oben und läßt sich am Tisch nieder.

„Ich habe Andy gerade gesagt, daß wir jetzt jeden Tag mit ihm arbeiten wollen", erklärt Christian salbungsvoll.

„Gut – und womit wollen wir anfangen?"

„Er hat die Orientierungsstufe der Hauptstufe besucht. Andy behauptet, seine Noten wären sehr gut gewesen. Nun ja, wir werden sehen." Christian nimmt die Brille ab und putzt sie umständlich. Der geborene Lehrer! denkt Joy. „Wir werden damit beginnen, seine Deutschkenntnisse zu prüfen. Dann nehmen wir Geographie, Geschichte und Englisch dazu – und jeden Tag ein bißchen Mathe."

Andy rollt nur mit den Augen, sein Mund ist zum Glück so voll, daß jeder Protest unmöglich wird. Außerdem hat ihn das Kotelett in so gute Laune versetzt, daß er bereit ist, alles mit sich geschehen zu lassen.

Joy will gerade das Geschirr zusammenräumen, da hören sie vor dem Haus ein Hüsteln.

Die drei in der Dachkammer erstarren. Christian legt überflüssigerweise den Finger auf den Mund und geht auf Zehenspitzen zum Fenster. Er winkt Andy, ihn hochzuheben, aber auch wenn er sich noch so sehr streckt – außer einem Stück Dach und ein paar Baumkronen kann er nichts sehen.

Vor dem Haus knirschen schwere Schritte.

„Hast du die Tür abgeschlossen?“ flüstert Christian.

„Klar.“ Und alles andere hat sie auch gemacht, überlegt Joy – ihre Spuren beseitigt, die Zweige über den Eingang gezogen, den Schlüssel aus dem Schloß genommen.

„Ich glaube, es ist nur einer“, wispert Andy. „Ein schwerer Mann. Soll ich mich mal runterschleichen?“

„Damit er hört, wie die Stiege knarrt? Keine Bewegung!“

Seinen Worten zum Trotz schiebt sich Christian näher an die Stiege heran und legt sich auf den Boden. Oben an der Haustür ist ein kleines Fenster, das nicht völlig von Brettern verdeckt ist. Vielleicht kann er etwas erkennen.

Der Mann dort draußen geht am Haus entlang, rüttelt an den Brettern, mit denen die Fenster vernagelt sind. Dann drückt er die Klinke herunter. Schnüffelt, räuspert sich, schnüffelt wieder. Christian hört ihn brummen und zuckt zusammen.

„Es ist Allah!“ flüstert er entsetzt. „Versteckt euch!“

„Quatsch! Wo denn?“

Jetzt geht der dicke Direktor um das Haus herum. Sie hören Zweige knacken, er ist auf der Kellertreppe.

Ein Elefant bricht durchs Dickicht – denkt Andy. Mit dem werde ich schon fertig!

Ehe Christian es verhindern kann, ist er lautlos an ihm vorbeigeschlichen, hat sich bis zur Dachluke emporgereckt und ein Stück Dachziegel gelöst. Ein Rinnsal aus Dreck und Mörtel schickt er hinterher.

„Verdammt“ schreit Allah dort unten. „Mein Zeh! Was muß ich auch hier herumkriechen, verflucht noch mal!“

„Recht so, mein Herr!“ kichert Andy. „Es stehen überall Warnschilder! Wer nicht hören will...“

„Vorsicht! Jetzt ist er wieder an der Vordertür!“ flüstert Joy.

Unten schnüffelt Allah. „Merkwürdig!“ murmelt er. „Das gibt’s doch gar nicht! Kein Mensch da, aber... aber ich rieche doch was! Hm...“

„Ich rieche, rieche Menschenfleisch“, flüstert Joy grinsend. „Gib’s auf, Dicker. Es ist nur eine Fata Morgana.“

„Eine Fata Koteletta“, haucht Andy. „Schon verflüchtigt sie sich und du stehst allein in der Wüste.“

Den Eindruck scheint Allah auch zu haben. Jedenfalls entfernen sich seine Schritte.

„Puh, das war knapp. In Zukunft ißt du deine Koteletts erst ab ein Uhr nachts, verstanden!“ stöhnt Christian.

„Mann, o Mann, wenn ihn der Dachziegel nun erschlagen hätte!“

„Konnte er gar nicht, es war ja nur ein kleines Stück!“ verteidigt sich Andy. „Außerdem bremsen die Büsche den Fall.“

„Hauptsache, er ist weg!“ Joy streckt sich seufzend. „Allah ist groß. Aber leider nicht so groß, daß er nicht ein gebratenes Kotelett drei Meilen gegen den Wind riechen könnte.“

Die schöne Cousine Isabella

Joy macht sich Sorgen. Edward hat den Bericht über Allahs Besuch beim Kutscherhaus nicht gut aufgenommen. Genauer gesagt, er hat sich fürchterlich aufgeregt und dabei eine ganze Menge anderer Dinge auf den Tisch geblättert: wieviel Andy sie kostet, wieviel Zeit und Mühe sie für ihn aufbringen müssen und daß es auf die Dauer ja sowieso nicht so weitergehen kann.

Was soll werden, wenn Edward plötzlich auf die Idee kommt, er könne das mit seinem Gewissen nicht mehr vereinbaren, und sie verpfeift?

Und wenn Edward abspringt, werden auch die anderen unsicher. Zuerst Verena, die sich schon jetzt drückt, wo sie kann. Auch Mike, dem die Pflichten allmählich unbequem werden, weil er nicht mehr so oft wie sonst auf den Sportplatz kommt. Schon jetzt bittet er Joy häufig, ihn zu vertreten, weil er ein wichtiges Training hat.

Sabine ist zuverlässig, sie nimmt ihre Pflichten sehr ernst. Aber gerade ihre Gesellschaft mag Andy am wenigsten. Sie ist ihm zu streng, prüft nach, ob er saubere Ohren hat, sein Bett ordentlich gemacht ist, das Geschirr abgewaschen. Sie meckert über schmutzige Fingernägel und über schlechte Tischmanieren, und im Unterricht ist sie eine unerbittliche Lehrerin. Andy kann ihren belehrenden Ton herrlich nachmachen, wenn er Joy oder Hexi erzählt, wie er unter ihr leiden muß.

„... und vergiß nie, mein Junge: Jetzt ärgerst du dich, daß ich dich so hart anpacke, aber eines Tages wirst du mir auf den Knien danken! Du wirst es sehen, eines Tages wirst du mir noch dankbar sein!"

Mit Christian gibt's keine Schwierigkeiten, er hält treu zu Andy, und Andy sieht in ihm einen großen Bruder, von dem er sich auch mal kritisieren läßt, ohne gleich an die Decke zu gehen. Immerhin ist Christian anderthalb Jahre älter und einen Kopf größer als er. Auf Christian kann man sich verlassen.

Auch auf Hexi. Die ist so gutmütig, daß sie es nie übers Herz bringen würde, Andy zu verpfeifen. Statt ihn zu unterrichten, bemalt sie mit ihm lieber die Wände des Kutscherhauses mit den schönsten Landschaften. Einen Dschungel mit wilden Tieren und dem Heimleiter, Herrn Niemöller, auf einer Palme, an deren Stamm gerade eine riesige Giftschlange emporkriecht. Oder einen Strand mit dem weiten, blauen Meer, Schaumkrönchen auf den Wellen und jede Menge Segelboote. Dahinter ein tiefblauer Himmel mit Wattewölkchen und eine Sonne mit lachendem Gesicht.

Andys engste Vertraute ist und bleibt Joy. Mit ihr kann er stundenlang reden, über sein Leben im Heim, über die Schule, über seine Träume und Hoffnungen.

Joy hat ihm einen Lageplan der Umgebung gezeichnet, die Margaretenburg, die Gutsgebäude mit dem Park und den umliegenden Feldern und Wäldern, den Weg zum Dorf und den zur Kreisstadt hinüber. Andy hat sie darum gebeten. „Nur für den Fall, daß man mich hier findet und ich türmen muß“, hat er gesagt. Den wahren Grund – seine nächtlichen Ausflüge – hat er lieber verschwiegen. Warum soll er sie beunruhigen...

Andys nächtliche Spaziergänge werden immer ausgedehnter. Am liebsten geht er auf den Sportplatz, treibt einen unsichtbaren Ball vor sich her, spielt eine ganze Mannschaft zugleich mitsamt Schiedsrichter und Publikum. Dann übt er Weitsprung, Hundert-Meter-Lauf und Hürdenlauf. An anderen Tagen klettert er auf Joys Lieblingsbaum und wartet darauf, daß im Haus ein Licht angeht und er in eines der Fenster sehen kann.

Und schließlich wird er so mutig, daß er sich ein an der Hauswand vergessenes Fahrrad schnappt und auf dem Hof damit herumfährt.

Andy ist so glücklich über seinen Fund, daß er viel zu spät merkt, wie sich ein Auto nähert und in die Einfahrt einbiegt. Erschrocken starrt er in die Scheinwerfer, dann dreht er um, tritt wie ein Wilder in die Pedale, erwischt einen Seitenweg, läßt das Rad fallen und verschwindet in der Dunkelheit.

Herr Kestenberg, müde von seiner Stammtischrunde und in Gedanken schon wieder mit seinem Buch beschäftigt, braucht eine Weile, um zu begreifen, daß da eben ein Junge auf einem Fahrrad vor ihm herumgekurvt ist. Als er es schließlich begriffen hat, ist der Junge über alle Berge. Herr Kestenberg sucht nicht sehr gründlich, es ist dunkel, und er hat keine Taschenlampe, was soll's also. Er wird die Sache morgen dem Direktor melden. Dann wird man schon sehen.

Beim Frühstück hat die Neuigkeit bereits die Runde gemacht. In allen Ecken wird getuschelt und gerätselt. Einer aus der Fünften oder Sechsten soll's gewesen sein, ein Kleiner! Aber wer?

Allah bemüht sich vergeblich, es herauszufinden. Und da er sich nicht ganz sicher ist, ob Herr Kestenberg das vielleicht nur geträumt hat, beschränkt er sich darauf, ein gewaltiges Donnerwetter gleichmäßig über sämtliche Köpfe zu verteilen.

Wesentlich schlimmer ist das Donnerwetter, das auf Andy niedergeht. Zum erstenmal seit längerer Zeit versammeln sich am Nachmittag wieder alle auf einmal im Kutscherhaus.

„Bist du heute nacht bei uns mit dem Fahrrad herumkutschiert?“ fragt Sabine streng, ehe einer der anderen den Mund aufmachen kann.

Andy zuckt mit den Achseln.

„Na, und wenn schon! Was dagegen?“

„O ja, mein Lieber! Das ist ja wohl der dickste Hund, der mir je untergekommen ist“, schnappt Sabine nach Luft. „Weißt du eigentlich, was du getan hast? Um ein Haar wärst du erwischt worden, und die ganze Sache wäre aufgeflogen! Abgesehen davon muß deinetwegen eine ganze Klasse Strafarbeiten machen!“

Christian räuspert sich.

„Na ja, hätte beinahe Strafarbeiten machen müssen.“

„Sie wären schon nicht daran gestorben. Es gibt Schlimmeres.“

Andy wirft sich lässig auf sein Bett und verschränkt die Arme hinter dem Kopf. Er weiß, daß er Sabine damit besonders ärgern kann. „Was glaubst du eigentlich, wer du bist!“ keift sie denn auch prompt los. „Legst dich hier auf die faule Haut, läßt dich von vorn bis hinten bedienen, frißt uns allen die Haare vom Kopf und bist auch noch unverschämt. Weißt du, daß wir deinetwegen aus dem Internat fliegen können? Nur weil wir uns für dich aufopfern!“

„Ich hab euch schließlich nicht darum gebeten!“

Sabine explodiert beinahe vor Wut und Empörung.

„Wie kannst du nur so reden! Du bist ja wohl das Unverschämteste, das...“

„Nun hör mir mal zu!“ Andy richtet sich wütend auf. „Ich mache dir einen Vorschlag: Tausch doch mal mit mir! Hock du doch mal wochenlang eingesperrt hier herum! Ohne einen Schritt vor die Haustür machen zu können – es sei denn nachts. Ständig mußt du leise sein, nicht laut reden, lachen, singen, pfeifen, schnarchen, husten – alles verboten! O Mann, da kann ich doch genausogut ins Heim zurückgehen!“

„Dann tu's doch!“ kreischt Sabine hysterisch. „Weißt du, was du bist? Einfach undankbar! Bei allem, was wir für dich getan haben!"

„Was heißt hier undankbar! Ihr habt euch das doch ausgedacht, ihr wolltet es so! Ihr habt gesagt..." Andy hält inne.

Er hat plötzlich die Gesichter der anderen gesehen, die fassungslos herumstehen, unfähig, in den Streit einzugreifen. Vor allem Joys Gesicht. Und das ist so traurig und enttäuscht, daß Andy sofort bereut, was er gesagt hat.

„Entschuldige bitte, Sabine", sagt er leise. „Hergott, noch mal! Ich habe es nicht so gemeint! Du weißt doch, daß.. daß ich wirklich froh bin über alles, was ihr für mich getan habt! Es ist eben... es ist eben nur sehr schwer, hier immer allein herumzusitzen und nicht einfach mal rauslaufen zu können, wenn draußen die Sonne scheint... und man euch im Park und auf dem Sportplatz rumtoben hört... und... und da habe ich eben damit angefangen, wenigstens nachts ein bißchen spazierenzugehen! Das mit dem Fahrrad war natürlich idiotisch, das gebe ich ja zu. Es tut mir leid, sei mir nicht mehr böse..." Andy sieht Sabine treuherzig an und streckt ihr die Hand hin. Alle seufzen erleichtert auf, als Sabine lächelnd einschlägt.

„Okay, vergeben und vergessen."

„Kinder, ich habe eine Idee!" platzt Hexi in die gerührte Stimmung. „Morgen ist doch Samstag, da haben wir den ganzen Nachmittag frei. Was haltet ihr davon, wenn wir mit Andy einen Ausflug machen?"

„Bist du verrückt? Damit ihn jeder erkennt?"

Hexi grinst.

„Ach wo! Wir werden ihn eben unkenntlich machen. Kein Mensch wird vermuten, daß es sich bei dem hübschen Mädchen um Andy handelt."

„Sagtest du Mädchen?" fragt Mike fassungslos.

„So ist es. Seine Haare sind fast schulterlang. Wenn wir ihm ein schickes Kleid und Schmuck und Schuhe mit Absätzen verpassen?"

Andy rollt mit den Augen und kichert, die anderen schauen ihn fragend an. Schließlich hebt er die Schultern.

„Warum nicht? Ich hab schon mal das Rotkäppchen gespielt, weil ich der Kleinste war."

Jetzt gibt es kein Halten mehr. Einer überbietet den anderen mit Vorschlägen, wie man Andy herrichten könnte. Um ein Haar verpassen sie den Beginn der Studierzeit, so beschäftigt sind sie. Joy sieht gerade noch rechtzeitig auf die Uhr.

„Mann, jetzt müssen wir aber machen, daß wir rüberkommen! Tschüs, Andy – bis morgen nach dem Mittagessen! Los, Mike, geh du als Vorhut und sieh, ob die Luft rein ist!"

„Du bist das hübscheste Mädchen, das im Umkreis von hundert Kilometern rumläuft!" lobt Mike, als er den fertig herausgeputzten Andy begutachtet. „Ich könnte mich in dich verlieben!"

„Angeber! Gib mal den Kamm rüber, ich will an der Frisur noch etwas ändern." Hexi nimmt einen kleinen Schopf von Andys Haaren, toupiert ihn leicht und bindet ihn mit einer hellblauen Schleife zu einem Minipferdeschwanz.

„Er hat wunderschöne Haare", seufzt Verena neidisch, „wie Seide."

„Noch ein bißchen Wimperntusche und einen Hauch von Lippenstift, dann bist du fertig. Stillhalten!"

„Mann, hat der Wimpern! Sehen aus wie künstliche!"

„Sind sie aber nicht. Alles echt."

„Die Schuhe drücken!" jammert Andy.

„Macht nichts, ein Indianer kennt keinen Schmerz." Christian ist froh, daß er nicht in dieser Aufmachung spazierengehen muß. Weißer Faltenrock, blaugetupfte Rüschenbluse, rosa Strickjacke und rosa Kniestrümpfe. Und dann die weißen Schuhe von Verena – mit Absätzen!

„Süß!" jubelt Sabine. „Sogar die Fingernägel sind sauber. Wie wär's noch mit einem Tropfen Parfüm?"

„Haben wir nicht. So, fertig. Mike, schau nach, ob die Luft rein ist, es geht los", kommandiert Hexi. „Und paß auf der Stiege im Keller auf – und wenn du durch die Tür kriechst! Daß du dich ja nicht schmutzig machst, mein Schätzchen, hörst du?"

Sie können sich schon jetzt vor Lachen kaum halten. Endlich mal wieder ein richtig schöner Spaß!

Wenige Minuten später bummeln sie den Weg zum Dorf hinunter.

„Latsch nicht so, sonst erkennt jedes Huhn auf der Straße, daß du ein Junge bist!" mahnt Joy.

„Wie heiße ich eigentlich? Ich muß doch einen Mädchennamen haben!"

„Du lieber Himmel, das haben wir ja ganz vergessen! Wie heißt denn unser Kätzchen, unsere Schnuckimaus?" Mike will sich ausschütten vor Lachen.

„Ich hab eine Idee: Andy ist meine Cousine Isabella aus Südamerika", erklärt Hexi. „Also merk dir, Andy: Ihr seid hier aus Rio zu Besuch, du und deine Eltern. Sie haben eine Verabredung mit Freunden, und du sollst mich währenddessen besuchen, okay?"

„Gut. Und wann bin ich aus Mexiko angekommen?"

„Rio liegt in Brasilien, Menschenskind! Schmeiß das bloß nicht durcheinander!" sagt Edward entsetzt.

„Spricht man da spanisch?"

„Ich weiß nicht, ich glaube portugiesisch."

„Das müßte ich schon wissen!"

„Weißt du was? Du stammst zwar aus Rio, aber bist in der Schweiz aufgewachsen, deshalb kannst du besser Deutsch. Du wohnst mit deiner Mutter in Zürich. In Küsnacht bei Zürich, da lebt auch ein Onkel von mir."

„Okay, das könnte hinhauen. Gibt's in Zürich irgend etwas Besonderes?"

„Es liegt am Zürichsee. Leicht zu merken."

„Wo möchtest du denn nun zuerst hin, Isabella?" albert Joy. „Was sollen wir dir zeigen?"

„Oh, ein Eis wäre mir jetzt höchst angenehm", flötet Andy-Isabella. „Ein großer Eisbecher mit Früchten und Sahne."

„Gut, gehen wir in die Eisdiele ‚Fontanina'."

Christian stöhnt auf.

„Der sicherste Weg, dem halben Landschulheim in die Arme zu

laufen! Na schön, riskieren wir's."

Christian hat recht. In der Eisdiele wimmelt es von Schülern des Internats. Sie nehmen Andy schützend in die Mitte und schlängeln sich bis zu einem Tisch hinter der Theke durch. Hier sind sie wenigstens zum Teil vor den Blicken der Lokalbesucher geschützt. Trotzdem schießen alle Köpfe neugierig herum, als sie mit dem hübschen Mädchen durch den Raum gehen. Andy wagt kaum, sich umzusehen.

„He! Bist du eine Neue?" ruft Peter, der Klassensprecher der Sechsten, über die Köpfe der anderen hinweg. „Komm! Setz dich zu uns!"

Andy reagiert nicht.

„Mann, ist die schüchtern!" kommentiert Peter. „Die muß man wohl erst mal ein bißchen anwärmen!"

Seine Kameraden grölen und lachen.

Joy schiebt Andy schnell auf den hintersten Stuhl, die anderen setzen sich so, daß sie ihn möglichst verdecken.

„Eisbecher mit Sahne und Früchten für alle?" fragt Joy. „Ich lade euch ein, hab gerade Geld von meiner Patentante gekriegt."

„Lobpreiset die Tante!" jubelt Mike. „Das ist die beste Nachricht, seit Margaretenburg die Schule von Oberriedburg im Finale 7 zu 0 geschlagen hat!"

„Das war doch schon vor fünf Jahren!"

„Eben."

Der Kellner, ein junger Italiener, kaum älter als sie selbst – vielleicht sechzehn –, kommt näher und wedelt mit seiner Serviette die Krümel von einer Seite des Tisches auf die andere. Dann entdeckt er Andy-Isabella. Er reißt vor Überraschung den Mund auf und wirft Andy einen glühenden Blick zu. Die schöne Signorina schlägt verwirrt die Augen nieder. Das setzt das Herz des Italieners erst recht in Flammen. Welch ein entzückendes Geschöpf! In den Blicken des Italieners beginnen ein Dutzend Geigen zu spielen.

„Acht Eisbecher mit Früchten und Sahne, bitte", sagt Joy.

Der Italiener reißt sich nur mühsam von Andys Blick los und verschwindet, um das Gewünschte zu holen.

„Ein frühreifer Knabe", bemerkt Christian säuerlich. „Wenn er dich noch mal so angafft, kann er was erleben!"

Die Mädchen kichern. Christian scheint völlig zu vergessen, daß Isabella eigentlich Andy ist.

Der Kellner bringt die Eisbecher, und Mike sieht sofort, daß der für Andy mit drei Kirschen anstatt mit einer verziert und mindestens fünf Zentimeter höher ist.

„Ts, ts, ts", macht Mike kopfschüttelnd. „Ich glaube wirklich, der mag dich. So was ist mir noch nie passiert!"

Andy grunzt vor Vergnügen.

„Reiß dich zusammen!" flüstert Sabine. „Schmatz nicht wieder so und sitz gerade – benimm dich wie eine Dame!"

„Acht Eisbecher mit Früchten und Sahne, bitte", sagt Joy

Andy will gerade den ersten Löffel in den Mund schieben, da taucht der Kellner wieder auf. Seine Hand streicht wie zufällig über Andys Arm, als er zwei Extra-Waffeln neben ihn hinlegt. Dabei blinzelt er ihm fröhlich zu.

Andy registriert lediglich, daß er hier besonders verwöhnt werden soll, und strahlt den Kellner mit seinem schönsten Sonntagslächeln an.

„Oh, super! Danke schön!"

Der Kellner ist entzückt. Er murmelt etwas von „bella signorina" und „Madonna" und verschwindet wieder.

„Madonna halte ich ja nun für übertrieben", murmelt Mike und gräbt das Erdbeereis unter der Sahne hervor.

Es dauert nicht lange, da erscheint der Kellner abermals, diesmal mit einem Praliné für Andy. Andy himmelt den Kellner an.

„Bist du verrückt, mit dem Kellner zu flirten!" zischt Christian. „Du bringst uns in Teufels Küche!"

„Wieso, ich hab mich doch nur bedankt!"

„Ein Mädchen guckt einem Kellner nicht so tief in die Augen! Als nächstes fragt er dich, ob er dich nach Hause begleiten darf."

„Na und? Das wäre doch nett von ihm!"

Christian faßt sich verzweifelt an den Kopf.

„Womit hab ich das verdient! Eßt euer Eis auf, und dann nichts wie raus hier!"

Er hat kaum zu Ende gesprochen, da naht bereits die nächste Gefahr. Sie kommt in Gestalt des Deutschlehrers, Herrn Brockhoff.

„Achtung! Der Brocken!" kann Mike gerade noch zischen.

Mike, Christian, Joy und Sabine starren mit offenem Mund auf den Lehrer, der von ihren Blicken magisch angezogen zu werden scheint, jedenfalls steuert er geradewegs auf sie zu.

„Sieh da, sieh da, hier läßt man sich's ja gutgehen. Darf ich mich ein wenig zu euch setzen? Wo acht Platz haben, paßt der neunte auch noch hin, nicht wahr?"

„Bitte, Herr Brockhoff", haucht Hexi.

Jetzt entdeckt der Lehrer Andy, der sich ganz klein gemacht hat vor Schreck. Wer der Brocken ist, hat sich auch bis zu ihm herumgesprochen.

„Oh, ein neues Gesicht? Wohl ein Besuch?"

„Jjjja, meine Cousine aus Rio, sie lebt in Zürich, seit... eh, seit sie als Baby aus Rio... eh... mit ihren Eltern...", stottert Hexi.

„Wie nett!" Herrn Brockhoffs Augen ruhen mit sichtlichem Wohlgefallen auf dem hübschen Cousinchen. „Diese Ähnlichkeit! Ganz erstaunlich – ihr könntet auch Schwestern sein. Und wie heißt das kleine Fräulein?"

„Isabella", krächzt Andy, dem vor Angst das Eis in der Kehle steckenbleibt.

„Isabella! Wunderschön. Und der Nachname?"

Andy hustet und schaut dabei verzweifelt um sich. Da fällt sein Blick auf eine Zeitungsreklame am Nachbartisch.

„Conti...", wispert Andy.

„Isabella Conti, entzückend. Dein Vater ist Brasilianer?"

„Ja."

„Soso, und da wohnst du also jetzt in Zürich. Eine herrliche Stadt, ich war lange dort. Die reizende Altstadt..."

„Und der Zürichsee", riskiert Andy zu sagen und schaut hilfesuchend zu Hexi und Christian hinüber.

„Sicher besuchst du das Mädchengymnasium in der Altstadt, das direkt am Fluß liegt, mit dem Hof unter den herrlichen Kastanien."

„Ja, genau", bestätigt Andy eifrig. Die Sache läuft nicht schlecht, denkt er.

„Ja, ja, die alte Limmat, wie mag's ihr gehen", sinniert Herr Brockhoff.

„Oh, gestern war sie noch bei bester Gesundheit", sagt Andy artig und erntet einen Fußtritt von Edward.

„Die Limmat, das ist doch ein Fluß, du Trottel!" flüstert er, als Herr Brockhoff seine Bestellung aufgibt.

„So, das hätten wir", sagt Herr Brockhoff fröhlich und reibt sich die Hände. „Ja, so so, Zürich. Und in welchem Stadtteil wohnt ihr?"

„In Kußmorgen“, posaunt Andy heraus.

Christian fällt vor Schreck der Löffel aus dem Mund. Andy wird unsicher. Herr Brockhoff schaut etwas kariert.

„D-d-d-das ist ein kleines Dorf, außerhalb von Zürich.“

„Ah so, ja, das kenne ich nicht.“

„Isabella, wollten wir uns nicht mal die Hände waschen?“ fleht Hexi.

„Natürlich.“

Andy steht so heftig auf, daß sein Stuhl nach hinten kippt, genau dem Kellner vor den Bauch, der Herrn Brockhoffs Nußeis mit Schokoladensoße bringt. Das Eis gerät ins Wanken, senkt sich langsam über den Becher und stürzt vom Tablett auf Andy-Isabellas weißen Faltenrock. Bevor der Kellner etwas sagen kann, ergreift Andy blind die Flucht, rennt durch das Lokal und verschwindet hinter der Tür mit der Aufschrift „Herren“. Erst ein vielstimmiger Entsetzensschrei aus Knaben- und Männerkehlen macht ihn darauf aufmerksam, daß hier ein Mädchen nicht erwünscht ist.

Vor der Tür empfangen ihn prustend und mit hochroten Köpfen Joy und Hexi und zerren ihn in die Damentoilette. Andy wagt kaum den Kopf zu heben.

„Nichts wie weg!“ stöhnt Hexi. „Paßt auf: Ihr beide haut jetzt durch den hinteren Ausgang ab, ich sage den anderen Bescheid, Isabella sei ins Hotel gegangen, um sich umzuziehen.“

„Okay, bis später!“

Joy reinigt Andy so gut es geht von den Eisflecken, dann öffnet sie die Tür einen Spalt und blickt sich um.

„Jetzt! Die am Nebentisch stehen gerade alle auf und verdecken die Sicht – komm!“

Sie sind schon durch den kleinen Flur gelaufen, der an der Küche vorbeiführt, und an der hinteren Tür angelangt, da stürzt der Kellner hinter ihnen her und versucht Andy mit sich zu ziehen.

„Signorina! No! Sie dürfen nicht gehen, alles meine Schuld – so Sie dürfen nicht hinaus. Mama gibt anderen Rock...“

Wie zur Bestätigung taucht die Mama aus der Küche auf. Sie ist groß und rundlich und will Andy sofort in ihre mütterlichen Arme schließen.

„Nein danke, danke vielmals, sehr liebenswürdig, aber ich wohne gleich um die Ecke, wirklich nicht nötig, ich... ich bin ja gleich zu Hause, ich..."

Andy packt Joy bei der Hand und stürzt hinaus. Sie rennen ohne anzuhalten, bis sie die letzten Häuser hinter sich gelassen haben. Dann werfen sie sich lachend und prustend ins Gras.

„Nein, das halt ich nicht aus!" keucht Andy. „Fürs erste habe ich von Ausflügen die Nase voll!"

Elterntag

Seit zwei Tagen regnet es. Andy hat drei Pullover übereinandergezogen und hockt mit untergeschlagenen Beinen auf seinem Lager. Rücken an Rücken mit ihm sitzt Joy. Sie balanciert eine englische Sprachlehre auf den Knien und hört Andy unregelmäßige Verben ab. In das Geräusch des herabströmenden Regens mischt sich das harte Klopfgeräusch der Tropfen, die durch den Riß in der Decke in den daruntergestellten Eimer fallen.

„Schlafen?"

„Sleep, slept, slept."

„Kaufen?"

„Buy, bought, bought. Nein, hör auf. Ich halte das nicht mehr aus!"

Joy erschrickt. Sie weiß genau, was er meint. Trotzdem fragt sie: „Was hältst du nicht mehr aus?"

Andy schweigt. Er steckt seinen Kopf zwischen die Arme und wiegt sich rhythmisch hin und her. Joy beobachtet ihn besorgt. Plötzlich hält er mit einem Ruck an und springt auf.

„Ich haue ab. Heute nacht. Du brauchst es ja den andern nicht auf die Nase zu binden, ich sag's nur dir. Entweder sie schnappen mich, oder ich komme durch. Hier kann ich jedenfalls nicht bleiben."

„Aber Andy, du darfst..."

„Weißt du eine bessere Lösung?" unterbricht er sie hart. „Es war Quatsch, was wir gemacht haben. Was haben wir uns eigentlich davon versprochen – ihr und ich? Daß mir ein Bart wächst, oder vielleicht ein neues Gesicht? Daß sie aufhören, nach mir zu suchen? Oder daß hier ein Schiff vorbeikommt, das mich mitnimmt nach Amerika?"

„Du wolltest ganz einfach nicht zurück ins Heim. Alles andere war dir ziemlich egal. Erinnerst du dich nicht mehr?" sagt Joy kleinlaut.

„Na ja. Aber da wußte ich noch nicht, daß es im Gefängnis schlimmer ist. Und dies ist wie ein Gefängnis, das mußt du doch zugeben!"

„Ich weiß", sagt Joy traurig. „Aber..."

„Du würdest es auch nicht aushalten, das ist sicher. Du wärst schon längst getürmt!"

„Das stimmt", muß Joy zugeben. „Aber deine Chancen, durchzukommen, sind gleich Null. Du kannst dich ebensogut sofort bei der Polizei melden."

„So. Du meinst also, ich soll hier hocken, bis ich erfroren bin? Weiter meine Mäuse und Spinnen füttern und zähmen, und was sich sonst zu mir herein verirrt? Meine Tage mit Lesen und Vokabeln pauken zubringen, bis ich zu einem Eiszapfen geworden bin? Wofür eigentlich? Außerdem – du weißt genau, daß die anderen auch keine Lust mehr haben, weiterzumachen."

„Wer sagt das?"

„Tu doch nicht so! Es hängt euch allen längst zum Hals raus, für mich zu sorgen, euer ganzes Taschengeld für mich zu verplempern und hier mit mir in der kalten Bude zu hocken!"

„Mir nicht!"

„Nein, dir vielleicht nicht. Aber den anderen."

„Na ja, vielleicht meutert mal der eine oder andere. Das hat doch nichts zu bedeuten. Gerade gestern abend haben Mike und ich überlegt, wie wir deine Bude warm kriegen können."

„Klar, einen Ofen kaufen und jeden Tag Holz sammeln gehen –

sie werden begeistert sein von dem Gedanken! Weißt du noch, was ihr zu mir gesagt habt, als ihr mich hierher verfrachtet habt? Ihr wolltet meine Familie sein, wolltet beweisen, daß ihr das besser könnt als die im Heim! Und was ist daraus geworden?"

„Was denn?"

„Ich komme mir wie ein Kettenhund vor. Erst wart ihr begeistert von dem lieben Hündchen, habt ihm eine schöne Hütte gebaut und ihm jeden Tag zu fressen gebracht und mit ihm gespielt. Aber nun wird's mit jedem Tag langweiliger und mühsamer. Und ihr wißt nicht, wie ihr mich wieder loswerden sollt. Ganz einfach! Ich gehe von selbst."

Joy kann nicht antworten. Ihre Kehle ist wie mit einem dicken Watteklumpen verstopft. Sie fühlt, wie die Tränen hochsteigen, aus den Augenwinkeln rollen, eine dünne Spur an der Nase entlang ziehen und schließlich auf der Oberlippe landen. Ärgerlich wischt sie sich mit dem Ärmel über das Gesicht. Sie waren doch so stolz darauf, Andy helfen zu können – und nun? Wie soll es bloß weitergehen?

Andy hat sich zu Joy umgedreht. Er verfolgt, wie immer neue Tropfen aus ihren Augen quellen und über ihr Gesicht rollen, ohne daß sie einen Laut von sich gibt. Das ist viel schlimmer, als wenn sie jetzt laut schluchzen würde, und seine eigene Verzweiflung kommt ihm gegen ihren Kummer plötzlich gar nicht mehr so groß vor.

„Ich mag dich wahnsinnig gern, weißt du", sagt er verlegen. „Du solltest nicht so traurig sein, es ist wirklich nicht deine Schuld! Nur, ach, warum sind wir nicht Geschwister geworden? Stell dir mal vor, wie einfach dann alles wäre!"

„Dann wären wir jetzt alle beide nicht hier", schnieft Joy. „Vielleicht nicht mal in der Margaretenburg, sondern zu Hause."

Andy läßt sich neben Joy aufs Bett plumpsen, rutscht nahe heran, damit sie sich gegenseitig wärmen können, und legt seinen Kopf auf ihre Schulter. „Erzähl mir davon!"

Und Joy erzählt. Von den Eltern und den Nachbarn, sie beschreibt die Wohnung und die Apotheke, das Jugendzentrum und all die Plätze, die sie so geliebt hat. Dann erzählt sie von ihrer alten Schule, von den Mitschülern und Lehrern, berichtet von der Großmutter und ihrer Cousine Edith, die sie nicht leiden kann, weil sie immer alles besser weiß. Und während sie spricht, wächst allmählich in ihrem Kopf ein Gedanke, der sich immer mehr ausbreitet, bis er alles andere verdrängt hat.

„Ich werde mit meinen Eltern reden, ob sie dich nicht adoptieren wollen!" platzt Joy plötzlich heraus. „Versprich mir, daß du es noch so lange hier aushalten wirst!"

„Wann? Wann willst du mit ihnen reden?" fragt Andy atemlos. „Meinst du, sie sagen ja? Mann, das wäre einfach eine Wucht! Stell dir das bloß mal vor!"

„Ich weiß nicht, ob sie ja sagen werden. Aber eines ist sicher: Ich werde nicht eher nachgeben, bis ich sie soweit habe! Am Wochenende ist Elternbesuchstag, da kommen sie her. Dann spreche ich mit ihnen."

Am Samstag haben sich die Regenwolken verzogen. Ein kräftiger Herbstwind fegt die letzten Wolkenberge über einen blitzblauen Himmel, unter den wärmenden Sonnenstrahlen dampft der Rasen im Park, als hätte man ihn für den Besuch mit heißem Wasser gewaschen. Das Schloß sieht aus, als sei es eben aus einem Märchenbuch gestiegen, die Bäume leuchten in Gelb und Rot und streuen Blätter zum Empfang, die die Gärtner ärgerlich immer wieder zusammenharken. Vor dem Eingang stehen Blumenschalen. Allah streicht sich zufrieden den Bart: Margaretenburg kann sich sehen lassen!

Gegen Mittag rollen die Wagen heran. Zwei Jungen aus der Fünften betätigen sich als Parkwächter und winken die Autos auf den ehemaligen Gutshof.

An so einem Tag bildet sich plötzlich eine ganz neue Rangordnung unter den Schülern des Landschulheims. Der schmächtige Tim dort, sonst von allen belächelt, ist heute der Größte, wenn sein Vater im silbernen Ferrari vorfährt. Im Nu sind Wagen, Vater und Sohn umringt von Neugierigen. Bevorzugte dürfen mit Tims Vater eine Ehrenrunde fahren.

Auch Bruni ist von ungeahntem Glanz umgeben, ihre Mutter hat sich einen neuen Porsche gekauft. Verena hingegen muß Punkte abgeben, ihre Eltern kommen im häßlichen Entlein, einem alten 2CV Citroën, der schon beträchtlichen Rost aufweist.

Joy steht am Fenster und hält nach Pops dunkelblauem Simca Ausschau. Eigentlich verrückt, denkt sie, Automarken haben doch nichts damit zu tun, ob die Leute mies oder nett sind. Aber wenn sie ganz ehrlich ist, findet sie es auch manchmal toll, wenn Leute schicke Autos fahren.

Da kommen sie!

Joy rast aus dem Zimmer, stößt auf der Treppe mit Brunis Mutter zusammen, stammelt eine Entschuldigung und ist Sekunden später am Auto, gerade rechtzeitig, um Mami die Tür aufzuhalten.

Mami nimmt sie in die Arme und drückt sie heftig an sich. Joy macht sich ganz steif, sie weiß selbst nicht warum. Am liebsten würde sie jetzt ganz klein sein und sich in Mamis Rockschößen verkriechen, sich streicheln und kraulen lassen. Sie hat sich doch auf die Eltern gefreut – warum ist sie so verkrampft, sobald sie ihnen gegenübersteht?

„Mein Gott, bist du gewachsen in der kurzen Zeit!“ sagt Mami. Auch sie ist ein bißchen verlegen.

„Müssen wir schon ‚Sie‘ zu dir sagen?“ fragt Pop mit leicht gekünstelter Munterkeit.

„Diesmal ausnahmsweise noch nicht“, antwortet Joy ein wenig gestelzt. „Kommt mit, ich zeige euch zuerst mal mein Zimmer. In einer halben Stunde gibt es Mittagessen.“

„Hast du für uns einen Termin mit deinem Klassenlehrer vereinbart, Liebes?“

„Klar, er erwartet euch um drei Uhr.“

„Sehr schön.“

„Und heute abend? Irgendwelche besonderen Wünsche, was du unternehmen möchtest?“ fragt Pop.

„Ins ‚Jägerhaus‘ wäre schön. Da kann man herrlich schlemmen, hab ich gehört. Alle schwärmen davon. Wenn es euch recht ist?“

„Und ob! Du sollst den Tag richtig genießen. Wir haben uns in der ‚Goldenen Krone' ein Zimmer genommen. Da kannst du uns morgen zum Frühstück noch mal besuchen. Am späten Vormittag müssen wir dann zurückfahren."

Joy führt die Eltern ins Haus, zeigt ihnen die Aula, den Speisesaal, den großen Gemeinschaftsraum, dann gehen sie in ihr Zimmer hinauf. Pepsi unterhält sich gerade mit Hexis Eltern, Verena sitzt eingerahmt von ihren Eltern auf dem Bett, sie halten sich an den Händen und reden alle auf einmal. Sabine ist noch nicht zurück, sie holt ihre Eltern vom Bahnhof ab.

Joy zeigt ihre Koje, ihren Schrank, die Bücher, die sie gerade liest, und die Tierposter über ihrem Bett. Dann kommt Pepsi zu ihnen herüber und sagt Liebenswürdiges über Joy, wie gern sie sie mag, wie gut sie sich eingelebt hat und wie nett sie mit den Zimmerkameradinnen auskommt. Mami und Pop nicken zu jedem Wort bestätigend, was ein bißchen an pickende Hühner erinnert und albern aussieht. Aber Eltern sind wohl immer etwas gehemmt, wenn sie Lehrern oder Erziehern gegenüberstehen. Vielleicht erinnert sie das zu sehr an ihre eigene Schulzeit.

Im Gang schrillt die Glocke, die Gäste und Schüler zum Essen ruft. Der Speisesaal ist so voll, daß die vom Tischdienst mit ihren Tellerstapeln und Schüsseln kaum durchkommen. Natürlich gibt's ein besonders gutes Essen an so einem Tag: Suppe, Rahmschnitzel mit Gemüsen und Kartoffeln und als Nachtisch Eis mit Sahne.

Allah hält eine seiner berühmten Reden. Allah spricht nicht, er nuschelt. Unter seinem borstigen Schnauzbart, der ein bißchen an eine geschorene Klosettbürste erinnert, kommen die Worte stoßweise und gequält wie bei einer längst aus dem Verkehr gezogenen Dampflokomotive. Manche seiner Hörer packt die Angst, er könnte das Ende seiner Rede nicht mehr erleben. Aber je länger der dicke Direktor spricht, desto mehr kommt er in Fahrt, seine Rede wird flüssiger, munter und am Ende witzig. Prasselnder Beifall dankt dem dicken Allah dafür, daß ihn diesmal noch nicht der Schlag getroffen hat, und daß man nun endlich mit dem Essen beginnen kann.

Mami und Pop unterhalten sich lebhaft nach allen Seiten, als ginge es darum, den ersten Preis für die charmantesten Eltern des Jahres zu gewinnen. Joy registriert es mißmutig, es wäre ihr lieber, sie würden sich mehr um sie kümmern. Stumm und stocksteif sitzt sie auf ihrem Platz.

Unausgesprochen stehen noch immer die häßlichen Szenen zwischen ihnen, die es gegeben hat, bevor Joy ins Internat abgefahren ist. Die Eltern scheinen das alles vergessen zu haben. Pepsi hat Joys Verhalten gelobt und ist sehr zufrieden mit ihr.

Für Joy ist das anders. Noch hat es keine Versöhnung gegeben, und wenn Mami und Pop meinen, in wenigen Wochen wäre all das ausgelöscht, dann haben sie sich gewaltig geirrt! Komisch – über Andy hatte sie das alles fast vergessen, aber jetzt, da die beiden hier lachend und plaudernd neben ihr sitzen, ausgerechnet jetzt kommt Joy wieder die Galle hoch! Warum merken sie nichts? Warum fragen sie nicht, ob ihr etwas fehlt?

Joy ist wütend, und zugleich weiß sie, daß sie einen Fehler macht. Denn dies ist gewiß nicht die richtige Stimmung, um mit den Eltern über Andy zu reden. Wenn sie von Anfang an aggressiv ist, kann die Sache nur ins Auge gehen.

Joy schaut ihre Mutter von der Seite an.

Wie hübsch sie ist mit ihrem schmalen Kopf, den dunklen Haaren und den großen hellen Augen, die sie immer noch ein wenig aufreißt, um die Wirkung zu erhöhen. Alles an Mami wirkt perfekt, die Art, wie sie sich anzieht, wie sie sich schminkt, ihre Bewegungen, ihre Ausdrucksweise. Das ist manchmal richtig entmutigend. Mami ist so beherrscht, als trüge sie ständig ihren weißen Kittel, mit dem sie in der Apotheke steht.

Mit Pop ist das ein bißchen anders. Pop hat eine Menge liebenswerter Fehler. Er ist aufbrausend und sentimental, er kann himmlisch albern sein und nascht für sein Leben gern. Jeden Tag beim Frühstück faßt er einen Haufen guter Vorsätze, die ihm im Laufe des Tages wieder abhanden kommen. Oder er verschiebt sie auf den nächsten Tag. Und von Freitag gleich auf Montag.

„Wollen wir nach dem Essen ein Stück spazierengehen, Liebes?"

Joy denkt gerade darüber nach, ob Andy die Eltern gefallen werden.

„He, was ist los? Träumst du?"

Mami schaut sie lächelnd an, und Pop benutzt die Gelegenheit, Mamis vollen Nachtischteller gegen seinen leeren einzutauschen. Mami meidet alles Süße, ihrer Figur zuliebe. Joy grinst zu Pop hinüber und fühlt, wie ihre Spannung ein wenig nachläßt.

„Entschuldigt bitte, was habt ihr gesagt?"

„Ob wir anschließend ein bißchen spazierengehen wollen?"

„Ja gern, ich weiß da einen sehr hübschen, ruhigen Weg...", am Kutscherhaus vorbei, denkt Joy. Dann kann euer zukünftiger Sohn euch gleich mal begutachten, falls er durch die Fensterritzen hinausschaut.

Aber dazu kommt es nicht. Pop möchte den Sportplatz besichtigen, und da gerade ein Handballspiel stattfindet, bleiben sie am Rande des Spielfelds sitzen, müde von der Fahrt, vom Essen und der warmen Mittagssonne. Um drei Uhr treffen sich die Eltern mit Herrn Brockhoff, und danach ist dann nur noch die Rede von Schulnoten und mangelnder Beteiligung am Unterricht. Wenn du nur wolltest, könntest du die Beste sein, hat er gesagt, glatte Einskommanull! Joy schwirrt der Kopf, wenn Pop sein Lieblingsthema am Wickel hat. – „Nicht für die Schule, sondern für das Leben lernen wir." – Wenn Joy nun eines Tages studieren will? Sie sind keine reichen Leute, eine gute Ausbildung ist das einzige, das sie ihr mitgeben können! Dabei ist sie so begabt! Ein kleines bißchen mehr Mitarbeit und Konzentration, und sie wäre an der Spitze! Und dann stünde ihr jedes Studium offen!

„Ja, um Apothekerin zu werden!" muffelt Joy. „Mit meinem Mann den ganzen Tag im Laden stehen und nie Zeit haben."

„Es ist ein erfülltes, schönes Leben", sagt Mami mit Nachdruck. „Einen Beruf zu haben, der einem Spaß macht und den man an der Seite seines Mannes..."

„Und an der Seite seines geliebten Kindes..."

Aber Mami will sich heute nicht ärgern lassen. Mami will nett sein und nicht streiten.

„Komm, Liebes, hol deinen Mantel, wir wollen zu dem Lokal fahren, in dem du gern essen möchtest. Pop hat schon einen Tisch bestellt."

Beim Abendbrot rede ich mit ihnen über Andy, denkt Joy. Wenn sie erst ein Glas Wein getrunken haben – und bei einem guten Essen, da geht so etwas wie von selbst.

Aber Joy hat Pech. Das Lokal ist überfüllt, und kaum haben sie sich gesetzt, da erscheint Hexi mit ihren Eltern an der Tür. Sie schauen sich suchend um, und als sie keinen Tisch finden, gibt Mami Pop einen Wink.

„Wir können sie nicht dort stehenlassen, wenn an unserem Tisch noch Plätze frei sind. Und es sind so reizende Leute, findest du nicht?" sagt Mami entschuldigend zu Joy. „Wir haben ja morgen noch Zeit füreinander."

Hexis Eltern zieren sich eine Weile, sie wollen nicht stören, aber dann folgen sie Pops Einladung. Joy seufzt leise, sie mag Hexi, und auch ihre Eltern scheinen sehr nett zu sein. Trotzdem – ihre große Chance ist dahin.

Es wird ein heiterer Abend. Joy schickt sich in das Unvermeidliche, genießt das gute Essen, darf auch ein Glas Wein probieren und lacht mit den anderen über die urkomischen Geschichten und Witze, die Hexis Vater erzählt. Hexis Eltern sind Musiker in einem Kammerorchester, das viel auf Reisen ist.

„Meine Frau spielt die erste Geige, und ich bringe ihr die Flötentöne bei", erzählt er jedem, der es wissen will – oder auch nicht.

Hexi hat noch einen jüngeren Bruder, der bei der Großmutter lebt und nächstes Jahr auch nach Margaretenburg kommen soll, wenn man ihnen einen Freiplatz für ihn genehmigt.

Pünktlich um neun Uhr werden die beiden Mädchen vor der Margaretenburg abgesetzt. Die Zeit ist knapp, Pop fährt schnell, und Joy hat keine Gelegenheit mehr zu einem Gespräch.

Am nächsten Morgen holt Pop sie zum Frühstück ab.

Mami hat im Hotelzimmer den Tisch decken lassen, richtig festlich sieht das aus, mit frischem Orangensaft, Eiern und Schinken, mit knusprigem Toast und drei Sorten Marmelade.

Die Sonne scheint durchs Fenster, Mami duftet nach einem tollen Parfüm, sie trägt Jeans und einen passenden Rollkragenpulli dazu, Ton in Ton, mit einem Seidentuch und mehreren langen Ketten. Sie sieht gut ausgeschlafen aus, und Joy kommt sich gegen ihre Mutter uralt vor.

Pop scheint das auch zu finden, jedenfalls macht er so verliebte Augen, als hätte er Mami gestern erst kennengelernt.

„Möchtest du Kakao oder Tee, Liebling? Ich habe beides bestellt. Wenn du den Kakao nicht magst, haben wir ja einen begeisterten Abnehmer." Mami zwinkert Pop verständnisvoll zu.

„Oh, ich nehme sehr gern Kakao."

Pop hat schon wieder nach Mami geangelt und sie an sich gezogen. Und da kommt Joy eine glänzende Idee. Endlich weiß sie, wie sie das Gespräch beginnen muß!

Sie wartet, bis die Eltern einen Schluck getrunken und etwas gegessen haben. Als die friedliche Sonntagsstimmung so richtig auf dem Höhepunkt ist, setzt sie den Hebel an.

„Wißt ihr, was ich bei uns dreien gräßlich finde?"

„Na?" fragt Mami amüsiert und beißt genießerisch in ein Schinkenbrötchen.

„Ihr beide – ihr gehört zusammen wie ein Paar Schuhe. Ihr versteht euch immer, liebt euch, redet miteinander, arbeitet zusammen, verlebt eure Freizeit miteinander und teilt alles. Und ich – ich bleibe dabei immer draußen, am Rande, wie ein fünftes Rad am Wagen. Oder, um dabei zu bleiben – wie der dritte Schuh – ein einzelner, der sinnlos herumsteht."

„Aber Schätzchen, was soll das? Das klingt so dramatisch! Bist du etwa eifersüchtig?" Mamis Lachen klingt etwas gekünstelt. Sie weiß genau, daß ein Körnchen Wahrheit in Joys Worten steckt. „Wir drei gehören doch zusammen! Wir haben dich sehr, sehr lieb, und es wäre gar nicht auszudenken, wenn es dich nicht gäbe! Wie kannst du nur so etwas sagen!"

„Möchtest du denn, daß es zwischen mir und deiner Mutter anders wäre?" fragt Pop. „Das kann doch nicht dein Ernst sein!

Wenn ich an die vielen Kinder geschiedener Eltern in eurem Internat denke – möchtest du mit einem von ihnen tauschen?"

„Natürlich nicht, das meine ich ja nicht. Aber warum habe ich keine Geschwister?"

„Aber Joy!" Mami reißt vor Staunen ihre Augen noch ein wenig weiter auf als sonst. „Das weißt du doch! Wir wären glücklich über ein zweites Kind gewesen. So wie die Dinge liegen, müssen wir froh sein, daß wir überhaupt eins haben!"

„Das ist doch kein Grund!" bohrt Joy weiter. „Man kann ja auch Kinder adoptieren!"

„Nun ja, sicher. Aber findest du nicht, daß es heute ein bißchen spät ist, sich darüber Gedanken zu machen? Du bist jetzt groß, bald erwachsen, und du wirst mir doch nicht weismachen wollen, daß du von einem wenige Monate alten Geschwisterchen träumst!" sagt Mami, nun schon wieder amüsiert. Auch Pop lacht nachsichtig und sagt: „Gedulde dich noch ein paar Jahre, dann kannst du selbst Kinder haben, so viele du willst."

„Wer spricht von Babys! Ich möchte einen Bruder! Einen Bruder in meinem Alter. Ihr könnt doch genausogut einen elf oder zwölf Jahre alten Jungen adoptieren. Die Heime sind voll von großen Kindern, die keine Adoptiveltern gefunden haben!"

Jetzt ist Mami ehrlich entsetzt.

„Wie bist du denn auf diese Idee gekommen? Ein Adoptivkind in deinem Alter! Weißt du überhaupt, was du sagst?"

„Was ist daran so Schlimmes? Ich wäre jedenfalls nicht mehr so allein!"

„Mir kommen gleich die Tränen! In einem Internat mit hundertachtzig Kindern", sagt Mami trocken.

Pop tätschelt Joy begütigend die Hand.

„Ich weiß nicht, was dich auf diese Idee gebracht hat, Liebes. Aber überleg doch mal vernünftig: Kein Jugendamt der Welt würde zwei voll berufstätigen Erwachsenen ein Problemkind anvertrauen! Das ist etwas für Mütter, die den ganzen Tag zu Hause sind – und möglicherweise noch gelernte Pädagogen. Und was hast du von einem Bruder, wenn du doch im Internat bist?"

6 4080-20

„Er könnte ja mit mir im Internat sein!"

„Aber Joy! Komm, laß uns das Thema wechseln, das ist wirklich zu albern. Laß uns lieber darüber reden, was wir nach dem Frühstück noch unternehmen können. Wie wär's, wenn wir uns das hiesige Museum mal zusammen anschauten? Oder kennst du es schon? Dann könntest du es uns zeigen, es soll sehr schön sein."

Aus. Joy trifft es wie ein Keulenschlag. Aus für Andy! Sie ist wie gelähmt. Die aufsteigenden Tränen versucht sie mit einem Schluck Kakao hinunterzuspülen – vergeblich.

Joy knallt ihre Tasse auf den Teller und stürzt ins Badezimmer. Hinter ihrem Rücken schauen sich Mami und Pop verblüfft an und murmeln etwas von Pubertätsschwierigkeiten.

Das Bad hat eine direkte Tür zum Flur. Nachdem Joy ihre Tränenflut unter Kontrolle hat, nimmt sie Mamis Lippenstift aus der Schale neben dem Waschbecken und schreibt auf den Spiegel:

Gute Heimfahrt
und vielen Dank
für alles! Joy

Dann verläßt sie das Bad durch den Flur und schleicht sich davon.

Gewitterstimmung

Als Joy nach Stunden in ihr Zimmer zurückkehrt, liegt ein Brief auf ihrem Bett. Mami und Pop sind natürlich hier gewesen und haben sie gesucht – und sicher haben sie mit Pepsi lang und breit über die Szene beim Frühstück gesprochen!

Joy verkriecht sich in ihre Koje und reißt den Umschlag auf. Das ist Pops Handschrift. Wenn es ernst wird, schickt Mami immer Pop vor.

Liebe Joy!

Dein Verhalten ist uns einfach unerklärlich. Du hast uns beide sehr verletzt, wir sind wie vor den Kopf geschlagen! Was ist denn bloß los, Kind? Mami und ich machen uns große Sorgen und fahren ungern ab, ohne Dich noch einmal gesehen zu haben. Frau Kolar hat uns versprochen, uns sofort zu benachrichtigen, wenn Du wieder da bist, und sich um Dich zu kümmern. Schreib uns bitte gleich! Alles Liebe von Mami und Deinem Pop.

Joy läßt den Brief sinken. Sie kriecht unter ihre Decke und macht sich ganz klein. Ihre Augen brennen, ihr Kopf scheint hohl zu sein wie eine leere Kürbisschale. Stundenlang ist sie draußen herumgelaufen und hat gegrübelt, was sie Andy sagen soll. Aber sie ist keinen Schritt weitergekommen.

Wenn Andy die Wahrheit erfährt, wird er abhauen, das ist klar. Aber soll sie ihn belügen – ihn vertrösten? Und wenn sie ihn überreden kann, noch ein bißchen zu bleiben – sobald es kalt wird, wird der Aufenthalt im Kutscherhaus unerträglich werden. Dann muß er sein Versteck verlassen.

„Joy! Da bist du ja endlich!"

Pepsis Stimme klingt erleichtert und richtig froh, das tut gut. Sie setzt sich auf Joys Bett und zieht sanft die Decke weg.

„Schlimm?"

Joy nickt.

„Meinst du nicht, daß wir darüber reden sollten?"

„Ich... ich kann nicht! Ich..." Joy dreht sich zur Wand und beißt die Zähne zusammen.

Soll sie Pepsi alles erzählen? Aber dann ist es nur eine Frage von Stunden, daß Andy abgeholt wird. Pepsi wird lieb sein und sie trösten, sie wird eine Menge vernünftiger Sachen sagen und ihr schließlich beweisen, daß es nur eine Möglichkeit gibt: Andy muß ins Heim zurück.

„Du bist nicht freiwillig ins Internat gekommen, nicht wahr?" fragt Pepsi vorsichtig.

„Nein."

„Und du bist nicht gern hier? In der letzten Zeit hatte ich das Gefühl, daß du dich bei uns ganz wohl fühlst?" dringt Pepsi weiter in Joy.

„Vielleicht."

„Hm. Fragen wir mal anders herum: Was müßte deiner Meinung nach geschehen, damit du dich bei uns wohl fühlen kannst – oder hältst du das für ganz hoffnungslos, hm?"

Pepsi beginnt, Joy zart über die Haare zu streichen, und das macht alles erst richtig schlimm.

„Es... es ist nicht so, wie du denkst!" Joy dreht sich zu Pepsi um und sieht sie gequält an. „Es hat nichts mit dir zu tun und nichts mit den Jungen und Mädchen hier! Es ist einfach etwas... etwas..."

„Ja?"

„Na, eben etwas zwischen mir und meinen Eltern."

„Aber dieses ‚etwas' könnte man doch beseitigen! Du glaubst, sie lieben dich nicht wirklich, stimmt's?“

„Klar lieben sie mich!“ sagte Joy hart. „Auf ihre Art sicher. Nur mit dem Verstehen hapert es leider.“

„Ganz allgemein – oder in einem bestimmten Fall?“ wagt sich Pepsi weiter vor.

„Beides.“

„Hast du dir schon früher so sehnsüchtig Geschwister gewünscht?“ fragt Pepsi vorsichtig.

„Manchmal ja, manchmal nein“, gibt Joy zu. „Meistens war ich ganz froh, daß ich allein war. Meine Eltern haben so selten Zeit – und dann hätte ich sie die paar Stunden ja auch noch mit jemandem teilen müssen. Andererseits – weißt du, sie lieben sich wahnsinnig und sind immer zusammen – allein kommst du nicht dagegen an. Wenn wir zwei wären, ich meine, wenn ich einen Bruder hätte, dann wären wir zwei gegen zwei.“

„Du sagst immer ‚gegen‘. Bist du denn gegen sie?“

„Wie soll ich das erklären... natürlich bin ich nicht gegen sie. Das kommt ganz automatisch. Sie sind zusammen so stark – und wenn du in irgend etwas mal anderer Meinung bist, gehst du hoffnungslos baden. Sie... sie schimpfen nicht, sie lachen einfach, in einer bestimmten, überlegenen Art, das macht mich ganz rasend.“

Das ist komisch. Sie wollte nicht reden – und nun tut sie es doch. Wie macht Pepsi das bloß, daß sie alles aus einem herausholt? Vielleicht, weil man bei ihr das Gefühl hat, daß sie es absolut ehrlich meint – und daß sie einen nie hintergehen wird.

„Du sprachst vorhin von einem Bruder. Hast du dir immer nur einen Bruder gewünscht?“

„Hab ich das gesagt?“ Joy wird rot. „O nein, das war Zufall. Es könnte ebensogut eine Schwester sein, nicht wahr?“

„Hm, sicher.“

Pepsi wartet darauf, daß Joy noch mehr erzählt. Aber plötzlich ist der Faden gerissen. Wenn sie jetzt weitersprechen würde, müßte sie Andys Geheimnis preisgeben, und das kann sie nicht. Nicht, solange die kleinste Hoffnung besteht, daß es noch eine andere Lösung gibt als dieses unbarmherzige „zurück ins Heim“!

„Ich rufe jetzt deine Eltern an und sage ihnen, daß du wieder da bist, okay? Und dann werde ich uns einen Tee machen, und wir setzen uns drüben bei mir gemütlich zusammen, einverstanden?"

„Oh, ich..." Ich muß noch einmal weg, hat Joy sagen wollen, besinnt sich dann aber und stockt.

„Möchtest du lieber selbst mit ihnen sprechen?"

„Nein. Aber ich werde ihnen schreiben. Jetzt gleich. Ich stecke den Brief dann nachher noch ein."

Dann habe ich gleich eine Ausrede, noch mal wegzugehen, denkt Joy. Wenn ich nur wüßte, was ich Andy sagen soll...

Pepsi steht auf und geht zur Tür.

„Pepsi?"

„Ja?"

„Ich wollte dir nur sagen, ich mag dich sehr, sehr gern. Und wenn es irgend etwas gibt... ich meine ein Problem oder... also, ehrlich, ich würde es nur mit dir besprechen. Ich finde, man kann ganz prima mit dir reden."

Pepsi schaut Joy an – sehr lieb, fast ein bißchen verlegen oder gerührt.

„Danke, Joy. Du hast mein mütterliches Selbstbewußtsein ungemein gestärkt... also, bis gleich", sagt sie lächelnd. „Beeil dich mit deinem Brief."

Joy starrt hinter Pepsi her. Ihre Gedanken sind schon wieder bei Andy. Wenn sie bloß mit Pepsi über ihn reden könnte!

Was er jetzt wohl macht? Sicher hockt er regungslos auf dem Küchenfußboden und beobachtet Little Joe und Big Jim, die beiden Mäuse, die er mit Leckerbissen zu zähmen versucht. Oder er steht auf dem Stuhl und arbeitet an seinem Deckengemälde mit den neuen Farben, die Christian ihm mitgebracht hat. Schwelgt in Himmelblau, setzt schneeweiße Wattewolken, zeichnet die weiten Schwingen der Möwen, und dort, wo die dunklen Wasserflecken sind, läßt er ein Gewitter erstehen, grauschwarze Wolken mit gelben Blitzen.

*

Joy erhebt sich seufzend und holt das Briefpapier aus ihrem Schrank. Sie schreibt:

Liebe Mami, lieber Pop,
entschuldigt, daß ich mich
so mies benommen habe und
einfach davongelaufen bin.
Ich kann Euch den Grund
dafür jetzt noch nicht sagen.
Aber bald werde ich es tun,
und dann werdet Ihr mich
hoffentlich verstehen.
Vielen Dank noch mal, daß
Ihr gekommen seid, und daß
Ihr mich so verwöhnt habt!
Es grüßt Euch Eure Joy

Sie hat sehr hastig geschrieben. Mami wird sich wieder über ihre schlechte Handschrift beklagen. Sie hat so viel Ärger mit den unleserlichen Rezepten der Ärzte, daß sie sich bei Joys Briefen gern davon erholen möchte.

Als Joy Pepsis Wohnzimmer betritt, sitzen Bruni und Helga bereits am Tisch. Ein Glück, daß Pepsi auch sie eingeladen hat, so ist Joy für diesen Nachmittag vor unbequemen Fragen sicher. Sie trinkt ihren Tee, murmelt dann etwas von Brief-Einstecken und verkrümelt sich.

Eine Viertelstunde später steht Joy vor Andys Tür und holt den Schlüssel aus dem Versteck.

Andy ist in der Küche.

„He, das ist eine Überraschung! Ich dachte, ich würde dich erst morgen zu sehen bekommen!“ Andy ist sichtlich froh.

„War Sabine schon da?“

Andy schneidet eine Grimasse.

„Hat das Breichen für den lieben Kleinen gekocht und ist wieder verschwunden. Ich hab sie mal wieder geärgert. Die Mäuse machen ihr zuviel Dreck in der Küche. Dabei hat sie bloß Angst vor ihnen. Na? Was haben deine Eltern gesagt?“

„Deswegen bin ich gekommen. Sie wollen es sich in Ruhe überlegen, weißt du? Der Gedanke war für sie natürlich sehr überraschend und, na ja, aber wenn ich ihnen beweise, wie ernst es mir damit ist, werden sie sich bald entscheiden.“

„Meinst du, daß wir uns gut verstehen werden?“

„Na klar! Meine Eltern sind ganz prima. Natürlich arbeiten sie beide sehr viel, aber das hat auch seine Vorteile. Sie können einen nicht ständig kontrollieren – und man kann seine Zeit einteilen, wie man mag.“

„Klasse, das gefällt mir.“

„Aber wenn sie Urlaub machen, dann ist es ganz phantastisch! Dann mieten wir uns ein Ferienhaus und machen lange Wanderungen. Wir kochen gemeinsam die herrlichsten Menüs, gehen schwimmen, und abends spielen wir etwas oder lesen, oder Pop liest uns etwas vor.“

„Hört sich gut an. Nicht so wie bei Lehmanns.“

„Lehmanns?“

„Die Pflegeeltern, bei denen ich mal war. Mann, das war vielleicht zum Kotzen! Putz dir die Schuhe ab! Warum hast du keine Pantoffeln an! Tritt nicht auf den Rasen! Tob nicht so rum! Du hast schon wieder eine Blume abgebrochen, merkst du denn das nicht! Stell das Radio ab! Sitz nicht rum, arbeite was! Lerne! Du benutzt ja schon wieder das Gesichtshandtuch für die Füße!“

„Hör auf, das ist ja grauenvoll!“ kichert Joy.

„War es auch! Den Garten hielten sie genauso pingelig wie die Wohnung, nirgends durfte man spielen. Herr Lehmann baute in seiner Freizeit Burgen und Häuschen für seine Gartenzwerge – sogar eine Windmühle mit Flügeln, die sich drehen konnten, und einen Wasserfall. Eines Tages habe ich die Wut gekriegt und alles zertrampelt. Mann, haben die gezetert. Nannten mich undankbar und durch und durch schlecht. Na ja, dann kam ich ins Heim zurück. Da war ich richtig froh."

„Das hast du mir noch nie erzählt!"

„Ich denke auch nicht gern daran."

„Du, ich muß gehen. Es läutet gleich zum Abendbrot. Bis morgen, okay?"

„Okay, bis dann!"

Andy begleitet sie bis zur Tür und winkt ihr nach. Joy ist so beschäftigt mit dem Gedanken, daß sie Andy belogen und ihm falsche Hoffnungen gemacht hat, daß sie gar nicht bemerkt, wie zwei helle Bubenaugen durch das Gebüsch spähen und ihren Abschied von Andy belauschen.

Am nächsten Abend findet sie einen Brief unter ihrem Kopfkissen. Er ist aus Zeitungsbuchstaben zusammengeklebt und enthält eine ganze Reihe Fehler. Joy ist wie gelähmt vor Schreck, als sie den Inhalt studiert:

ich Kenne Dein GeHeimnis
Aber wenn du tust Was ich
diR Befele verAte ich dich
Nicht. Lege Jeden Tag 1 TAFel

Schokolade in das loCH in dem lezten Baum in der Aleh dann Halte iCh den Munt

„Hexi!" stöhnt Joy. „Sabine! Kommt schnell her!"

Stumm reicht sie Hexi das merkwürdige Schriftstück.

„Ein Erpresserbrief – nicht zu fassen! Wer kann das gewesen sein?" sagt Hexi stirnrunzelnd. „Wer in unserer Schule macht denn so katastrophale Fehler?"

„Sicher jemand aus der Fünften. Er muß auf der Lauer gelegen haben, als ich gestern bei Andy war."

„Wer es ist, beschäftigt mich nicht so sehr wie der Gedanke, daß wir überhaupt entdeckt worden sind", meint Sabine. „Verdammt! Was machen wir jetzt bloß?"

„Wir müssen sofort den anderen Bescheid sagen und erst mal auf die Forderungen eingehen. Wenigstens zwei oder drei Tage – um Zeit zu gewinnen."

„Und was dann?"

„Wenn ich das wüßte..."

„Eine schlimme Sache", stöhnt Hexi. „Es ist einfach zu lange gutgegangen. Dadurch haben wir uns zu sicher gefühlt!"

Als Pepsi am nächsten Morgen den Kopf zur Tür hereinsteckt und mit einer doppelten Prise Samtpfötchen in der sonst so munter-energischen Stimme „Aufstehen, meine Lieben!" ruft, spürt Joy sofort, daß dies kein guter Tag werden wird. Draußen haben sich dunkle Wolken zusammengezogen, dicke Tropfen schlagen gegen das Fenster. Der Wind heult um das Haus und rüttelt an den Fensterläden.

Vor dem Frühstück zeigen die Mädchen den Jungen, was Joy gestern unter ihrem Kopfkissen gefunden hat.

„Das muß eine von den Mädchen aus der Fünften sein!" sagt Christian sofort. „Wir brauchen eigentlich nur rauszukriegen, wer von ihnen eine besonders schlechte Note in Rechtschreibung hat, dann haben wir unsere Erpresserin."

„Wieso kommst du darauf, daß es ein Mädchen ist?" fragt Verena erstaunt.

„Na, Jungen haben doch gar keine Gelegenheit, in eure Schlafzimmer zu kommen, oder?"

„Richtig, darüber habe ich noch gar nicht nachgedacht", sagt Sabine verblüfft und schaut sich nach den Mädchen aus der Fünften um. „Also, unter denen finden wir unsere kleine Giftschlange! Na warte, die kann was erleben!"

„Oder wir werden was erleben", sagt Edward mit dünnem Lächeln. „Nun, Freunde, das ist euer Problem. Ich habe euch von Anfang an gesagt, erwartet von mir keine Hilfe, wenn ihr in der Patsche sitzt. Ich ziehe mich zurück."

„Du willst nicht mehr mitmachen?" fragt Joy entsetzt.

„Du sagst es. Ich weiß von nichts und habe nie etwas davon gewußt."

Joy will aufbrausen, überlegt es sich aber sofort. Das würde alles nur noch schlimmer machen, sie können sich gratulieren, wenn Edward überhaupt den Mund hält.

„Was ist los? Warum setzt ihr euch nicht an den Tisch?" Pepsi geht an ihnen vorüber und setzt sich auf ihren Platz. „Sonst bin ich doch immer die letzte. Keinen Appetit heute? Ihr seht aus, als ob euch etwas auf den Magen geschlagen ist!"

Die Mädchen antworten nicht. Schweigend schleicht jede zu ihrem Stuhl und setzt sich. Als Joy Pepsis fragenden Blick sieht, greift sie mit übertriebenem Eifer nach dem Brotkorb.

Verena wartet, bis Pepsi mit den anderen Mädchen in ein Gespräch vertieft ist, dann beugt sie sich zu Joy hinüber.

„Ich mache es wie Edward!“ flüstert sie. „Ich steige auch aus. Mir hat die Geschichte von Anfang an nicht gefallen.“

„Das weiß ich“, antwortet Joy grimmig. „Du hast dich ohnehin sehr wenig beteiligt. Es wird kaum auffallen, wenn du nicht mehr mitmachst. Steigt nur alle aus! Zur Not schaffe ich es auch allein!“

„Na, siehst du“, sagt Verena erleichtert. „Schließlich bist du es ja auch, die den Brief bekommen hat – und die gesehen worden ist. Du hättest eben besser aufpassen müssen!“

„Schon gut, spar dir deine Kommentare. Hauptsache, du hältst die Klappe.“

Sie werden alle abspringen, denkt Joy. Einer nach dem anderen wird sich rausreden und sich verdrücken. Na, wenn schon – sollen sie doch! Ich hab von Anfang an gewußt, daß die ganze Bande hier nichts taugt! Solange es ein aufregendes Abenteuer war, okay. Solange sie sich auf die Schulter klopfen und sich toll vorkommen konnten, weil sie Andy halfen. Aber jetzt kriegen sie das große Zittern! Diese Flaschen! Aber ich nicht. Ganz egal, was passiert – ich halte zu ihm!

Die Bombe platzt

Die Temperatur sinkt ständig weiter, in den Regen, der unaufhörlich vom Himmel strömt, mischen sich erste Schneeflocken.

Andys Bettzeug ist so klamm, daß er sich gar nicht mehr auszieht. Er wickelt sich in sämtliche Kleidungsstücke und Decken und zieht sich in den einzigen trockenen Winkel des Hauses zurück. Dort hockt er wie eine traurige Krähe, unfähig, zu einem Entschluß zu kommen.

Abhauen, bei diesem Wetter? Wohin? Hier hat er wenigstens eine trockene Ecke, etwas zu essen und hin und wieder einen heißen Tee oder eine Suppe. Und jeden Augenblick kann Joy mit der Nachricht kommen, daß sich ihre Eltern entschlossen haben, ihn aufzunehmen. Sie hat ja gesagt – nur ein paar Tage. So lange muß er eben aushalten.

Nach der ersten Nacht spürt er ein kräftiges Kratzen im Hals. Joy erbittet sich von Pepsi Halspastillen. Aber weder die Pastillen noch die heiße Zitrone, die Joy ihm bereitet, lassen die Schluckbeschwerden und unangenehmen Schmerzen in Andys Hals verschwinden.

In der nächsten Nacht beginnt er zu husten, es tut ekelhaft weh, er zittert am ganzen Körper vor Schüttelfrost, und zugleich überfällt ihn eine bleierne Müdigkeit.

Joy holt sich heimlich das Fieberthermometer aus Pepsis Hausapotheke und schleicht sich nach dem Abendbrot noch einmal zu Andy.

Er erkennt sie kaum. Sein Kopf glüht, sein Atem geht rasselnd und von Hustenanfällen begleitet, und er redet wirres Zeug. Joy ist so erschrocken, daß sie vor Verzweiflung und Hilflosigkeit fast zu weinen beginnt.

Es ist völlig klar: Andy darf keine Minute länger hierbleiben.

„Andy! Andy – hörst du mich? Bleib ganz ruhig liegen, ich hole Hilfe!" Sorgsam deckt Joy den Freund zu und stopft die Decke rundherum fest. „In einer Viertelstunde bin ich wieder bei dir."

Joy stürzt nach draußen. Sie nimmt sich nicht einmal die Zeit, die Tür zu schließen – wer soll auch bei diesem Wetter hier herumstreichen! Fünf Minuten später steht sie nach Atem ringend vor Pepsi. Die hält gerade ihrem Sohn eine Standpauke, weil er eine ganze Tafel Schokolade verzehrt hat, über deren Herkunft er jede Aussage verweigert.

„Pepsi!" stößt Joy heraus. „Pepsi, es ist etwas Furchtbares passiert, bitte komm mit, schnell! Ich erkläre es dir auf dem Weg."

Pepsi zögert nicht eine Sekunde. Sie holt ihren Mantel und folgt Joy zum alten Kutscherhaus.

Unterwegs sprudelt Joy das ganze Drama von Andys Flucht und seinem Versteck heraus. Pepsi hat Mühe, in dem Wirrwarr den roten Faden der Geschichte herauszufinden, aber ihr mütterlicher Instinkt läßt sie die Zusammenhänge erraten. Vor allem das eine – daß sie hier den Schlüssel zu Joys Problem in der Hand hält.

Als sie am Kutscherhaus ankommen, wartet eine Überraschung auf sie. Mike, Christian und Hexi, von der Sorge um Andy getrieben, sind ebenfalls noch einmal hergekommen, um nach ihm zu sehen.

„Ich habe Pepsi alles gesagt“, flüstert Joy, um Andy, der zu schlafen scheint, nicht aufzuwecken. „Andy kann nicht länger hierbleiben, er braucht einen Arzt und richtige Pflege! Und vor allem ein trockenes, warmes Zimmer!“

Pepsi hat sich zu Andy hinuntergebeugt und fühlt ihm den Puls. „Ich glaube, er hat über vierzig Grad Fieber, er muß sofort auf die Krankenstation gebracht werden“, sagt sie bestimmt. „Joy und Hexi, ihr bleibt hier bei ihm. Mike und Christian gehen mit mir und holen eine Trage. Ich sage Schwester Irmgard Bescheid, daß sie den Arzt rufen soll.“

Von nun an geht alles sehr schnell. Minuten später sind die Jungen zurück, gefolgt von Pepsi und Bolko Hansen, dem Familienvater und Erzieher der Jungen, den Pepsi zu Hilfe gerufen hat. Bolko, der rothaarige Riese, den die Jungen auch den „Wikinger“ nennen, nimmt Andy auf die Arme wie ein kleines Baby und trägt ihn vorsichtig die Stiege hinunter.

Inzwischen haben die Jungen die Haustür aufgebrochen, um Andy nicht den beschwerlichen Weg über die Kellertreppe transportieren zu müssen. Andy wird in trockene Decken gewickelt und auf die Krankentrage gelegt.

Im Schein einer Taschenlampe bewegt sich der kleine Zug durch den Park. Zuerst Bolko Hansen, gefolgt von Christian und Mike, Pepsi und die beiden Mädchen als Schlußlicht.

Als sie ins Haus kommen, sind die Türen zu den beiden Seitenflügeln bereits abgeschlossen. So vollzieht sich Andys Einzug in die Margaretenburg unbemerkt.

Die Krankenstation befindet sich im obersten Stockwerk des Mitteltrakts. Schwester Irmgard nimmt Andy in Empfang und führt die Gruppe zu einem kleinen Einzelzimmer am Ende des Ganges. Dort wird Andy abgesetzt und aufs Bett gelegt.

„So, und jetzt verschwindet!“ kommandiert die Krankenschwester. Sie ist eine freundliche alte Dame, die unendliche Geduld für ihre Patienten aufbringt, den Gesunden gegenüber aber unerbittlich ist.

Joy winkt Andy noch einmal zu und ruft: „Gute Besserung!“ Aber er hört sie nicht. Dann schließt sich die Tür hinter ihnen. Nur die freundlich beruhigende Stimme, mit der Schwester Irmgard auf Andy einredet, während sie ihn versorgt, ist noch zu hören.

Auf dem Hof fährt das Auto des Arztes vor.

„Werden wir gleich erfahren, was Andy fehlt?“ fragt Joy ängstlich. „Ich mache mir schreckliche Sorgen um ihn.“

„Wir werden uns unten in der Halle noch einen Augenblick zusammensetzen“, schlägt Pepsi vor und legt Joy beruhigend die Hand auf die Schulter. „Dann könnt ihr Herrn Hansen und mir die Geschichte einmal in aller Ruhe erzählen. Bis dahin wird der Arzt mit der Untersuchung fertig sein und uns sagen können, was Andy fehlt.“

„Hast du Allah... ich meine, Direktor Lahrner schon Bescheid gesagt?“

„Ich möchte mich erst mal ein bißchen genauer über die Geschichte informieren, ehe ich ihm Bericht erstatte. Also, schießt los! Wie habt ihr diesen Andy denn eigentlich gefunden?“

„Joy hat ihn gefunden“, erklärt Christian. „Als wir sie... ach, erzähl du das doch, Joy.“

Joy ist fair, sie übergeht die Tatsache, daß man sie in die Rattenscheune gesperrt hat, und berichtet, daß sie aus Spaß auf den Strohberg geklettert sei, um sich vor den anderen zu verstecken. Diesmal ist sie ruhiger und kann der Reihe nach erzählen. Die anderen springen ein, wenn sie etwas vergißt.

„Da habt ihr also tatsächlich sechs Wochen lang für den Jungen gesorgt, ihn ernährt und unterrichtet, ohne daß ein Mensch etwas davon gemerkt hat?“ In Pepsis Stimme schwingt Bewunderung mit. Joy hört es und schöpft neue Hoffnung.

„Zuletzt hat es doch einer rausgekriegt“, erzählt sie eifrig.

„Gestern bekam ich einen Erpresserbrief."

„Einen Erpresserbrief?"

„Ja, ich sollte jeden Tag eine Tafel Schokolade an eine bestimmte Stelle legen, dann wollte er – oder sie – den Mund halten."

„Sagtest du Schokolade? Ich fürchte, den Erpresser kenne ich nur zu gut! Der kann sich auf etwas gefaßt machen."

„Pepsi, was wird denn nun aus Andy?" fragt Hexi bedrückt.

„Ja, ihr habt ganz recht mit euren Befürchtungen. Natürlich kommt er zurück ins Heim. In die Jugendstrafanstalt auf keinen Fall, dazu ist er zu jung, aber vielleicht in ein anderes, strenger bewachtes Haus."

„Kann man denn gar nichts dagegen tun?" fragt Joy verzweifelt und springt auf. „Andy hält das nicht aus! Das weiß ich! Er wird wieder weglaufen und wieder eingesperrt werden, und es wird jedesmal schlimmer für ihn werden!"

„Joy, ich verspreche dir, wenn mir irgend etwas einfällt, womit ich ihm helfen kann, werde ich es tun. Vorerst weiß ich allerdings nicht, was das sein könnte."

„Und Sie, Herr Hansen? Wissen Sie denn nicht jemanden, der ihn adoptieren könnte?"

„Nein. Das ist auch gar nicht so einfach. Überlegt doch mal, schon die meisten von euch sind hier, weil eure Eltern nicht genügend Zeit für euch haben. Aus beruflichen Gründen oder weil sie geschieden sind."

„Es ist fast unmöglich, Adoptiveltern für einen so großen Jungen zu finden", bestätigt Pepsi. „Es würde ja auch schon genügen, wenn wir eine Pflegefamilie auftreiben könnten."

„Und? Weißt du eine?"

„Im Moment nicht, nein."

„Also, bei meiner Mutter wäre das aussichtslos", brummt Mike. „Da brauche ich gar nicht erst zu fragen."

„Wir sind schon vier Kinder. Und nächstes Jahr kommt noch eins dazu", sagt Christian entschuldigend. „Meine Eltern mögen Kinder sehr, aber fünf sind eigentlich genug."

Natürlich, denkt Joy. Christians Vater ist zum zweitenmal verheiratet, und seine neue Mutter hat mit drei Stiefkindern sicher genug zu tun, auch wenn zwei davon im Internat sind.

„Meine Eltern sind viel zuviel auf Reisen, die kommen schon überhaupt nicht in Frage“, seufzt Hexi.

„Und meine haben mich einfach ausgelacht“, knurrt Joy, „obgleich es für sie wirklich kein Problem wäre, noch ein Kind zu adoptieren.“

„Du hast ihnen von Andy erzählt?“ fragt Pepsi überrascht.

„Nein, das nicht. Ich konnte ihn ja nicht verraten. Ich hab sie nur so allgemein gefragt. Komisch, früher haben sie sich ein zweites Kind gewünscht...“

Der Arzt kommt die Treppe herunter. Pepsi und Bolko Hansen stehen auf und gehen ihm entgegen. Sie sprechen leise miteinander, dann verabschiedet sich der Arzt. Bolko begleitet ihn nach draußen.

„Eine schwere Bronchitis und eine leichte Rippenfellentzündung“, berichtet Pepsi den wartenden Freunden. „Andy muß auf jeden Fall hierbleiben, bis er transportfähig oder gesund ist. Ich werde morgen früh sofort mit Direktor Lahrner sprechen.“

„Und dann?“

„Dann werden wir das Jugendamt benachrichtigen müssen, daß Andy sich hier aufhält. Was weiter geschieht...“ Pepsi hebt ratlos die Schultern. „Keine Ahnung.“

Während Joy und ihre Freunde am nächsten Tag im Unterricht sitzen, inspizieren Pepsi und Bolko Hansen das alte Kutscherhaus.

„Der Junge hat eine erstaunliche Phantasie! Haben Sie das Deckengemälde gesehen? Und hier – die Dschungellandschaft!“

„Da – die Kammer müssen Sie sich ansehen! Sie soll offensichtlich das Deck eines Segelschiffs darstellen. Er hat sich seine Begleiter einfach auf die Wände gemalt, um Gesellschaft zu haben. Und überall Tiere!“

„Joy hat mir erzählt, wie tierlieb er ist. Ach ja, Moment mal.“ Pepsi schaut sich um und entdeckt den Blechkasten, in dem Andy seine Lebensmittel aufbewahrt hat. Als Herr Hansen im Nebenraum ist, streut sie ein paar Brotbrocken auf den Fußboden.

7 4080-20

„Schönen Gruß von Andy!" flüstert sie und schaut sich um, ob sich die beiden Mäuse sehen lassen. Aber die mögen wohl keinen fremden Besuch.

„Es wäre ein Jammer, wenn wir nichts für den Jungen tun könnten!" Bolko Hansen kommt in die Küche zurück. „Wenn ich nur wüßte, was."

Leider teilt Allah der Mächtige Pepsis und Herrn Hansens Gefühle nicht. Seine Gedanken kreisen vor allem um die Tatsache, daß sich mehrere seiner Schüler wochenlang in einem baufälligen Haus herumgetrieben haben, zu dem er den Zutritt streng untersagt hatte. Was hätte da alles passieren können!

Allah malt sich aus, wie die Kinder unter den donnernd zusammenbrechenden Mauern begraben worden wären, wie die Eltern sich auf ihn gestürzt, ihn verklagt und vor Gericht gebracht hätten!

Entsprechend fällt das Donnerwetter aus, das die sieben Freunde über sich ergehen lassen müssen.

„Bis auf weiteres Hausarrest", heißt es. „Vier Wochen hintereinander Tischdienst. Fernsehverbot." Außerdem müssen sie einen zehn Seiten langen Aufsatz über die Folgen von Ungehorsam und Übertretung von Vorsichtsmaßregeln schreiben. Und natürlich gehen gepfefferte Briefe an die Eltern.

Aber auch Pepsi und Bolko schreiben Briefe an die Eltern, und die unterscheiden sich gewaltig von denen des Direktors. Da ist viel von Kameradschaft und Initiative die Rede. Von selbstlosem Einsatz und Ideenreichtum, von Mut und Geschicklichkeit. Und sie schließen mit der Bitte, bei der Suche nach einer Pflegestelle für Andy behilflich zu sein.

Die schlimmste Strafe für Joy ist, daß sie Andy nicht besuchen darf. Der Gedanke, er könne sie für eine Lügnerin und Verräterin halten, bringt sie zur Verzweiflung. Und als Pepsi sich abends zu ihr ans Bett setzt, schüttet ihr Joy ihr Herz aus.

„Was hältst du davon, wenn ich zu ihm gehe und mit ihm rede?" fragt Pepsi. „Du kannst mir ja einen Brief für ihn mitgeben. Und die Schwindelei mit deinen Eltern – nun, du wirst ihm sagen müssen, daß deine Eltern sich zu diesem Schritt noch nicht entschließen können."

„Aber..."

„Ich weiß, das ist schwer. Aber glaubst du nicht, daß Andy damit fertig werden kann, wenn er weiß, daß du und Hexi, Sabine, Mike und Christian, seine neuen Freunde, ganz fest zu ihm halten?"

„Was nützt ihm das, wenn er wieder im Heim ist! Briefe schreiben, hin und wieder ein Besuch, das ist verdammt wenig, wenn man unglücklich ist!"

Pepsi lächelt.

„Du sprichst aus Erfahrung, wie? Na, laß mich erst mal mit ihm reden, dann sehen wir weiter."

Ein Platz für Andy

„Ich kann diesen blöden Aufsatz nicht schreiben!" knurrt Hexi und knallt den Füller auf das Heft, daß es einen Tintenspritzer über die ganze Seite gibt.

„Glaubst du, ich?" mault Sabine.

„Dauernd denke ich nur drüber nach, wie wir Andy helfen könnten", stöhnt Joy. „Es muß doch einen Weg geben!"

Sie springt auf und läuft zum Fenster. Die ganze Welt scheint zu trauern, so grau und trübe sieht es draußen aus. Vom Sportplatz kommen im Dauerlauf die Schüler der Zehnten. Eine Schnapsidee, bei diesem Wetter zu trainieren! Sie sehen aus, als hätten sie in Linsensuppe gebadet, von oben bis unten sind sie voller Dreckspritzer.

Joy preßt die Stirn gegen die kalte Fensterscheibe, daß es schmerzt. Plötzlich dreht sie sich zu den anderen um.

„Sagt mal, mir kommt da gerade eine Idee – vielleicht werdet ihr mich auslachen, aber..."

Hexi, die den Tintenklecks in ihrem Heft gerade hingebungsvoll mit Tintentod bearbeitet, schielt neugierig zu Joy hinüber.

„Was denn für eine? Nun spuck's schon aus!"

„Denken wir doch mal logisch. Was wäre Andys Rettung?"

„Wenn er nette Adoptiveltern fände oder wenigstens Pflegeeltern."

„Richtig. Jemanden, der ihn bei sich aufnimmt. Müssen das unbedingt Eltern sein?"

„Wie meinst du das?"

„Na, wäre es nicht denkbar, daß ihn eine größere Gruppe von Menschen aufnimmt?"

„Eine Kommune etwa?"

„Quatsch. Viel näherliegend: ein Internat!"

„Du meinst..."

„Jedes Jahr stehen etliche Freiplätze zur Verfügung, für Schüler, deren Eltern das hohe Schulgeld nicht aufbringen können. Warum kann Andy nicht einen dieser Plätze bekommen?"

„Joy, das ist die genialste Idee, seit Einstein die Kartoffel erfunden hat!"

„Das war doch nicht Einstein, du Schaf!" Sabine rümpft verächtlich die Nase.

„Weiß ich selbst. Aber die Idee ist doch super!" Hexi springt auf und umarmt Joy.

Jetzt springt auch Sabine auf.

„Das müssen wir sofort den Jungens sagen! Aber wie bringen wir das Allah bei? Der ist so sauer auf uns, daß er uns nicht einmal anhören wird!"

„Wir müssen eben möglichst viele auf unsere Seite bringen, am besten alle Schüler der Margaretenburg!" sagt Hexi begeistert.

„Glaubst du, das geht?"

„Warum nicht? Die ganze Schule spricht seit Tagen über nichts anderes, seit die Sache mit Andy rausgekommen ist! Dauernd siehst du Schüler zum Kutscherhaus schleichen, die sich den Tatort ansehen und Andys Wandmalereien bewundern wollen."

„Wir müßten uns an die Klassensprecher jeder Klasse wenden", überlegt Joy.

„Und an den Elternbeirat schreiben!“

„He! Seht mal da runter, wer ist denn das?“

Joy, die zufällig einen Blick aus dem Fenster geworfen hat, sieht unten zwei graugekleidete Herren aus einer dunklen Limousine steigen. Sie tragen Hüte, haben Aktentaschen unter dem Arm und sind Joy sofort unsympathisch.

„Ich geh mal schnell runter“, murmelt Joy beunruhigt.

Als sie in der Haupthalle ankommt, verschwinden die beiden Herren gerade in Allahs Empfangszimmer. Joy drückt sich eine Weile in der Nähe der Tür herum, aber es ist unmöglich zu verstehen, was da drinnen gesprochen wird. Da zieht sie sich bis zum Schwarzen Brett zurück. Das ist ungefährlicher.

Bald darauf wird die Tür wieder geöffnet, und Allah erscheint mit den beiden Herren.

„Wenn ich Sie jetzt nach oben bitten darf? Ich habe dafür sorgen lassen, daß der Junge fertig ist, wenn Sie kommen.“

Allah und die beiden grauen Herren steigen die Treppe zum Krankenrevier hinauf. Als ob sie es geahnt hätte! Joy schlägt das Herz so heftig, daß es in ihren Ohren dröhnt. Wie gut, daß sie gerade heute noch einmal an Andy geschrieben hat. Pepsi hat den Brief nach dem Frühstück zu ihm gebracht.

Minuten vergehen. Joy liest die Anschläge am Schwarzen Brett wieder und wieder, ohne ein Wort in sich aufzunehmen.

Da! Joy hat ein Gefühl, als bestünden ihre Knie aus nassen Schwämmen. Andy kommt die Treppe herunter – rechts und links von ihm gehen die beiden Grauen, sie halten ihn an den Armen, als rechneten sie damit, daß er sich jeden Augenblick losreißen und davonlaufen könnte. Andy ist schneeweiß im Gesicht, er preßt die Lippen aufeinander.

Joy hält es nicht mehr aus, sie stürzt auf ihn zu.

„Andy! Ich muß dir etwas sagen! Wir werden...“

„Joy!“ bellt Allah von der obersten Treppenstufe. „Was hast du während der Studierzeit hier zu suchen? Geh sofort auf dein Zimmer!“

Aber Joy läßt sich nicht beirren. Während die beiden Grauen

Andy mit sich fortziehen, umkreist sie die Gruppe wie ein Hündchen.

„Andy! Hör mir zu! Du darfst nicht aufgeben! Wir holen dich da raus! Ich verspreche es dir – wir holen dich raus! Wir lassen dich nicht im Stich!"

Erst als Allah sie mit festem Griff fortzieht, gibt sie Ruhe. Andy wird ins Auto geschoben. Joy sieht, wie er den Kopf reckt und nach ihr Ausschau hält. Über Allahs breiten Rücken hinweg winkt sie ihm noch einmal zu. Einer der Grauen wirft knallend die Autotür zu, der Motor heult auf, Kies spritzt nach allen Seiten, als der Wagen von der Einfahrt verschwindet. Joy möchte vor die Tür rennen, möchte dem Wagen nachlaufen, aber Allah hält sie fest.

Am liebsten würde sie mit den Fäusten auf den Bauch des dikken Direktors trommeln, bis er in die Knie geht – aber was nützte das schon! So läßt sie ihre Wut an der Tür aus, schlägt auf das Holz ein und schluchzt hemmungslos.

„Aber, aber! Was soll denn das Theater, Kind!"

Allahs Stimme klingt ungewohnt weich und hilflos. Er zieht sie an sich und streicht ihr ungeschickt über Kopf und Rücken. Seine Jacke riecht nach Bratkartoffeln und Zigarren. Während die rechte Hand mechanisch weiterstreichelt, sucht die linke verzweifelt nach einem Taschentuch. In der vierten Tasche findet er endlich eines, das sauber ist. Er drückt es Joy vor die Nase, und Joy schneuzt sich kräftig. Dabei schaut sie den dicken Direktor von unten herauf flehend an.

Allah wird noch verlegener.

„Wird ja alles wieder gut, Kindchen. Davon geht die Welt nicht unter. Morgen sieht alles wieder anders aus, wetten? Kein Grund zu verzweifeln, nicht wahr? Und nun geh an deine Arbeit. Das Taschentuch kannst du mir ein anderes Mal wiedergeben."

Allah macht sich aus dem Staub. Joys Ausbruch hat ihn völlig verwirrt. Diese Kinder heute sind so hemmungslos und eigenwillig, daß man gar nicht mehr weiß, was in ihren Köpfen vorgeht.

Joy schneuzt sich noch einmal ausgiebig und schaut dem Dikken nach. Er ist gar nicht so streng, wie er tut, denkt sie. Er schützt nur seinen weichen Kern durch eine stachlige Schale.

Aber wir müssen handeln! Wir dürfen nicht eher lockerlassen, bis er kapiert hat, daß wir es ernst meinen!

Am Abend wird Pepsi eingeweiht. Und Pepsi ist wie immer auf Draht – sie steigt voll ein.

„Keine schlechte Idee mit dem Freiplatz – obgleich es da natürlich eine Menge Hürden zu überwinden gibt. Das Jugendamt, das Kuratorium, das der Stiftung Margaretenburg vorsteht, die Elternvertreter, Allah und das gesamte Lehrerkollegium – sie alle müssen überzeugt werden. Und dann geht die Mühe erst wirklich los! Der lange Weg durch die verschiedenen Instanzen, in denen Andys Akte bearbeitet werden muß. Aber ich will euch nicht entmutigen. Der Versuch lohnt sich auf jeden Fall. Ihr müßt allerdings auch mit einer Enttäuschung rechnen."

„Wir lassen uns nicht entmutigen." Joy springt auf und schaut mit einem Ausdruck um sich, als sei sie der Engel mit dem Flammenschwert. „Wir werden kämpfen, bis wir unser Ziel erreicht haben!"

Die Mädchen im Gemeinschaftsraum der Sechsten werden von Joys wilder Entschlossenheit mitgerissen.

„Klar! Wir geben einfach nicht eher auf!"

„Wir werden es denen schon zeigen!"

„Wir müssen es einfach schaffen!"

„Wenn wir alle zusammenhalten, muß es doch klappen!"

So reden alle durcheinander.

„Gut!" Pepsi versucht, den aufgeregten Schwarm mit einer Handbewegung zur Ruhe zu bringen. „Dann laßt uns keine Zeit verlieren und gleich darüber diskutieren, was wir tun können. Hat einer von euch eine Idee?"

„Wir müssen so viele Schüler der Margaretenburg wie möglich auf unsere Seite bringen. Unsere Klasse macht sowieso mit, das weiß ich", meint Sabine. „Aber wir sollten versuchen, auch die anderen Klassen für unsere Sache zu gewinnen!"

„Klar! Eine Unterschriftensammlung!" fällt ihr Hexi ins Wort.

„Wie wär's mit einem Protestmarsch?" wirft Joy ein.

„Klasse!“

„Genau – das ist es!“

„Wir malen jede Menge Plakate und Spruchbänder, ziehen damit durch die ganze Schule, und am Schluß der Veranstaltung sammeln wir die Unterschriften!“

Wieder schlagen die Wogen der Aufregung hoch.

„Prima!“ lobt Pepsi. „Und darüber hinaus würde ich vorschlagen, daß ihr einen Brief an das Lehrerkollegium und an Allah schreibt, in dem ihr eure Forderungen darlegt. Einen Durchschlag des Briefes könnt ihr dann an die Elternvertreter schicken – und an das Kuratorium.“

Sabine holt Papier und Bleistift und verdrängt die dicke Bruni von ihrem Platz am Schreibtisch.

„Laßt uns zuerst den Brief entwerfen. Dann kommen die Plakate dran.“

„Wär's nicht besser, wir teilen uns in Gruppen ein?“ schlägt Hexi vor. „Drei von uns entwerfen mit Pepsi den Brief, die anderen beginnen gleich mit dem Plakat-Malen. Wir haben keine Zeit zu verlieren!“

„Okay. Wo nehmen wir das Material her?“

„Ich habe ein paar ausrangierte Bettücher und Laken, die könnt ihr zu Spruchbändern verarbeiten.“ Pepsi steht auf und geht in ihre Wohnung hinüber. Die Mädchen schwärmen in ihre Zimmer aus und holen herbei, was sie an Tuschfarben und Filzstiften auftreiben können.

Eine Viertelstunde später ist der Fußboden mit Arbeitsmaterial bedeckt, die Mädchen hocken mit hochroten Köpfen über breiten Streifen von weißem Leinen und malen um die Wette. Währenddessen hämmert Sabine auf Pepsis Schreibmaschine ein und bringt zu Papier, was Pepsi, Joy und Hexi ihr diktieren.

Es wird ein langer Abend. Von der Uhrzeit wird nicht gesprochen – nicht einmal Pepsi erwähnt sie. Die Erzieherin warnt nur hin und wieder, nicht zu laut zu sein. Die anderen müssen ja nicht unbedingt merken, daß hier die Vorschriften schamlos übertreten werden – und für den Fall, daß doch einer der Lehrer oder Erzieher aufmerksam wird und sehen will, was hier los ist, halten sie die Uhr an. Dann hat man eben gar nicht gemerkt, wie spät es ist.

Am nächsten Morgen werden die Jungen eingeweiht, und wie erwartet, sind sie sofort Feuer und Flamme für die Idee, Andy einen Freiplatz auf der Margaretenburg zu verschaffen. Der Protestmarsch wird für den Nachmittag festgesetzt, bis dahin wollen auch die Jungen noch ein paar Plakate herstellen. Am Schwarzen Brett hängt bereits eine Ankündigung der Aktion.

„Christian hat sogar in der Pause die Zeitung angerufen“, flüstert Hexi Joy ins Ohr, als sie zum Essen gehen. „Sie schicken einen Reporter. Der wird das Kutscherhaus fotografieren und Andys Geschichte schreiben. Und natürlich macht er auch Aufnahmen von unserem Protestmarsch!“

„Klasse!“

Hexi grinst zufrieden.

„Unser Brief liegt auch schon auf Allahs Schreibtisch. Peter, als Klassensprecher, hat ihn eben überreicht. Die Sache rollt. Und wenn das alles nichts nützt: Ich bin sicher, uns fällt noch viel ein, um Andy zurückzuholen.“

Zwei Stunden später formieren sich die Schüler und Schülerinnen der Sechsten zu einer Kolonne. Fast alle tragen ein Plakat oder ein Spruchband. „Helft Andy Havemann!“ – „Ein Freiplatz für Andy!“ – „Wir kämpfen für Andy!“ – „Holt Andy zurück!“ – „Andy, wir lassen dich nicht im Stich!“ und „Wir protestieren gegen Andys Abtransport!“ steht darauf.

Jeder hat sich etwas anderes einfallen lassen, sogar Bruni, die sich selten aus ihrer Trägheit aufrütteln läßt, hat ein leuchtend buntes Schild gemalt mit der Aufschrift: „Andy, komm zurück!“

Der Zug beginnt seinen Marsch in der großen Eingangshalle, Mike stimmt den Sprechchor an: „Wir wollen einen Freiplatz für Andy!“

Vielstimmig kommt das Echo. Der Zug bewegt sich durch die Flure des Mädchen- und des Jungenflügels, durch die Gemeinschaftsräume, die Turnhalle, den Speisesaal, dann geht es hinaus ins Freie – zum Sportplatz hinüber, wo die aus der Achten trainieren, durch den Park, an den Wirtschaftsgebäuden vorbei und zweimal um Schloß Margaretenburg herum. Aus den anderen Klassen schließen sich Jungen und Mädchen der Gruppe an, wer nicht mitmarschiert, steht neugierig am Weg oder lehnt aus dem Fenster, nicht einer, der nicht alles stehen- und liegenläßt, um den Protestmarsch zu verfolgen.

In der Halle haben sich inzwischen Christian und Sabine mit den Unterschriftenlisten postiert. Mike erklärt den Protestmarsch für beendet.

„Wenn ihr unsere Sache unterstützt, unterschreibt bitte die ausliegenden Listen!“ ruft Joy in die Menge. „Und wer von euch noch Fragen hat – wir stehen euch gern zur Verfügung!“

„Wir werden mit den Listen heute abend noch mal durch alle Gemeinschaftsräume gehen“, sagt Christian leise zu Sabine. „Da wird sich kaum einer der Unterschrift entziehen – egal, ob er sich für den Fall Andy interessiert oder nicht. Wenn's keine Mühe macht, lassen sie sich leicht überreden.“

„Hm. Und die meisten schließen sich ohnehin der Mehrheit an, ohne lange zu fragen.“ Sabine drückt einem schüchternen Mädchen aus der Fünften den Kugelschreiber in die Hand. „Unterschreib hier unten bitte.“

„Wie sieht dieser Andy eigentlich aus?“ fragt eine kesse Blonde, die der Schüchternen den Stift aus der Hand reißt, nachdem sie ihren Namen unter die lange Reihe der Unterschriften gesetzt hat.

„Na, sagen wir – wie ein Kind von Jürgen Marcus und Roy Black mit einem Schuß Dornröschen“, meint Hexi, die gerade an den Tisch getreten ist. „Es ist der hübscheste Junge, den ich je in meinem Leben gesehen habe.“

„Dann unterschreibe ich.“ Die Blonde lacht. „Aber wehe, du hast mich angeschmiert!“

Blitzlicht zuckt auf. Der Zeitungsreporter ist in die Halle gekommen, um ein paar Aufnahmen der Unterschriften-Aktion zu machen. Jetzt drängen sich die Mädchen erst recht um den Tisch. Welch eine Gelegenheit, sein Konterfei am nächsten Tag in der Zeitung zu entdecken!

Edward wird es bereits wieder unheimlich. Er zieht den Reporter am Arm nach draußen und verwickelt ihn in ein Gespräch. Bisher ist alles gutgegangen, keiner der Lehrer hat sich eingemischt, und auch Allah hat sich nicht sehen lassen. Aber wenn sie merken, daß hier ein Zeitungsmann ohne Genehmigung des Direktors Fotos macht – das kann ins Auge gehen!

„Haben Sie schon die Scheune fotografiert?“ fragt Edward den jungen Mann.

„Nein. Was ist damit?“

„Dort haben wir Andy gefunden“, mischt sich Joy ins Gespräch. „Das heißt, genauer gesagt: ich habe ihn dort entdeckt. Oben auf den Strohballen, da hatte er sich eingegraben. Kommen Sie, ich zeige es Ihnen.“

Der Reporter geht mit Joy davon, und Edward atmet auf. Drinnen kehrt allmählich Ruhe ein. Verena ist mit einem Stapel von Handzetteln gekommen, die Pepsi eben für sie abgezogen hat. Es ist Andys Geschichte, noch einmal in aller Ausführlichkeit berichtet. Sie haben den Artikel nach dem Mittagessen geschrieben. Nun kann sich auch noch der letzte Ahnungslose über den Hergang des Dramas informieren. Die Zettel sind im Nu vergriffen, in allen Ecken hocken Schüler und Schülerinnen und vertiefen sich in die Lektüre.

Während sich unten in der Halle die letzten über die Liste mit den Unterschriften beugen, hat Allah die Lehrer, soweit sie erreichbar waren, zu sich in sein Büro gebeten, um die außerordentliche Begebenheit zu besprechen. Die Sekretärin bringt Kaffee. Flüsternd tauscht man seine Meinungen aus, während man auf das Eintreffen weiterer Mitglieder des Lehrerkollegiums wartet.

Allah ist nervös. Er weiß nicht, was er tun soll, mit einer solchen Entwicklung hat er nicht gerechnet. Die ganze Angelegenheit ist ihm höchst unbequem, und er sehnt sich eine Grippe herbei, die ihm erlauben würde, sich ins Bett zurückzuziehen und die Entscheidung seinem Stellvertreter, Herrn Dr. Knoll, zu überlassen. Herr Dr. Knoll ist für Härte und Wahrung der Autorität, und gerade über diesen Punkt hat der dicke Allah schwankende Ansichten. Er neigt zum Nachgeben und ist tolerant.

„Meine Damen und Herren, ich glaube, wir können anfangen", sagt Allah mit Grabesstimme und richtet sich ächzend in seinem Stuhl auf. „Lassen Sie uns die Sache in aller Ruhe besprechen. Ich fürchte, wir haben es hier mit einer sehr ernstzunehmenden Aktion zu tun, die wir nicht einfach ignorieren können."

Es wird eine Konferenz, wie es sie sonst nur bei der Besprechung der Jahreszeugnisse gibt. Die Meinungen prallen aufeinander, pädagogische Grundsatzfragen werden diskutiert. Davon, daß es um den aus dem Heim entlaufenen Andy Havemann geht, und ob man den Vorschlag der Schüler ernsthaft in Betracht ziehen soll, ist bald nicht mehr die Rede. Als man sich nach stundenlangen Wortgefechten um das bessere pädagogische Konzept schließlich an den Grund der Zusammenkunft erinnert, ist man zu müde, um das Für und Wider noch weiter zu erwägen.

„Ich schlage vor, daß wir die Angelegenheit an den Elternbeirat und das Kuratorium der Stiftung Margaretenburg weitergeben", grunzt Allah. „Sollen die entscheiden."

„Und die Schüler?" fragt Herr Kestenberg.

„Die trommeln wir morgen nachmittag zu einem Gespräch in der Aula zusammen. Sie sollen uns nicht vorwerfen, daß wir keine Demokratie in unserem Haus praktizieren. Vielleicht gelingt es uns, ihnen die Unmöglichkeit ihrer Forderung klarzumachen. Gute Nacht, meine Damen und Herren."

Am nächsten Tag um drei Uhr sind die Schüler und Schülerinnen der Sechsten und eine Reihe Anhänger aus den anderen Klassen in der Aula versammelt. Allah hat zu einer Aussprache eingeladen. Er sitzt flankiert von einigen Lehrern auf dem Podium und zwirbelt verträumt an seinem gewaltigen Schnauzbart. Das tut er für gewöhnlich, wenn er vorhat, im nächsten Augenblick loszubrüllen. Die Schüler halten den Atem an.

Doch Allah brüllt nicht. Er erhebt sich langsam und schnaufend wie ein Nilpferd, das aus einem Wassertümpel auftaucht, und schaut in die Runde.

„Meine lieben jungen Freunde“, beginnt er nuschelnd. „Wir haben euer Schreiben zur Kenntnis genommen und ich, äh, ich habe hier die Unterschriftenliste vorliegen. Da so viele Schüler von Margaretenburg eure Idee unterstützen, sehen wir uns gezwungen, die Sache ernst zu nehmen.“

Joy und Christian klatschen in die Hände, und sofort applaudieren alle mit.

Allah winkt ab.

„Wie gesagt, wir sind bereit“, fährt er fort, „euren Wunsch dem Kuratorium und dem Elternbeirat vorzutragen und gegebenenfalls unser Einverständnis zu erklären. Allerdings...“

Heftiger Applaus hindert Allah am Weitersprechen. Er hebt seine Stimme und nuschelt nun schon weniger.

„Allerdings scheint uns, daß ihr mit eurer Forderung nach einem Freiplatz für diesen Andreas Havemann ein wenig vorschnell gewesen seid. Ihr habt... nun sagen wir... einige wesentliche Punkte nicht in Betracht gezogen. Was zum Beispiel soll aus dem Jungen werden, wenn Ferien sind? Wer sorgt dann für ihn? Nun, vielleicht habt ihr euch ja darüber Gedanken gemacht?“

„Boooiing...“, sagt Joy leise. Nein, darüber haben sie sich keine Gedanken gemacht. Über Einzelheiten haben sie überhaupt noch nicht nachgedacht.

Eine Weile herrscht verwirrtes Schweigen. Die Lehrer dort vorn scheinen in ihren Stühlen zu wachsen. Herausfordernd sehen sie auf die Mädchen und Jungen herunter.

Jetzt hilft nur noch die Flucht nach vorn. Joy hebt die Hand und springt auf.

„Wir...“, sie muß sich räuspern, ihre Stimme scheint irgendwo im Hals steckengeblieben zu sein, „wir fühlen uns alle für Andy Havemann verantwortlich. Und wir werden uns in den Ferien um ihn kümmern. Wir werden ihn zu uns einladen, und ich bin sicher, unsere Eltern machen mit! Wenn sie erst hören, um was es geht!“

Zustimmender Applaus übertönt Joys Worte.

„Das ist sehr nett von euch gedacht“, sagt Allah ernst, „aber ich bezweifle, daß sich das Jugendamt mit einem so unsicheren Versprechen zufriedengeben wird. Nein, nein, Kinder, so einfach, wie ihr euch das vorstellt, ist es nicht. Wir wollen euch unsere Anerkennung für euren Einsatz nicht vorenthalten." Allah sieht sich nach den Lehrern um, die beifällig nicken. „Ich bin stolz, daß Schüler meiner Schule sich so selbstlos für einen anderen einsetzen. Aber bevor wir befürworten, daß dieser Andreas Havemann einen Freiplatz auf unserer Schule erhält, solltet ihr erst einmal klären, wer von euren Eltern denn nun wirklich bereit ist, den Jungen als Pflegekind zu übernehmen."

„Wir zum Beispiel", unterbricht ihn eine Stimme aus dem Hintergrund.

Joy fährt herum. Die Stimme kennt sie nur allzu gut. Aber sie sieht nur Pepsi, die in der letzten Bank sitzt, und daneben einen Arm in einem Cordsamtjackett.

„Pop?!" flüstert sie atemlos. „Das ist doch Pop?"

„Das ist bestimmt Pepsis Werk", sagt Hexi leise.

Jetzt erhebt sich Joys Vater und geht zum Podium. Joy will aufspringen, aber er winkt ihr, auf ihrem Platz zu bleiben.

„Entschuldigen Sie, Herr Direktor, daß ich in diese Versammlung so hereinplatze. Aber Frau Kolar war so freundlich, mich von der Affäre um diesen Andy zu unterrichten. Ich bin hergekommen, um Ihnen zu sagen, daß meine Frau und ich bereit sind, den Jungen als Pflegekind aufzunehmen, wenn es gelingt, ihm einen Freiplatz auf der Margaretenburg zu verschaffen. Dadurch, daß der Junge hier so gute Freunde gefunden hat, scheinen uns die Bedingungen ideal, ihn ins normale Leben einzugliedern, und wir wollen gern unseren Teil dazu beitragen, daß..."

Pops Worte gehen in donnerndem Applaus unter.

„Die Sitzung ist geschlossen!" ruft Allah, aber die meisten sind längst aufgesprungen, klatschen, lachen, rufen in Sprechchören immer wieder „Andy! Andy!"

„Das ist ja wie auf dem Fußballplatz", stöhnt Pop und zieht Joy an sich. „Komm, laß uns einen ruhigen Winkel suchen. Das halte ich nicht aus."

Den ruhigen Winkel finden sie schließlich in Pops Auto.

„Ich bin fix und fertig“, seufzt Joy. „Wann hat Pepsi dich herbestellt?“

„Sie hat mich vorgestern angerufen. Übrigens habe ich hier etwas für dich... ehe ich es vergesse...“

Pop tastet seine Taschen ab und fördert schließlich einen zerknitterten Briefumschlag zutage.

„Ein Brief von Andy! Wie...“

„Du kannst ihn später lesen, er ist ziemlich lang. Netter Junge, dieser Andy.“

„Ihr habt ihn besucht?“

„Hm“, Pop sieht Joy schmunzelnd von der Seite an.

„Und? Erzähl doch schon!“

„Was soll ich da groß erzählen! Wir haben über die Mäuse gesprochen. Du sollst nicht vergessen, sie zu füttern.“

„Okay. Und sonst?“

„Was sonst? Es geht ihm jetzt ganz gut. Er weiß, daß er noch ein bißchen Geduld haben muß, bis der ganze Behördenkram erledigt ist. Na ja, du hast ja den Brief.“

„Hach! Es ist schrecklich mit dir! Nie erzählst du was!“

„Was soll ich denn groß erzählen?“

„Alles – von Anfang bis Ende!“

Pop unterdrückt ein Gähnen. Joy kennt das, da ist nichts zu machen.

„Pop, du glaubst also, daß es klappt mit dem Freiplatz?“

„Warum soll es nicht klappen?“

Seufzend lehnt Joy sich nach hinten, kuschelt sich tief in den Sitz und schließt die Augen.

„Nun sag mir bloß einer“, murmelt sie, „warum ich mich eigentlich so aufgeregt habe? Allah ist groß.“

Internat Wespennest

Wirbel um Florian

Andy zieht um

Es ist ein ganz normales Haus. Joy hat es sich anders vorgestellt. Mit hohen grauen Mauern und Gittern vor den Fenstern. Vielleicht auch mit einem grimmigen alten Mann, der schlüsselbundrasselnd durch die Gänge schleicht und den fremden Besucher argwöhnisch über dicke Brillengläser hinweg beäugt.

Fast ist sie ein bißchen enttäuscht, daß es so normal aussieht. Eine Vorstadtstraße mit gleichförmigen Mietshäusern, hellgrün oder blaßgelb gestrichen, nicht besonders häßlich, nur langweilig. Immergrüne Pflanzen auf den Fensterbrettern, die Gardinen sorgfältig so gehängt, daß man die Pflanzen von der Straße aus sehen kann.

Wäre das Schild mit der Aufschrift *Städtisches Kinder- und Jugendheim Haus Sonnenwinkel* nicht, kein Mensch käme auf die Idee, in dieser Straße ein Heim für elternlose Kinder zu vermuten.

„Sonnenwinkel ist gut!“ sagt Joy spöttisch. „Hier scheint doch die Sonne höchstens zwischen zwölf und zwei Uhr mittags – und das auch nur im Sommer!“

Pop läutet, und Joy spürt, wie ihr Herz gegen ihren Willen heftig zu klopfen beginnt. Ein Summton ertönt, und gleich darauf stehen sie in einer nüchternen Halle, von der aus an zwei Seiten Treppen nach oben führen. In der Mitte befindet sich ein altmodischer Fahrstuhl.

„Anmeldung 1. Stock“, liest Joy laut. „Gehen wir oder fahren wir?“

Aber Pop steht schon auf der Treppe. Er kennt sich hier aus, er hat Andy ein paarmal besucht.

„Bis der Fahrstuhl unten ist, sind wir längst oben. Komm!“ Er nickt Joy aufmunternd zu.

Warum ist ihr dieses Haus so unheimlich? Weil es so still ist auf den Fluren? Sie hatte Lärm erwartet, Geschrei von Kindern, Türschlagen, Fußgetrappel. Hier ist es ruhig wie in einem Krankenhaus.

„Unten befinden sich die Verwaltungsräume“, erklärt Pop, als hätte er Joys Gedanken erraten. „Die Kinder wohnen mit ihren Erziehern oben, in abgeschlossenen Wohnungen. Da ist das Büro, klopf mal an.“

Joy hebt zögernd die Hand, aber ehe sie die Tür berührt, wird die von innen aufgerissen. Ein junger Mann, den Arm voller Akten und Papiere, stößt fast mit ihr zusammen. Erstaunt schaut er auf das hübsche Mädchen mit dem braunen Wuschelkopf und den großen braunen Augen.

„Nanu, wie hast du dich denn hierher verirrt?“ fragt er belustigt. „Das ist ein Heim für Jungen.“

„Weiß ich“, murmelt Joy und denkt: Idiot!

Jetzt entdeckt der forsche Jüngling Pop im Hintergrund und wird sofort dienstlich, um zu verbergen, daß er bis unter die Haarwurzeln errötet ist.

„Sie wollen zur Heimleitung? Wegen eines Jungen? Bitte sehr, Frau Schmitz wird sich darum kümmern."

Mit einer übertriebenen Geste reißt er die Tür auf und deutet auf eine ältliche Sekretärin an einem ebenso ältlichen Ungetüm von Schreibtisch.

„Neu hier", murmelt Frau Schmitz und schickt einen wenig begeisterten Blick hinter dem jungen Mann her, der die Tür mit sanftem Knall hinter sich geschlossen hat. Dann erhebt sie sich, um Pop und Joy zu begrüßen.

„Sie wollen Andy abholen, ich habe schon alles fertig gemacht. Hier bitte – wenn Sie dort unterschreiben würden."

Sie blättert eine Reihe von Papieren vor Pop auf den Tisch, Zeugnisse, Atteste, Impfbescheinigungen, dann deutet sie mit spitzem Finger auf die Stelle, an der Pop den Empfang des zwölfjährigen Andreas Havemann, Mutter verschollen, Vater unbekannt, mit seiner Unterschrift bestätigen soll. Wie ein Postpaket, denkt Joy. Andy unbeschädigt in Empfang genommen, von ein paar blauen Flecken auf der Seele abgesehen – aber die sieht man ja von außen nicht.

„Der Junge ist zur Adoption freigegeben", sagt Frau Schmitz, als wüßten sie das nicht.

„Wir übernehmen ihn zunächst nur als Pflege-Eltern", entschuldigt sich Pop, obgleich das alles längst besprochen ist. „In ein paar Monaten werden wir weitersehen. Andy kommt mit meiner Tochter zusammen aufs Internat."

„Ich weiß. Eine erstaunliche Geschichte!" Jetzt lächelt Frau Schmitz zum ersten Mal und wendet sich Joy zu. „Wie ihr das gemacht habt! Den Jungen wochenlang versteckt und dann noch durchgesetzt, daß er bei euch auf der Schule bleiben kann!"

„Wenn man zusammenhält, geht vieles", erklärt Joy fast feierlich. „Wir hätten Andy nie im Stich gelassen!"

Ich jedenfalls nicht, und Hexi und Christian auch nicht, denkt sie. Die anderen – die wären am Schluß fast umgekippt. Aber das ist jetzt egal. Hauptsache, es hat geklappt. Andy kommt aus dem Heim und wird Schüler auf der Margaretenburg.

„Nun ja, dann wünsche ich Ihnen viel Glück. Es ist nicht leicht – einen Jungen, ein Heimkind – in dem Alter..."

„Wir sind uns über die Probleme absolut im klaren", wehrt Pop ab. „Haben Sie herzlichen Dank. Auf Wiedersehn."

Pop scheint es in diesem Haus ebenso wenig zu gefallen wie Joy. Er beeilt sich, die Prozedur hinter sich zu bringen. Auf den Fluren riecht es jetzt nach Zwiebeln und Blumenkohl. Gemüsesuppe, denkt Joy. Eintopf. Aber nicht für Andy und mich. Wir werden heute ganz toll essen gehen mit Mami und Pop – bevor wir losfahren.

„Wir müssen in den vierten Stock", murmelt Pop und öffnet die Tür zum Fahrstuhl.

Knarrend und ächzend setzt sich das altmodische Gefährt in Bewegung. Es scheint eine Ewigkeit zu dauern, bis sie oben sind, und Joy ist erleichtert, als sie den ungemütlichen Kasten verlassen können.

„Da drüben!"

Pop steuert auf die linke Tür zu und drückt auf den Klingelknopf. Ein etwa fünfjähriger Blondschopf öffnet und schaut sie halb neugierig, halb verängstigt an. Dann erkennt er Pop. Er dreht auf dem Absatz um und rast den Flur entlang.

„Andy! Andy – du wirst schon abgeholt!" ruft er aufgeregt mit gepreßter Stimme, als habe man ihn gerade zum Leisesein ermahnt.

Jetzt wird es auf dem Flur lebendig. Aus allen Türen quellen Kinder, Jungen jeden Alters, und starren ihnen entgegen. Joy ist ungemütlich zumute. Warum sagen sie nichts? Und wo bleibt Andy?

„He! Da seid ihr ja schon!"

Andy schiebt sich an zwei großen Jungen vorbei und streckt Pop die Hand zur Begrüßung hin. Er ist verlegen, aber seine Augen leuchten vor Freude. Joy hält es nicht mehr aus, sie fällt Andy um den Hals und drückt ihn an sich. Die Jungen im Hintergrund tuscheln und kichern. Andy richtet sich zu seiner vollen Größe auf und stellt sich zwischen Joy und Pop. Herausfordernd schaut er zu den Heimkindern hinüber, als wolle er sagen: das ist jetzt meine Familie, ich gehöre nicht mehr zu euch!

„Hast du fertig gepackt?“ erkundigt sich Pop.

„Klar – schon längst! Komm, Joy, ich zeige dir schnell unser Zimmer.“

Am Ende des Ganges taucht ein hagerer Mann mit dünnem Haar und einem ebenso dünnen Lächeln auf. Das muß Herr Niemöller sein, der Erzieher. Joy mustert ihn vorsichtig. Sein Gesicht scheint wie mit einem zu stumpfen Messer aus einem Stück Holz geschnitzt.

„Was steht ihr hier herum, geht auf eure Zimmer!“ sagt er ruhig, und die Jungen gehorchen sofort. Dann begrüßt er Joy und Pop.

„Ich hole meine Sachen“, sagt Andy schnell und zieht Joy mit sich fort.

Es ist ein Zimmer mit fünf Betten. Andys Zimmerkameraden haben sich an den Tisch gesetzt und tun so, als seien sie mit ihren Schulbüchern beschäftigt. In Wirklichkeit lassen sie Joy nicht aus den Augen.

„Schrecklich ordentlich!“ sagt Joy, ihre Stimme erscheint ihr unangemessen laut hier, wo alle nur zu flüstern scheinen. „Dürft ihr keine Bilder an die Wand pinnen?“

„Drüben – im Spielzimmer“, gibt einer der Jungen Auskunft.

Joy schaut sich um. Das Zimmer ist hell und trotzdem bedrükkend. Das kommt wohl daher, daß alles wie mit dem Lineal ausgerichtet scheint, die Zahnbürsten, die Kämme, die Bademäntel und Handtücher an den Haken. Gegen so viel Ordnung kommt nicht einmal der buntgestreifte Vorhang und der in allen Farben leuchtende Fleckerlteppich an. An der Tür hängt die Hausordnung und daneben an der Wand hängen die Schulstundenpläne der Jungen. Und über der Tür der Herr Jesus. Stumm blickt er von seinem glänzend-lackierten Holzkreuz auf die über die Bücher gebeugten Köpfe der Jungen hinunter.

„Das da ist mein Bett!“

Andy streicht über die Decke, die er zu einem ordentlichen Viereck zusammengefaltet hat, daneben, auf dem Stuhl, liegt die ebenso sorgfältig zusammengefaltete Bettwäsche.

„Da ist mein Koffer“, Andy wirft einen prüfenden Blick zu den Jungen hinüber, die schnell wegschauen. Blitzartig taucht Andy unter sein Bett und zieht einen Karton hervor. „Da – nimm den, gib ihn nicht aus der Hand“, flüstert er geheimnisvoll.

„Okay. Was ist da drin? Er ist so leicht.“

„Erklär ich dir später.“

Herr Niemöller und Pop kommen ins Zimmer. Herr Niemöller öffnet Andys Schrank, schaut prüfend auf sein Bett und in den Nachttisch.

„Fertig?“

Andy nickt.

„Dann kannst du jetzt gehen. Verabschiede dich von deinen Zimmergenossen.“

Andy reicht den Jungen kühl die Hand. Er hat hier keine Freunde gehabt. Dann nimmt er seinen Koffer und geht – ohne sich noch einmal umzuschauen – hinaus.

„Wiedersehen“, sagt Joy und denkt: idiotisch! Wir sehen uns ja doch nicht wieder. Hoffentlich nicht! Andy soll nie mehr hierher zurückkehren.

„Mach mir keine Schande und zeig dich des Vertrauens würdig, das man in dich setzt, Andy“, sagt Herr Niemöller auf dem Flur und preßt Andys Hand, als wolle er ihm noch ein letztes Mal beweisen, was wahre echte Männlichkeit ist. „Viel Glück, mein Junge!“

„Danke!“ Andy strahlt. „Und...“, er zögert. Aber nein, heute ist er der *Hans im Glück*, er darf das Heim verlassen, warum also nicht großzügig sein und das Kriegsbeil begraben? „Und alles Gute für Sie und die Jungen, Herr Niemöller“, sagt er fest.

Pop grinst zufrieden. Ein letztes Händeschütteln, dann stehen sie draußen.

Auf der Straße beginnt Andy zu tanzen. Joy preßt den Pappkarton an sich und schaut zu den Fenstern hinauf. Da stehen sie und drücken sich die Nasen platt. Kein Winken, kein Rufen, sie stehen nur und schauen. Sehnsüchtig? Neidisch? Traurig?

„Komm, steig ein", drängt Joy und hält Andy die Autotür auf. „Laß uns losfahren."

Erst als sie aus der Stadt heraus sind, wird ihr wohler zumute.

„Was ist eigentlich in dem Pappkarton?" erkundigt sie sich und versucht, an einer Ecke den Deckel zu heben.

„Meine Spinne. Sie heißt Katharina. Sie ist das letzte von meinen Tieren, das noch lebt, und ich wollte sie nicht ins Freie lassen bei der Kälte. Außerdem hänge ich so an ihr."

Joy läßt den Deckel ganz schnell zurückgleiten. Pop lacht. Dann biegt er in eine Tankstelle ein und besorgt Cola und eine Schachtel Schokoladenkekse.

Von jetzt an wird die Fahrt äußerst vergnüglich. Andy und Joy kramen Erinnerungen an die Zeit aus, als Joy und ihre Freunde Andy im alten Kutscherhaus versteckt hielten. Dann reden sie von der Zukunft. Von der Margaretenburg, von Allah, dem Direktor, von den Lehrern und Schülern, von Bolko Hansen, der Andys Familienvater werden wird und aussieht wie ein Wikinger. Familienväter und Familienmütter, das sind auf der Margaretenburg die Erzieher, die eine Gruppe von Schülern wie eine Familie betreuen. Das Internat besteht aus vielen solcher Familien.

„Du kannst froh sein", meint Joy, „Bolko Hansen ist ganz große Klasse, genau wie unsere Pepsi. Die ist überhaupt super – aber das weißt du ja. Wenn sie nicht gewesen wäre – ich weiß nicht, ob ich die ersten paar Wochen im Internat überstanden hätte."

Eine Stunde später sind sie in der Nachbarstadt, in der Joys Eltern leben. Pop hält vor der Apotheke.

„Ausgezeichnetes Timing!" lobt er sich selbst. „Wir kommen genau zum Ladenschluß. Hoffentlich ist Mami fertig."

Joy springt aus dem Auto und zieht Andy hinter sich her. Gemeinsam stürmen sie in die Apotheke, in der Mami gerade den letzten Kunden bedient. Mami sieht super aus, stellt Joy zufrieden fest. Der weiße Kittel steht ihr gut, er betont Mamis auch im Winter sonnengebräuntes Gesicht mit dem perfekten Make-up und dem modisch kurz geschnittenen dunkelbraunen Lockenkopf. Joy schaut aus den Augenwinkeln zu Andy hinüber, ob der dieses Wunderwerk von einer Mutter auch richtig zu schätzen weiß. Andy starrt hingerissen auf Mami, und Joy wird rot vor Stolz.

Mami lächelt kurz zu ihnen hinüber und wendet sich wieder ihrem Kunden zu.

„Es ist ein homöopathisches Präparat", sagt sie in freundlich aufmunterndem Ton. „Sie brauchen sich wirklich keine Sorgen zu machen. Es ist völlig unschädlich – und trotzdem von zuverlässiger Wirkung."

„Wenn Sie meinen, dann – nun gut, ich nehme es. Probieren geht über studieren, hähä", der Mann lacht meckernd und droht Mami mit dem Zeigefinger. „Auf Ihre Verantwortung! Was macht es?"

„Sieben Mark fünfzig."

Der Mann bezahlt und läßt das Päckchen schnell in seiner Manteltasche verschwinden. Sicher ein Abführmittel, denkt Joy, da stellen sie sich immer so an.

„Darf ich abschließen?" fragt Joy ungeduldig, als der Mann die Apotheke verlassen hat. „Pop wartet im Auto. Wir haben einen Riesenhunger! Gehen wir italienisch essen?"

Aber Mami hat nicht zugehört. Sie hat Andy die Hand zur Begrüßung entgegengestreckt, und plötzlich ist ihr Andy um den Hals gefallen. Jetzt hält sie ihn fest in den Armen. Und Andy heult. Joy schaut schnell wieder weg und beschäftigt sich mit dem Schloß der Ladentür, als mache es Schwierigkeiten.

Energisch drängt sie die aufsteigende Eifersucht zurück. Mami hat Andy ein paarmal mit Pop zusammen im Heim besucht, während Joy auf der Margaretenburg war. Daß Andy so schnell mit Mami Freundschaft geschlossen hat, hat sie nicht gewußt.

„Viel Glück im neuen Leben, Andy", sagt Mami leise, und um nicht zu viel Rührung aufkommen zu lassen, geht sie gleich zur Tagesordnung über. „Wo ist Katharina?"

„Ich hab sie in einem Karton im Auto", schnieft Andy und hat zu Joys Überraschung tatsächlich ein Taschentuch in der Hosentasche. Sicherlich hat Herr Niemöller ihn vor der Abfahrt genau kontrolliert.

„Ich habe mir gedacht, du willst sie vielleicht hierlassen", sagt Mami, „ich wüßte einen prima Platz für sie. Auf dem Dachboden neben dem Schornstein. Da ist es warm und geschützt, und kein Mensch wird ihr was antun. Wer weiß, ob du in der Margaretenburg einen Platz für sie findest."

„Ich hole sie gleich."

„Ob wir wohl heute noch mal zum Essen kommen?" mault Joy. „Ich sterbe vor Hunger!"

„Es dauert nur ein paar Minuten", beruhigt Mami sie. „Geh schon vor zum Auto. Hier – damit du nicht an Auszehrung stirbst, während wir Katharina versorgen." Sie nimmt eine Rolle Traubenzucker aus dem Ständer, der auf dem Ladentisch steht, und wirft sie Joy zu.

„Keine Malzbonbons?"

Mami seufzt etwas von Erpressung und wirft auch noch ein Päckchen Malzbonbons in Joys ausgestreckte Hand.

„Danke!" Joy grinst. „Bis gleich."

Zwanzig Minuten später sitzen sie in *Pietros Taverna* und lassen sich von einem rundlichen Sizilianer köstlich nach Knoblauch und Kräutern duftende Spaghetti auf die Teller häufen. Andy hängt über seiner Portion wie ein Jagdhund über seiner Beute, fast steckt er mit seiner Nasenspitze in dem mit einer dicken Schicht Parmesankäse bepuderten Berg.

„Und jetzt tief einatmen!" grunzt Joy. „Das wirkt besser als der beste Schnupftabak!" Aber Andy tut ihr nicht den Gefallen.

„Das war die Vorspeise. Und was essen wir jetzt?"

Pop greift mit sichtlichem Behagen zur Speisekarte. Dann bestellt er für alle zarte kleine Kalbsschnitzel mit Schinken und eine große Schüssel Salat. Joy und Andy dürfen zur Feier des Tages einen Schluck Wein probieren – zum Anstoßen.

„Bitte keine Rede", haucht Mami, aber da ist es schon zu spät, Pop hat bereits ans Glas geklopft und räuspert sich.

„Du mußt aufhören zu essen!" flüsterte Joy Andy ins Ohr.

„Warum? Dann wird doch alles kalt?"

„Das macht man so, wenn eine Rede gehalten wird!"

Andy legt gehorsam die Gabel hin und schaut andächtig zu Pop auf.

„Meine liebe Familie, insbesondere mein lieber Andy", beginnt Pop und macht kleine Verbeugungen nach allen Seiten. Joy schaut angestrengt das Blumenmuster auf ihrem Teller an. Reden machen sie immer schrecklich verlegen. „Dieser Tag ist für uns alle ein ganz besonderer Tag", fährt Pop feierlich fort. „Ein Tag, den wir mit einem fröhlichen Festessen feiern, den ich aber auch mit dankbaren Worten würdigen möchte. Dankbar sind wir wohl alle in diesem Augenblick. Du, Andy, dafür, daß für dich heute ein neues Leben beginnt unter Menschen, die dich liebgewonnen haben und deine Freunde und Begleiter sein möchten auf deinem weiteren Lebensweg, und wir – Mami, Joy und ich – dafür, daß wir dich gefunden haben."

Joy schielt nach dem Kellner, der an der Theke auf die bestellten Kalbsschnitzel wartet. Noch ist keine Unterbrechung zu erwarten.

„Wir sind dankbar, daß wir dich gefunden haben", fährt Pop fort, „denn wir haben dich sehr gern, und wir sind sicher, daß du unser Leben bereichern wirst, genauso, wie wir dein Leben bereichern wollen, indem wir für dich da sind, deine Familie sind, die zu dir steht und dir hilft, dir... eh... dich mit Rat und Tat unterstützt und deinen Lebensweg begleitet." Pop fängt an, ein bißchen im Kreis zu reden, aber Andy schaut immer noch hingerissen zu ihm auf.

„Eines sollst du wissen, mein lieber Junge", Pop kämpft mit seiner Rührung, „wenn du Probleme hast, kannst du immer zu uns kommen! Egal, was es auch ist – scheue dich nicht davor, mit uns zu sprechen, wenn du Sorgen hast, denn nur so können wir dir helfen!"

„Mach ich!" sagt Andy fröhlich, und da nähert sich auch endlich der Kellner mit dem vollbepackten Tablett.

„Na also, meine Lieben", Pop kommt schweren Herzens zum Ende seiner Rede, die seiner Meinung nach viel zu kurz für diesen wichtigen Anlaß war, „stoßen wir auf unsere gemeinsame Zukunft an. Prost!“

Nach den Kalbsschnitzeln stöhnen Joy und Andy zwar, daß sie keinen Bissen mehr hinunterbringen, aber einen großen Eisbecher mit Früchten und Sahne schaffen sie doch noch. Mami schlägt vor, zur Erholung einen Spaziergang durch die Stadt zu machen, ehe sie wieder ins Auto steigen. Joy und Andy hüpfen und rennen um die Wette, als gehöre die Straße ihnen allein. In Gedanken kaufen sie alle Schaufenster leer und verteilen Kleidungsstücke, Delikatessen, Bücher, Gläser und Geschirr an die Passanten. Der zerlumpten alten Frau dort den Nerzmantel, dem brummigen Kahlkopf den Hut aus lila Tüll mit rosa Federn, dem heulenden kleinen Buben den mannshohen Plüschelefanten aus dem Spielwarengeschäft, und der Dicken dort die dreistöckige Marzipantorte aus Plastik, die im Schaufenster der Konditorei steht.

Pop hält sich verdächtig lange vor dem Eingang der Konditorei auf, aber Mami durchschaut ihn und mahnt zum Aufbruch. Schließlich wollen sie vor Anbruch der Dunkelheit auf der Margaretenburg ankommen.

Im Auto ist es warm und gemütlich. Andy und Joy kuscheln sich in die Polster des Rücksitzes.

„Freust du dich oder hast du Schiß?“ fragt Joy.

Andy denkt einen Augenblick nach. Dann zuckt er unschlüssig mit den Achseln.

„Beides“, seufzt er. „Immer abwechselnd.“

Was für ein Rummel!

Es ist schon fast dunkel, als sie ankommen. Die meisten Schüler scheinen bereits dazusein, die Fenster der Margaretenburg sind hell erleuchtet, und auf dem Parkplatz stehen nur noch wenige auswärtige Wagen.

„Na denn – auf in den Kampf!“

Joys Worte stehen in krassem Gegensatz zu ihren Bewegungen. Unlustig öffnet sie die Autotür und schiebt sich ins Freie. Es ist zwar aufregend, diesmal mit Andy gemeinsam ins Internat zu kommen, aber Schule bleibt Schule. Die Last der vor ihr liegenden Wochen, die von stundenlangem Lernen erfüllt sind, fällt ihr zentnerschwer auf die Seele, sobald das mächtige Schloß mit seinen endlosen Fensterreihen und dem Portal, das ihr wie ein gierig aufgerissenes Maul erscheint, vor ihr auftaucht.

Andy geht es ebenso. Ein wenig hilflos und bedrückt steht er neben Joy und schaut zum rechten Flügel hinauf, in dem er ab heute wohnen wird. Links die Mädchen, rechts die Jungen – das weiß er schon. Joy hat ihm alles erklärt. Und in der Mitte sind die Schul- und Gemeinschaftsräume, der Speisesaal, Aula und Musikzimmer, das Büro des Direktors, und ganz oben die Krankenstation – die kennt er, dort hat er damals gelegen.

Pop hat bereits das Gepäck aus dem Kofferraum geholt, die zwei großen Koffer von Joy, von denen der eine zur Hälfte mit Büchern angefüllt ist. Pop flucht entsprechend. Und Andys bescheidenen Pappkoffer, der schon im Greisenalter zu stehen scheint. Mami beschließt im stillen, demnächst mit Andy einkaufen zu gehen. Überhaupt wird sie sich jetzt intensiv um ihn kümmern. Solange er noch im Heim war, hat sie sich wenig Gedanken darüber gemacht, wie es denn nun aussehen würde – das Leben mit einem großen Pflegesohn.

Es ging aber auch alles so überstürzt – das ganze Hin und Her mit den offiziellen Stellen. Noch zu Weihnachten sah es so aus, als wolle das Jugendamt den ganzen Plan scheitern lassen. Und dann – gerade rechtzeitig zum Schulbeginn – kam die Zustimmung. Und in der Apotheke wuchs einem die Arbeit über den Kopf, eine Angestellte war im Urlaub, die andere krank...

Mami betrachtet ihren hübschen Pflegesohn mit einer Mischung aus Neugierde und Stolz. Gut sieht er aus. Ein bißchen weich und verträumt. Er könnte wirklich ihr Sohn sein. Es ist ein Wunder, daß er so heil an Seele und Geist durch die langen Jahre des Heimlebens gegangen ist. Es muß an seiner besonderen Gabe liegen, sich in seine Phantasiewelt einzuigeln und die fehlende menschliche Freundschaft durch Freundschaft zu Tieren und Pflanzen zu ersetzen. Sogar in der nüchternen Atmosphäre des Heims. Und wenn es nur Spinnen, Käfer oder Mäuse sind – oder die Spatzen vor dem Fenster.

„Na komm“, sagt Mami weich und legt ihren Arm um Andys Schulter.

Pop und Joy sind schon vorausgegangen. Über ihnen wird ein Fenster aufgerissen.

„Sie kommen!“ hört Joy Hexi schreien, dann fliegt das Fenster mit einem Knall zu.

In der großen Halle herrscht ein Höllenlärm. Mädchen und Jungen stehen in Gruppen schwatzend, schreiend und lachend herum. Sie hauen sich auf die Schulter, blödeln, ziehen eine Schau ab vor den Eltern, die noch da sind und den Abschied von ihren Sprößlingen hinauszögern.

In den Ferien hat's oft Stunk gegeben, da hat man sich nicht nur aneinander gefreut, sondern auch aneinander gerieben. Man hat geseufzt – „wie gut, daß die Schule bald wieder anfängt!“ – und jetzt? Jetzt beschleicht einen ein Gefühl der Leere, wenn man daran denkt, daß man in wenigen Augenblicken sein Auto besteigt und in eine stille Wohnung zurückkehrt – ohne seinen aufsässigen Sprößling. Keine Popmusik mehr, bei der die Fensterscheiben klirren, keine Dreckspuren auf dem hellen Wohnzimmerteppich, wenn man vor einer halben Stunde gerade saubergemacht hat, keine Cola-Pfützen auf dem Küchentisch. Sauber und still ist alles – aber etwas wird fehlen.

In den nächsten Ferien müssen wir viel mehr miteinander unternehmen, denken die Eltern, und: Warum habe ich die Party nicht gestattet – so schlimm wäre es sicher nicht gewesen! Das nächste Mal...!

Allah, der dicke Direktor, der eigentlich Alfred Lahrner heißt, schiebt sich durch die Menge, schüttelt Hände, streicht einer Kleinen über die Haare, verteilt wohlwollendes Grinsen gleichmäßig über die Anwesenden.

Die Lehrer halten sich zurück. Sie haben sich in ihren Bau verzogen, bis der Rummel vorbei ist. Dies ist die Stunde der Familienväter und Familienmütter, die ihre Schützlinge um sich versammeln und nun versuchen müssen, aus einer wilden Horde von Einzelgängern wieder so etwas wie eine Gemeinschaft zu formen, die nicht gegeneinander, sondern miteinander lebt.

Joy und Andy haben kaum das Haus betreten, als sie auch schon von den Freunden umringt werden. Christian, Mike und Edward scheinen die ganze Zeit Wache gehalten zu haben, jedenfalls stürzen sie sich mit einem wilden Indianergeheul auf Andy und heben ihn auf die Schultern. Alle Köpfe fahren herum, und da man Bescheid weiß, was es mit Andy auf sich hat, wird er mit donnerndem Applaus begrüßt. Andy wird rot wie eine Pfingstrose und grinst verlegen in die Runde.

Die anderen Eltern mustern ihn neugierig, dann wandern ihre Blicke abschätzend zu Mami und Pop. So sehen die Leute also aus, die diesen Jungen in Pflege genommen haben, der im vergangenen Jahr aus dem Heim davongelaufen ist und der dann von ein paar Schülern aus der Margaretenburg wochenlang versteckt gehalten wurde. Ob sie wissen, was sie sich da aufgeladen haben? Hoffentlich müssen sie es nicht bereuen!

Inzwischen sind auch die Mädchen in die Halle hinuntergestürmt. Hexi, Sabine und Verena zerren an Andys Beinen, ziehen ihn von seinem schwankenden Sitz herunter und umarmen ihn, daß er nach Luft schnappt.

„Komm, wir geben dir das Ehrengeleit! Hier geht's lang!" Sabine kommandiert schon wieder. „Prima, daß du da bist! Freust du dich?"

„Klar!" Andy strahlt. So stürmisch hat er sich seinen Empfang nicht vorgestellt.

Joy stapft verwirrt hinter den anderen her. Niemand scheint Notiz von ihr zu nehmen, Andy ist der Held des Tages.

„Hoffentlich gibt es kein böses Erwachen für ihn", sagt hinter ihr Pop zu Mami. „In ein paar Tagen haben sie sich an seine Gegenwart gewöhnt. Dann beginnt der rauhe Alltag, und er wird merken, daß sich das Leben im Internat nicht so sehr von dem Leben im Heim unterscheidet – nur darin, daß er hier in der Schule wesentlich härter arbeiten muß."

„Es wird alles von den Kindern abhängen", antwortet Mami leise. „Freunde können Wunder wirken. Und Freunde hat er bisher nicht gehabt."

„Dieser Bolko Hansen scheint mir ein vernünftiger junger Mann zu sein. Ich werde noch mal mit ihm reden."

Sie gehen einen langen Flur entlang zum hinteren Treppenaufgang. Vor ihnen stoßen in einer plötzlich aufgerissenen Tür ein großer und ein kleiner Junge zusammen.

„He, du Flasche, bist du mit der Nummer noch frei?" empört sich der Kleine, dem bei dem Zusammenstoß ein ganzer Packen Bücher auf den Boden gefallen ist.

„Entschuldige", murmelt der Große und beeilt sich, dem Kleinen zu helfen.

Joy kichert.

„Wer ist das?" erkundigt sich Pop mit einem Seitenblick auf den hageren Jüngling mit dem dünnen Bart um Lippen und Kinn. „Einer aus der Zwölften?"

„Denkste! Das ist der Familienvater der Zehnten", sagt Joy.

„So jung?"

„Was heißt hier jung? Der ist uralt! Mindestens achtundzwanzig oder so."

Pop kann sich nicht daran gewöhnen, daß hier alle so jung sind. Die Lehrer, die Erzieher – kaum einer ist in seinem Alter. Er kommt sich vor wie ein Großvater.

Bolko Hansens Familie wohnt unter dem Dach. Mit ein paar Tricks und viel Überredungskunst hat er es geschafft, die schönste Wohnung für sich und seine Schützlinge zu bekommen. Es sind alles urgemütliche Mansardenzimmer mit Blick in die Baumkronen des Parks.

„Du kommst in unsere Bude", Mike schiebt Andy vor sich her. „Wir haben Helmut überreden können, dir zuliebe zu tauschen. Da – letzte Tür links!"

9 4080-20

Andy betritt den Raum und bleibt mit leuchtenden Augen stehen.

„Mann, das ist 'ne Wucht", sagt er anerkennend. „Super!"

„Da am Fenster, das ist deine Koje."

Christian deutet auf das in die Wandschräge eingebaute Bett rechts vom Fenster, und Mike nimmt Andy den Koffer aus der Hand und stellt ihn auf den Stuhl daneben.

„Wir haben uns gedacht, es ist dir am angenehmsten dort, da kannst du Vögel füttern und die Eichhörnchen beobachten", Edward spricht, seit er wieder ein paar Wochen zu Hause war, so geziert wie stets, wenn er unter dem Einfluß seiner Mutter stand. Er bewegt sich, als trüge er ständig einen steifen Hut. „Du interessierst dich doch vornehmlich für Tiere. Deshalb habe ich dir auch hier ein paar Bücher aus meiner Privatbibliothek mitgebracht. Hauptsächlich Lexika, aber sie sind hervorragend bebildert."

„Klasse! Das ist riesig nett von dir", sagt Andy ein wenig verlegen. Mit Edward hat er bisher nicht recht warm werden können, zu frisch ist noch die Erinnerung an seine Feindseligkeit damals, als sie Andy in der Scheune fanden.

Mike ist auf den Flur hinausgelaufen und brüllt „Bolko!!", daß man es bis in den ersten Stock hinunter hört. Bolko Hansen hockt in einem der anderen Jungenzimmer auf dem Fußboden und versucht sein Glück an einem Geschicklichkeitsspiel, das Oliver aus den Ferien mitgebracht hat. Da auch er und die um ihn herumsitzenden Jungen aus Leibeskräften brüllen, wenn es Bolko gelungen ist, eine der kleinen Metallkugeln an den richtigen Platz zu dirigieren, muß Mike erst ins Zimmer stürmen, ehe der Wikinger reagiert.

„Bolko! Andy ist da!"

Das wirkt alarmierend, alle Jungen stürzen zugleich hinaus und rennen zu dem Neuen hinüber. In Sekunden ist das Zimmer so überfüllt, daß man kaum noch Luft holen kann. Bolko winkt Pop und Mami, mit ihm hinüber in sein Zimmer zu kommen, und die Mädchen beschließen, vor der Übermacht der Jungen erst mal den Rückzug ins eigene Lager anzutreten.

Alle Jungen stürzen zu dem Neuen hinüber

Jetzt erst finden sie Zeit, Joy zu begrüßen und mit Fragen zu bestürmen.

„Wie war's denn? War Andy Weihnachten bei euch zu Hause?"

„Habt ihr ihn im Heim abgeholt? Wie sieht's da aus? Hast du den Niemöller gesehen?"

„Was sind das für Typen in dem Heim?"

„Alles wahnsinnig ordentlich", berichtet Joy. „Sie wagen kaum, den Mund aufzumachen. Na ja, vielleicht auch nur, weil wir da waren. Jedenfalls kein Vergleich zu dem, was hier los ist."

Joys Koffer stehen noch immer in der Halle. Dort ist es inzwischen ruhiger geworden. Ein paar Jungen und Mädchen studieren das Schwarze Brett, aber die meisten haben sich in ihre Zimmer verzogen. An einer Säule lehnt ein junger Lehrer und liest in einer Namenliste. Er ist neu hier, für wen der wohl einspringen soll? Sieht ganz passabel aus. Vielleicht für den krank gewordenen Mathelehrer? Hexi, das Plüschtier mit den Brombeeraugen, wirft ihm auf alle Fälle mal einen schmelzenden Blick zu.

„Na dufte, jetzt sind wir ja komplett!" ruft Pepsi aus den Tiefen eines Koffers, als die Mädchen an ihrem Gemeinschaftsraum vorbeikommen. „Schaut euch mal an, was Peggy mitgebracht hat! Einen ganzen Koffer voller Platten – Beat, Pop, Soul, Klassik – alles zu Hause abgestaubt! Unsere Abende sind gesichert!"

Joy und Hexi lassen das Gepäck fallen und sind mit einem Satz neben Pepsi.

„Grüß dich", Joy boxt Pepsi liebevoll auf die Schulter, „schön, dich wiederzusehen. Zeig mal her!"

„Mann! Elivs' größte Hits! Das ist Spitze!"

„He, da ist meine Lieblingsnummer von den Stones – njamlekkerschmatz", Hexi liebt es, sich neuerdings in Comicsprache zu äußern, sie hat es von ihrem jüngeren Bruder übernommen.

„Oh, die ist Klasse! Leg sie doch mal auf, Pepsi!"

„Au ja, als Begleitmusik zum Kofferauspacken. Stell sie so laut, daß alle es hören können!" bettelt Verena.

„Okay, aber schaut, daß ihr mit dem Auspacken fertig werdet." Pepsi schüttelt ihren Wuschelkopf, der an einen Pudel erinnert, und richtet sich auf. „Verdammt, ich bin ganz steif geworden.“

„Jaja, wenn man so in die Jahre kommt“, spottet Peggy, die vor dem Regal kniet und Platz für den neuen Plattenreichtum schafft. „Du solltest unsere Sportstunden mitmachen, dir fehlt die nötige Bewegung.“

„Danke, ihr haltet mich genug in Bewegung.“

Pepsi, die Familienmutter der Siebten (genauer gesagt: der zur siebenten Klasse gehörenden Mädchen), die man von weitem kaum von ihren Schützlingen unterscheiden kann, legt die Platte auf und dreht den Lautsprecher auf volle Lautstärke. Harte Rhythmen dröhnen durchs Haus.

„Heute ist alles erlaubt“, sagt Joy grinsend und schleppt ihren Koffer ins Zimmer.

Da ist ihre Koje, gleich hinter der Tür. Die Poster an den Wänden, die Postkarten und Souvenirs über dem Bett, alles ist so, wie sie es verlassen hat, Pepsi hat jedem Mädchen einen winzigen Blumenstrauß auf den Nachttisch gestellt und einen Schokoladeriegel danebengelegt, um den Schulanfang zu versüßen.

Die meisten Mädchen haben ihre Schränke und Schubladen bereits fertig eingeräumt, die leeren Koffer türmen sich draußen auf dem Flur, wo Florian, Pepsis achtjähriger Sprößling, sie zu einem schwankenden Turm aufbaut, den er anschließend mit seinem Fußball bombardiert, bis er krachend einstürzt. Damit gelingt es ihm mühelos, selbst den härtesten Beat zu übertönen.

So merkt auch niemand, daß Mami und Pop erscheinen, um sich von Joy zu verabschieden. Sie stehen etwas hilflos im Flur und warten darauf, daß etwas geschieht, doch zunächst geschieht nichts weiter, als daß Florians Ball in einem geschickt abgefälschten Schuß aus der linken Ecke in Pops Magengrube landet. Pop kann der Versuchung nicht widerstehen und schießt den Ball ganz flach und fabelhaft plaziert zurück. Er trifft den untersten Koffer des eben von Florian neuerrichteten Turms, feuert ihn unter fünf anderen weg, die prasselnd zu Boden purzeln. Pop schaut in die andere Richtung, als habe er nichts damit zu tun.

„Flori, hast du nicht mehr alle Tassen im Schrank!“

Pepsi taucht aus dem Gemeinschaftsraum auf, und Pop wird rot. Beide entschuldigen sich überschwenglich, aber da die Musik ohnehin alles übertönt, wird nicht klar, wer sich hier für was entschuldigt. Pepsi läuft in den Gemeinschaftsraum zurück, um den Plattenspieler leiser zu stellen, und Mami und Pop fragen sich bis zu Joy durch, die ihren Koffer über dem Bett ausgeschüttet hat und gerade darüber nachdenkt, wie sie das Tohuwabohu auf ihrer Decke mit möglichst wenig Arbeitsaufwand in den Schrank befördern kann.

„Wir wollten uns von dir verabschieden."

Mami bemüht sich, die Unordnung auf dem Bett zu übersehen, denn erstens erinnert sie sich ganz genau, daß sie es in Joys Alter ebenso gemacht hat, und zweitens hat sie jetzt keine Lust, Joys Schrank einzuräumen.

„Da seid ihr ja!" Joy dreht sich geschäftig zu ihren Zimmergenossinnen um. „Habe ich euch meinen Eltern eigentlich schon vorgestellt? Hexi kennt ihr ja. Das da ist Sabine, und das Verena. Wie fühlt sich Andy drüben? Hat sich der Sturm gelegt?"

„Einigermaßen. Natürlich wird er noch bestaunt – die Geschichte damals hat einigen Staub aufgewirbelt, und jetzt fragen sie ihm Löcher in den Bauch", berichtet Pop. „Aber es scheint ihm zu gefallen. Im Augenblick ist er der Star, und alle wollen von seinem Glanz profitieren. Er wird deine Hilfe brauchen, wenn der Rummel einmal vorbei ist."

„Klar doch, ich paß schon auf ihn auf", verspricht Joy. „Also – macht's gut, ihr beiden. Und fahrt vorsichtig! Tschüs!"

Joy umarmt ihre Eltern rasch, um nur keine Abschiedsstimmung aufkommen zu lassen.

„Mach's gut, Liebes. Wiedersehen und..." Mami vollendet den Satz nicht. Schreib bald, wollte sie sagen, und ich werde dir auch gleich schreiben, damit ich etwas habe, worauf ich mich freuen kann. Denn du fehlst mir so, wenn ich abends müde aus dem Geschäft komme, wozu habe ich schließlich eine Tochter, wenn wir uns so selten sehen. – Aber das sind so typische Abschiedsgedanken. Mami weiß das, und sie weiß auch, daß es in Wirklichkeit oft ganz anders ist – daß sie sich meistens über Joys Unordnung geärgert hat, wenn sie heimkam und darüber, daß das Fräulein Tochter sich noch nicht einmal herabließ, den Tisch zu decken.

„Also dann…"

„Also…"

Die Eltern gehen, und Joy winkt ihnen im Flur noch einmal nach. Eine heftige Welle von Zärtlichkeit und Sehnsucht nach Nähe steigt in ihr hoch. Irgendwie blöd das alles, denkt sie, diese Trennungen, und daß man nie Zeit füreinander hat.

„Scheiße", sagt Joy leise, als sie wieder ins Zimmer kommt, und die anderen lächeln verständnisvoll, denn sie wissen nur zu gut, was gemeint ist.

Später sitzen sie im Gemeinschaftsraum beieinander. Am ersten Abend verpflegen sich die einzelnen Familien selbst, da bleibt der große Speisesaal geschlossen, und in der Küche werden lediglich Berge von belegten Broten bereitgestellt.

Pepsi hat Kakao gekocht und einen fabelhaften Salat zubereitet, den sie *Piratenschmaus* nennt, denn er enthält zwei Dutzend buntzusammengewürfelter Zutaten, für jeden Schatzsucher etwas nach seinem Geschmack.

„Damit die Brote besser rutschen", sagt sie, „das sind ja die reinsten Würgeengel. Und zum Nachtisch habe ich Eis besorgt und Schlagsahne und Kompott, damit werden wir uns Eisbecher mixen, mit Schokoladestreuseln und Krokant und was uns sonst noch einfällt."

„Haben wir denn genug Becher?" erkundigt sich Sabine.

„Nein." Pepsi klatscht einen Senfklecks auf ihr Wurstbrot. „Wir nehmen Suppenteller, da geht mehr drauf."

„So man hat."

„Wir haben. Ihr könnt Eis essen, bis es euch zu den Ohren rauskommt."

„Das nenne ich eine Begrüßungsparty!" lobt Joy und hebt ihren Kakaobecher. „Leute, trinken wir auf die Weisheit und den Einfallsreichtum aller Familien- und sonstigen Mütter – die uns anverwandten eingeschlossen. Prost!"

Das Kutscherhaus

Es ist klar, daß es Andy magisch zum alten Kutscherhaus zieht, in dem er sich damals wochenlang versteckt gehalten hat, bis er so krank wurde, daß seine Freunde wohl oder übel das Geheimnis lüften mußten. Das Problem ist nur, daß Allah strengstens verboten hat, auch nur in die Nähe des baufälligen Hauses zu gehen. Und nicht nur das. Er hat sämtliche Öffnungen, Türen, Fenster und Kellerluken so fest vernageln lassen, daß es fast unmöglich ist, das Haus zu betreten.

Fast. Denn natürlich hat Andy sich bereits an das Haus geschlichen und die Lage geprüft. Und er ist dabei zu dem Schluß gekommen, daß es sehr wohl eine Möglichkeit gibt, ins Innere zu gelangen: über das Dach.

Andy kennt sich aus. Schließlich hat er lange genug das Haus bis in den kleinsten Winkel studiert. Er muß von dem alten Nußbaum hinter dem Haus auf das Dach hinüberklettern und die Fensterscheibe der Dachluke über der Treppe einschlagen. Später wird er sie mit Brettern und Dachpappe abdichten.

Andy spricht mit Joy darüber. Die tippt sich unmißverständlich gegen die Stirn.

„Du hast sie wohl nicht mehr alle! Übers Dach ins Kutscherhaus einsteigen! Willst du dir unbedingt den Hals brechen? Was willst du überhaupt da?"

„Einfach so – ich weiß selber nicht. Ich möchte es eben."

„Dann vergiß es ganz schnell. Sei froh, daß du da raus bist. Man möchte meinen, daß dir das alte Kutscherhaus bis obenhin steht. Der Dreck und der Schimmel überall – und die Kälte!"

„Es war mein Haus!" antwortet Andy störrisch. „Ganz allein meins. Wie ein Königreich oder so..."

„Wenn man dich so hört, könnte man auf die Idee kommen, du sehntest dich danach zurück?"

„Nicht direkt. Aber irgendwie war es schon toll. Ach, das verstehst du doch nicht."

Joy ist eingeschnappt. Wie kann er glauben, sie verstünde etwas nicht was mit ihm zu tun hat! Aber versteht sie es wirklich?

„Ich glaube, es hat etwas mit deinen Tieren zu tun", meint sie zögernd.

„Auch. Vielleicht sind meine Mäuse noch da!"

„Und deine Wandgemälde."

„Allah hat gesagt, das Haus soll so bald wie möglich abgerissen werden. Vorher muß ich unbedingt noch mal rein!"

„Es lohnt sich wirklich nicht! Sie haben all deine Sachen rausgeholt", versucht Joy zu protestieren.

Andy hört nicht hin.

„Es ist so ein schönes Haus. Sie sollten es lieber renovieren, statt alles kaputtzumachen!" knurrt er. „Ich wüßte schon, was ich damit anfangen würde!"

„Was denn?"

„Ich würde mir einen Zoo einrichten – und eine kleine Tierklinik."

Er muß schon lange darüber nachgedacht haben, so entschlossen kommt das heraus.

„Hast du mit den anderen über deinen Plan gesprochen – ich meine, daß du übers Dach..."

„Noch nicht. Christian und Edward sind sowieso dagegen. Höchstens Mike käme in Frage."

„Wie kommst du überhaupt zurecht mit ihnen?" versucht Joy vom Thema abzulenken.

„Prima." Andy kichert.

„Warum lachst du?"

„Sie sind ehrlich erschüttert."

„Erschüttert? Worüber?"

„Daß ich so ordentlich bin. Ich wußte doch nicht, wie das hier so ist im Internat. Da habe ich eben alles gemacht, wie ich es im Heim tun mußte. Sachen zusammenlegen, Schrank aufräumen und so. Mike hat sich gar nicht wieder beruhigen können. Er hat immer nur meinen Schrank angestarrt und die Sachen auf dem Waschbecken und gesagt, er glaube, ihn tritt ein Pferd. Kein Wunder – der mit seinem Trick siebzehn!"

„Was für ein Trick?" fragt Joy neugierig.

„Du kennst doch unsere Schränke – oben drei Fächer und unten eine Schublade. Mike hat sich das so eingerichtet: er hat oben aus dem Schrank ein Brett rausgenommen und alle Zwischenfächer. Wenn er sich abends auszieht, feuert er seine Klamotten auf den Schrank. Die fallen durch das Loch runter. Morgens macht er dann unten die Schublade auf und zieht das an, was zuunterst liegt. So kommen alle Sachen mal dran. Nur die Schranktür darf er nicht aufmachen."

„Und was sagt der Wikinger dazu?"

„Er scheint es noch nicht gemerkt zu haben. Mike ist auch vorsichtig. Wenn Edward mit seinem empfindlichen Riecher mault ‚hier müffelt's!', dann weiß Mike, daß es Zeit ist, seine Klamotten waschen zu lassen."

„Na, vielleicht steckt dein gutes Beispiel unseren lieben Mike allmählich an, und er bequemt sich zu einer normalen Ordnung."

Andy schielt Joy von der Seite an.

„Glaube ich nicht", sagt er. „Eher umgekehrt. Ist doch eine fabelhaft zeitsparende Methode, findest du nicht?"

„Schlag dir das ganz schnell aus dem Kopf, Andy", Joy reckt sich und versucht, die ältere Schwester rauszukehren. „Ordnung ist etwas Wunderbares."

„Findest du?"

„Na ja, für den, der es kann. Man hat es, oder man hat es nicht. Ich habe es – sagen wir – etwas weniger."

„Genau das sagen die anderen auch!" berichtet Andy mit leisem Unbehagen in der Stimme. „Und was ist der Erfolg? Ich muß für sie aufräumen! ‚Andy ...' heißt's dann, ‚du hast so eine einmalige Begabung, Ordnung zu schaffen. Jeder soll das tun, was ihm am meisten liegt!' Dabei liegt's mir gar nicht."

„Nein, wenn ich mich recht erinnere, warst du im Kutscherhaus nicht besonders ordentlich", muß Joy zugeben.

„Siehst du. Da war ich eben auch mein eigener Herr. Also, gehen wir nun?“

„Ins Kutscherhaus?“ Joy bereut, daß sie das Thema wieder berührt hat. „Laß es uns in Ruhe überlegen. Wie steht’s übrigens mit der Schule?“

„Sie haben mich eine Klasse runtergesetzt. Ich bin froh, daß ich trotzdem beim Wikinger bleiben kann. Er arbeitet jeden Tag mit mir. Verdammt, wie spät ist es?“

„Gleich drei.“

„Dann muß ich rauf. Bis später!“

Andy springt von dem Bretterstapel, auf dem sie gesessen haben, und läuft zum Schloß hinüber, das wie ein riesiger Kuchen aus Marzipan mit Zuckergußschnörkeln in der Wintersonne liegt.

Joy döst noch eine Weile in der Sonne, dann bummelt auch sie zum Haupteingang hinüber. Mal sehen, ob es etwas Neues am Schwarzen Brett gibt.

Merkwürdig, wieviel Zeit sie hat, seit Andy nicht mehr im Kutscherhaus lebt. Damals war jede Minute kostbar, sie mußten für seine Ernährung sorgen, seine Kleidung und seinen Unterricht. Und alles mußte heimlich geschehen, unter komplizierten Vorsichtsmaßnahmen.

Joy denkt an die Wochen zurück, damals, an die Aufregung, als Allah ausgerechnet an dem Tag draußen vorbeimarschierte, an dem Joy für Andy ein Schnitzel organisiert und gebraten hatte. Um ein Haar hätte der Duft sie verraten.

Plötzlich spürt Joy ein Verlangen, noch einmal in das alte Kutscherhaus zurückzukehren, Andys Gemälde an den Wänden zu sehen und nach seinen zahmen Mäusen zu suchen.

Wenn man von hinten über das Dach einsteigt, kann einen vom Weg aus niemand sehen, überlegt sie. Die Zweige des Nußbaums reichen fast bis ans Fenster, außerdem ist das Haus von Efeu überwachsen. Was soll schon passieren? Nur einmal – ein einziges Mal, ehe das Haus abgerissen wird... Den anderen werden sie nichts sagen. Es soll ganz allein ihr Geheimnis bleiben. Hoffentlich ist das Dach nicht vereist! Turnschuhe werden sie anziehen müssen.

Und einen weiten Umweg machen, um ans Haus zu kommen. Auf keinen Fall dürfen sie den Weg durch den Park nehmen!

Gleich nach dem Abendbrot wird sie mit Andy darüber reden.

Am übernächsten Tag ist es soweit. Christian und Edward haben Probe mit dem Schulorchester, Mike ist mit seinem neuen Freund Oliver ins Dorf gegangen. Sabine und Verena werkeln in ihrer Töpfergruppe, und Hexi hat sich mit einem Schmöker in ihre Koje zurückgezogen. Keiner der Freunde wird sie vermissen.

Andy und Joy haben sich Trainingszeug angezogen und einen Ball unter den Arm geklemmt. Eine Weile traben sie die Parkwege entlang, spielen sich den Ball zu, dann starten sie zu einem Dauerlauf auf der Allee, die zum Wald hinüberführt. Niemand sieht ihnen nach.

„Ich glaube, wir können's riskieren", meint Joy, nachdem sie eine Weile zu den Wirtschaftsgebäuden, die das Schloß von hier aus verdecken, hinübergeschaut hat. „Es ist keine Menschenseele auf dem Hof. Und vom Schloß aus kann uns sowieso keiner sehen."

„Gehen wir dort drüben am Bach entlang, da haben wir fast die ganze Strecke volle Deckung. Komm!"

Immer noch keuchend von dem langen Lauf schleichen sie in gebückter Haltung vorwärts. Die gefrorenen Grashalme knirschen unter ihren Füßen. Am Gartenzaun des alten Kutscherhauses machen sie halt und lauschen.

„Alles still. Komm weiter!"

Andy läuft Joy voraus bis zum Schuppen. Dort ist der Zaun niedergerissen, Draht und Überreste von Holzlatten liegen in einem Knäuel am Boden.

„Paß auf, daß du nicht hängenbleibst!"

„He! Sieh mal!" Joy hält Andy am Arm fest und deutet auf den Gartenweg. „Die Fußspuren!"

„Warte. Schauen wir mal, wo sie hinführen", Andy untersucht die Spuren im Schnee, dann folgt er ihnen bis zum Haus. Sie führen zur Kellertreppe und von dort wieder zurück zur Vorderseite des Hauses. Andy winkt Joy, näher zu kommen.

„Ich glaube nicht, daß sie frisch sind. Wahrscheinlich hat jemand versucht, ins Haus reinzukommen, und ist dann wieder abgezogen."

„Still!" Joy legt das Ohr an eines der mit Brettern vernagelten Fenster und lauscht angestrengt ins Innere. „Mir war so, als hätte ich was gehört!"

Jetzt horcht auch Andy.

„Nichts. Es sind sicher nur die Mäuse – oder ein paar trockene Blätter haben geraschelt. Da drinnen pfeift doch ständig ein Wind durch die kaputten Fenster."

„Aber es geht doch gar kein Wind." Joy ist unsicher geworden. Am liebsten würde sie das Unternehmen abblasen.

„Trotzdem. Die Zugluft... ich hab's doch lange genug erlebt. Na, komm schon, wir haben nicht viel Zeit."

Wie eine Katze ist Andy den Baum hinaufgeklettert. Joy hat Mühe, ihm zu folgen. Vorsichtig tastet er mit der Zehenspitze die Haltbarkeit des Daches ab, verlagert langsam das Gewicht, wippt ein paarmal zur Probe nach und springt mit einem federnden Satz auf das Dach hinüber. Joy hält den Atem an – aber nein, es hält. Andy robbt zu dem kleinen Dachfenster hinüber.

„Warte, bis ich uns einen Einstieg freigemacht habe", flüstert er. „Dann helfe ich dir."

Andy löst einen schon halb abgebrochenen Ziegel aus dem Dach, nimmt kurz Maß und schlägt gezielt auf den Rand der Fensterscheibe. Bei dem splitternden Laut fährt Joy ängstlich zusammen. Geschickt löst Andy die Reste der Scheibe aus dem Rahmen und läßt sie zu Boden fallen.

„Warte noch einen Augenblick!"

Andy greift durch das Fenster und öffnet es von innen, dann hebt er es aus seiner Verankerung. Polternd fällt es im Haus die Treppe hinunter.

„So – jetzt kannst du kommen!"

Andy balanciert bis zur Dachkante und reicht Joy die Hand. Er muß in seinem vorigen Leben ein Affe gewesen sein, denkt Joy, daß er sich so sicher hier oben bewegt. Sie bemüht sich, Andy nichts von ihrer Furcht merken zu lassen, und springt todesmutig zu ihm hinüber. Es erinnert ein bißchen an die Landung eines fliegenden Elefanten.

Alles Weitere ist eine Kleinigkeit. Andy kriecht Joy voraus durch die Luke und läßt sich auf den Boden fallen. Rücksichtsvoll schiebt er mit dem Fuß die Scherben beiseite.

„Schornsteinfeger wäre kein Beruf für mich", murmelt Joy, als sie neben ihm landet.

Andy wendet sich um und zieht hörbar die Luft durch die Nase, als sei der modrige Geruch, der von den unteren Räumen aufsteigt, für ihn die herrlichste Meeresluft. Dann geht er an Joy vorbei zu der kleinen Dachstube hinüber, die ihm wochenlang als Versteck gedient hat.

„Stimmt also gar nicht!" hört Joy ihn sagen.

„Was stimmt nicht?" flüstert Joy und folgt ihm.

„Daß sie alles weggeschafft haben. Schau doch!"

Tatsächlich. Da steht das alte, ausgeleierte Sofa und der wacklige Tisch, den sie mühsam repariert haben. Und an den Wänden prangen Andys Malereien. Nur der Campingkocher und das Geschirr sind verschwunden. Auf dem Fußboden liegen noch ein paar Farbstifte und überall in den Ecken bemaltes und beschriebenes Papier, das vom Regen aufgeweicht und von Stockflecken übersät ist.

Andy ergreift einen Stummel roter Wachsmalkreide und schreibt an die Wand – mitten auf das Segel des Schiffes, das er damals gemalt hat: *Andy ist wieder hier!!!* mit drei Ausrufungszeichen. Und Joy versteht, daß es so etwas heißen soll wie: Ich bin frei.

„Weißt du noch, als ich dir hier zum erstenmal über meine Eltern erzählt habe?" Joy hockt sich mit angezogenen Beinen auf das Sofa – wie damals.

„Hm, und weißt du noch den ersten Abend – als ihr mir hier den Tisch gedeckt habt, Kakao gekocht und eine Kerze angesteckt. Das war einfach irre! Ich bin mir vorgekommen wie der liebe Gott..."

Andy dreht sich um die eigene Achse und betrachtet glücklich den armseligen Raum.

„Es war das erste Mal in meinem Leben, daß ich ein Zimmer für mich ganz allein hatte – in dem ich machen konnte, was ich wollte.“

Plötzlich fahren sie zusammen. Unten hat etwas gepoltert. Das kann unmöglich der Wind gewesen sein. Andy und Joy sehen sich an. Vielleicht ein Tier? Aber nein, welches Tier macht schon so einen Lärm, es müßte die Größe einer Kuh haben...

Andy winkt Joy mit dem Kopf, ihm zu folgen. An der Wand entlang drückt er sich bis zur Tür und lauscht. Alles bleibt still. Vorsichtig tastet er sich weiter vor, aus der Dachkammer heraus und bis zur Treppe. Da! Da flüstert und murmelt doch jemand!

„Vielleicht ein Landstreicher?“ haucht Joy Andy ins Ohr.

„Oder jemand, der sich hier versteckt hält – wie ich damals!“

Joy wird blaß.

„Gestern nachmittag haben sie im Radio durchgesagt, zwei jugendliche Bankräuber seien mit ihrer Beute entkommen!“ wispert sie ängstlich. „Komm, laß uns abhauen!“

„Warte!“

Andy hat sich auf den Bauch gelegt und schaut vorsichtig nach unten. Alles bleibt still.

„Ich glaube, wir haben uns das eingebildet. Kein Mensch zu sehen!“

„Vielleicht versteckt er sich nur vor uns!“

„Sei doch mal still!“

Eine ganze Weile lauschen sie in die Stille, dann sind sie fast sicher, daß sie sich getäuscht haben. Andy richtet sich auf und setzt einen Fuß auf die Stiege. Sie knarrt fürchterlich – aber unten bleibt alles ruhig.

„Na siehst du!“ flüstert Andy und wagt sich nun weiter vor. Joy folgt ihm.

Jetzt stehen sie unten im Flur. Dunkel ist es hier, durch die Ritzen der Bretter, mit denen die Fenster vernagelt sind, fällt kaum Licht. Unter der Treppe führt eine Leiter in den Keller hinunter.

Rechts von ihnen geht es in den Raum, der einmal die Wohnstube der Kutscherfamilie war, die vor langer Zeit hier gelebt hat. Andy deutet auf etwas, das vor ihnen auf dem Boden liegt.

„Die Wohnzimmertür", murmelt er, „das war's, was vorhin so gekracht hat."

Joy lächelt verkrampft. Sie hat das unbestimmte Gefühl, als gäbe es hier Gespenster, obgleich sie natürlich nicht an Gespenster glaubt. Sonst nicht. Aber hier ist sie darauf gefaßt, den Geist des toten Kutschers erscheinen zu sehen. Merkwürdig – früher war ihr das Haus doch nicht unheimlich? Aber jetzt spürt sie, daß noch etwas – oder jemand – außer ihnen hier sein muß.

Andy streckt seine Hand nach Joy aus und zieht sie hinter sich her zur Wohnzimmertür.

„Wir hätten eine Taschenlampe mitnehmen sollen!" brummt er ärgerlich, „seit sie die Fenster neu vernagelt haben, ist wirklich nichts mehr zu sehen."

Unter Andys Füßen splittert das Holz der morschen Tür. Mit vorgestreckter Hand tastet er sich vorwärts und spürt plötzlich Wärme, menschliche Haut, den Stoff eines Hemdkragens zwischen den Fingern.

„Hilfe! Hilfe!!" schreit das unbekannte Wesen.

„Tun Sie uns nichts, wir haben nichts gesehen, wir verraten Sie bestimmt nicht!" jammert eine andere Stimme aus der hintersten Ecke.

Joy hat der Schrei so erschreckt, daß sie wie gelähmt am Türpfosten lehnt. Ihre Zähne schlagen hart aufeinander.

„Wirklich – wir haben nichts gesehen! Lassen Sie uns laufen!" bettelt die Stimme wieder.

„Dir haben sie wohl das Gehirn geklaut, Mike!" sagt Andy laut. „Was brüllt ihr denn hier rum? Ich bin's – Andy! Und Joy ist bei mir!"

„Andy?!" Mikes Stimme klingt ungläubig und unendlich erleichtert. „Was macht ihr denn hier?"

„Das frage ich dich! Wie seid ihr überhaupt reingekommen?"

„Durch das hintere Dachfenster. Die Scheibe war kaputt!"

„Ich Idiot, das habe ich gar nicht gesehen! Wir sind durch das vordere gekommen. Wer ist das hier bei dir?“

„Oliver.“

„Und darf man erfahren, was ihr hier sucht?“ sagt Joy, die sich von ihrem Schrecken erholt hat. „Und vor allem, warum habt ihr so gejammert?“

„Wir dachten, ihr wärt die Bankräuber“, gibt Oliver kleinlaut zu. „Wir hörten oben das Glas splittern und Schritte und Flüstern, da haben wir uns hier versteckt. Zurück über das Dach konnten wir doch nicht – und weil sie im Radio gesagt haben, die Männer wären bewaffnet und sehr gefährlich ...“

„Das war nämlich so“, unterbricht Mike den Freund, „wir haben hier gestern zwei junge Männer am Haus gesehen. Sie haben es sich angeschaut, und als sie uns bemerkten, sind sie ganz schnell abgehauen. Da haben wir uns gesagt, das können doch nur die beiden Bankräuber sein, die ein Versteck für ihre Beute suchen! Sie sahen schon so merkwürdig aus – so übertrieben unauffällig. Na, und wenn wir das Geld hier gefunden hätten, Mann, das hätte doch eine irre Belohnung gegeben!“

„Du hast schon mal besser gesponnen!“ Jetzt hat Joy wieder Oberwasser. „Glaubst du im Ernst, die würden übers Dach in diese baufällige Bude einsteigen, um ihre Beute zu verstecken, nachdem ihr sie gestern beobachtet habt?“ Sie verschweigt wohlweislich, daß sie selbst geglaubt hat, die Bankräuber hier zu finden.

Gemeinsam treten sie den Rückzug übers Dach an. Oliver ist von dem Schrecken immer noch grün im Gesicht. Mike hält es für vorteilhaft, die Aufmerksamkeit der anderen auf seine früheren Heldentaten zu lenken.

„Wißt ihr noch, wie ich damals die Wasserleitung repariert habe? Junge, das war eine Schau – wenn die mich erwischt hätten!“ Und er erzählt Oliver die ganze Geschichte.

Andy geht voraus. „Sie dürfen es nicht!“ knurrt er leise und stößt wütend einen Stein vor sich her.

Joy hängt sich bei ihm ein. „Was dürfen sie nicht?“

„Das Kutscherhaus abreißen. Es ist mein Haus!“

10 4080-20

Zwei ungleiche Freunde

„Wie geht's eigentlich Andy? Kommt er zurecht?"

Pepsi öffnet die Beifahrertür ihres Kleinwagens, Marke Sardinenbüchse, und läßt den Wikinger einsteigen.

„Andy", stöhnt der Wikinger und reibt sich abwechselnd Kopf und Ellenbogen, denn beides hat er sich beim Versuch, an Bord des Mini zu gelangen, heftig angestoßen. „Wieviel Gewicht hält er aus?"

„Wer – Andy?"

„Unsinn, Ihr Auto!"

„Keine Ahnung, bis jetzt hat er noch immer alles geschafft, was ich ihm zugemutet habe. Und das war gewiß nicht wenig", sagt Pepsi leicht gekränkt. „Warum – haben Sie Angst?"

„Ach, nicht direkt", murmelt der Wikinger und betrachtet mißtrauisch die zahlreichen Roststellen. „Haben Sie den Boden mal untersuchen lassen? In dem Alter kann es einem passieren, daß das ganze Untergestell durchgerostet ist, und plötzlich sitzt man mit dem Hintern auf der Straße. Oh, Verzeihung!" Der Wikinger wird rot. „Ich meine natürlich das Untergestell Ihres Wagens..."

Pepsi lacht von einem Ohr zum anderen und läßt den Wikinger schmoren. Er ist rot wie eine Tomate geworden bei dem Ausrutscher und hockt auf dem für seine Länge viel zu kleinen Sitz wie ein Wetterfrosch mit Magenschmerzen, die Arme um Pepsis prallgefüllte Einkaufstasche gekrampft, die er auf dem Schoß hält.

„Wollen Sie mir nicht endlich meine Frage beantworten?" fragt Pepsi sanft. „Wie steht's mit Andy?"

„Schwer zu sagen. Er hat sich fabelhaft eingelebt, fast zu gut. Es ging alles so reibungslos, man merkt ihn kaum."

„Aber?"

„Ich weiß nicht, ob er glücklich ist. Er ist es ein Leben lang gewohnt gewesen, sich ständig anzupassen, um keine Schwierigkeiten zu bekommen. Deshalb kommt man nicht dahinter, wie es wirklich in ihm aussieht. Das werden wir erst wissen, wenn er wieder davonläuft."

„Das befürchten Sie?"

Pepsi ist so erschrocken, daß sie unwillkürlich auf die Bremse tritt. Der Wagen macht einen gefährlichen Schlenker auf der glatten Fahrbahn. Der Wikinger wechselt schlagartig seine tomatenrote Farbe in eine fahle Blässe.

„N-n-nein, nicht direkt. Ich sehe nur, wie er immer mehr in eine Außenseiterrolle gedrängt wird, dadurch, daß er nicht die gleiche Klasse besucht wie seine Freunde, und daß er soviel Stoff nachzuholen hat. Er hat wenig Freizeit – und wenn, dann selten mit den anderen zusammen. Die sind dann meistens in ihren Neigungsgruppen, musizieren oder basteln oder sind beim Sporttraining. Die Jungen verstehen sich prima – aber sie leben nebeneinander her."

„Ich verstehe. Und Andy ist in keiner der Neigungsgruppen?"

„Solange er soviel für die Schule nachzuholen hat, hätte das wenig Sinn – es wäre nur eine zusätzliche Belastung für ihn. Ich setze meine ganze Hoffnung auf Andys festen Willen, den Anschluß zu schaffen. Er sieht seine Chance und will alles tun, um in Margaretenburg zu bleiben."

„Kümmert Joy sich um ihn?"

„Wenn sie Zeit hat, sind sie immer zusammen. Aber leider hat sie zu selten Zeit."

„Ich weiß, die Musikstunden – und neuerdings ist sie im Schulorchester. Außerdem in der Schwimmergruppe, die zweimal wöchentlich zum Training ins Hallenbad fährt. Und in der Schule muß sie sich auch tüchtig anstrengen."

Pepsi fährt mit gekonntem Schwung in den Hof ein und hält vor der Garage. Der Wikinger beginnt mit äußerster Vorsicht, seine langen Gliedmaßen ohne anzustoßen durch die enge Türöffnung zu dirigieren. Aufatmend steht er schließlich im Freien, reckt sich und holt so tief Luft, als habe er befürchtet, nie wieder frei atmen zu können.

„Sagen Sie mir, wenn ich etwas für Andy tun kann", Pepsi taucht wie ein Maulwurf im Innern ihres Autos unter, fördert unglaubliche Mengen von gefüllten Einkaufsnetzen und Kartons zutage und belädt den Wikinger damit, als sei er ein wandelndes Warenhausregal. „Ich glaube, der Junge mag mich."

„Nicht nur der Junge", sagt der Wikinger und bekommt endlich wieder eine rosige Gesichtsfarbe.

Bolko Hansen, der Wikinger, hat recht. Wenn Andy mit dem Lernen endlich fertig ist, dann ist meistens niemand da, mit dem er spielen und herumtollen könnte. In seiner neuen Klasse hat er noch keine Freunde gefunden. Die meisten sind neu in Margaretenburg und kennen Andys Abenteuer nicht, das ihn bei den anderen berühmt gemacht hat. Sie wissen nur, daß er ein Heimkind ist, und nicht alle seiner Mitschüler sind frei von Vorurteilen.

So streunt Andy allein herum, und es ist kein Wunder, daß es ihn immer wieder zum Kutscherhaus zieht. Es ist zu gefährlich und zu zeitraubend, jeden Tag über das Dach ins Haus einzusteigen. So beginnt Andy, sich im Garten und im Schuppen umzusehen und beschließt, den Schuppen nach und nach in Ordnung zu bringen.

Was er auf dem Hof an Dachpappe, Holz und anderem Material findet, wird in sein Versteck geschleppt. Von seinem Taschengeld kauft er sich beim Altwarenhändler Werkzeug, und in der Schulbibliothek leiht er sich, was an *Do it yourself-Büchern* zu finden ist.

Andy beginnt damit, den Schuppen zu säubern. Das ist eine mühsame Arbeit, er kommt nur langsam voran. Und angenehm ist es auch nicht, mit klammen Fingern faulendes Holz, matschige Abfälle, verschimmelte Kartoffeln, Reste von hart gewordenem Zement, dreiviertelleere Ölkanister und Flaschen mit undefinierbaren, stinkenden Flüssigkeiten zu sortieren und nach draußen zu befördern.

Damit niemand auf seine Arbeit aufmerksam wird, hat sich Andy hinter dem Komposthaufen im Garten eine Grube angelegt, in die er den Schutt aus dem Schuppen transportiert. Er befördert ihn in einem großen Sack dorthin, den er hinter der Garage gefunden hat. Der ist zwar schon ein bißchen durchlöchert, aber für diese Arbeit noch ganz gut zu gebrauchen.

Allmählich wird es heller in dem alten Schuppen, hinter Brettern und aufgerollter Dachpappe kommt ein zweites Fenster zum Vorschein. Nun kann Andy sein Reich bis in den hintersten Winkel prüfen. Da drüben den alten Waschzuber wird er zu einer Sitzgelegenheit umarbeiten, ein paar passende Bretter darauf, ein altes Kissen...

Der Kartoffelkorb ohne Boden läßt sich vielleicht mit Draht reparieren. Und wenn man ihn bunt anstreicht, wird er richtig gut

Andy schleppt Holz und Dachpappe in sein Versteck

aussehen. Den lehmigen Boden wird er mit einer dicken Schicht Steine auffüllen und Bretter darüber legen, dann ist es nicht so feucht. Das größte Problem sind die zerbrochenen Fensterscheiben, aber auch dafür wird er eine Lösung finden.

Der Gedanke, wieder ein eigenes Reich zu haben, macht Andy so fröhlich, daß ihm auch das stundenlange Lernen nicht die Laune verderben kann. Noch hat er den Freunden nichts von seinen Plänen gesagt, er weiß selbst nicht, warum. Vielleicht weil er fürchtet, sie könnten ihm in alles hineinreden, alles besser wissen – und es wäre dann plötzlich nicht mehr sein Reich.

An diesem Tag hat er sich einen Topf weißer Kalkfarbe organisiert. Er hat viel Zeit, Joy ist beim Schwimmtraining und die Jungen auf dem Sportplatz. Keiner hat ihn aufgefordert, mitzukommen, und er ist froh darüber. So hat er genug Zeit, die Schuppenwände zu streichen.

Andy schaut sich vorsichtig um, ehe er sich auf Umwegen dem Kutscherhaus nähert. Als er durch den Garten auf den Schuppen zuläuft, sieht er plötzlich, daß er nicht allein ist. Ein Junge steht an der Schuppenwand und starrt gebannt auf eine Stelle knapp über seinem Kopf. In der Hand wiegt er einen Stein, bereit, mit ihm zuzuschlagen.

„Laß sofort den Stein fallen, du Stinktier!" brüllt Andy.

Der Junge fährt erschrocken herum. Es ist Florian, Pepsis aufsässiger Sprößling. Andy geht, ohne ihn eines Blickes zu würdigen, an ihm vorbei und sucht die Stelle, auf die Florian eben gestarrt hat. Hat er doch richtig vermutet – da sitzt eine Spinne, eine wundervoll perlgraue Spinne, von den Strahlen der fahlen Wintersonne herausgelockt, die das Holz der Schuppenwand wärmt.

„Wenn du es wagst, ihr was anzutun, dann fängst du dir eine!" droht Andy. „Aber nicht zu knapp!"

„So ein ekliges Vieh", mault Florian, „ich wollte sie doch bloß ein bißchen zerquetschen."

Andy hebt wütend die Hand, läßt sie aber sofort wieder sinken. „Du bist einfach noch zu dämlich, um das zu begreifen", sagt er verächtlich. „Und jetzt hau ab!"

„Warum? Warum kann ich nicht hierbleiben? Du bist doch auch hier. Wo's doch verboten ist..."

„Weil dies..." Andy bricht ab. Weil dies mein Haus ist, wollte er sagen, aber das kann er nicht riskieren. Dieses Früchtchen bringt es fertig und verpetzt ihn. Hoffentlich hat er die Veränderung im Schuppen drinnen noch nicht bemerkt.

„Was hast du denn da?" fragt Florian einschmeichelnd. „Farbe?"

„Was geht dich das an?"

„Ich meine ja nur. Hast du sie gekauft?"

„Wer sagt dir, daß es Farbe ist? Ist ein leerer Eimer, den ich gefunden habe."

„Du willst die Wände weißeln, hab ich recht? Jetzt, wo alles so schön aufgeräumt ist. Na komm, vor mir brauchst du doch nicht so zu tun."

Andy bleibt vor Schreck der Mund offen stehen. Dieses kleine Luder hat ihm also nachspioniert!

„Was hast du hier eigentlich zu suchen?" knurrt Andy verlegen. „Hast du nichts Besseres zu tun?"

„Nein."

Florian strahlt ihn an.

„Warum gehst du nicht ins Haus – zu deiner Mutter? Sicher sucht sie dich schon!" versucht Andy ihn abzuwimmeln.

„Die? Nie im Leben. Sie merkt gar nicht, ob ich da bin oder nicht."

Das klingt so bitter, daß Andy erstaunt auf den Jungen starrt.

„Rede keinen Unsinn!"

„Das ist kein Unsinn. Sie hat so viel mit ihren Weibern zu tun, daß es völlig Wurscht ist, ob ich da bin oder nicht. Und wenn ich da bin, werde ich sowieso nur angemeckert."

„Du tust dir wohl mächtig leid, wie? Eine Mutter für sich ganz allein zu haben, ist doch wundervoll – auch wenn sie einen Beruf hat und den ganzen Tag arbeitet!"

Florian zuckt resignierend mit den Achseln.

„Ich seh schon, du verstehst mich auch nicht. Dabei hab ich gedacht..."

Florian sieht so verlassen aus, daß Andy Mitleid bekommt.

„Ich verstehe dich schon, Kumpel. Als einziger Junge zwischen lauter Mädchen – und dann noch der Jüngste, das ist hart. Wie alt bist du eigentlich?"

„Acht."

„Warst du schon öfter hier am Schuppen?"

„Klar, immer. Ich hab dich beobachtet." Jetzt strahlt Florian wieder. „Aber natürlich habe ich niemandem was davon gesagt, Ehrenwort!"

„Und warum hast du mich beobachtet?"

„Ich..." Florian schaut verlegen auf seine vom vielen Kicken abgestoßenen Schuhspitzen. „Ich wollte dich immer fragen, ob ich dir nicht helfen kann. Aber ich hab mich nicht getraut..."

„Mir helfen? Warum?"

„Weil ich dein Freund sein möchte", sagt Florian leise.

Andy betrachtet nachdenklich den Blondschopf mit den vielen Sommersprossen auf der Stupsnase. Er sieht aus wie eine verkleinerte Ausgabe von Pepsi, denkt er. Vielleicht ist er gar nicht so übel?

„Okay", sagt Andy entschlossen. „Komm mit."

Ehrfürchtig betritt Florian hinter ihm den Schuppen.

„Wir müssen zuerst die Decke streichen, aber das ist nichts für dich." Andy kramt einen alten Pinsel aus einer Kiste, dann öffnet er den Farbeimer. „Du kannst den Eimer halten."

„Warum kann ich nicht streichen?"

„Erstens, weil wir nur einen Pinsel haben, und zweitens, weil es kleckert. Wenn du mit weißer Farbe beschmiert nach Hause kommst, kriegst du bloß Ärger."

„Und du?"

„Das wirst du gleich sehen."

Andy zieht seinen Anorak aus und streift sich einen alten Sack über, in den er für den Kopf eine Öffnung geschnitten hat. Auf den Kopf stülpt er sich eine Mütze aus Zeitungspapier. Dann stellt er zwei Kisten übereinander, prüft sorgfältig, ob sie nicht wackeln, und steigt hinauf.

„Die Farbe!“ kommandiert er.

„Ja, ich beeile mich ja“, antwortet Florian.

Florian stopft den Pinsel in den Farbtopf und reicht ihn Andy hinauf.

„He, du Ferkel, hast du keine Grütze im Kopf? Du darfst doch den Pinsel nicht so weit reintauchen, der ganze Griff ist mit Farbe beschmiert! Gib mal ein Stück Zeitungspapier! Ich sag's ja, wenn man sich mit kleinen Kindern einläßt!“

„Entschuldige, ich mach's nicht wieder“, sagt Florian zahm.

Eine Weile arbeiten sie schweigend, das heißt, Andy fährt mit dem Pinsel in schön gleichmäßigen Strichen über die Schuppendecke, die bald in appetitlichem Weiß erstrahlt, und Florian stemmt den Eimer mal mit der rechten, mal mit der linken Hand hoch. Er hat sich das nicht so anstrengend vorgestellt, aber er würde sich eher die Zunge abbeißen, als zuzugeben, daß ihm der Eimer zu schwer ist.

„Warum bist du eigentlich vorhin so wütend geworden?“ fragt Florian schließlich.

„Wütend?“

„Als ich die Spinne zerquetschen wollte.“

Andy setzt den Pinsel ab und schaut seinen neuen Freund eindringlich an.

„Möchtest du, daß dich einer mit einem Stein zerquetscht?“

„Nein.“

„Na also. Die Spinne lebt genauso gern wie du.“

„Aber Spinnen sehen so gräßlich aus!“

„Das glaubst du! In Wirklichkeit sind sie wunderschön. Gott hat sie genauso schön gemacht wie dich. Wetten, daß die Spinne auch findet, daß du gräßlich aussiehst? Alles ist schön“, sagt Andy mit Nachdruck. „Alle Tiere, alle Pflanzen, alle Steine – nur die Menschen manchmal nicht.“

„Alle Tiere? Auch die Kröten und Schlangen und Ratten?“

„Alle. Ich werd's dir noch beweisen. Und wenn du mein Freund sein willst, mußt du mir versprechen, nie ein Tier zu quälen oder zu töten.“

„Okay, mach ich. Aber warum sagst du, die Menschen sind nicht schön?"

„Nicht alle. Das machen die Gedanken."

„Die Gedanken?" Florian setzt den Eimer ab und reibt sich die Arme. „Warum die Gedanken?"

„Häßliche Gedanken machen häßlich. Und schöne Gedanken machen schön. Hast du dir schon mal die Gesichter von zweien angesehen, die sich prügeln und eine Stinkwut aufeinander haben? Was Häßlicheres gibt's gar nicht. Und dann gibt's Menschen, die denken ihr ganzes Leben nur häßliche Sachen. Wie sie reich werden können und andere reinlegen oder alles für sich behalten, und die überall Streit anfangen und über alles schimpfen. Die werden jeden Tag ein bißchen häßlicher, und schließlich sehen sie so garstig aus, daß auch der schönste Gedanke sie nicht mehr schön machen kann."

„Hast du dir das selbst ausgedacht?"

„Hm. Und ich habe mir die Leute angesehen. Die mit der schlechten Laune und die mit der guten Laune."

„Muß ich auch mal ausprobieren", sagt Florian nachdenklich.

Schlimme Stunden für Joy und Andy

„Mistwetter", knurrt Joy und zieht wütend den Reißverschluß ihrer Trainingsjacke hoch. „Der muß wirklich nicht alle Tassen im Schrank haben, uns auf den Sportplatz zu jagen."

„Seufz, stöhn", läßt sich Hexi vernehmen, „und das, wo sie sich gerade kriegen..." Schweren Herzens trennt sie sich von ihrem Schmöker und stopft ihn in den Turnbeutel.

„Na kommt schon, ihr fußkranken Schnecken. Ihr werdet nicht gleich dran sterben!"

Seit Verena ihr Herz für den neuen Physik- und Sportlehrer entdeckt hat, ist sie nicht mehr zu halten. Ein Wunder, daß sie nicht auch nachts trainiert, um auf ihren Schwarm Eindruck zu machen. Das Problem ist bloß, daß sie bei weitem nicht die einzige ist, die sich um die Gunst Herrn Neumeiers bemüht. Allein in der Siebten träumen fünf Mädchen mit ihr um die Wette davon, daß der gutaussehende Jüngling sie aus reißenden Fluten retten, aus dem Feuer holen, mit dem Flugzeug allein mit ihnen im Dschungel abstürzen und erst nach Tagen gefunden würde und die Rettung – wie auch immer – mit einem mehr oder weniger glühenden Kuß besiegeln würde.

Herr Neumeier rettet sich seinerseits vor der massiven Anbetung, der er ständig ausgesetzt ist, mit einer gehörigen Portion Grobheit. Was ihn allerdings in den Augen seiner Anbeterinnen nur noch reizvoller macht.

„Ist er nicht süß?“ flüstert Peggy gerade der dicken Bruni zu, als Joy mit Hexi auf den Sportplatz kommt. „Einfach zum Anbeißen!“

Herr Neumeier entlockt seiner Trillerpfeife einen wütend befehlenden Ton und scheucht die Mädchen aufs Spielfeld.

„Bewegt euch, ihr Lahmärsche! In einer Reihe antreten! Drei Runden Dauerlauf, wenn ich bitten darf!“

Verena tänzelt neckisch am Platz und schüttelt ihre blonde Mähne, aber Herr Neumeier – von seinen Anbeterinnen *der Römer* genannt, weil er so ein klassisches Profil hat und so schöne dunkle Locken – würdigt sie keines Blickes. Sabine, die erste in der Reihe, macht eine Kehrtwendung und trabt los. Verena, mit weitausgreifenden, federnden Schritten, tritt ihr fest in die Hakken.

„Verena!“ brüllt der Römer. „Du sollst nicht den sterbenden Schwan tanzen, du sollst einen ganz normalen Dauerlauf machen!“

Peggy kichert schadenfroh, aber auch sie wird nicht verschont. Der Römer betrachtet stirnrunzelnd ihre aufreizenden Hüftschwünge und schüttelt den Kopf.

„Du läufst wie ein Suppenhuhn“, ruft er ihr zu. „Wie ein Suppenhuhn durch die Gemüsesuppe.“

Zweite Runde. Die Mädchen atmen heftiger, keine beklagt sich jetzt mehr über die Kälte. Joy schaut auf die kleinen Dampfstöße, die aus ihrem Mund quellen. Vor ihr schnauft Bruni wie eine altersschwache Lokomotive. Ihr dicker Hintern vibriert bei jedem Schritt. Wie Wackelpudding, denkt Joy. Sie sollte wirklich weniger essen.

Dritte Runde. Die ersten beginnen zu stöhnen.

„Tempo, Tempo, ihr lahmen Enten", muntert der Römer sie auf, und seine Anbeterinnen reißen sich zusammen und versuchen, engelsgleich über den Boden zu schweben.

Ein kurzer Pfiff kündet das Ende des Laufs an. Schweratmend trotten die Mädchen in die Mitte des Spielfelds.

„So, nachdem ihr eure müden Glieder ein bißchen in Bewegung gebracht habt – antreten in zwei Mannschaften, wir spielen Handball."

„O Gott! Nicht schon wieder!" stöhnt Hexi. „Das überlebe ich nicht, schluchzschnief!"

Das übliche Hickhack, wer in wessen Mannschaft gehen soll, beginnt. Jede Mannschaft versucht, die besten Spielerinnen für sich zu gewinnen und die schlechten draußen zu lassen. Die sind – wie immer – beleidigt, nicht umworben zu werden, und müssen sich gefallen lassen, am Schluß von Herrn Neumeier der einen oder anderen Mannschaft zugeteilt zu werden.

Joy ist weder besonders gut noch besonders schlecht. Sie macht sich nichts aus Handball, aber sie ist auch noch nicht unangenehm aufgefallen. Hexi steht in dem Ruf, eine hervorragende Spielerin zu sein – wenn sie Lust hat. Und meistens überkommt sie die Lust ganz plötzlich, wenn ihre Mannschaft zu verlieren droht. Dann dreht sie auf, dann scheint sie überall zugleich zu sein, und keine kann mit ihr Schritt halten. Vor allem versteht sie es einmalig, die anderen auszutricksen, links unter ihnen durchzutauchen, wenn sie sie rechts vermuten, den Ball unsichtbar zu machen und ihn blitzschnell wieder hervorzuzaubern.

Der Römer pfeift das Spiel an.

Bruni erwischt den Ball als erste. Wie ein gereiztes Nashorn stürmt sie los, den Ball in ihre üppige Bauchfalte geklemmt.

„Abspielen!“ schreit Sabine.

Bruni hebt den Ball über ihren Kopf und feuert ihn hastig in die Gegend. Er trifft den Römer an der Schulter und prallt auf Verena, die sich immer möglichst dicht an seiner Seite hält, in der Hoffnung, ihm im Eifer des Spiels in die Arme fallen zu können.

Der Ball klatscht Verena an die Brust.

„Huch!“ schreit Verena und weicht zurück, wobei sie den Ball zu haschen sucht. Der rollt einmal um ihren Körper herum, als wolle er sie necken. Verena dreht sich wie ein Hund, der hinter dem eigenen Schwanz herjagt. Der Ball tippt auf den Boden, ein-, zwei-, dreimal, und Verena bückt sich im falschen Takt dazu und greift jedesmal daneben.

Verenas Mannschaft stöhnt gequält auf. Hexi bückt sich blitzschnell, schnappt sich den Ball und stürmt zum gegnerischen Tor. Peggy stellt sich ihr in den Weg und erwischt sie am Arm.

„Siebenmeter!“ brüllt die Mannschaft auf, so daß der Römer vor Schreck fast seine Pfeife verschluckt.

„Das war ein Foul! Nicht wahr? Siebenmeter!“ wiederholt Verena noch einmal und nutzt die Frage für eine leichte Tuchfühlung mit dem angebeteten Lehrer.

Der Römer nickt schwach. Peggys Mannschaft formiert sich zur Abwehr, und Hexi läßt spielerisch den Ball von einer Hand in die andere gleiten. Sie legt den Kopf schief, kneift ein Auge zu, nimmt kurz Maß und täuscht einen scharfen Schuß in die rechte Ecke des Tores vor, dann hebt sie den Ball federleicht über die Torhüterin in die linke Ecke.

„Tooor!“ brüllt die Meute.

Der Römer verzieht das Gesicht, als habe er Zahnschmerzen. Verena beschließt im stillen, beim ersten Tor, das ihr gelingt, dem Römer im Taumel der Begeisterung um den Hals zu fallen.

Jetzt werden die Mädchen lebendig. Vergessen sind Nieselregen und Kälte. Joy gelingt das Ausgleichstor, Sabine klopft ihr anerkennend auf die Schulter. Jetzt legt Verena wieder eine Sondernummer ein, sie wirft sich dem Ball entgegen und stürzt so elegant und malerisch, wie es ihr gelingen will, in den Dreck. Dabei läßt sie den Römer nicht aus den Augen, aber der hat diesen Akt der Aufopferung gar nicht bemerkt. Hexi hat den Ball erwischt und spielt ihn mit einem Rückhandwurf geschickt der kleinen Anja zu. Verena wischt sich ärgerlich den Schlamm aus dem Gesicht.

Tor! Bruni ist die Glückliche. Aber schon gleicht Hexi zum 2:2 aus. Verena stürzt sich ins Getümmel. Es wird höchste Zeit, den Römer auf ihre Kampfstärke aufmerksam zu machen. Sie erwischt den Ball, versucht es mit einer Art Purzelbaum, um der Sache mehr Dramatik zu verleihen, und schafft es tatsächlich, bis zum Tor vorzudringen. Mit dem anfeuernden Gebrüll der Mädchen in den Ohren zielt sie und knallt den Ball an die Latte. Diesmal wird der Römer am Hinterkopf getroffen. Verena entschuldigt sich überschwenglich, und drei weitere Verehrerinnen rennen herbei, um ihr Idol von Schmutzspuren zu befreien. Joy und Sabine nutzen die Gelegenheit für zwei weitere Tore.

„Schluß!“ brüllt der Römer und stößt wütend in seine Trillerpfeife. „Wir sind hier nicht im Kindergarten! Aufstellen! Wir trainieren Siebenmeter-Schießen!“

Alle sind ziemlich erschöpft, als sie eine halbe Stunde später in den Umkleideraum zurückkommen. Der Römer hat sie zum Abschluß noch ein paarmal um den Sportplatz gehetzt. Verena schleppt sich wie ein verwundetes Reh auf die nächste Bank und befühlt wehleidig ihre schlammgetränkten Haare.

Die Mädchen zerren sich das von Schweiß und Pfützenwasser feuchte Trainingszeug vom Körper und verschwinden nacheinander unter der Dusche.

„Verflixt – wir haben überhaupt keine trockene Unterwäsche zum Wechseln da! Nicht mal Bademäntel!“ ruft Peggy plötzlich entsetzt. „Wir können doch nicht wieder in das nasse Zeug steigen! Kann nicht einer schnell raufgehen?“

„Wer ist noch angezogen?“

„Wer opfert sich freiwillig?“

„Ich brauche dringend Shampoo!“

„Und ich hab mein Handtuch vergessen!“

„Ich kann gehen.“

Anja, die den Ball gesäubert und in den Geräteraum gebracht hat, steht in der Tür.

„Anja, du bist ein Schatz! Die Bademäntel! Anziehen können wir uns dann oben. Und Handtücher und Haarseife bitte!"

„Okay, wird gemacht!"

Anja zieht die nasse Trainingsjacke aus und nimmt ihren Anorak vom Haken.

„Sonst noch Wünsche?"

„Einen heißen Kakao und zwei Stück Apfeltorte", ruft Hexi. „Aber bitte mit Sahne!"

Anja ist in ihre Jacke geschlüpft und stopft die Hände in die Taschen.

„Das gibt's doch nicht!" murmelt sie.

„Was ist los?"

„Mein Geld ist weg!" stammelt Anja verwirrt.

„Was für Geld?"

„Zwanzig Mark und etwas Kleingeld – in meinem kleinen Lederbeutel, ihr kennt ihn doch!"

„Der Beutel mit dem Geld? Das kann doch nicht wahr sein!" Sabine steckt den Kopf aus der Dusche und schaut Anja kopfschüttelnd an. „Bist du sicher, daß du ihn in der Tasche gehabt hast? Wahrscheinlich liegt er oben in deinem Schrank!"

„Quatsch!" sagt Anja ärgerlich. Sie ist dem Weinen nahe. „Ich habe ihn doch vorhin extra eingesteckt, weil ich nach dem Sport ins Dorf gehen wollte, um mir ein paar neue Gummistiefel zu kaufen. Meine Mutter hat mir das Geld dafür geschickt!"

„Vielleicht hast du den Beutel auf dem Weg hierher verloren?"

„Aber ich hab doch, bevor wir den Raum verließen, noch mal in meine Tasche gefaßt – und mich vergewissert, daß er drin ist. Also, wenn sich eine von euch einen Scherz mit mir erlauben wollte, dann laßt euch sagen, daß ich darüber überhaupt nicht lachen kann. Ich finde so was gar nicht komisch!"

„Vielleicht ist er unter die Bank gefallen. Sieh doch mal nach! Das blöde Ding kann sich doch nicht einfach in Luft auflösen!" ruft Joy. „Warte, ich bin gleich fertig, dann helfe ich dir suchen.

Ich brauche nur noch einen Augenblick."

Auch die anderen helfen. In ihre Handtücher gehüllt, drehen sie jedes Stück um, schauen unter alle Bänke, in jeden Kasten, in die Schuhe und sogar auf den Schrank – Anjas Geld bleibt verschwunden.

„Hört auf, Kinder", stöhnt Bruni, die eben zum drittenmal unter den Schrank gesehen hat. „Wenn er hier wäre, hätten wir ihn längst gefunden! Die Sache dürfte eindeutig klar sein: dein Geld ist geklaut worden, Anja."

„Geklaut? Ist das dein Ernst?"

„Muß er doch wohl. Schließlich ist der Raum nicht abgeschlossen gewesen, jeder, der vorbeikommt, kann ungesehen rein und in Ruhe alle Taschen durchwühlen."

„Aber wer sollte denn so was machen? Hier in Margaretenburg!" Hexi schüttelt ungläubig den Kopf.

„Möglich ist es doch, oder?" Peggy wirft einen schnellen Blick zu Joy hinüber und schaut dann Anja an. „Auch hier in Margaretenburg gibt's Typen, die nicht so ganz astrein sind", sagt sie bedeutungsvoll.

„Denkst du an jemand Bestimmten?"

„Ich möchte mich dazu nicht äußern. Man wird ja sehen."

Joy hat Peggys Blick bemerkt. Eigentlich kann sie ihn sich nicht erklären. War es Einbildung?

„Warum hast du mich eben so angeschaut?"

„Ich dich?" fragt Peggy gedehnt. „Das bildest du dir ein. Es hat gar nichts mit dir zu tun."

„Aber?"

„Nichts aber! Ich sagte bereits, daß ich mich dazu nicht äußern will."

„Nun spuck schon aus, was du mit deinen blöden Anspielungen sagen willst", fährt Sabine Peggy an. „Wer ist hier deiner Meinung nach nicht astrein?"

„Oh, ich meine niemanden von uns, überhaupt niemand von den Mädchen. Aber wenn sich Leute mit einer etwas – nun sagen wir – finsteren Vergangenheit in der Schule befinden, sollte man mit seinem Geld vielleicht etwas vorsichtiger sein."

Joy zuckt zusammen. Mit einem Schlag ist ihr klargeworden, wer hier gemeint ist. Wahrscheinlich haben Peggys Eltern ein paar abfällige Bemerkungen über Andy gemacht – ein Heimkind, Eltern unbekannt, da weiß man doch nie, was dahintersteckt. Und Peggy ist so blöd, das zu glauben, die saugt so etwas auf wie ein Schwamm!

„Du solltest etwas vorsichtiger mit deinen Äußerungen sein", sagt Joy kühl. „Du steckst bis unter die Haarwurzeln voller Vorurteile, das habe ich schon öfter bemerkt. In Zukunft solltest du vielleicht erst mal fünf Minuten über das nachdenken, was du sagen willst, bevor du solche Dummheiten vom Stapel läßt!"

„Meinst du?" Peggy ist eingeschnappt, und entsprechend hochnäsig schaut sie auf Joy hinunter. „Nun ja, wir werden ja sehen, wer recht behält."

„Das werden wir, verlaß dich drauf!"

Joy ist sicher, daß Andy nichts mit dem Diebstahl zu tun hat. Wenn es überhaupt einer war, und sich das Ganze nicht doch noch als Irrtum herausstellt. Trotzdem – nur um ganz sicherzugehen – erkundigt sie sich, wo Andy während der Sportstunden gesteckt hat. Und erst als sie hört, daß er Englisch-Nachhilfeunterricht gehabt hat, ist sie völlig beruhigt. Denn auch wenn sie selbst völlig von seiner Unschuld überzeugt ist – wer sagt ihr, daß er das Alibi nicht anderen gegenüber brauchen wird?

Das Verschwinden von Anjas Geld spricht sich schnell herum. Nur wenige Minuten, nachdem die Verlustanzeige am Schwarzen Brett hängt, wissen es alle Schüler und Schülerinnen der Margaretenburg. Aber das Geld bleibt unauffindbar.

Anjas Freundinnen legen Geld zusammen, um ihr den Verlust zu ersetzen. Nach ein paar Tagen ist Gras über die Sache gewachsen. Aber kaum haben sich die Gemüter beruhigt, ereignet sich ein neuer Diebstahl. Und nach wenigen Tagen ein dritter.

Jetzt beginnen plötzlich ein paar Schüler, sich ihres ebenfalls verschwundenen Geldes zu erinnern. Ob sie es nun verloren oder längst ausgegeben hatten, Geld, das fehlte, war nun auf jeden Fall

11 4080-20

geklaut worden. Man steckt die Köpfe zusammen, beginnt zu flüstern. Der Junge aus dem Heim! Er hat ein Alibi? Wer sagt das? Muß es denn stimmen? Wer weiß denn, wie raffiniert so einer ist? Mein Vater hat gesagt – ja, meine Mutter hat mich auch gleich gewarnt! Wo war er zum Beispiel gestern nachmittag? Als er überall gesucht wurde? Pah – spazieren. Das kann jeder sagen. Man wird ihm schon auf die Schliche kommen!

Wie so oft, ist der Betroffene der letzte, der etwas merkt. Andy spürt, daß seine Mitschüler sich immer stärker von ihm distanzieren, aber er weiß nicht warum. Ihm fällt nur auf, daß Joy sich ständig nach dem genauen Ablauf seines Tages erkundigt, wann er wo gewesen ist und wie lange.

„Warum willst du das wissen?" fragt er schließlich ärgerlich. „Andauernd quetschst du mich aus, was ich gemacht habe! Glaubst du, ich habe Geheimnisse vor dir? Oder bist du eifersüchtig?"

„Eifersüchtig! Auf wen oder was bitte?"

„Was weiß denn ich! Du benimmst dich neuerdings wie eine Glucke. Ich bin doch kein Baby mehr, verdammt noch mal!"

„Nun reg dich nicht auf. Ich habe meine Gründe, glaub mir."

„Dann sag sie mir."

„Es wird in der Schule eine Menge dummes Zeug geredet", weicht Joy aus.

„Dummes Zeug über mich?"

Andy wird hellwach. Was spielt sich da hinter seinem Rücken ab?

„Nicht direkt über dich. Ach, du weißt doch, wie die sind. Wenn sie einen Sündenbock suchen, ist ihnen der erste beste gerade recht."

„Kannst du dich nicht mal ein bißchen deutlicher ausdrücken? Was soll das Gerede von einem Sündenbock? Sündenbock für was?"

„Du nimmst das alles viel zu tragisch", versucht Joy, sich herauszuwinden. „Es ist wirklich nicht der Rede wert."

„Wie kann ich etwas tragisch nehmen, was ich gar nicht weiß!

Sag endlich, was los ist!“

„Es ist wegen der Diebstähle“, platzt Joy heraus. „Überall zerbrechen sie sich die Köpfe, wer es gewesen sein kann. Und da wird dann eben auch mal Blödsinn geredet.“

Andy ist blaß geworden. Er schluckt.

„Und du?“ fragt er schließlich hart. „Glaubst du auch, daß ich der Dieb bin?“

„Diese Frage ist so dämlich“, faucht Joy wütend, „daß ich dir dafür eine runterhauen könnte!“

Andy lächelt erleichtert.

„Und daß ich dir so nachspioniere“, fährt Joy ruhiger fort, „tue ich einzig und allein deshalb, um jedem, der eine blöde Bemerkung macht, auf der Stelle beweisen zu können, daß du es nicht warst!“

„Amen!“ Andy schüttelt verständnislos den Kopf. „Deinen Feuereifer in allen Ehren, aber du glaubst doch nicht im Ernst, daß das irgend etwas ändert! Wenn sie glauben *wollen*, daß ich es bin, werden sie es auch tun – selbst wenn sie mich den ganzen Tag nicht aus den Augen lassen. Vielleicht kann ich ja zaubern? Oder alle hypnotisieren?“

„Du sagst das so ruhig, als wenn es dir völlig Wurscht wäre!“

„Es ist mir nicht Wurscht. Überhaupt nicht. Aber was soll ich machen? Man gewöhnt sich mit der Zeit daran. Eine Zeitlang habe ich geglaubt, es könne sich für mich alles ändern, aber du siehst ja, es ändert sich nichts. Es wird mein ganzes Leben so bleiben.“

„Mir kommen gleich die Tränen. Du redest wie ein Achtzigjähriger. Wehr dich doch! Laß dir nichts gefallen!“

„Gegen was soll ich mich wehren?“ Andy schaut Joy durchdringend an. „Sag mir, gegen was? Daß sie hinter vorgehaltener Hand über mich tuscheln? Daß sie einen Bogen um mich machen? Daß in ihren Köpfen bösartige Gedanken herumspuken? Wie glaubst du, soll man sich dagegen wehren?“

„Ich weiß nicht“, sagt Joy kleinlaut.

„Siehst du. Glaub mir, es ist sinnlos. Aber solange sie mich in Ruhe lassen, solange sie mich nicht angreifen – worüber soll ich mich da aufregen?“

„Na hör mal! Du bist gut!"

„Wenn sie mich nur in Ruhe lassen", sagt Andy noch einmal. Damit ist für ihn das Thema erledigt.

Joy begreift das nicht. Wie kann ihm ein solcher Verdacht gleichgültig sein? Wenn ihr selbst das passierte, wenn man sie für einen Dieb hielte, sie hätte keine ruhige Minute mehr, bis sich ihre Unschuld herausgestellt hätte, das weiß sie ganz genau. Aber Andy lebt so unangreifbar hinter seinem selbstgeschaffenen Schutzpanzer, daß er sich allenfalls noch ein wenig tiefer zurückzieht.

„Weißt du, was du bist?" sagt Joy gereizt. „Eine Igelschildkröte. Eine Schildkröte mit Stacheln auf dem Panzer. Wenn dir jemand auf die Pelle rückt, ziehst du dich einfach in deinen Stachelpanzer zurück, und damit ist für dich alles gelaufen."

Andy grinst.

„Gar nicht schlecht. Das muß ich mir merken. Wahrscheinlich hast du recht. Stört dich das?"

„Ein bißchen."

„Warum?"

Joy lacht verlegen.

„Ich möchte in den Panzer reinsehen können..."

Hinter ihnen wird die Tür aufgerissen. Sie haben in einem der Musikzimmer gesessen, in dem Joy täglich Gitarre übt. Edward stürmt auf Joy zu.

„Joy, ich muß mit dir..."

Da entdeckt er Andy. Er stutzt, schaut die beiden verständnislos an.

„Bist du schon lange hier?" fragt er Andy schließlich.

„Seit einer Stunde, warum?" antwortet Andy unwillig.

„Ist das wahr?" Edward schaut Joy fragend an.

„Warum soll es nicht wahr sein?"

„Oh, es ist nur... dann ist ja alles bestens, prima. Laßt euch nicht stören."

Edward lächelt erleichtert und wendet sich zur Tür.

„He!" Joys Stimme klingt so scharf, daß Edward wie angenagelt

„He, was wolltest du von mir?" fragt Joy scharf

stehenbleibt. „Was soll das? Du kommst hier reingerast, sagst, es ist alles in Ordnung, und verschwindest wieder? Was wolltest du von mir?"

„Ach, nichts weiter, es hat sich schon erledigt."

„Was hat sich erledigt?" bohrt Joy weiter.

„Jemand hat behauptet, er hätte Andy gerade unten bei den Umkleideräumen gesehen. Da wollte ich dich fragen, wo er jetzt ist", stößt Edward hastig heraus.

„Ist was passiert?"

„Unwichtig", murmelt Edward und tritt schleunigst den Rückzug an.

Joy und Andy sehen sich schweigend an.

„Wir sollten mit Pepsi reden", schlägt Joy plötzlich vor. „Und mit dem Wikinger."

„Du hast recht. Komm."

Allah geht zu Boden

Allah betritt das Konferenzzimmer. Seine Laune befindet sich knapp über dem Gefrierpunkt. Erstens liegt ihm das Mittagessen schwer im Magen, Linsen mit gegrilltem Schweinebauch (wie oft hat er Elsbeth erklärt, daß er keine Linsen verträgt!), zweitens baumelt um seinen Hals eine gelbe Krawatte mit breiten roten Streifen, die er nur Elsbeth zuliebe umgebunden hat, denn sie hat sie ihm aus der Stadt mitgebracht, und er riskiert einen Ehekrach nebst Tränenflut, wenn er sich anmerken läßt, daß er gelb mit roten Streifen scheußlich findet. Und drittens haßt er Konferenzen wie diese, die jetzt vor ihm liegt. Er hat Lehrer und Erzieher zusammengerufen, um das Problem der wiederholten Diebstähle im Landschulheim Margaretenburg mit ihnen zu erörtern.

Allah läßt sich ächzend in den Stuhl am Kopfende des langen Konferenztisches fallen und blättert mißmutig in den vor ihm liegenden Papieren.

„Äh, ja, dann wollen wir mal", schnauft er. „Meine Damen und Herren, Sie wissen ja alle, um was es geht, nicht wahr", die letzten Worte versickern in unverständlichem Nuscheln.

Der Lehrkörper nickt geschlossen und heftig Zustimmung, was ungefähr so aussieht, als strample ein auf dem Rücken liegender Tausendfüßler mit den Beinen. Allah blickt lustlos über die wippenden Köpfe hinweg.

„Hat irgend jemand von Ihnen einen Verdacht", nuschelt er weiter. „Eine Beobachtung?"

Diesmal bewegen sich die Köpfe in horizontaler Richtung. Nein, keiner hat eine Beobachtung gemacht, und im Gegensatz zu den Schülern ist keiner von ihnen der Ansicht, dieser Andreas Havemann aus dem Heim könne der Täter sein. Daß er in den meisten Fällen ein hieb- und stichfestes Alibi hat, hat man längst festgestellt.

„So etwas hat es bisher auf der Margaretenburg nicht gegeben", meldet sich Herr Dr. Knoll zu Wort und klopft mit seinem Bleistift auf die Tischplatte, was Allah gequält zusammenzucken läßt. „Das bringt uns zu dem zwingenden Schluß, daß der Täterkreis unter den Neuzugängen zu suchen ist. Ich schlage vor, die Personalbogen der in Frage kommenden Mädchen und Jungen einmal unter die Lupe zu nehmen. Vielleicht, daß wir dort einen Anhaltspunkt..."

„Das halte ich für Zeitverschwendung", widerspricht Frau Engels, die Latein und Deutsch unterrichtet. „Ein Hinweis auf kleptomanische Veranlagung würde die Aufnahme in unsere Schule doch von vornherein unmöglich machen!"

„Ich dachte nicht an einen solchen Hinweis, verehrte Kollegin", Herr Dr. Knoll lächelt dünn, „sondern an Aufschlüsse über die familiären Verhältnisse!"

„Sie denken an Scheidungswaisen oder Kinder, die durch Tod einen oder beide Eltern verloren haben", wirft der Wikinger ein. „An die Möglichkeit habe ich auch schon gedacht. Solche Diebstähle können unter Umständen nichts als Notsignale sein."

„Notsignale?" Kollege Kestenberg – von seinen Schülern wegen seines brandroten Bartes Rübezahls Sohn genannt – fährt aus seinen Träumen auf.

„Ja, Notsignale eines jungen Menschen, der mit seiner Situation nicht fertig wird. Eine Ersatzbefriedigung für Mangel an Liebe und Zuwendung. Ich habe die Jungen in meiner Familiengruppe daraufhin unauffällig unter die Lupe genommen..."

„Und?" fällt ihm Pepsi ins Wort.

„Fehlanzeige. Keiner der Jungen scheint mir für ein solches Verhalten ein Motiv zu haben. Hätte mich auch gewundert, zumindest bei denen, die schon länger bei mir sind. So etwas fällt einem schließlich auf."

„Das ist richtig", bestätigt Pepsi. „Ich möchte auch behaupten, daß einem eine solche – Gefährdung eines Kindes an seinem Verhalten auffallen würde."

„Auch bei den Neuzugängen?" erkundigt sich Allah.

„Vielleicht nicht ganz am Anfang. Aber nach einigen Wochen – ja! Schließlich haben wir unseren Beruf gelernt!" erklärt Pepsi temperamentvoll. „Ist es denn überhaupt erwiesen, daß der Dieb unter den Schülern zu suchen ist? Könnte es sich nicht um einen Erwachsenen handeln? Einen der Hausangestellten? Das wäre doch möglich!"

„Das ist so gut wie ausgeschlossen", seufzt Allah. „Die Diebstähle sind zum Teil am Sportplatz passiert, wenn Dutzende von Schülern auf den Zuschauerbänken sitzen und dem Training zuschauen. Ein Erwachsener, der dort nichts zu suchen hat, würde jedem auffallen. Zumindest würde man sich an ihn erinnern."

„Eine böse Geschichte", murmelt Herr Brockhoff, den sie den Brocken nennen. „Ich fürchte, wir werden um eine Haussuchung nicht herumkommen."

„Um Himmels willen!" Allah hebt abwehrend die Hände. „Das fehlte mir gerade noch! Damit die Geschichte an die große Glocke gehängt wird? Dann ist unser guter Ruf zum Teufel! Ein Wunder, daß uns die Eltern nicht jetzt schon die Bude einrennen! Nein, nein, mit einer Hausdurchsuchung wollen wir noch warten. Vorerst möchte ich Sie alle bitten, Ihre Schutzbefohlenen besonders aufmerksam zu beobachten, vor allem innerhalb der Familiengemeinschaften. Und wenn Sie einen begründeten Verdacht haben – ein unauffälliges Überprüfen von Schrank und Schubfächern während der Unterrichtsstunden – aber bitte mit äußerster Vorsicht und Diskretion!" Der dicke Direktor schnauft erschöpft. „Ich... ich glaube, mehr können wir im Augenblick nicht tun", fügt er hinzu, „vielleicht, daß ein glücklicher Zufall..."

„Wir sollten mit den Jungen und Mädchen die Angelegenheit in aller Ruhe besprechen", schlägt der Brocken vor. „Abends in den Gemeinschaftsräumen. Schließlich liegt es an ihnen selbst, ob dem Dieb Gelegenheit zu neuen Taten geboten wird. Vielleicht sollte man ihnen empfehlen, vorerst ihr Geld bei der jeweiligen Hausmutter oder dem Hausvater zu hinterlegen."

„Ein guter Vorschlag", stimmt der Wikinger zu, und die übrigen Erzieher murmeln Beifall. „Trotzdem wäre mir wohler, wenn wir die Sache endlich aufklären könnten."

Als Pepsi an ihren Schreibtisch zurückkehrt, auf dem ein angefangener Brief an Verenas Eltern wartet, den sie heute noch zur Post bringen will, fällt ihr Blick auf ihre Handtasche. Sie ist geschlossen. Und Pepsi weiß ganz genau, daß die Handtasche offen dagestanden hat, als sie das Zimmer verließ. Unsinn! sagt sich Pepsi, ich leide schon an Verfolgungswahn. Aber sie nimmt doch die Tasche zur Hand, öffnet sie und wirft einen Blick hinein. Das Portemonnaie liegt ganz unten, am Boden der Tasche, unter der Puderdose. Das ist merkwürdig, Pepsi steckt es immer in die kleine Seitentasche.

Pepsi zögert. So als wolle sie das, was jetzt unweigerlich kommen muß, noch ein wenig vor sich herschieben. Dann greift sie hastig nach dem Portemonnaie. Kein Zweifel – es fehlt ein Zwanzigmarkschein. Drei Zwanziger und zwei Zehnerscheine hat sie gehabt, das weiß sie ganz genau.

Pepsis Herz schlägt hart, sie meint es in den Ohren zu spüren. Der Schreck ist ihr in die Glieder gefahren. Sollte wirklich eines von ihren Mädchen? Undenkbar! Aber wer kommt hier ungesehen herauf?

Selber schuld! denkt Pepsi ärgerlich. Wer läßt auch seine Handtasche offen in der Gegend stehen! Na, immerhin ist dies ihr Zimmer, und daß sich der Dieb bis hierhin vorwagen würde, ist wirklich erstaunlich.

Heute abend im Gemeinschaftsraum wird sie den Mädchen auf den Zahn fühlen. Vielleicht hat eine etwas beobachtet. So geht es nicht weiter, es muß unbedingt etwas geschehen, wenn die Vertrauensbasis zwischen Erziehern und Schülern nicht ernsthaft gestört werden soll!

Den gleichen Gedanken hat Allah. Es muß etwas geschehen, schnell und unauffällig, ehe diese Vorkommnisse eine ernste Gefahr für das Landschulheim heraufbeschwören. Und Allah beschließt, selbst zur Tat zu schreiten. Er wird dem Dieb höchstpersönlich das Handwerk legen.

Tagelang streift Allah durchs Haus, beobachtet unauffällig seine Schutzbefohlenen, versteckt sich hinter Türen und Mauervorsprüngen und läßt die Garderobenschränke nicht aus den Augen. Er nimmt das Mittagessen mit den Schülern im gemeinsamen Eßsaal ein, taucht unvorhergesehen in den Musikzimmern und am Rande des Sportplatzes auf – aber es ist alles vergebens. Es findet sich nicht der leiseste Hinweis.

Dabei liegt ein neuer Diebstahl in der Luft. Allah spürt es genau! Wie, wenn er nun dem Dieb ein bißchen auf die Sprünge helfen würde? Allah beginnt, vor den Augen der Schüler auffällig oft seine Brieftasche zu zücken, um irgend etwas darin zu suchen. Dabei läßt er nach allen Seiten eine Anzahl Geldscheine sehen. Nachdem er die Brieftasche lässig in Sakko oder Mantel gesteckt hat, bleibt das Bekleidungsstück wie zufällig auf dem nächsten Stuhl liegen.

Doch der Dieb tut ihm nicht den Gefallen. Im Gegenteil – wo immer Allah seinen Köder ausgelegt hat, kommt kurz darauf einer seiner Schüler oder Schülerinnen und trägt ihm das absichtlich vergessene Stück nach.

Allah versucht es mit einer anderen Methode. Jetzt verliert er Geldstücke aus der Tasche – achtlos mit dem Taschentuch herausgezogen, rollen Zwei- und Fünfmarkstücke zu Boden. Und immer springt sofort einer herbei, bückt sich danach und ruft: „Sie haben etwas verloren, Herr Direktor!“

Allah verflucht im stillen die Wohlerzogenheit seiner Schüler. Alles ist schön und gut, aber allmählich möchte er schließlich doch mal einen Erfolg seiner Bemühungen sehen. Müssen sie ihm denn jedesmal einen Strich durch die Rechnung machen? Das Lächeln, mit dem er sich bei den ehrlichen Findern bedankt, wirkt gequält.

Was ist mit Allah los, denken die Schüler. Der Alte wird langsam vertrottelt, man muß auf ihn aufpassen. Na ja, Leute mit soviel Übergewicht werden eben frühzeitig alt.

Allah grübelt. Und er kommt zu dem Schluß, daß hier nur noch eines hilft: systematische Überwachung des Umkleideraumes im Keller. Dort ist bis jetzt das meiste Geld verschwunden.

Aber wie? Die Sache ist gar nicht so einfach. Behält er den Umkleideraum vom Flur aus im Auge, dann kann ihn jeder sehen. Und im Umkleideraum selbst gibt es auch keine Möglichkeit, sich zu verstecken. Da bleibt nur die Gerätekammer, die einen direkten Zugang zum Umkleideraum hat.

Am Nachmittag inspiziert Allah Keller, Umkleideraum, Duschräume und Gerätekammer. Ein tiefer Seufzer entfährt ihm, als er in die Gerätekammer schaut und sich vorstellt, wie er in diesem dunklen, engen Raum stundenlang Wache halten wird. Wenn er nun auf der anderen Seite Ausschau hält – vom Duschraum aus? Aber nein, was sollen die Mädchen von ihm denken, wenn sie ihn dort entdecken! Das ist ganz unmöglich.

Also in den Geräteraum, es bleibt ihm nichts anderes übrig. Um dem erhofften Erfolg seiner Aktion ein wenig nachzuhelfen, beschafft sich Allah einen alten Jungen-Anorak, in dessen Tasche er gut erkennbar ein Portemonnaie steckt, in dem sich ein paar Münzen befinden.

Am nächsten Tag bezieht Allah seinen Lauschposten. Er hat abgewartet, bis die erste Gruppe – es sind Jungen aus der Neunten – sich umgezogen hat und auf den Sportplatz hinausgelaufen ist. Allah läßt noch zwei, drei Minuten verstreichen, dann betritt er den Umkleideraum, hängt den mitgebrachten Anorak an einen Haken, den er von seinem Versteck aus gut im Auge behalten kann, und verschwindet im Geräteraum. So gut es geht, richtet er sich zwischen an der Wand lehnenden Matten, Stangen, Kästen und Regalen voller Bälle, Netzen, Kugeln, Hanteln und Keulen, zwischen aufgestapelten Böcken und Pferden, Leitern und einer Tonne mit Hockeyschlägern ein.

Ein beißender Geruch nach Leder, Staub und Schweiß umgibt ihn. Die Luft ist stickig. Und nicht mal rauchen darf er, der kleinste Hauch seiner Zigarre hätte ihn sofort verraten.

Allah zieht sich einen der Kästen heran und bringt seine Körpermassen halbwegs darauf unter, so daß er mit dem einen Auge genau die Höhe des Schlüssellochs erreicht, wenn er sich etwas vorbeugt. Bequem ist es nicht, aber er muß es aushalten.

Lange Zeit geschieht nichts. Hin und wieder richtet sich Allah stöhnend auf und reckt die steifgewordenen Glieder. Die Gedanken wandern zu seiner Arbeit, zu der Besprechung mit den Herren des Kuratoriums morgen. Ob schon etwas von der Diebstahlgeschichte durchgesickert ist? Man wird die Umbaupläne durchsprechen. Die Schule braucht mehr Platz. Ob er bei dieser Gelegenheit auch gleich eine Vergrößerung des Geräteraums vorschlagen soll? Hier ist dringend eine Änderung nötig! Diese qualvolle Enge, man kann ja kaum Luft holen...

Ein Kaffee wäre jetzt das richtige, ihm ist schon ganz leer im Kopf von der schlechten Luft. Ein Kaffee und ein großes Stück Torte dazu. Schwarzwälder Kirsch. Allah stellt sich das Stück vor, wie es vor ihm auf dem Teller liegt, mit einer großen roten Kirsche als Verzierung auf der von geriebener Schokolade bedeckten Sahne. Im Geiste taucht er die Gabel in die luftige Masse, balanciert das Stück auf der Gabel, nähert sich damit seinem Mund...

Nebenan klappt eine Tür. Allah fährt zusammen. Ein Junge hat den Umkleideraum betreten und geht pfeifend hin und her. Verschwinde, du Idiot, du verjagst mir doch meinen Dieb! denkt Allah ärgerlich und schiebt seinen Kopf ein wenig näher an das Schlüsselloch. Der Junge steht mit dem Rücken zu ihm und beginnt sich auszuziehen.

Wirklich! Wie diese Kinder mit ihren Sachen umgehen! Schleudert der doch seine Jeans über den dreckigen Fußboden in die nächste Ecke! Strümpfe und Pulli folgen. Jetzt stülpt er seinen Turnbeutel um und läßt den Inhalt ebenfalls auf den Boden fallen. Unglaublich. Und die Eltern müssen zahlen, alle paar Monate neue Trainingssachen, Strümpfe, Schuhe, Jeans... Allah vergißt fast, warum er hier ist, so ärgert er sich.

Jetzt steigt der Junge in seine Trainingshose. Er hat sich seitlich auf die Bank gesetzt, Allah kann ihn nicht mehr sehen. Der Junge hört auf zu pfeifen. Es wird still. Was macht er? Er müßte doch mit dem Umziehen längst fertig sein?

Allah preßt sein Ohr gegen die Tür. Raschelt da nicht etwas? Kein Zweifel, das war ein Rascheln wie von Papier! Sollte er wirklich Erfolg haben? Allahs Herz schlägt schneller. Wenn er doch bloß mehr sehen könnte! Er versucht, mal mit dem linken, mal mit dem rechten Auge durch das Schlüsselloch etwas zu erkennen, aber der Junge sitzt außerhalb seines Blickwinkels.

Soll er? Soll er die Tür aufreißen, um den Jungen auf frischer Tat zu ertappen? Hat er wirklich fremdes Geld in der Hand? Und wenn nicht? Was soll er ihm sagen, welche Erklärung geben? Allah nähert seine Hand vorsichtig dem Türgriff. Noch einmal lauscht er. Wieder dieses Rascheln. Was, zum Teufel, macht der Kerl da?

Allah rutscht noch ein wenig weiter vor. Unter ihm kippt die Kiste nach vorn. Allah verliert das Gleichgewicht, sucht einen Halt, greift nach dem Regal zu seiner Rechten, das kippt ebenfalls, Kugeln, Bälle, Keulen, Hanteln donnern mit ohrenbetäubendem Lärm auf den unglücklichen Direktor nieder. Der geht mit einem sanften Schmerzenslaut völlig zu Boden. Das letzte, was er wahrnimmt, ist das Titelbild eines Schmökers in der Hand eines erschrockenen Jungen, der im Türrahmen steht. Das Titelbild zeigt einen stürzenden Mann mit entsetzt aufgerissenen Augen. Allah verliert das Bewußtsein.

Als der dicke Direktor Minuten später die Augen aufschlägt, sieht er sich von Dutzenden seiner Schüler und Schülerinnen umgeben, die ihn entsetzt anstarren.

„Er kommt zu sich!"

„Er schlägt die Augen auf!"

„Herr Direktor?"

„Herr Direktor! Hören Sie uns?"

„Geht es Ihnen besser?"

Allah richtet sich mühsam auf und reibt sich stöhnend den Kopf. Auf der rechten Stirnseite fühlt er eine taubeneigroße Beule. Ein Mädchen drängt sich mit einem feuchten Tuch zwischen den anderen hindurch und preßt es ihm auf die schmerzende Stirn.

„Wie ist das passiert, Herr Direktor, wie sind Sie da hineingekommen? Hat Sie jemand eingesperrt?"

„Nein, nein", murmelt Allah, „ich wollte nur... ich hatte nur... ich habe den Geräteraum inspizieren... äh... ja..."

Zwei der großen Jungen helfen ihm auf die Beine.

„Danke. Danke, meine Lieben, es geht schon wieder. Ich muß in mein Büro zurück."

„Sollen wir Sie nicht begleiten, Herr Direktor?" fragt das Mädchen, das ihn verarztet hat.

„Nein, nein, es ist alles in Ordnung. Vielen Dank für eure Hilfe."

Allah schwankt von der Szene. Die Schüler schauen sich ratlos an. Der Zustand des Direktors scheint wirklich besorgniserregend zu sein.

Als Allah in sein Büro zurückkehrt, erwartet ihn ein in Tränen aufgelöstes Küchenmädchen. Vor einer halben Stunde ist sie aus dem Dorf vom Einkaufen gekommen. Sie hat den Einkaufskorb mit dem Portemonnaie nur für Minuten unbeaufsichtigt vor der Küchentür gelassen, während sie ihr Fahrrad in den Keller gebracht hat.

„Und als ich zurückkam, war das Geld... war das Geld...", schluchzt sie, „über zehn Mark hatte ich noch... und alles..."

„Kann mir schon denken", unterbricht Allah sie seufzend und befühlt vorsichtig seine Beule. „Ich eigne mich nun mal nicht zum Detektiv."

„Wie bitte?"

„Schon gut, schon gut. Ich werde mich darum kümmern."

SOS für Pepsi

Klar, daß Andy Joy sein neues Versteck gezeigt hat. Es ließ sich nicht länger verheimlichen. Und wenn sie beide zur gleichen Zeit frei haben, verbringen sie nun gemeinsam die Nachmittage in ihrer Höhle – wie sie es nennen.

Richtig gemütlich ist der alte Schuppen geworden. Florian hat viel dazu beigetragen, immer neue Schätze hat er angeschleppt. Kissen, Decken, eine Zeltplane, Ölfarben, Campinggeschirr und einen Spirituskocher, Kerzen und eine Rolle Klebefolie.

Auf die Frage, woher er das alles habe, hat er erklärt, es stamme vom Speicher.

„Alles Sachen aus unserer früheren Wohnung, die wir jetzt nicht mehr benutzen, verstehst du? Da oben auf dem Boden stauben sie doch nur ein, und kein Mensch will sie mehr haben. Warum soll ich sie also nicht herbringen?"

„Das sind aber zum Teil ganz neue Sachen!"

„Na, wenn schon! Meine Mutter hat sich eben inzwischen noch neuere gekauft!"

„Ist das wirklich wahr?"

„Klar!"

„Keine faulen Tricks?"

„Bestimmt nicht!"

„Na schön."

Für seinen neuen Freund tut Florian alles. Und nur bei ihm – in der Höhle – ist er glücklich. Um so schlimmer ist es für ihn, daß nun auch Joy das Versteck kennt und regelmäßig in den Schuppen kommt.

„Wenn die da ist, komme ich nicht!" erklärt Florian.

„Warum? Sie ist doch ein prima Kumpel! Außerdem ist sie meine Schwester."

„Ist mir doch egal. Für mich sind die Weiber alle gleich. Ich will sie nicht sehen. Und wehe, du verrätst ihr, daß ich dein Freund bin und dir geholfen habe. Nachher erzählt sie's meiner Mutter weiter und dann..."

„Unsinn", unterbricht ihn Andy. „So etwas würde Joy nie tun!"

„Sag's ihr trotzdem nicht! Versprich es mir! Versprich es mir ganz fest!"

„Wenn du willst – okay. Versprochen. Ich kann ja verstehen, daß dir die Mädchen auf den Wecker gehen – so als einziger Junge da oben. Aber was Joy betrifft – da solltest du es dir doch noch mal

überlegen. Warum sollte sie nicht auch deine Freundin sein?"
„Die können mich alle nicht ausstehen", knurrt Florian.
Andy lacht.
„An wem das wohl liegt! Du ärgerst sie ja auch, wo du nur kannst. Vielleicht solltest du es mal auf die nette Tour versuchen?"
„Eher werde ich zum Krokodil", schnauft Florian verächtlich. „Ich habe ihnen Feindschaft bis in den Tod geschworen."
„Sei nicht albern! Du siehst zu viele Western im Fernsehen!"
Florian schweigt verbissen. Warum versteht Andy ihn nicht? Warum begreift er nicht, daß die Mädchen ihm alles wegnehmen? Daß für ihn kein Platz da oben ist. Daß sie es sind, mit denen seine Mutter ihre Zeit verbringt, mit denen sie lacht und herumalbert, denen sie stundenlang zuhört, wenn eine von ihnen Sorgen hat. Um ihn macht sie sich nie Sorgen.
Man müßte mal richtig schlimm krank werden, denkt Florian. Leider wird er fast nie krank, er kriegt höchstens mal einen Schnupfen.
„Ich brauche dringend Nägel", murmelt Andy und paßt eine Leiste in ein Regal ein, dessen Überreste er unter dem Müll im Schuppen gefunden hat. „Hier kommen noch zwei neue Bretter rein, dann können wir es streichen."
„Nägel? Wie groß? Die besorge ich dir", sagt Florian eifrig.
„So wie die hier. Wo willst du die herkriegen?"
„Ich hab noch eine Menge davon in meinem Werkzeugkasten."
„Was du alles so hast", wundert sich Andy. „Manchmal glaube ich, du besitzt ein ganzes Warenlager!"
„Ich kriege ja auch viel geschenkt – von meinen Großeltern und so", sagt Florian schnell.
Wenn Joy da ist, dann wird es urgemütlich im alten Schuppen. Bei trübem Wetter zünden sie Kerzen an und kochen sich Kakao auf dem Campingkocher. Sie reden davon, was sie noch alles basteln und bauen wollen, und schließlich kommen sie auf Andys Lieblingsthema – seinen Zoo.
„Wenn die blöden Ferien nicht wären", seufzt er. „Dann könnte ich im Frühling anfangen, mir ein paar Tiere zu halten."

„Das ist mir auch noch nie passiert – daß einer auf die Ferien schimpft!" meint Joy lachend. „Du mußt dich eben auf Tiere beschränken, die du leicht mitnehmen kannst. Insekten und Kleintiere."

„Mit den Mäusen fange ich schon an, Freundschaft zu schließen", berichtet Andy. „Weißt du, was eines Tages mein größtes Problem sein wird?"

„Keine Ahnung."

„Katzen und Mäuse aneinander zu gewöhnen. Ich möchte so gern auch eine Katze haben."

„Ich habe schon mal in der Zeitung von einer Katze gelesen, die sich mit Mäusen gut vertragen hat. Ich glaube, man muß sie nur von klein auf daran gewöhnen. Das gleiche gilt für Vögel. Ich habe mal ein Foto gesehen, da saß ein Kanarienvogel auf dem Kopf einer Katze. Sie waren die besten Freunde."

„Wenn ich eines Tages meinen Zoo habe – wirst du mir dann helfen? Es ist viel Arbeit, jeden Tag alle zu füttern und die Käfige sauberzumachen."

„Klar. Ich bin von der Idee schon genauso begeistert wie du. Ich verstehe gar nicht, warum ich mich nicht schon früher dafür interessiert habe. Nur vor Spinnen habe ich noch Angst."

„Du mußt sie nur erst besser kennenlernen."

„Andy, das wird toll – wir zwei mit unserem Zoo. Den ganzen Tag werden wir unsere Tiere beobachten und uns mit ihnen beschäftigen. Und wir müssen auch ganz genau aufschreiben, was wir Neues an ihnen entdeckt haben!"

„Hm, das wird wunderbar", sagt Andy sehnsüchtig. „Nur du und ich und ein Haufen Tiere!"

Draußen steht Florian und lauscht. Eigentlich ist er gekommen, um Andy die Nägel zu bringen. Er hat gehofft, ihn allein zu finden. Aber nein, diese blöde Joy muß da hocken und quatschen und Andy von der Arbeit abhalten. Heute hätten sie das Regal fertigmachen können. Und vorstreichen.

Was die da reden! Andy tut wirklich, als gäbe es auf der Welt keinen Florian, der sein Freund ist und der nichts lieber möchte,

12 4080-20

als den ganzen Tag an Andys Seite zu sein, ihm zu helfen, ihm zuzuschauen, mit ihm zu reden.

Florian beißt sich wütend auf die Lippen. Dann dreht er sich abrupt um und läuft zum Schloß hinüber.

Kaum betritt er die große Halle des Internats, muß er sich schon wieder ärgern. Da stehen ein paar von der Neunten herum und beugen sich kichernd und lachend über eine Zeichnung. Florian geht näher, stellt sich auf die Zehenspitzen und versucht, einen Blick auf die Zeichnung zu werfen. Es scheint eine Karikatur von Allah zu sein. Aber schon wird er grob zur Seite geschoben.

„Verzieh dich, du Würstchen, das ist nichts für kleine Kinder", fährt ihn einer der Jungen an.

Florian springt wütend die Treppe hinauf. Aber oben ergeht es ihm auch nicht besser. Als er die Wohnung betritt und in den Gemeinschaftsraum bummelt, trifft er auf Sabine, die den Plattenschrank säubert.

„Was willst du hier? Hast du nichts Besseres zu tun?" knurrt sie. „Wetten, du hast deine Hausaufgaben noch nicht gemacht!"

„Das geht dich einen Dreck an!"

Florian wirft zornig die Tür hinter sich zu. Aber damit ruft er sofort seine Mutter auf den Plan.

„Wer knallt hier so mit den Türen? Natürlich! Mein lieber Herr Sohn, ich hätte es mir denken können. Wo steckst du denn die ganze Zeit? Hast du deine Hausaufgaben gemacht? Jetzt aber ein bißchen dalli, Freundchen!"

„Pepsi! Ich komme hier nicht weiter! Kannst du mir helfen?" kommt eine klagende Stimme aus einem der Mädchenzimmer.

„Aber klar, mein Schatz, ich komme sofort!" ruft Pepsi und schiebt ihren schlechtgelaunten Sohn sanft in Richtung seines Zimmers. „Na? Worauf wartest du noch?"

Florian verdrückt sich an seinen Schreibtisch und schlägt sein Mathematik-Heft auf. Die Zahlen verschwimmen vor seinen Augen. In der Hosentasche spürt er die Nägel, die er extra im Dorf für Andy gekauft hat. Aber Andy hat ja keine Zeit mehr für ihn. Genauso wenig wie seine Mutter oder sonst irgendwer in diesem verdammten Stall. Vati, denkt Florian. Wenn der jetzt hier wäre – wir würden sicher zusammenhalten, wir hätten eine prima Zeit miteinander. Aber sein Vater hat seit Monaten nicht mehr geschrieben, wer weiß, ob er überhaupt noch an Florian denkt.

Und wenn ich nun einfach zu ihm fahre? überlegt Florian. Dann muß er sich doch um mich kümmern! Er wird hinfahren und erklären, seine Mutter habe ihn rausgeworfen.

Florian kann sich kaum an seinen Vater erinnern. Seine Eltern haben oft gestritten, das weiß er noch. Sie waren viel allein, Florian und seine Mutter, sein Vater war oft tagelang weg, mit der Zeit sahen sie ihn immer seltener, und schließlich kam er gar nicht mehr. Trotzdem muß Florian immer wieder an ihn denken.

Schließlich ist er sein Vater. Und vielleicht ist er gar nicht so übel. Was kann Florian dafür, daß es zwischen seinen Eltern Streit gegeben hat! Er ist ein Mann – und Männer müssen zusammenhalten. Soll sich seine Mutter doch mal richtig aufregen! Und wenn ihr das Herz bricht, er wird nicht zu ihr zurückkehren. Niemals! Florian schluchzt auf. Dann geht er zu seinem Schrank hinüber und überlegt, was er für seine Flucht benötigt.

Streichhölzer und ein Taschenmesser, das ist klar. Und die wärmsten Sachen, die er besitzt. Gummistiefel oder die festen Lederschuhe? Nein, besser Gummistiefel, die Lederschuhe saugen sich bei Regen voll. Seinen Campingbeutel – und irgend etwas zu essen. Florian schleicht sich in die Küche und stopft ein halbes Weißbrot, ein Stück Käse und ein paar Äpfel in seinen Beutel. Dann schlüpft er in seinen Anorak und drückt sich zur Wohnungstür hinaus. Minuten später trottet er die Landstraße entlang.

Er hat sich das schon überlegt. Mit dem Zug fahren kann er nicht, da würden sie ihn sofort schnappen. Er muß zu einer Tankstelle, möglichst nahe an der Autobahn, sich verstecken und die Lastwagenfahrer beobachten. Wenn einer mit einer Kölner Nummer hält, wird er sich auf dem Wagen verstecken. Und von Köln aus kommt er dann schon weiter, da kennt er sich aus.

Florian stapft verbissen vorwärts. Es ist fast schon dunkel auf der Straße. Wenn sich ein Auto nähert, weicht Florian in den Straßengraben aus. Die Kapuze seines Anoraks hat er tief in die Stirn gezogen. Leichter Nieselregen hüllt ihn ein, geht allmählich in Schnee über. Zehn Kilomter sind es von der Margaretenburg bis zur Autobahn.

Florian denkt an seinen Vater. Wie er aussieht – daran kann er sich kaum erinnern. Blond und groß, im Kinn hatte er ein tiefes Grübchen, Florian hat als kleiner Bub seinen Finger hineingelegt und die Stelle befühlt. Was er wohl für ein Gesicht machen wird, wenn Florian plötzlich vor der Tür steht? Ob er sich freuen wird? Und wenn er gar nicht da ist? Wenn er verreist ist – und erst nach Tagen wiederkommt? Ach was, er muß einfach dasein.

Was soll er sagen, wenn er vor seinem Vater steht? Vielleicht erkennt der ihn gar nicht? Tag, Papa, kennst du mich noch, ich bin Florian. Ich möchte jetzt bei dir wohnen. Mit Mama hat das doch keinen Sinn mehr, sie kann mich gar nicht gebrauchen.

Florian geht schneller. Der Schneematsch spritzt vor ihm hoch. Vor ihm schwankt ein kleines Licht, ein Radfahrer nähert sich. Florian hat ihn zu spät bemerkt, jetzt hat es keinen Zweck mehr, sich zu verstecken, es würde nur auffallen. Der Mann singt vor sich hin, er hat anscheinend schon ein paar Bier getrunken.

„Na, Kleiner? So spät noch unterwegs? Höchste Zeit, daß du nach Hause kommst“, sagt der Mann lachend und fährt weiter.

Florian atmet auf. Das nächstemal muß er besser aufpassen. Aber in dem Schneetreiben sind die herankommenden Fahrzeuge schwer zu erkennen. Florian hält sich so dicht es geht am Straßenrand. Ich werde es schon schaffen, sagt er leise. Die werden sich alle noch wundern!

Pepsi bemerkt Florians Fehlen erst, als sie ihn zum Abendbrot rufen will. Sie betritt sein Zimmer, sieht das aufgeschlagene Heft mit der angefangenen Hausaufgabe auf dem Tisch, sieht den hastig zurückgestoßenen Stuhl und den offenstehenden Schrank mit den durchwühlten Fächern.

„Was soll denn das nun wieder“, murmelt Pepsi kopfschüttelnd, „hat sich das kleine Biest doch wieder aus dem Staub gemacht! Na warte, Bürschchen, dir werd ich was erzählen.“

Sie geht zum Gemeinschaftsraum hinüber; Sabine, Verena und Anja hocken vor dem Plattenspieler und wiegen sich mit halbgeschlossenen Augen zum Takt der Musik.

„Hat einer von euch Florian gesehen?“ fragt Pepsi.

„Florian? Nein. Warum? Hat er wieder was angestellt?“

„Er scheint noch mal weggelaufen zu sein. Sicher hat er unten auf dem Hof was gehört, dem er nicht widerstehen konnte, ein unbekanntes Auto oder so. Na, wenn er Hunger hat, wird er schon auftauchen. Kommt, es ist Zeit zum Abendbrot.“

Als Florian auch nach dem Abendbrot noch nicht da ist, wird Pepsi unruhig. So etwas ist noch nie vorgekommen. Die Mädchen erbieten sich sofort, auf die Suche zu gehen.

Als Joy mit Hexi durch die Halle geht, treffen sie auf Andy, der vor dem Schwarzen Brett herumlungert.

„Auf dich habe ich gewartet“, ruft er Joy entgegen, „hast du Zeit?“

„Nein, wofür?“

„Tischtennis.“

„Geht nicht, wir müssen erst Florian finden. Er ist nicht nach Hause gekommen.“

„Florian?“ Andy schießt ein Gedanke durch den Kopf, den er nicht weiterdenken mag. „Wartet, ich suche mit“, sagt er schnell, „ich hole mir nur meine Jacke.“

Als sie aus dem Haus kommen, haben sich die anderen schon überall verteilt, aus allen Himmelsrichtungen hört man den Ruf „Floriaaaan!“

„Hoffentlich ist er nicht in der Scheune herumgeklettert und abgestürzt“, sagt Hexi leise, „nicht auszudenken, wenn ihm was passiert wäre! Er ist so wild.“

„Das glaube ich nicht“, Andy schlägt automatisch die Richtung zum Kutscherhaus ein, „wenn er nicht hier ist, dann ahne ich schon, was los ist.“

„Was?“

„Er ist abgehauen.“

„Abgehauen? Warum denn das?“

„Weil er es hier nicht mehr ausgehalten hat."

„Hast du ihn auf die glorreiche Idee gebracht?"

„Im Gegenteil. Ich habe alles getan, um es ihm auszureden."

„Ich wußte gar nicht, daß du mit Florian so gut stehst", sagt Hexi erstaunt.

Andy zuckt mit den Achseln.

„Er hängt irgendwie an mir. Keine Ahnung warum. Er bewundert mich, der hockt mir oft auf der Pelle wie eine Klette."

„Davon hast du mir nie etwas erzählt!" Joy schaut Andy zweifelnd an. „Übertreibst du nicht ein bißchen? Ich habe Florian noch nie bei dir gesehen."

„Er wollte nicht, daß ich es dir erzähle. Er hat was gegen euch... Also tut mir den Gefallen und vergeßt, was ich gesagt habe."

„Okay, wir reden bestimmt nicht darüber. Aber vielleicht solltest du es Pepsi sagen", meint Joy besorgt. „Wenn er es dir nun doch nachgemacht hat!"

„Das werde ich wohl müssen."

Sie sind beim alten Kutscherhaus angekommen, und Andy winkt den beiden Mädchen, auf dem Weg zurückzubleiben. Die Umrisse von Haus und Schuppen kann man in der Dunkelheit nur ahnen, aber Andy würde seinen Weg auch blind finden, so gut kennt er sich hier aus. Leise öffnet er die Schuppentür.

„Florian? Florian – bist du da?"

Kein Laut, kein Atmen. Andy braucht gar nicht erst Licht zu machen, er weiß auch so, daß Florian nicht hier ist, er hat es die ganze Zeit schon gewußt.

„Kommt, wir gehen zu Pepsi", sagt Andy entschlossen, als er wieder bei den beiden Mädchen ist.

Pepsi zögert nicht lange. Kurz darauf jagt sie die Landstraße hinunter. Er will wahrscheinlich zur Autobahn, hat Andy gesagt, er hat mal so etwas erwähnt. Zu der großen Tankstelle, wo die Lastwagenfahrer Pause machen. Pepsi klebt mit der Nase fast an der Windschutzscheibe, der Schneeregen beeinträchtigt die Sicht stark. Wie lange ist Florian schon unterwegs? Vier Stunden, fünf Stunden vielleicht...

Im Gemeinschaftsraum sitzen die Mädchen mit Gesichtern, als sei einer gestorben. Der Plattenspieler schweigt.

„Ob sie ihn schon gefunden hat?“ fragt Anja in die Stille.

„Sie hat gesagt, sie ruft sofort an.“ Joy zieht die Knie bis zum Kinn und umklammert sie, daß es schmerzt. „Wenn er überhaupt weggelaufen ist...“

„Vielleicht ist er ja auch entführt worden.“ Bruni schaudert. „Schließlich – warum sollte er weglaufen?“

„Oh, Gründe dafür gibt es schon“, meint Hexi nachdenklich.

„So? Welche zum Beispiel?“

„Na, ihr müßt doch zugeben, daß er hier kein besonders leichtes Leben hat.“

„Der? Der lebt doch wie die Made im Speck!“ ruft Sabine kopfschüttelnd.

„Wirklich? Als einziger Junge zwischen lauter älteren Mädchen, die ihn dauernd anmeckern? Mit einer Mutter, die ständig beschäftigt ist? Wenn es wenigstens Kinder in seinem Alter in der Nähe gäbe. Aber wann kommt ihn hier schon mal einer besuchen!“

„Das stimmt, er hat überhaupt keine Freunde“, stimmt Peggy ihr zu.

„Kein Wunder bei so einem kleinen Widerling“, murmelt Sabine, die am meisten unter Florians Streichen zu leiden hat – wahrscheinlich, weil sie dauernd an ihm herumerzieht.

„Das solltest du nicht sagen!“

„Warum nicht? Noch heute morgen warst du selber der Meinung, daß er ein richtiges Ekel ist. Und nur weil er jetzt verschwunden ist, willst du es nicht mehr wahrhaben!“

„Das habe ich nicht so gemeint. Er hat sich ekelhaft benommen, aber das besagt doch nicht...“

„Wenn er ein Ekel ist, dann darum“, unterbricht Hexi sie heftig, „weil wir ihn dazu gemacht haben. Keine von uns hat sich je besonders um ihn bemüht, ihm auch nur mal zugehört oder mit ihm gespielt! Vielleicht wäre er dann ganz anders!“

„Er macht es einem aber verdammt schwer“, murmelt Bruni.

„Trotzdem. Wir sind die Älteren.“

„... und müssen mit gutem Beispiel vorangehen“, leiert Sabine. „Alles schön und gut. Aber wenn er mir das nächste Mal einen Schneeball unter die Bettdecke schiebt, haue ich ihn windelweich.“

„Wenn es ein nächstes Mal gibt“, sagt Joy leise.

„Nun seht doch nicht gleich so schwarz!“

In diesem Augenblick klingelt das Telefon. Die Mädchen schrecken zusammen, dann stürzen sie alle zugleich ins Nebenzimmer, in dem der Apparat steht. Hexi erwischt den Hörer als erste.

„Ja, hallo?“ ruft sie hastig.

Es knackst in der Leitung. Dann kommt von weither Pepsis Stimme.

„Ist Florian zurück?“

„Nein – nein Pepsi, hast du ihn nicht gefunden?“

Eine Weile bleibt es still.

„Es war meine ganze Hoffnung“, sagt Pepsi erschöpft. „Ich habe die Straße abgesucht, bis zur Autobahn, und die Tankstelle. Nichts. Ich gehe jetzt zur Polizei. Hört zu – bitte geht pünktlich zu Bett. Und wenn Flori doch noch kommt – ruft auf der Polizeiwache an – ich werde dort sein.“

„Okay, Pepsi, wird gemacht. Und mach dir keine Sorgen. Es wird schon alles gut werden.“

Aber Pepsi hat schon eingehängt.

Joy kann hellsehen

Die Polizeibeamten gehen die Sache ruhig an.

„Sie sind sicher, daß der Junge weggelaufen ist?“

„Ziemlich sicher. Ein Freund sagte mir, er hätte es ein paarmal angedroht. Er wolle zu seinem Vater. Wir – eh, sein Vater und ich – sind seit drei Jahren geschieden.“

„Hängt er so an seinem Vater?“

„Er kennt ihn kaum. Sein Vater hat sich nie um ihn gekümmert.

Keine Briefe, keine Besuche – möglich, daß Florian sich gerade dadurch ein Phantasiebild seines Vaters geschaffen hat, das ganz seinen Wünschen entspricht."

„Haben Sie noch andere Anhaltspunkte?"

„Er muß ein paar Sachen mitgenommen haben. Sein Kleiderschrank war durchwühlt, und es schienen einige Kleidungsstücke zu fehlen. Ich habe in der Eile allerdings nicht nachgesehen, was es war. Außerdem hat er etwas zu essen mitgenommen, ein halbes Brot war verschwunden und der Käse."

„Hm. Und Sie meinen, der Junge sei auf einen Lastwagen geklettert und nun als blinder Passagier unterwegs nach Köln. Wir geben es sofort durch. Wenn Ihre Vermutung stimmt, werden wir den Ausreißer bald haben, machen Sie sich keine Sorgen!"

„Hoffentlich", sagt Pepsi schwach.

„Fahren Sie ruhig nach Hause. Wenn wir etwas erfahren, benachrichtigen wir Sie sofort."

Wenig später geht die Suchmeldung über den Rundfunk. Die Bauern in der Dorfkneipe hören sie, die Frauen beim abendlichen Aufräumen der Küche, die Männer von der Nachtschicht hören sie, die Arbeiter, Tankwarte, Nachtwächter, der Pommes-frites-Brater in der Imbißhalle und die Toilettenfrau in der Tanzbar. Und vor allem die Autofahrer. Nur einer hört sie nicht: Florian. Der liegt in einer Scheune, tief ins Heu verkrochen, und schläft. Acht Kilometer Fußmarsch haben ihn erschöpft, schließlich hat er es nicht mehr ausgehalten vor Müdigkeit. Da war diese Scheune – verlockend nahe an der Straße, und wie sich herausstellte, bis oben voller Heu, trocken und duftend.

In der Nacht fällt die Temperatur auf fünf Grad minus. Pepsi tut kein Auge zu. Immer wieder steht sie auf, geht zum Telefon und starrt es an, als könne sie es hypnotisieren. Ruft doch an, fleht sie, bitte ruft doch an und sagt, daß ihr ihn gefunden habt.

Auch Andy liegt wach und grübelt. Er fühlt sich schuldig. Wäre er damals nicht aus dem Heim geflohen, Florian wäre niemals auf die Idee gekommen, es ihm nachzumachen! Dabei hat er doch alles versucht, dem Kleinen solche Ideen auszureden! Aber vielleicht ist er gar nicht davongelaufen? Andy erinnert sich, daß er vor Florians Augen einmal über das Dach ins alte Kutscherhaus eingestiegen ist, um Material für den Schuppen herauszuholen. Er hat Florian beschworen, ihm das ja nicht nachzumachen – aber wer weiß, wozu die blinde Bewunderung einen kleinen Jungen bringt? Wenn er nun abgestürzt ist?

Der Gedanke ist Andy unerträglich. Er schlüpft aus dem Bett und greift im Dunkeln nach seinen Jeans und seinem Pulli.

„Was ist denn los? Was machst du da?" nuschelt Mike im Halbschlaf.

„Schlaf weiter, ist alles in Ordnung. Ich muß mal."

Mike brummelt etwas Unverständliches und dreht sich auf die andere Seite. Andy tastet nach seinen Strümpfen. Er drückt das Kleiderbündel eng an sich und schleicht nach draußen. Seine Stiefel stehen neben der Wohnungstür. Andy zieht sich geräuschlos an, nimmt die Stiefel in die Hand, greift sich den nächstbesten Mantel vom Haken und legt ihn über die Türklinke. Das leise Klack wird von dem dicken Stoff des Mantels erstickt, als Andy die Tür öffnet.

Der Rest ist ein Kinderspiel. Andy tastet sich durch das Treppenhaus bis in den Keller hinunter und läuft den Gang entlang bis zum Eingang des Wirtschaftstrakts.

Ein Glück! Der Schlüssel steckt. Andy schließt auf und nimmt ihn an sich. Sicher ist sicher – so kann man ihn nicht aussperren, und er kann die Tür von außen wieder verschließen.

Wie eine Katze huscht Andy geräuschlos über den Rasen und verschwindet zwischen den Bäumen. Im Schuppen hat er eine Taschenlampe versteckt. Auch ein paar Kerzenstummel und Streichhölzer steckt er ein, ehe er den Aufstieg auf das Dach des Kutscherhauses wagt. Im Dunkeln muß er doppelt vorsichtig sein. Sorgsam tastet er jeden Griff, jeden Schritt ab, ehe er sein Gewicht verlagert.

Erst als er sich durch die Dachluke ins Innere des Kutscherhauses gezwängt hat, wagt er, die Taschenlampe anzuknipsen. Meter für Meter leuchtet er seine Umgebung ab. Jeden Winkel des Hauses sucht er ab, bis in den Keller hinunter. Nichts! Andy atmet auf. Zu grauenvoll war die Vorstellung gewesen, Florian könne schwer verletzt oder gar tot in dem baufälligen alten Haus liegen.

Als Andy zum Schloß Margaretenburg zurückkehrt und sich dem Wirtschaftseingang im rechten Flügel nähert, sieht er einen Schatten unter den Fenstern entlanghuschen. Andy tritt hinter einen Strauch und starrt zu der Gestalt hinüber, die anscheinend von einem Kellerfenster zum anderen geht und prüft, ob sich eines davon öffnen läßt. Andys Augen haben sich mittlerweile an die Dunkelheit gewöhnt, und er erkennt, daß es ein Mädchen ist, ein Mädchen mit einem Wuschelkopf, das ihm vertraut erscheint.

„Joy?“ ruft Andy leise.

„Andy! Hast du mich gehört?“ flüstert Joy überrascht. „Ich habe dich die ganze Zeit in Gedanken gerufen! Ich hab mir gesagt, wenn ich ganz fest denke ‚Andy wach auf! Komm raus!‘, dann spürst du es. Toll, daß es funktioniert hat!“

„Psssst! Leise! Komm weg hier“, Andy zieht Joy in den Park, bis sie außer Hörweite sind. „Ich muß dich enttäuschen, ich hab deinen Ruf nicht gespürt“, gesteht Andy. „Ich konnte nur nicht schlafen, weil mir plötzlich einfiel, daß wir nicht im alten Kutscherhaus nach Florian gesucht haben.“

„Im alten Kutscherhaus? Da kommt er doch nie rein!“

„Ich war mir eben nicht sicher. Er hat mal beobachtet, wie ich übers Dach eingestiegen bin. Hätte doch sein können, daß er abgestürzt ist. Die Treppe ist so morsch – und dann die Kellerluke! Wenn man sich nicht auskennt und in der Dunkelheit...“

„Und?“

„Nichts. Er ist nicht da.“

„Gott sei Dank. Aber ich glaube auch nicht, daß ihm etwas passiert ist. Hör zu, das ist auch der Grund, warum ich dich holen wollte. Ich hab die ganze Zeit wachgelegen und nachgedacht. Ich hab mir vorgestellt, wie Florian abgehauen ist und losmarschiert auf der Landstraße. Ich habe ihn richtig vor mir gesehen, wie er da lief, bei dem Schneetreiben, in Matsch und Kälte. Und plötzlich ist mir eingefallen – also, es klingt verrückt, aber ich hab's richtig gesehen! –, daß er zwischendurch müde geworden ist und sich in eine Scheune verkrochen hat – so wie du damals!"

„Glaubst du? Und weiter?"

„Nichts weiter. Wir müssen ihm nachgehen und ihn da finden, bevor er weiterläuft. Das heißt – jetzt sofort."

„Bist du verrückt? Mitten in der Nacht?"

„Stell dir doch mal vor – wenn wir ihn wirklich finden! Kein Mensch wird uns dann noch einen Vorwurf machen, daß wir ohne Erlaubnis aus dem Internat abgehauen sind!"

„Und wenn wir ihn nicht finden?"

„Wir finden ihn, verlaß dich drauf. Ich fühle es. Außerdem habe ich Pepsi einen Zettel hingelegt – auf mein Bett. Ich kann es einfach nicht mitansehen, wie verzweifelt sie ist!"

„Na schön, versuchen wir es. Hoffentlich ist der Fahrradkeller nicht abgeschlossen."

Sie haben Glück. Es ist ein Kunststück, die Fahrräder geräuschlos aus dem Keller nach draußen zu bringen, durch knarrende Türen und über Treppenstufen. Aber es gelingt. Bis zur Landstraße schieben sie die Räder, um sich nicht durch den Lichtschein der Lampen zu verraten. Dann steigen sie auf und fahren, so schnell es die glatte Fahrbahn erlaubt, in Richtung Autobahn.

Die ersten drei Kilometer sind weit und breit keine Scheunen zu sehen. Dann kommt das erste Dorf. Ein paar Bauernhöfe, dicht aneinandergereiht, mit hohen Holztoren. Bei einem Hof führt das Scheunentor direkt auf die Straße hinaus.

„Hier?" fragt Andy.

Aber ehe Joy antworten kann, schlägt wütend ein Hund auf dem Hof an, und sie fahren schleunigst weiter.

Wenn er nun gar nicht diese Straße benutzt hat, denkt Andy. Wenn er durch den Wald gegangen ist – und über Feldwege, um nicht gesehen zu werden! Wenn er zur Kreisstadt gelaufen ist und sich auf dem Bahnhof versteckt hat, um als blinder Passagier in einen Zug zu steigen? Dutzende von Wenns fallen ihm ein, aber Joy fährt so entschlossen weiter, als wüßte sie genau, wo sie Florian finden wird.

Andy und Joy fahren so schnell wie möglich Richtung Autobahn

Nach einem weiteren Kilometer hält Joy an.

„Ab hier müssen wir die Augen offenhalten", sagt sie und zieht den Reißverschluß ihrer Jacke höher. „Frierst du?"

„Im Gegenteil, mit deinem Tempo bringst du mich höchstens zum Schwitzen!"

„Das ist gut so. He! Da hinten scheint etwas zu sein – sehen wir mal nach."

Auf dem Feldweg, den Joy nun einschlägt, ist der Schneematsch so dick, daß sie die Räder schieben müssen. Keuchend kommen sie an dem Holzschuppen an, dessen Umrisse Joy von weitem gesehen hat. Andy rüttelt an der Tür.

„Fehlanzeige. Sieh dir das Vorhängeschloß an, das hat Florian sicher nicht geschafft. Schaun wir mal nach, ob es sonst einen Eingang gibt..."

Andy leuchtet das Äußere des Schuppens von allen Seiten ab, aber einen zweiten Eingang gibt es nicht.

„Scheint ein Schrottlager zu sein, nach dem, was hier so alles rumliegt", meint Joy. „Na komm, fahren wir weiter."

Die nächste Feldscheune entpuppt sich bei näherem Hinsehen als Schafstall, der strenge Geruch der Tiere und leises Blöken verraten es durch die fest verschlossene Tür.

„Da drinnen muß es schön warm sein", seufzt Andy sehnsüchtig.

„Trotzdem ist nicht anzunehmen, daß Florian mitten zwischen den Schafen liegt. Seine Begeisterung für Tiere ist bei weitem nicht so groß wie deine. Dich würde ich sicher zwischen den Schafen suchen."

„Und mit Recht. Ihr wißt ja alle nicht, was gut ist! So ein wolliges Schaffell im Rücken..."

„...und die ganze Nacht den Gestank in der Nase! Herzlichen Dank!"

„Na komm, suchen wir weiter."

Schweigend schieben sie die Räder auf die Straße zurück.

„Zeit, daß wir uns wieder bewegen, ist verdammt ungemütlich", brummt Andy.

Aber Joy ist so von ihrer Mission erfüllt, daß sie Müdigkeit und Kälte gar nicht empfindet. Das nächste Dorf läßt sie links liegen, die Landstraße führt in einem großen Bogen rechts um Häuser und Gehöfte herum.

„He! Ist das nicht leichtsinnig? Wenn er nun da irgendwo steckt?"

„Glaube ich nicht. Komm weiter."

„Na, du hast Nerven! Allmählich komme ich mir vor, als solle ich eine Stecknadel in einem Heuhaufen suchen – und keinen ausgewachsenen Jungen von acht Jahren. Was du da treibst, ist doch das reinste Lotteriespiel!"

„Vielleicht", gibt Joy gleichmütig zurück.

Andy beginnt sehnsüchtig an sein warmes Bett zu denken. Gewiß, auch er will Florian um jeden Preis finden. Aber hat das, was sie hier tun, überhaupt einen Sinn? Und ist es den Krach wert, den ihre Aktion todsicher auslösen wird? Wenn sie ihn nun als ungeeignet vom Internat feuern? Für die Schülergemeinschaft des Landschulheims nicht tragbar? Er darf gar nicht daran denken!

„Da vorn!" sagt Joy plötzlich ruhig.

Andy schaut in die angegebene Richtung. Gegen den Nachthimmel zeichnet sich der Umriß einer mächtigen Scheune ab, die gleich neben der Straße liegt. Joy tritt noch ein wenig kräftiger in die Pedale, als komme es jetzt auf jede Sekunde an. In der Nähe der Scheune springt sie vom Rad und stürzt fast vorwärts.

„Sicher auch abgeschlossen", murmelt Andy gähnend und schiebt sein Fahrrad bis an die Scheunenwand.

„Abwarten. Hast du die Taschenlampe?"

„Klar, hier!"

„Gib her."

Joy bewegt sich, als sei sie schon hundertmal hiergewesen. Mit zwei, drei Schritten ist sie am Tor und hebt den schweren Holzriegel hoch. Die Tür öffnet sich knarrend.

„Sieh mal einer an!" Andy beginnt aufzuwachen.

Joy läßt den Lichtstrahl der Taschenlampe erst über den Boden und dann an den Bergen von aufgestapeltem Heu entlanggleiten. An einer Stelle scheint eine ganze Ladung heruntergerutscht zu sein, hier ist eine schmale Rinne entstanden.

„Komm!"

Joy beginnt, die Rinne entlang nach oben zu kriechen, dabei leuchtet sie mit der Taschenlampe immer wieder ihre nähere Umgebung ab. Endlich ist sie auf dem Gipfel des Heuberges angelangt. Joy läßt die Taschenlampe kreisen. Ist es möglich? Nichts! Nicht die kleinste Spur von Florian!

„Na, was ist los? Hast du ihn gefunden?" ruft Andy von unten.

Joy leuchtet noch einmal Meter für Meter die weite Mulde ab. Nein, hier ist er wirklich nicht. Entmutigt tritt Joy den Rückzug an. Sie versteht die Welt nicht mehr – sie war doch so sicher, Florian zu finden! Ein paarmal ist sie früher mit dem Auto an der

Scheune vorbeigefahren. Oft stand das Tor weit offen. Einmal hat sie gesehen, wie zwei junge Burschen Heu aufluden. Ein andermal hat sie im Vorüberfahren spielende Kinder beobachtet. Hat sie sich nur deshalb eingebildet, Florian hier zu finden?

„Nichts", sagt sie enttäuscht. „Ich habe mich geirrt."

Hatschi! macht es rechts hinter ihr. Und noch einmal. Haatschi!

„Prost!" sagt Joy. „Das hat uns gerade noch gefehlt, daß du dich erkältest!"

„Ich?" kommt Andys Stimme von unten. „Ich dachte, du hast geniest?"

„Hab ich nicht! He!?"

Joy beginnt hastig, noch einmal in die Richtung, aus der das Niesen kam, zu leuchten. Da – fast vom Heu verdeckt – blitzen zwei blaue Augen in einem sommersprossigen Gesicht, schauen ein paar blonde Haarsträhnen hervor.

„Was wollt ihr hier! Haut ab!" knurrt Florian. Vor Kälte schlagen ihm die Zähne aufeinander.

„Andy! Schnell! Ich habe recht gehabt! Hier ist er!"

„Brüll doch nicht so – bin ja schon da", sagt Andy dicht neben Joy. „Na, das ist vielleicht ein Herzchen! Entzückend! Liegt hier und pennt, während wir Kilometer für Kilometer nach ihm durchkämmen! Na los, steh auf! Wir sind hundemüde und wollen endlich nach Hause!"

„Ich denk ja nicht dran!" Florian rutscht ein bißchen weiter weg. „Ich hab euch nicht gebeten, nach mir zu suchen – also macht, daß ihr wegkommt und laßt mich in Ruhe!"

„Das könnte dir so passen!" sagt Joy ruhig. Dann beugt sie sich zu Andy und flüstert ihm etwas ins Ohr.

Andy nickt zustimmend. Florian schaut mißtrauisch von einem zum anderen und versucht, die Flucht nach hinten anzutreten, aber Andy läßt ihn nicht aus den Augen und ist mit einem Satz bei ihm.

„Wenn du mein Freund sein willst, mußt du noch eine Menge lernen, mein Lieber! Setz dich wieder hin. Hast du noch was zu essen da?"

Florian grabscht zögernd nach einem Apfel in seinem Campingbeutel und reicht ihn Andy. Es wird dunkel, Joy ist mit der Taschenlampe davongegangen.

„Mach's dir bequem. Es wird eine Weile dauern", sagt Andy. „Komm her, ich wärme dich."

Florian will widersprechen, aber er muß derartig niesen, daß er am Ende vergessen hat, was er sagen wollte.

„Dich hat's ja sauber erwischt! Fieber hast du auch! Eine reife Leistung, das muß ich sagen. Merk dir eins, mein Lieber: Weglaufen – das ist was für Profis. Als Anfänger sollte man sich da nicht ranwagen."

„Angeber!"

„Im Gegenteil – das ist eine nüchterne Feststellung. Geh ein paar Jahre bei mir in die Lehre, dann sprechen wir uns wieder."

„Du willst mich ja nur ablenken."

„Klar. Ablenken – aufhalten – vielleicht auch zum Nachdenken bringen. Wäre vielleicht gar nicht so schlecht. Im Ernst, warum hast du das gemacht?"

„Meine Sache."

„Wirklich?"

„Du verstehst mich sowieso nicht!"

„Wenn du meinst."

„Ja, meine ich!" Florian schreit es fast.

„Na dann – dann kann ich dir auch nicht helfen."

Florian ist den Tränen nahe. Sein Hals schmerzt, und der Kopf fühlt sich an, als sei er in einen viel zu kleinen eisernen Helm gepreßt worden. Aber er will sich um keinen Preis schwach zeigen. Nein, er wird sich nicht kleinkriegen lassen, nicht mal von Andy.

Andy fühlt, was in seinem jüngeren Freund vorgeht. Er spürt, daß er etwas sagen müßte, ihm eine Brücke bauen, damit er den Mut findet, sich auszusprechen. Aber er schweigt, er findet einfach die rechten Worte nicht. Vielleicht will er sie auch gar nicht finden, will gar nicht, daß der Kleine da neben ihm sich weniger elend fühlt.

Andy hat sich oft so gefühlt. So verdammt einsam. Und er hatte

13 4080-20

keine Mutter wie Pepsi zu Hause sitzen, die sich sorgte, die nur darauf wartete, ihn in die Arme nehmen zu können und zu trösten.

Na schön, er hat jetzt Mami. Joys Mami. Aber – das ist alles noch zu neu. Er kann noch nicht richtig daran glauben. Wer sagt ihm denn, daß sie es sich nicht noch anders überlegen? Ein Pflegekind kann man zurückgeben...

Inzwischen ist Joy unterwegs zum nächsten Dorf. Sie erinnert sich dunkel an eine Telefonzelle, die sie vom Auto aus auf dem Dorfplatz gesehen hat. Jetzt, wo sie Florian gefunden haben, ist Joy plötzlich furchtbar müde. Müde und zufrieden.

Im Dorf ist keine Menschenseele zu sehen. Das ist gut so, die Dunkelheit macht Joy keine Angst, solange sie niemandem begegnet. Joy lehnt das Rad an einen Baum neben der schwach erleuchteten Telefonzelle. Hoffentlich funktioniert das Ding überhaupt, denkt sie. Das wäre eine Pleite!

Einen Augenblick erschrickt sie, als sie in die Tasche ihrer Jacke faßt und noch einen Groschen und einen Fünfer findet. Sie hatte doch noch mehr Münzen bei sich? Da! Gott sei Dank, da ist der zweite Groschen. Ihre Finger zittern so, daß eines der Geldstücke auf den Boden rollt.

„Verdammt noch mal, jetzt reiß dich aber zusammen!" beschimpft Joy sich selbst. „Ist ja lächerlich!"

Die Nummer kennt sie auswendig. Jede Wohngemeinschaft hat ihre eigene, damit man auch anrufen kann, nachdem die im Büro Feierabend haben. Pepsi ist sofort am Apparat.

„Ja?" Es klingt atemlos, als sei sie gerannt.

„Pepsi, ich bin's, Joy. Erschrick nicht."

„Joy?" fragt Pepsi ungläubig. „Wieso, Joy?"

Joy hört die Tränen in ihrer Stimme. Pepsi muß fix und fertig sein.

„Hör zu, sei ganz ruhig, wir haben Florian! Es ist alles okay! Hörst du? Es ist alles in Ordnung, Florian ist bei uns!"

„Bei euch? Wer ist... was hat das zu bedeuten... wo seid ihr überhaupt... und wer ‚ihr'?"

„Andy und ich sind heimlich Florian suchen gegangen. Mit dem Fahrrad. Weil wir – weil ich zu wissen glaubte, wo er sein kann. In einer Scheune an der Straße zur Autobahn nämlich. Mir ist das nachts plötzlich eingefallen, verstehst du?"

„Ich versuche es." Einen Augenblick bleibt es still. „Kann ich ihn mal sprechen, Joy?" sagt Pepsi schließlich. Ihre Stimme zittert.

„Er ist mit Andy in der Scheune, ich bin nur schnell telefonieren gegangen."

„Ich verstehe. Okay, Joy, entschuldige, ich mußte mich erst mal fangen. Wo seid ihr – ich komme sofort und hole euch."

Joy erklärt Pepsi den Weg.

„Gut, ich glaube, ich weiß, wo das ist", sagt Pepsi, jetzt schon wieder ganz munter. „Ich beeile mich. Muß nur schnell noch der Polizei Bescheid sagen. Danke, Joy – danke für alles und..." Joy spürt richtig, wie Pepsi jetzt lacht, „fühle dich ganz fürchterlich beschimpft und bestraft dafür, daß du dich nachts unerlaubt aus dem Internat entfernt hast!"

„Mach ich!" sagt Joy lachend. „Ich bin total niedergeschmettert."

Der Wikinger macht Wind

Andy weiß es nicht, aber er hat Feinde. Es gibt da in der Sechsten einen Jungen, Ulf heißt er, der hat Andy vom ersten Tag an nicht leiden können.

Am Anfang nur deshalb, weil man ausgerechnet ihn neben den Jungen aus dem Heim gesetzt hat. Ulf ist – wie Andy und ein paar andere – neu in der Klasse. Er hat zwei ältere Schwestern zu Hause, die brauchen nicht ins Internat zu gehen, für Mädchen ist Bildung nicht so wichtig, meinen die Eltern, die heiraten ja sowieso. Besonders wenn sie so hübsch und dumm sind wie Ulfs Schwestern. Aus Ulf dagegen muß mal was ganz Großes werden, meint der Vater. Etwas Besonderes.

Leider lassen auch Ulfs geistige Fähigkeiten zu wünschen übrig.

Daher hoffen die Eltern, das Internat werde ihm auf die Sprünge helfen. Und sie hören nicht auf, Ulfs Selbstbewußtsein zu stärken, indem sie ihm einreden, er sei etwas Besseres als die anderen.

Ulf hat ein paar Bewunderer um sich geschart, die ihm gegen regelmäßige Zuwendungen an Süßigkeiten und kleinen Geschenken blinde Ergebenheit liefern. Das Geschäft läuft zu allseitiger Zufriedenheit.

Ulf ist es ein Dorn im Auge, daß dieser Andy aus dem Heim von den Lehrern scheinbar so gefördert und bevorzugt wird. Vor allem, da er es in Ulfs Augen nicht verdient.

Und natürlich ist es klar, daß für Ulf Andy an allem schuld ist, was an üblen Vorkommnissen passiert – vor allem an den Diebstählen.

Daß ein Teil der Klasse – vor allem die Mädchen – hinter Andy steht, stört Ulf überhaupt nicht. Bei den Mädchen ist es ja kein Wunder, die fallen sowieso auf jedes hübsche Gesicht rein. Und hübsch ist Andy nun mal, „hübsch, wie Zigeuner eben so sind", sagt der überhaupt kein bißchen hübsche Ulf.

Am Dienstag haben sie Sport. Übungen am Barren sind heute dran, Ulf und Andy sind in derselben Riege, sie stehen hintereinander. Ulf ist nicht besonders sportlich, genau gesagt ist er sogar miserabel im Sport. Er versucht das meist damit zu überspielen, daß er behauptet, sich verletzt zu haben und wegen der starken Schmerzen indisponiert zu sein. Keiner seiner Kameraden glaubt ihm das, aber man übergeht es höflich.

„Du bist dran, Ulf", sagt Herr Neumeier, der Römer, „brauchst du wieder eine Extra-Einladung?"

Ulf trabt an, stakst auf das Gerät zu und versucht sich hochzuziehen. Vergeblich. Der Römer winkt Andy, dem Kameraden zu Hilfe zu kommen. Andy schiebt nach, und Ulf hängt glücklich über einer der beiden Stangen, den Po nach unten gestreckt, die Fußspitzen einwärts gekehrt.

„Jetzt die obere Stange fassen!" flüstert Andy. „Und dann mit den Füßen auf die untere Stange!"

Ulf hangelt nach der oberen Stange, erwischt sie auch, und versucht die Füße in die gewünschte Stellung zu bekommen. Fast hat er sein Ziel erreicht, da kriegt er es mit der Angst, rutscht ab und plumpst wie ein Mehlsack auf die Matte.

„Bist du mit der Nummer noch frei?“ fragt Andy gutmütig. „Warum läßt du denn plötzlich los?“

„Mein Handgelenk!“ stöhnt Ulf und reibt sich den rechten Arm. „Ich hatte plötzlich einen Krampf im Handgelenk!“

„Im Handgelenk? Davon habe ich noch nie was gehört. Na los, probier's noch mal, ich helfe dir.“

Aber auch der zweite und ein dritter Versuch schlagen fehl. Es ist offensichtlich, daß Ulf gar keine Lust hat, die Übung zu schaffen.

„Der nächste“, ruft Herr Neumeier ungeduldig, „die andern möchten schließlich auch mal drankommen!“

Ulf schlurft an seinen Platz zurück, hochrot im Gesicht mit zusammengepreßten Lippen. Mitleidheischend schaut er sich nach seinen Getreuen um, hebt unter scheinbar großen Schmerzen den Arm und reibt sich demonstrativ das Handgelenk.

„Das hat er absichtlich getan“, stöhnt er, „habt ihr gesehen, wie er versucht hat, mich zu behindern und wie er mich vom Gerät gestoßen hat?“

„Ich dachte, du wärst gefallen?“ wagt einer zu widersprechen.

„Du hast offensichtlich deine Augen nicht aufgemacht“, schnieft Ulf hochmütig. „Er war schuld, ganz eindeutig! Aber dem werde ich's noch zeigen!“

„Sollen wir ihm eine verpassen?“ fragt Karsten, Ulfs treuester Anhänger.

„Jetzt nicht. Mit dem habe ich was ganz anderes vor. Erzähl ich euch später.“

Was seine Freunde noch nicht wissen: Ulf hat eine Entdeckung gemacht. In der Hoffnung, Andy bei einem Diebstahl zu überraschen, ist er ihm in der Freistunde gefolgt und hat entdeckt, daß der verachtete Feind in dem alten Schuppen neben dem alten Kutscherhaus verschwunden und erst nach zwei Stunden wieder herausgekommen ist.

Ulf war zu feige, selber den Schuppen zu betreten. Er weiß, daß es verboten ist und hat viel zuviel Angst vor Allah, als daß er so etwas riskieren würde.

Gemeinsam mit den Freunden ist das natürlich etwas anderes. Sie werden Andys Versteck einen Besuch abstatten und ihm einen gepfefferten Denkzettel hinterlassen!

Am nächsten Tag ist die Gelegenheit günstig. Andy hat Nachhilfe in Englisch und kann ihnen nicht in die Quere kommen. Ulf weiht seine Freunde in sein Vorhaben ein. Auch die zwei Mädchen sind dabei, Ingrid und Dorothea, genannt Dotti, Ulfs ganz spezielle Freundin und Seelentrösterin.

„Wir müssen auf einem Umweg hinschleichen", flüstert Ulf verschwörerisch. „Und schaut euch sorgfältig um, ob uns jemand beobachtet!"

„Logisch."

„Also dann – mir nach, Leute!"

Ungesehen kommen sie bis zum Schuppen. Ulf befiehlt den anderen mit einem energischen Handzeichen, hinter dem Gartenzaun zu warten. Mit vorgestrecktem Kopf lauscht er zum Schuppen hinüber.

„Alles ruhig. Die Luft scheint rein zu sein. Los, Karsten! Du bist der Spähtrupp. Geh voraus und horch, ob auch niemand da drin ist. Wenn keine Gefahr im Verzug ist, winkst du uns, kapiert?"

Karsten sieht nicht gerade begeistert aus. Aber er gehorcht. Die anderen verfolgen mit den Augen, wie er sich vorsichtig dem Schuppen nähert, zur Tür schleicht und horcht, ob sich drinnen etwas rührt. Dann öffnet er einen Spaltbreit die Tür. Sein Gesicht drückt Überraschung aus. Heftig winkt er den anderen, zu kommen.

„Seht euch das an! Eine perfekt eingerichtete Bude!"

„Donnerwetter! Alles frisch gestrichen! Und sogar einen Kocher hat er!"

„Mann, hast du das Werkzeug gesehen?"

„Was soll denn das hier sein?" Dotti zeigt auf eine Reihe liebevoll gebauter kleiner Käfige.

„Keine Ahnung!“ Ulf nimmt einen der kleinen Drahtkästen in die Hand, betrachtet ihn von allen Seiten, wirft ihn dann achtlos auf den Boden und zertritt ihn. Dann fegt er mit einer lässigen Handbewegung die übrigen vom Regal.

Die anderen lachen unsicher. Sehr wohl fühlen sie sich nicht in ihrer Haut. Wer sagt ihnen, daß dies wirklich Andy Havemanns Versteck ist, wie Ulf behauptet, und nicht irgend jemand anderem gehört?

Ingrid schaut nervös nach draußen.

„Soll ich nicht lieber mal Wache halten?“ fragt sie eifrig.

„Gute Idee. Sicher ist sicher.“

„Vor allem, wenn wir anfangen, hier mal ein bißchen Budenzauber zu machen“, kichert der dicke Bernhard. „Wenn jemand kommt, klopfst du an die Tür!“

Ingrid postiert sich vor dem Schuppen und schaut sich um. Weit und breit ist niemand zu sehen. Wer geht bei dem grauen Wetter auch spazieren, die Wolken scheinen bis auf die Erde zu hängen! Ingrid lehnt sich an die Schuppenwand, betrachtet gelangweilt die rissige Mauer des alten Kutscherhauses, den verwilderten Garten, den kaputten Zaun. Dann wandert ihr Blick an der Schuppenwand entlang zu dem vorspringenden Dach hinauf, von dem die Dachpappe herunterhängt. Das könnte er auch mal reparieren, denkt sie. Na, vielleicht tut er's nur deshalb nicht, damit niemand sein Versteck entdeckt.

Ingrid greift nach der Dachpappe. Nur so, weil sie hier rumsteht und warten muß; während die anderen da drinnen kichern und poltern, reißt sie daran. Das Stück bricht ab. Und jetzt entdeckt Ingrid etwas, das ihre Neugier reizt. Über dem Balken, der unter der Dachpappe verborgen war, steckt eine kleine Schachtel, eine alte Zigarrenkiste.

Mit dem Arm reicht sie nicht ganz hinauf. Aber wenn sie auf den umgestülpten löchrigen Eimer steigt – er scheint nicht zufällig hier zu liegen. Ingrids Herz schlägt schneller, sie ahnt, daß sie einen bedeutungsvollen Fund gemacht hat.

Ingrid hält den Atem an, als sie den kleinen Kasten in der Hand hält. Sie hat richtig vermutet: er ist voller Geldscheine, Zehner, Zwanziger! Das gestohlene Geld!

„He, schnell, kommt her!“ schreit sie, jede Vorsicht vergessend. Das Kistchen an sich gepreßt, reißt sie die Tür auf. Die anderen sind gerade dabei, die frisch geweißelten Wände mit roter und grüner Ölfarbe zu beschmieren und die Kissen zu zerreißen. „Seht an, was ich gefunden habe!“

Fünf Minuten später stehen sie vor Allah. Atemlos, triumphierend. Allah hört sich ihre Geschichte an. Die Entdeckung des Verstecks im Schuppen. Natürlich sind sie nur deshalb hingegangen, weil sie Andy schon längst in Verdacht hatten, ihn beobachtet haben, ja, immer wieder sei er in dem Schuppen verschwunden. Und endlich habe man ihn ertappt!

„Und wo ist er?“ raunzt Allah.

„Bei der Englisch-Nachhilfe“, sagt Dotti eifrig.

„Ich denke, ihr habt ihn ertappt?“

„Nnnein – das war so“, berichtet Ulf leicht verlegen, „wir sind ja extra in seiner Abwesenheit... sonst, eh... wir mußten ja ungestört suchen können!“

„Ah so. Nun ja, geht jetzt. Ich werde den Fall untersuchen.“

Allah schiebt Ulf und seine Gemeinde hinaus und telefoniert nach dem Wikinger. Minuten später sitzt Bolko Hansen ihm gegenüber.

„Ich kann es einfach nicht glauben!“ sagt er kopfschüttelnd. „Es sieht dem Jungen überhaupt nicht ähnlich!“

„Ja“, Allah seufzt. „Zugetraut hätte ich es ihm auch nicht. Aber bis die Sache geklärt ist, müssen wir Andy unter Arrest stellen. Bitte kümmern Sie sich darum.“

„Ja, ja“, murmelt der Wikinger geistesabwesend. Ihm ist, als hätte er einen Schlag mit dem Holzhammer bekommen.

Eine Viertelstunde später weiß es die ganze Schule. Das Haus surrt von aufgeregten Stimmen. Wie ein wütender Wespenschwarm schwirren sie durch die Räume, immer neue Einzelheiten werden weitergegeben, immer neue Meinungen geäußert. Plötzlich wollen es alle schon seit langem gewußt haben. Andy hat keine Freunde mehr. Er ist ausgestoßen, geächtet. Allenfalls gibt es ein paar, die die Neuigkeit stumm und ungläubig zur Kenntnis nehmen und nicht in den brodelnden Schülerzorn miteinstimmen.

Joy ist die einzige, die keinen Augenblick an Andy zweifelt. Mit Tränen der Wut in den Augen versucht sie, die anderen von der Unschuld ihres Pflegebruders zu überzeugen. Hexi sieht todunglücklich aus. Sie weiß nicht, was sie glauben soll. Aber Sabine, Peggy und Verena stürzen sich wie giftige Vipern auf diese Sensation, zerfetzen Andy in der Luft, lassen kein gutes Haar an ihm. Pepsi kennt ihre Mädchen nicht wieder.

Florian hört den Tumult von seinem Zimmer aus. Seit seiner Flucht liegt er mit einer schweren Erkältung und Fieber zu Bett. Schneeweiß im Gesicht lauscht er den wütenden Beschimpfungen auf den vermeintlichen Dieb Andy.

Als die Mädchen mit Pepsi zum Abendessen in den Speisesaal gegangen sind, hält es ihn nicht länger im Bett. Barfuß, im Schlafanzug läuft er aus der Wohnung, die Treppen hinunter, am Speisesaal vorbei durch die Halle und hinüber in den Jungentrakt. Keuchend kommt er in der Wohnung des Wikingers und seiner Jungen an und stürzt in Andys Zimmer. Andy ist nicht da. Haben sie ihn schon abtransportiert?

„Andy!“ ruft Florian verzweifelt. „Andy! Wo bist du?“

„Hier“, kommt es dumpf hinter der Tür, die zu des Wikingers Schlafzimmer gehört, hervor. „Ich bin eingeschlossen.“

„Soll ich dich rauslassen?“

„Untersteh dich! Um alles noch schlimmer zu machen, wie? Verzieh dich, Bürschchen, wir sind fertig miteinander!“

„Andy – was soll ich denn tun? Ich hab’s doch nur für dich gemacht, damit du dich freust...“

„Prima, das ist dir ja auch fabelhaft gelungen!“ höhnt Andy. „Was glaubst du, wie ich mich freue, endlich wieder ins Heim zurückzukommen – oder schlimmer.“

„Schlimmer?“

„In die Jugendstrafanstalt, was sonst!“

„Das dürfen sie nicht!“

„So?"

„Ich werde alles sagen! Ich werde sagen, daß du nichts damit zu tun hast!"

„Zu spät, Kleiner. Das glaubt dir sowieso niemand. Selbst wenn du sagen würdest, daß du es gewesen bist, sie werden alle denken, daß ich davon gewußt habe. Und daß ich dich angestiftet habe. Und jetzt hau ab, ich habe wirklich keine Lust mehr, mit dir zu reden."

„Aber Andy, ich…" Florian schluchzt hemmungslos.

„Ich Idiot. Ich könnte mich ohrfeigen, daß ich dir vertraut habe." Andy lacht böse. „Ich hab dir tatsächlich alle deine Märchen geglaubt! So viel Blödheit muß ja auch bestraft werden."

Florian hält es nicht mehr aus. Das Geld zu nehmen, das hat ihn nicht bedrückt. Es war nur so eine Art Sport für ihn. Spaß, den anderen etwas auszuwischen. Vielleicht sollte es auch eine Art Rache an all denen sein, die ihn immer nur angemeckert haben, ihnen zu beweisen, was für ein Kerl er war. Die nie ein freundliches Wort für ihn übrig hatten. Und dann der Spaß, für Andy etwas zu kaufen.

Aber daß Andy ihn jetzt verachtet. Daß er sich nicht einmal von ihm helfen lassen will! Daß er lieber rausgeschmissen wird, lieber ins Gefängnis geht, als zu sagen: Florian, sag ihnen, daß du's warst, geh hin und gib alles zu! Das ist unerträglich.

Florian wischt sich mit dem Ärmel über das verheulte Gesicht. Mit steifen Beinen geht er hinaus, steigt die Treppe hinunter. Wie ein Nachtwandler erscheint er im Speisesaal.

Sie sind schon fast fertig mit dem Essen. Und natürlich reden sie an allen Tischen über den Dieb Andy. Hecheln und hetzen und kommen sich groß dabei vor. Florian geht zwischen den Tischen hindurch auf die Empore zu, auf der an Festtagen das Schulorchester spielt. Einige drehen sich nach ihm um, starren ihn an. „Wie siehst du denn aus?" fragen sie. „Was willst du?"

Florian achtet nicht auf sie. Er steigt auf die Empore, fast feierlich, und dreht ihnen sein blasses, tränenverschmiertes Gesicht zu. Im Speisesaal verebbt das Stimmengewirr.

„Ich will was sagen!“ ruft Florian. „Ich war’s.“

Pepsi springt auf. Sie ist die einzige, die sofort begreift.

„Was warst du?“ ruft ein größerer Junge aus der hintersten Ecke des Saals. „Wovon redest du überhaupt?“

„Ich habe das Geld genommen!“ Jetzt schreit Florian. „Ich habe es genommen! Weil – weil ich euch alle nicht leiden kann! Weil ich euch ärgern wollte! Andy hat nichts davon gewußt! Ich hasse euch, ihr blöden Gänse... ihr... ihr blöden Idioten – ihr glaubt immer, ihr seid stärker, aber ich... ich...“ Das Schluchzen, das erneut in ihm hochsteigt, bremst seinen Wutanfall, macht ihn wieder ganz klein.

Pepsi, die sich seinen Ausbruch fassungslos angehört hat, rennt zu ihrem Sohn hinüber und nimmt ihn auf die Arme wie ein Baby. Der Wikinger kommt ihr zu Hilfe. Zusammen tragen sie Florian hinaus. Im Speisesaal ist kein Laut zu hören. Einer nach dem anderen verläßt mit gesenktem Kopf den Raum.

Pepsi und der Wikinger bringen Florian zu Bett. Der Ausbruch hat ihn erschöpft. Seine Hand fest in der seiner Mutter, schläft er ein. Jetzt sieht er aus wie ein unschuldiges Baby. Mit der freien Hand streicht Pepsi ihm über den Kopf. Lautlos rollen Tränen über Pepsis Gesicht und hinterlassen kleine schwarze Straßen von zerlaufener Wimperntusche. Der Wikinger tastet nach einem Taschentuch. Er hat keines – wie meistens. Verlegen schaut er sich um. Schließlich holt er eines der Handtücher vom Haken an der Tür und reicht es Pepsi.

„Was soll ich tun?“ fragt Pepsi mit ganz kleiner Stimme und wischt sich das Gesicht ab.

„Erinnern Sie sich daran, wie ich neulich von ‚Notsignalen‘ sprach?“ fragt der Wikinger und räuspert sich, denn er hat einen Frosch im Hals, so ist ihm die Geschichte an die Nieren gegangen. Am liebsten würde er mitheulen. „Daß diese Diebstähle nichts anderes sein könnten als Notsignale, die einer aussendet, um seine Umwelt auf seine verzweifelte Situation aufmerksam zu machen?“

„Ich erinnere mich. Ersatzbefriedigung für Mangel an Liebe, haben Sie gesagt. Aber wieso – ich begreife es nicht! Wieso Florian!

Erschöpft von dem Ausbruch schläft Florian ein

Nichts auf der Welt liebe ich so wie ihn! Wie konnte er so unglücklich sein, ohne daß ich es bemerkt habe!"

„Jetzt wissen Sie es." Der Wikinger räuspert sich noch einmal. Er fühlt sich verdammt hilflos. „Machen Sie sich keine Sorgen", sagt er weich. „Es wird alles in Ordnung kommen. Ganz sicher. Ich... ich muß mich jetzt um Andy kümmern. Wenn es Ihnen recht ist, nehme ich die Mädchen mit rüber, ich möchte mit der ganzen Bande ein ernstes Wort reden – und Sie brauchen jetzt Ihre Ruhe. Später komme ich dann noch mal."

Pepsi nickt ergeben. Bolko Hansen geht leise hinaus. Draußen stehen dichtgedrängt die Mädchen wie eine Schar Hühner im Gewitter und starren schweigend auf Florians Zimmertür.

„Kommt mit", sagt der Wikinger. „Wir werden eine kleine Beratung bei uns drüben abhalten."

In der Halle kommen sie an Herrn Dr. Knoll vorbei. Stirnrunzelnd verfolgt er mit den Augen, wie der Wikinger an der Spitze einer Gruppe Mädchen in den Jungentrakt marschiert – und das kurz vorm Abschließen! Aber Bolko Hansen beachtet ihn nicht.

„Setzt euch zu den Jungen in den Gemeinschaftsraum, ich komme gleich."

Der Wikinger geht zu seinem Zimmer hinüber, schließt auf und verschwindet. Joy würde liebend gern hören, was er jetzt zu Andy sagt. Schweren Herzens folgt sie den anderen in den Gemeinschaftsraum der Jungen.

Andy weiß schon Bescheid, die Jungen haben ihm Florians Auftritt im Speisesaal in allen Einzelheiten durch die verschlossene Tür mitgeteilt.

Der Wikinger lächelt – und Andy lächelt. Wie zwei Verschwörer schauen sie sich an.

„Warum hast du mir nicht gesagt, daß es nur Florian gewesen sein kann", sagt der Wikinger. „Du wußtest doch, daß ich nicht an deine Schuld geglaubt habe."

„Sollte ich ihn verpfeifen?"

„Kennst du mich immer noch nicht besser? Wir hätten ihm helfen können – ihm diesen Auftritt ersparen. Und vor allem: Wir hätten den ganzen Wirbel im Haus vermeiden können."

Andy zuckt hilflos mit den Achseln.

„Es wäre mir so billig vorgekommen. Hingehen und sagen: der kleine Florian muß es gewesen sein. Er war der einzige, der unsere Höhle im Schuppen kannte..."

„Ich verstehe dich schon. Und vielleicht ist es am besten so. Ich denke, alle haben daraus gelernt. Und mancher sicher mehr, als er sonst in vielen Monaten lernt. Die Schüler – und die Lehrer. Florian – Pepsi – wir alle."

„Du... du brauchtest doch nichts zu lernen", widerspricht Andy ihm. „Du hast die ganze Zeit zu mir gehalten!"

„Das schon. Aber auch ich hab eine Menge Fehler gemacht. Geh jetzt zu Bett. Joy soll dir etwas zu essen holen, ich sage in der Küche Bescheid. Und mit den anderen will ich noch ein paar Takte reden."

„Okay."

Im Gemeinschaftsraum schweigen sie sich an. Keinem will etwas einfallen, womit man ein Gespräch in Gang bringen könnte. Sie sind direkt froh, als sie den Wikinger kommen hören.

Bolko Hansen setzt sich mitten zwischen sie auf den Fußboden. „Wie konnte das passieren?" fragt er und schaut in die Runde.

Die Jungen und Mädchen sehen sich an. Schließlich richtet Christian sich auf. Er spürt, alle warten darauf, daß er jetzt etwas sagt.

„Ich weiß jetzt nicht direkt, was du meinst", antwortet er zögernd.

„Wie konnte es passieren, daß ihr Andy, für dessen Hiersein ihr so gekämpft habt, der euch so viel bedeutet hat, in wenigen Wochen so total aus den Augen verloren habt! Er hat mitten unter euch gelebt, und keiner hat wahrgenommen, wie einsam er unter euch war. Keiner hat sich wirklich um ihn gekümmert. Wenn ihr es getan hättet, er hätte nie in einen solchen Verdacht geraten können!"

„Wir hatten so wenig Zeit", sagt Edward lahm. „Wir haben uns ja kaum gesehen."

„Er hatte ja auch so viel Nachhilfe-Unterricht. Und bei keiner der Neigungsgruppen ist er dabei. Er interessiert sich überhaupt nicht für Sport – ich meine Handball und so“, verteidigt Mike sich. „Dabei ist er im Turnen ganz prima.“

„Und im Malen und Zeichnen auch! Er könnte leicht in der Gruppe ‚Kunst und Werken‘ mitmachen!“ wirft Hexi ein.

„Habt ihr ihn mal dazu eingeladen?“

„Aber du hast doch immer gesagt, er dürfe sich am Anfang nicht zuviel vornehmen. Bis er in der Schule den Anschluß geschafft hat“, meint Edward. „Er war ja auch nie da – ich meine, man hat ihn nie allein rumsitzen sehen, daß man hätte denken können, er langweilt sich oder so.“

„Wißt ihr, was er in seiner Freizeit gemacht hat?“

Die Mädchen und Jungen schauen sich an.

„Keine Ahnung...“, sagt Mike leise. Eine feine Röte überzieht sein Gesicht.

„Er hat sich wieder ein eigenes Reich gebaut. Im Schuppen neben dem alten Kutscherhaus. Eine richtige Fluchtburg.“

„Davon hat er gar nichts erzählt!“ sagt Mike überrascht.

„Eben. Man sollte meinen, wenn vier Freunde in einem Zimmer zusammenwohnen, dann reden sie miteinander, dann teilen sie ihre Erlebnisse und Pläne miteinander. Ich frage mich, worüber ihr eigentlich gesprochen habt in all den Wochen?“

Sabine runzelt unwillig die Stirn.

„Er ist nun mal ein Außenseiter, er will ja gar nicht, daß man sich um ihn kümmert!“

„Und du glaubst, dabei kann man es belassen und darüber zur Tagesordnung übergehen? Ihr habt es durchgesetzt, daß er hier nach Margaretenburg kommt, und damit ist der Fall erledigt. Alles Weitere ist sein Problem, ja?“

„Ich hatte nicht den Eindruck, daß er unglücklich ist“, murmelt Christian.

„Und als die Diebstahlgeschichte begann? Und im ganzen Haus gemunkelt wurde, das könne nur der Junge aus dem Heim sein? Da ist nicht einem von euch der Gedanke gekommen, Andy zu helfen, ihn zu verteidigen! Ihr habt die Köpfe eingezogen und getan, als ginge euch das alles nichts an, nicht wahr? Als wäre er nicht euer Freund, für den ihr noch vor wenigen Wochen so entschlossen eingetreten seid."

„Wer konnte denn auch ahnen..."

„Ihr! Ihr konntet ahnen, daß in einem solchen Moment der Verdacht auf den ‚Außenseiter' fällt, der nicht aus einem behüteten Zuhause kommt. Ihr hättet euch entschlossen zu ihm bekennen können – so wie ihr es damals getan habt. Das Wesentliche scheint mir aber zu sein, daß es gar nicht zu einem solchen Verdacht gekommen wäre, wenn ihr euch wirklich um Andy gekümmert hättet."

„Ist das unsere Schuld?" wehrt Mike sich. „Wenn man ihn was gefragt hat oder mal mitschleppen wollte, dann hat er gelesen – oder in sein Heft geschrieben..."

„Weißt du, was er geschrieben hat?"

„Nein."

„Und was er gelesen hat?"

„Tierbücher vielleicht?"

„Warum hast du dich nicht mal danach erkundigt?"

Mike zuckt mit den Achseln.

„Ich kann dir sagen, was er geschrieben hat. Er hat einen kompletten Plan für den Aufbau eines kleinen Zoos entworfen. Für den Naturkunde-Unterricht. Da, schaut euch das an!"

Der Wikinger zieht einen Packen beschriebener Blätter aus der Jackentasche, auf einigen sind Zeichnungen zu erkennen.

„Er hat sie mir vor ein paar Tagen zur Begutachtung gegeben. Pläne für den Umbau des alten Kutscherhauses – mit genauen Angaben, wie die Schüler die Arbeiten selbst vornehmen können. Eine Aufstellung der Tiere, ihrer Lebensgewohnheiten, ihres Futterbedarfs und dessen, was das Ganze kosten wird. Hier eine Aufstellung, wie die Wartung der Tiere vor sich gehen soll, wie die anfallenden Arbeiten unter den Schülern aufgeteilt werden könnten. Hier ein Aufsatz: Das Heizungs- und Temperaturproblem. Sicher ist vieles laienhaft und so nicht durchführbar. Aber die Arbeit steckt voller guter Einfälle. Darüber hinaus ist sie eine enorme Leistung für einen zwölfjährigen Jungen, etwas, was nur jemand zustande bringt, der mit großer Leidenschaft an einer Sache hängt. Abend für Abend hat er daran geschrieben – und keiner von euch hat sich dafür interessiert?“

Die Jungen schweigen betreten.

„Ich habe nur gesehen, daß er immer wieder aus den Büchern abgeschrieben hat, die ich ihm mitgebracht habe“, sagt Edward, als habe er damit schon einen Beitrag zu Andys Arbeit geleistet.

Hexi, Sabine und Christian sind an den Wikinger herangerückt und studieren Andys Aufzeichnungen.

„Kinder, das ist doch Spitze!“ sagt Hexi. „Wir gründen eine Neigungsgruppe Zoo – und wenn Allah die Genehmigung gibt, werden wir das Kutscherhaus genau nach Andys Plänen renovieren!“

„Sieh mal an, auf einmal!“ Der Wikinger schaut in die Runde. „Bis heute hat sich keiner von euch dafür interessiert und jetzt...“

„Doch, ich habe“, sagt Joy, die später gekommen ist, weil sie Andy etwas zu essen gebracht hat. „Wir haben sogar schon kleine Käfige gebaut – für Mäuse und Hamster und Streifenhörnchen. Und mit den Kaninchenställen haben wir auch schon begonnen.“

„Wir brauchen also nur noch die Genehmigung von Allah!“ sagt Mike, der plötzlich Feuer und Flamme für die Idee ist.

„Ich werde mich darum kümmern“, verspricht der Wikinger. „Und ich hoffe, ihr habt aus unserem Gespräch etwas gelernt. Nämlich, daß es nicht genügt, dem anderen einen Platz einzuräumen, wenn man versprochen hat, sich um ihn zu kümmern. Daß es nicht genügt, einfach zu warten, bis er kommt und mitmacht. Sich kümmern um einen Menschen heißt auch, sich Gedanken machen! Gedanken machen darüber, was ihn interessiert, was er für Wünsche hat, was für ihn wichtig ist, was ihm Sorgen bereitet. Eigentlich brauchtet ihr euch nur zu fragen: Wie möchte ich, daß sich jemand um mich kümmert? Dann werdet ihr die Antwort am schnellsten finden. Alles klar?“

14 4080-20

Ein Zoo für Margaretenburg

„Kommt überhaupt nicht in Frage!" raunzt Allah. „Ein Kleintierzoo! Wie stellen Sie sich das vor, Hansen!"

„Ich stelle es mir so vor, daß es eine ausgezeichnete Gelegenheit für die Kinder ist, Verantwortung für andere einzuüben. Sich an Tieren nicht nur hier und da zu freuen, sondern für sie zu sorgen, auch wenn es mühsam ist. Abgesehen von der Möglichkeit, sie zu studieren, ihr Verhalten zu beobachten. Gerade für diejenigen unter unseren Schützlingen, die Schwierigkeiten haben, Freunde zu finden, wäre es wertvoll."

„Und dann noch in dem baufälligen Haus! Was das kostet! Wo soll ich das Geld hernehmen, hä?"

„Das Geld wollen die Schüler selbst aufbringen. Und gewiß werden wir ein paar Spenden hereinbekommen, von Eltern, die unseren Plan unterstützen. Ein paar Zusagen haben wir schon."

„Ihr Eifer in allen Ehren, aber das Taschengeld Ihrer Zöglinge und ein paar Spenden werden wohl kaum ausreichen, um ein baufälliges Haus neu zu errichten!"

„Das wird auch gar nicht nötig sein. Wir haben uns von einem Fachmann beraten lassen. Der Vater einer meiner Jungen ist Bauunternehmer, wie Sie wissen. Das alte Kutscherhaus ist gar nicht wirklich baufällig. Lediglich das Dach und die Treppe müssen repariert werden, die Mauern sind in Ordnung. Sie erinnern sich, Herr Direktor, daß Sie das Schild ‚Einsturzgefahr' nur deshalb haben anbringen lassen, um die Kinder von dem Haus fernzuhalten."

„Äh, ja, richtig, richtig", grunzt Allah und sucht nach neuen Argumenten, dem leidenschaftlichen jungen Erzieher den Plan auszureden. Der scheint wirklich an alles gedacht zu haben. Plötzlich hellt sich seine Miene auf. „Es geht nicht!" sagt er fröhlich. „Es kann gar nicht funktionieren! Was wollen Sie in den Ferien mit all dem Viehzeug machen?"

„Daran haben wir natürlich auch schon gedacht."

„Ach!"

„Zugegeben, das ist ein Problem. Aber wir haben mit einer Tierhandlung in der Kreisstadt gesprochen. Sie würde die Pflege eines Teils der Tiere übernehmen. Die kleineren – die Insekten, Eidechsen, Schlangen und so weiter – darf Andy mit nach Hause nehmen, er hat mit seinen Pflegeeltern bereits geredet. Sie haben sehr viel Verständnis für seine Leidenschaft."

„Mehr als ich, wie?" nuschelt Allah und verzieht das Gesicht bei dem Gedanken an all das ekelhafte Gewürm, das den Zoo bevölkern soll.

Allah steht auf und geht zum Fenster. Hinter den Parkbäumen hebt sich eine rotbraune Fläche vom Himmel ab – das Dach des alten Kutscherhauses. Allah beginnt zu träumen, er sieht das alte Kutscherhaus weiß gestrichen mit leuchtendblauen Fensterläden vor sich, im Garten blühen Rosen und Sonnenblumen, und auf dem Rasen vor dem Haus picken zierliche Zwerghühner. Zwerghühner waren immer sein Wunschtraum. Und Tauben. Schneeweiße Tauben mit lockigem Gefieder. Man könnte ein Taubenhaus bauen, so wie er es sich als Junge immer erträumt hat. Das ist lange her – und er hat als Kind nie ein Tier besitzen dürfen. Das macht zuviel Schmutz, hieß es stets.

„Aber nur unter einer Bedingung", sagt Allah, und seine Stimme klingt plötzlich wie die eines trotzigen kleinen Jungen. „Zwerghühner müssen her, und Tauben! Und im Stall hinten könnten ein paar Schafe Platz finden. Vor allem bitte ich mir aus, daß der Garten gepflegt wird. Ein Schmuckstück muß die Anlage werden! Ein echtes Schmuckstück, das man jedem jederzeit mit Stolz vorzeigen kann!"

Der Wikinger grinst. Fast hat er Allahs Gedanken lesen können.

„Selbstverständlich, Herr Direktor!"

Der Wikinger bringt die gute Nachricht zuerst Andy und den Jungen. Dann ziehen sie gemeinsam in Pepsis Wohnung hinüber.

Im Flur ist niemand zu sehen. Auch der Gemeinschaftsraum ist leer.

„Fünf!" hört man hinter Florians Tür. „Halt, du mogelst! Eins zurück!"

„Sechs! Sechs! Schon wieder! Paß auf, jetzt schmeiß ich dich raus! Und vier!"

Der Wikinger öffnet leise die Tür.

Da sitzen sie alle – ein Dutzend Mädchen und Florian mit hochrotem Kopf in der Mitte. Vier spielen mit Florian *Mensch ärgere dich nicht,* die anderen schauen zu.

Hexi sieht den Wikinger als erste. Hinter ihm drängen sich die Jungen.

„Psst! Das ist ein Turnier!"

„Ein Turnier?"

„Ja, die Sieger der verschiedenen Runden spielen so lange gegeneinander, bis der letzte ausgeschieden ist und der Sieger von uns allen hier feststeht". Hexi zwinkert den Jungen verschwörerisch zu. „Florian scheint zu gewinnen. Er ist ein Profi in *Mensch ärgere dich nicht!*"

Die Jungen drängen sich am Wikinger vorbei und mischen sich unter die Zuschauer.

„Sechs! Schon wieder!" jubelt Florian. „Und eine Fünf!"

„Wenn meine Eltern doch bei Sechsern und Fünfern mal so jubeln würden", seufzt Mike.

„Beim Würfeln?"

„Nein, bei meinen Schulnoten."

Der Wikinger schließt leise die Tür und geht zu Pepsi hinüber, die an ihrem Schreibtisch sitzt und an den allmonatlich fälligen Berichten schreibt.

„Wie geht's?"

„Besser", sagt Pepsi lächelnd. „Sie hören es ja."

Aus Florians Zimmer dröhnt Geschrei, das an ein ausverkauftes Fußballstadion erinnert.

„Die Mädchen sind fabelhaft", schwärmt Pepsi. „Schauen Sie, was ich gestern auf meinem Kopfkissen fand!"

Sie reicht dem Wikinger einen mit vielen Zeichnungen versehenen Briefbogen.

„Dort haben sie sich porträtiert. Und hier – der Text..."

„‚*Wir wollen nicht, daß du so unglücklich bist*'", liest der Wikinger, „‚*versprich uns, daß du ab morgen wieder ein fröhliches Gesicht machst, und wir versprechen dir, daß wir uns um Florian kümmern werden und uns mit ihm vertragen wollen, damit wir wieder eine glückliche Familie werden. Deine schrecklichen Töchter.*' Lieb!" sagt der Wikinger. „Und man sieht, sie meinen's ernst."

„Hoffentlich dauert es eine Weile."

„In zwei Jahren ist Florian zehn. Dann zieht er zu uns in den Jungen-Trakt hinüber und wird es leichter haben, Freunde zu finden."

„Ich hoffe es."

Wieder dröhnt ohrenbetäubender Lärm herüber.

„Kommen Sie, sehen wir mal nach, was sie treiben."

Pepsi steht auf und geht dem Wikinger voraus in Florians Zimmer hinüber. Florian thront auf Mikes und Christians Schultern und brüllt aus Leibeskräften „Sieger! Sieger!" Die anderen klatschen im Rhythmus dazu.

„Jetzt aber marsch zurück ins Bett!" kommandiert Pepsi lachend. „Du willst wohl nie wieder gesund werden!"

In einer Ecke flüstert Andy mit Joy und Hexi. Die Mädchen jauchzen und hüpfen von einem Bein aufs andere.

„Los, sag's ihnen, steig auf den Stuhl und halt eine Rede!" drängt Joy.

Hexi stellt eilfertig den Stuhl in die Mitte des Zimmers. Dann reicht sie Andy feierlich die Hand und hilft ihm hinauf.

Andy schaut ein wenig unsicher in die Runde, aber als ihm die Jungen ermunternd zunicken, bekommt er Mut.

„Also, hört mal zu, Leute", beginnt er. „Ihr fragt euch sicher, warum wir hier eure Mädchenburg bevölkern, ohne daß – nun ja, ohne eingeladen worden zu sein. Welch dreister Überfall! werdet ihr euch sagen."

„Bravo! Du hast Talent zum Schauspieler!“ ruft Sabine dazwischen, und die anderen kichern.

„Also, liebe Damen, das hat einen großen, wichtigen Grund! Wir haben euch nämlich eine ganz supertolle Nachricht zu überbringen!“ Andy schaut herausfordernd in die Runde, um die Spannung noch ein wenig zu erhöhen. „Könnt ihr raten, was es ist? Nein, niemals werdet ihr das erraten!“

„Der läßt sie ganz schön schmoren“, grunzt Oliver.

„Und die Nachricht lautet – hört gut zu! Haufen über Haufen von Arbeit warten auf euch! Muskelkater, Blasen an den Händen und wochenlang keine Freizeit, für alle, die guten Willens sind!“

„Buuuuh!“ brüllen die Mädchen. Die Jungen quietschen vor Vergnügen und schlagen sich auf die Schenkel. So etwas hätten sie Andy niemals zugetraut!

„Ganz recht!“ fährt Andy fort. „Wozu das alles? fragt ihr euch jetzt natürlich! Freunde – ich bitte mir andächtige Stille aus! Das Kutscherhaus wird wieder auferstehen. Allah hat uns den Zoo genehmigt!“

Pepsi und der Wikinger halten sich vorsichtshalber schon vorher die Ohren zu. Sie tun gut daran. Sekunden später klingelt das Telefon, und Frau Bayer, die Hausmutter mit den Zöglingen der Zehnten, die einen Stock tiefer hausen, erkundigt sich, ob etwas explodiert sei.

Als nach einer ganzen Weile wieder Ruhe eingetreten ist, setzt Andy seine Rede fort.

„Ab sofort werden Meldungen zu freiwilliger Mitarbeit entgegengenommen. Seid euch darüber im klaren, daß es eine Masse Dreckarbeit zu tun gibt, ehe wir die ersten Tiere kaufen können. Wir können jede Menge Helfer gebrauchen, auch solche, die später nicht auf die Dauer im Zoo mitarbeiten wollen, wenn es darum geht, die Tiere zu pflegen. Und jetzt...“ Andy schaut zu Joy hinüber. Sie nickt ihm ermunternd zu. Andy holt tief Luft. „Und jetzt möchte ich einen zukünftigen Mitarbeiter ganz persönlich, eh, also, ich... Florian, ich frage dich: Willst du als Mitglied in unsere Zoogruppe eintreten?“

Florian begreift gar nicht so schnell, daß er gemeint ist.

„Sag doch was, Flori!" drängt Verena. „Willst du in der Gruppe mitarbeiten?"

„Im Ernst?"

„Na, glaubst du, wir machen mit so etwas Wichtigem Scherze? Sag schon, daß du mitmachst!" drängt Hexi.

„Aber ich bin euch doch viel zu klein!"

„Unsinn! Du kannst eine Menge Sachen genauso gut wie wir machen!"

„Zum Beispiel organisieren", brummt Mike grinsend.

Florian schaut fragend von einem zum anderen. Alle sehen ihn an, lachend, überhaupt nicht unfreundlich oder gönnerhaft. Florian hat das Gefühl, ein Stück zu wachsen.

„Klar, ich will!" sagt er strahlend.

„Na?" Der Wikinger blinzelt Pepsi lachend zu.

„Ja", sagt Pepsi. „Sie ist wirklich gar nicht so übel, unsere Bande."

Internat Wespennest

Die rosarote Verschwörung

Der Neue

„Was soll denn das werden?"

„Ein Trimmgerät für Mobutu."

„Für Mobutu?"

„Ja, er wird zu fett."

„Und du glaubst, er wird es benutzen?" Die dreizehnjährige Joy sieht zweifelnd auf die kleinen Stäbe, die Andy geschickt zu einem Laufrad zusammenfügt. „Sieht aus wie 'ne Mühle."

Andy schaut erstaunt zu ihr auf. Dann grinst er breit.

„Eigentlich keine schlechte Idee. Wir verbinden das Laufrad mit einem kleinen Generator oder so – auf die Weise kann sich Mobutu noch nützlich machen."

„Sieht mir nicht so aus, als ob ihm das Spaß macht."

Joy betrachtet das kohlschwarze Rattenmännchen, das sich faul in einer Ecke seines Käfigs zusammengerollt hat und müde zu ihr aufblinzelt.

„Morgen kriegen wir das Streifenhörnchen und die zwei Meerschweinchen", meldet sich Florian zu Wort, der in einer Ecke hockt und inbrünstig an einem Verschlag für die Meerschweinchen herumschrubbt. Das Holz trieft vor Nässe, und Florian trieft ebenfalls – von der Nase angefangen. Naseputzen ist für ihn ein Fremdwort.

„Ich wünschte, ich bekäme einen Siebenschläfer", sagt Andy verträumt. „Und ein Haselmaus-Pärchen."

„Mein Onkel hat mir zum neunten Geburtstag eine Schlange versprochen!" Florians Augen leuchten. „Als ich ihm von unserem Schulzoo erzählt habe, war er ganz aus dem Häuschen. So was hat er sich als Junge immer gewünscht, sagt er."

Joy zieht die Nase kraus.

„Ich weiß nicht, dieses Kleinvieh! Mir macht der Zoo erst Spaß, wenn wir große Tiere kriegen, Ziegen, Schafe – und Zwergesel!"

„Kriegen wir alles", murmelt Andy und wendet sich wieder seiner Arbeit zu.

Joy schiebt sich nach draußen. Wenn sie noch länger bleibt, bittet Andy sie sicher, Agathe, seiner Lieblingsspinne, eine Fliege zu fangen oder den Mäusekäfig zu reinigen. Da verdrückt sie sich lieber. Soll Florian das machen, der betet Andy derartig an, daß ihm für seinen älteren Freund nichts zu viel wird.

Das alte Kutscherhaus ist nicht wiederzuerkennen. Die Jungen haben es frisch gestrichen, und ein paar Handwerker aus dem Dorf haben das Dach repariert. Die Innenarbeiten haben die aus dem Internat alle selber gemacht – nach Andys Entwurf, toll, wie der bei allen angekommen ist! Plötzlich hat Andy überall Freunde, in jeder Klasse sind ein paar, die so verrückt auf Tiere sind wie er – na, vielleicht nicht ganz so verrückt, aber fast. Und einen eigenen Zoo hat schließlich nicht jede Schule!

Joy ist stolz auf Andy, auch wenn sie seine Leidenschaft für

Spinnen und Mäuse noch nicht teilt. „Du lernst es noch", pflegt Andy gönnerhaft zu sagen, wenn sie vorsichtig ihre Bedenken anmeldet. Immerhin beginnt sie, die Welt mit Andys Augen zu sehen, und manches, vor dem sie sich früher geekelt hat, wird schön. Ein Spinnennetz zum Beispiel, das mit Regentropfen wie mit Hunderten von Perlen besetzt ist. Die klugen großen Augen einer Kröte – und wie sie sich anfühlt! Gar nicht glitschig, sondern ganz trocken und weich, als hätte sie eine Haut von feinstem Samt.

Joy sieht eine kleine Schnecke vor sich auf dem Weg, schwarz, mit einem gelb-schwarz gezeichneten Haus. Fast hätte sie sie zertreten. Früher hätte sie das winzige Tier sicher gar nicht bemerkt – aber seit Andy da ist...

Joy bückt sich und hebt die Schnecke vorsichtig auf. Dann setzt sie sie seitlich ins Gras und beobachtet, wie das Tierchen, das sich erschreckt in sein Haus zurückgezogen hat, langsam seine Fühler ausstreckt, noch einmal zurückschreckt, doch dann aus seiner Behausung herauskommt und die neue Umgebung erkundet.

„Hallo!" sagt eine Stimme betont munter hinter Joy.

Joy sieht sich um. Sie ist so beschäftigt gewesen, daß sie den jungen Mann gar nicht kommen gehört hat.

„Hallo", sagt sie und mustert ihn von unten.

Mitte zwanzig muß er sein. Ziemlich mager und blaß. Schulterlange Haare von einem verwaschenen Blond, graublaue Augen, auch ein bißchen verwaschen – genau wie der Pulli und die Jeans, stellt Joy fest.

Der junge Mann hat ihr über die Schulter geschaut und die Schnecke entdeckt.

„Hübsches Kerlchen", sagt er.

„Ich hab sie da rüber getan, damit sie nicht zertreten wird", erklärt Joy.

„Das ist gut. Gehörst du zum Internat?"

„Ja."

„Dann will ich mich gleich vorstellen", sagt der Blonde, wieder einen Tick zu munter. „Traube ist mein Name, ich bin euer neuer Biolehrer!"

Junglehrer, denkt Joy. Muß ganz schön nervös sein. Aber nett. Ich werde mich ein bißchen um ihn kümmern. Neuer zu sein, muß für einen Lehrer genauso schlimm sein wie für einen Schüler. Joy richtet sich auf und gibt Herrn Traube die Hand.

„Prima!“ sagt sie. „Ich bin Joy – aus der Achten. Grade dreizehn geworden. Wenn Sie Lust haben, führe ich Sie ein bißchen rum und erkläre Ihnen alles. Oder hat das schon jemand getan?“

„Nein, ich bin gerade erst eingetrudelt. Die Sekretärin hat mir mein Zimmer gezeigt und gesagt, wann es Abendbrot gibt, das war alles. Direktor Lahrner war nicht da.“

„Allah? Ja, ich weiß, er ist in die Stadt gefahren.“

„Ja. Allah ist groß. Setzt sich zusammen aus ‚Al‘ von Alfred und ‚Lah‘ von Lahrner.“

Der Neue lacht.

„Wo fangen wir an?“ überlegt Joy. „Na, erst mal mit dem trüben Kapitel – der Schule. Das Bonbon gibt's dann zum Schluß.“

„Das Bonbon?“

„Ja – unser Zoo. Im alten Kutscherhaus.“

„Oh, natürlich, ich habe davon gehört“, sagt der Neue eifrig und strahlt richtig dabei. „Darauf freue ich mich am meisten. Das war doch eine Idee von diesem Jungen aus dem Heim, nicht wahr?“

„Ja. Andy ist mein Bruder. Meine Eltern haben ihn als Pflegekind angenommen. Ich habe ihn sozusagen gefunden. Aber das ist eine lange Geschichte. Jetzt gehen wir erst mal zum Schloß rüber, einverstanden?“

Joy schlendert voraus, die Hände tief in die Taschen ihrer Jeans gebohrt. Sie durchqueren den Park und biegen auf die große Einfahrt ein. Schloß Margaretenburg liegt wie die wohlgelungene Schöpfung eines Konditorgesellen vor ihnen, ein Gedicht in Rosa und Weiß – wie aus Marzipan. Die Spätsommersonne krönt das Werk mit kleinen Lichtern, die auf den Fensterscheiben und den goldenen Zeigern der Turmuhr aufblitzen.

„Also, der linke Flügel“, Joy weist mit großer Geste in die angegebene Richtung, „da hausen wir Mädchen. Dort rechts die Jungen. Und in der Mitte sind die Gemeinschaftsräume, die Klassenzimmer, der Speisesaal, die Aula und das Sekretariat. Ganz oben unter dem Dach die Krankenstation. Und dann natürlich die Lehrerzimmer, aber das wissen Sie ja. Schon mal was von Familien gehört? Ich meine, von unseren Internatsfamilien?"

Der Blonde schaut fragend.

„Das ist nämlich so", erklärt Joy, und ihre Hände verschwinden wieder in den Hosentaschen, während sie mit den Füßen in regelmäßigen Abständen nach Kieselsteinen kickt, „die Mädchen und die Jungen jeder Klasse bilden je eine Familie, die in einer eigenen Wohnung zusammenlebt – unter der Obhut einer Familienmutter die Mädchen und mit einem Familienvater die Jungen. Das sind so... so eine Art Erzieher und Elternersatz in einem."

„Ich verstehe."

„Unsere ist besonders dufte. Pepsi. Die ist echt eine Schau. Na, Sie werden sie ja kennenlernen. Sie ist geschieden und hat einen Sohn. Florian. Er ist eine ziemliche Nervensäge, aber im Grunde ganz in Ordnung. Neun wird er jetzt. Das heißt, wir müssen ihn noch ein Jahr lang ertragen, dann kommt er in den Jungenflügel. Da geht Rübezahl!"

Joy zeigt auf einen bärtigen Rothaarigen, der eben aus dem Haus kommt und auf eines der Nebengebäude zusteuert.

„Wer ist Rübezahl?"

„Kollege von Ihnen. Geschichte, Latein und Französisch. Und verhinderter Schriftsteller. Er schreibt an einem biographischen Roman – aber gedruckt hat noch niemand was von ihm."

„Hat er auch einen Namen?"

„Oh, Verzeihung. Klar – er heißt Kestenberg. Ich mag ihn, es gibt Schlimmere."

An Herrn Traubes Gesicht ist unschwer abzulesen, daß er Überlegungen darüber anstellt, ob er demnächst zu denen gerechnet werden wird, die man mag – oder zu den Schlimmeren.

„Da kommt der Wikinger mit seiner Bande! Das sind die Jungen aus meiner Klasse. Der mit der Brille ist Christian, daneben geht Mike und auf der anderen Seite Edward und Oliver. Der Wikinger ist ihr Familienvater."

„Der Wikinger“, wiederholt Herr Traube gehorsam.

„Bolko Hansen“, verbessert Joy schnell. „Aber sieht er nicht tatsächlich aus wie ein Wikinger? Haben Sie den Film mit Kirk Douglas gesehen?“

„Hab ich. Drei- oder viermal.“

Joy sieht ihn von der Seite an.

„Das spricht für Sie.“

„Danke. Soll ich dir aufzählen, was ich noch alles im Kino mehrmals angeschaut habe?“ fragt Herr Traube und lacht.

„Später. Erst die Arbeit“, murmelt Joy und denkt: er wird schon lockerer! „Jetzt zeige ich Ihnen die Sportplätze. In den Nebengebäuden hier sind Vorratsräume, die Wäscherei, Werkstätten und ein paar Gruppenräume für die Neigungsgruppen. Außerdem Lehrerwohnungen – na, das wissen Sie ja. Das da hinten ist die Turnhalle. Unterrichten Sie eigentlich außer Biologie noch etwas?“

„Chemie.“

„Igitt.“

„Bio macht mir auch mehr Spaß. Am liebsten würde ich im Freien unterrichten. Ich stamme von einem Bauernhof, weißt du. Zum Tierarzt hat's nicht gereicht, da bin ich Lehrer geworden“, erzählt Herr Traube und wird gleich darauf rot, weil er so viel von sich verraten hat. Joy spürt seine Unsicherheit.

„Finde ich super!“ sagt sie, um ihn zu trösten, obgleich der Ausdruck vielleicht nicht so am Platze ist. „Ich meine, daß Sie von einem Bauernhof kommen“, fügt sie erklärend hinzu. „Ich mochte ja zuerst die Großstadt lieber, aber seit ich mit Andy zusammen bin, hat sich das geändert. Hier sehen Sie übrigens unsere Sportplätze. Nicht übel, was? Da hinten ist unser Schulgarten. Und jetzt gehen wir zum Kutscherhaus.“

Daß Herr Traube sich nicht sonderlich für den Sportplatz interessiert, spürt sie sofort. Er zeigt leichte Ermüdungserscheinungen, Zeit, daß man ihn ein bißchen aufmuntert.

„Erzählen Sie mir noch was von sich? Wo haben Sie vorher unterrichtet?“

„Gar nicht. Ich habe in einer Gruppe auf einem Bauernhof mit einer großen Gärtnerei gelebt. Wir haben so was wie alternative Lebensformen ausprobiert. Hast du schon mal davon gehört?"

„Klar – das sind doch die, die alles selber machen, nicht wahr? Ihr eigenes Brot backen und ihre Geräte selber herstellen, Tiere und Pflanzen züchten – alles nur mit natürlichen Mitteln, ohne chemischen Dünger und so, stimmt's? So wie die Menschen im Altertum. Finde ich ja irre! Und warum sind Sie da weg?"

„Wir waren zu viele auf dem Hof. Und ich fand es an der Zeit, das Wissen, das ich dort erworben habe, weiterzugeben."

Joy strahlt Herrn Traube an. Sie überqueren gerade die Einfahrt zum Schloß, in den Fenstern rekeln sich die Mädchen und glotzen sich die Augen aus, wie Joy mit dem fremden Typ da unten vorbeigeht.

„Wetten, daß Sie bei Andy ganz groß ankommen?" sagt Joy.

Damit hat sie recht. Als sie Andy und Herrn Traube miteinander bekannt macht und die beiden die ersten paar Sätze gewechselt haben, ist es plötzlich, als sei Joy Luft. Die beiden geraten ins Fachsimpeln, Andy holt seine Pläne hervor, erklärt, wie er sich seinen Zoo vorgestellt hat, und wie er das Ganze in den nächsten Monaten aufziehen will.

„Wir sollten mit der Gärtnergruppe Kontakt aufnehmen", schlägt Herr Traube vor, als sei er von Anfang an dabeigewesen. „Wenn sie für uns Futter anbauen, können wir die Kosten beträchtlich senken."

„Daran habe ich auch schon gedacht", sagt Andy. „Mit Spenden allein werden wir die Sache nicht durchziehen können. Auf dem Gebiet Finanzierung muß uns noch 'ne Menge einfallen. Mobutu macht mir Sorgen – er braucht Gesellschaft!"

„Das ist wahr, er sieht ein bißchen deprimiert aus. Ratten leben nun mal in Rudeln. Aber was machen wir mit dem Nachwuchs, wenn wir Mobutu eine Gefährtin verschaffen? Sie können auf einmal bis zu zwanzig Junge werfen."

„Ich weiß. Und das mehrmals im Jahr. Wir können schließlich keine Rattenzucht aufmachen."

15 4080-20

So geht das eine ganze Weile hin und her. Joy beginnt sich zu langweilen.

„Ich verziehe mich dann", mault sie. „Ihr braucht mich ja sowieso nicht. Außerdem ist gleich Studierzeit."

Herr Traube und Andy bemerken nicht einmal, daß sie geht. Das kann ja heiter werden! Andy mit seinem Zoo-Fimmel ist noch zu ertragen – aber zwei so Verrückte? Andererseits ist die Aussicht, daß der neue Biolehrer einen Teil seines Unterrichts im Kutscherhaus abhält, nicht zu verachten. Die Stunden werden wenigstens nicht langweilig sein.

„Wo hast du denn die ganze Zeit gesteckt?" fragt Hexi, das Plüschtier mit den schwarzen Samtaugen, als Joy ins Zimmer kommt. „Wir wollten gerade eine Vermißtenanzeige aufgeben. Da – magst du welche?"

Hexi hält ihr einen Teller mit frisch vom Baum geklauten Zwetschgen unter die Nase. Alle holen sich in diesen Tagen Zwetschgen, wann immer die Luft rein ist. Es ist ein Sport. Aber da es im Schulgarten jede Menge Obstbäume gibt, reicht die Ernte immer noch, um das Internat für den Rest des Jahres mit Zwetschgenmus und Kompott zu versorgen.

„Hab Fremdenführer gespielt", nuschelt Joy hinter der von Saft triefenden vollreifen Frucht hervor. „Der neue Biolehrer ist angekommen. Ich habe ihn gleich zu Andy geschleppt . . . He! Laß die für mich, ihr habt schon so viele! Also, ich kann euch sagen: es war Liebe auf den ersten Blick. Die beiden haben sich gesucht und gefunden."

„Wer?" Verena hat gerade noch den Rest des Satzes aufgeschnappt, als sie hereinkommt. Man sieht ihr die Gier nach einer sensationellen Liebesgeschichte an.

„Doch nicht, was du denkst!" wehrt Sabine, die auf dem Bett liegt und schmökert, gelangweilt ab. „Der neue Biolehrer ist offensichtlich vernarrt in Andys Zoo. Trübe Aussichten, jetzt werden wir monatelang was über das Familienleben der Ratten zu hören kriegen!"

„Ach so!" Verena wendet sich enttäuscht dem Spiegel zu und beginnt sich zum fünfzehntenmal die Haare zu kämmen, wobei sie sie in immer neuen Varianten in die Stirn fallen läßt und mit den Fingern drapiert. „Ich möchte mal so eine richtig dufte Liebesaffäre hier erleben!"

„Hautnah, antibakteriell und körperfreundlich", zitiert Sabine und blättert in ihrer Popzeitschrift.

Auf dem Gang surrt die Klingel. Zeit, sich an die Hausaufgaben zu machen. Diese Woche sind die Mädchen die Glücklichen, die auf dem Zimmer arbeiten dürfen und nicht in der Klasse. Nächste Woche sind wieder die Jungen dran.

Joy und Hexi waschen sich den klebrigen Pflaumensaft von den Fingern und suchen Bücher und Hefte zusammen.

„Fangen wir mit dem englischen Aufsatz an?" fragt Sabine und erhebt sich seufzend von ihrer Koje.

„Laß uns erst Mathe machen, dann haben wir das Schlimmste hinter uns", meint Joy. „Sind ein paar ganz blöde Aufgaben dabei. Da – schau dir das an! Das soll nun ein Mensch kapieren!" Empört zeigt sie auf den Text in ihrem Mathebuch.

„Mühsam von Ast zu Ast hüpfend sucht sich das Eichhörnchen seine Nahrung", stöhnt Hexi. „Kennt ihr den Witz von dem Jungen und ..."

Die anderen drei werfen gelangweilte Blicke gen Himmel. Hexis Witze kennen sie inzwischen alle.

„Hörst du im Keller das Rattern der uralten Bartwickelmaschine – pflegt mein Vater da zu sagen", bemerkt Joy. „Erklär mir lieber, wie ich das rechnen soll!"

„Laß mich mal nachdenken!"

Im Zimmer wird es still. Still ist es in dieser Stunde auch in den übrigen Zimmern der Margaretenburg und in den Klassenräumen. Ein neues Schuljahr hat begonnen. Keiner ist besonders froh darüber – aber auch keiner besonders traurig. Margaretenburg ist nicht der schlechteste Platz, denkt Joy. Immerhin gibt es eine Menge dufte Typen hier. Nein wirklich, es gibt Schlimmeres.

Ein schwarzer Tag für Allah

„Morgen ist Meldung fürs Schulorchester", sagt Evi aus der Neunten und zeigt auf die Mitteilung am Schwarzen Brett. „Machst du wieder mit?"

„Klar. Stimmt es eigentlich, daß wir ein zweites Orchester bekommen sollen?" fragt Joy.

„Habe ich auch gehört", wirft Edward ein, der hinter Joy steht. „Eine Band für Jazz, Pop und so. Kennst du den Wolfgang aus der Zwölften? Der soll die Gruppe leiten."

„Ist er gut?" erkundigt sich Evi zweifelnd.

„Spitze. Er hat zu Hause eine eigene Gruppe aufgebaut – die haben sogar schon bei Veranstaltungen gespielt, bei Tanzfesten im Tennisclub und bei Schulabschlußbällen", mischt sich ein Mitschüler von Evi ins Gespräch. „Hoffentlich nimmt er mich. Ich bin beim Vorspielen immer so nervös. Nicht, wenn ich in der Gruppe spiele. Aber allein . . ."

„Macht das Schulorchester denn in Zukunft nur noch Klassik? Ich glaube, dann versuche ich auch in die Band von Wolfgang zu kommen. Ob er mich nimmt?" überlegt Joy.

„Warum nicht? Du mit deiner Gitarre bist dort auf jeden Fall besser aufgehoben. Schließlich sollen so viele Schüler wie möglich ins Orchester aufgenommen werden. Wer dann bei den Festivitäten mitspielen darf, ist eine andere Frage", erklärt Edward.

„Wenn ich nur wüßte, was ich ihm vorspielen soll?"

„Nimm doch den Macky-Messer-Song, da gehst du auf Nummer Sicher. Ich finde es unheimlich gut, wie du den singst und spielst."

Neben ihnen öffnet sich die Tür des Direktor-Zimmers. Allah steckt den Kopf heraus, sieht sich suchend um, nickt ihnen flüchtig zu, kommt einen Schritt heraus und geht dann wieder zurück in sein Büro. Sein rundes Gesicht wirkt fremd und erschöpft, die Enden seines Schnauzbartes hängen traurig herab.

„Was ist denn mit dem los?“ flüstert Evi.

„Sieht ziemlich käsig aus“, stellt Joy fest. „Vielleicht hat der Arzt ihn auf Hungerdiät gesetzt? Na, ich muß jetzt gehen und mich umziehen, wir haben Sport. Bis später.“

Als Joy und Hexi zwei Stunden darauf vom Sportplatz zurückkommen, geht Allah gerade zu seinem Auto hinüber. Der dicke Direktor ist noch ein wenig blasser als vorher, schwer atmend sucht er in seiner Jackentasche nach dem Autoschlüssel.

„Er sollte wirklich weniger essen“, flüstert Hexi Joy ins Ohr, „er kann ja kaum noch schnaufen!“

Freundlich grüßend gehen sie an Allah vorüber und wenden sich dem Haus zu. Joy will gerade nach der Klinke der schweren Haupteingangstür greifen, als sie hinter sich ein merkwürdiges Geräusch hört. Ein dumpfer Aufprall, begleitet von einem Röcheln.

„Ist er tot?“
flüstert Hexi tonlos

Die beiden Mädchen fahren herum. Da liegt Allah mit weitaufgerissenen Augen neben seinem Auto am Boden, hilfesuchend rudern die Arme in der Luft. Plötzlich schließen sich die Augen, der Kopf sackt zur Seite, die Arme sinken.

„Ist er tot?" flüstert Hexi tonlos.

Joy ist, als wäre alles Blut aus ihrem Körper gewichen, sie steht wie gelähmt an der Tür, unfähig sich zu rühren oder auch nur einen klaren Gedanken zu fassen. Zum Glück kommen nun auch die anderen vom Sportplatz, als Schlußlicht der Römer, umschwärmt von seinen Verehrerinnen. Der Sportlehrer sieht den am Boden liegenden Direktor und erfaßt die Situation sofort.

„Schnell, ruft einen Krankenwagen! Und holt Schwester Irmgard aus der Krankenstation!"

Die Mädchen stieben in alle Richtungen davon. Der Römer beugt sich zu dem Direktor hinunter und legt seine zusammengerollte Trainingsjacke unter Allahs Kopf. Dann dreht er ihn vorsichtig auf die Seite. Allah sieht unheimlich aus, man könnte wirklich meinen, er sei schon tot, wenn nicht diese schauerlichen Geräusche aus seinem Mund kämen.

Die Mädchen drücken sich wie Hühner im Gewitterregen in einer Ecke zusammen und schauen hinüber. An den Fenstern erscheinen immer mehr Gesichter, in den Treppenhäusern hallt es von aufgeregten Schritten, dazwischen hört man besänftigendes „Pscht! Pscht! So seid doch vernünftig! Müßt ihr denn so neugierig sein!"

Aber diese Ermahnungen sind offensichtlich vergeblich. Sensation ist Sensation – und wehe, man verpaßt etwas! Alle Vorsicht, alle Rücksichtnahme ist vergessen. Nur einen kleinen Blick . . .

Es scheint eine Ewigkeit zu dauern, bis sich der Rettungswagen von der Hauptstraße her nähert. In der Einfahrt bremst er ab, das aufgeregte Tatütata verstummt, er rollt dicht an die Stelle heran, an der Allah – immer noch röchelnd und blau im Gesicht – liegt, gehalten von der Krankenschwester und dem Römer, der ihm Jakke und Hemd aufgeknöpft hat und ihm besorgt den Puls fühlt.

Zwei weißbekittelte Männer springen aus dem Wagen und beugen sich über Allah. Joy kann nicht sehen, was sie tun – wahrscheinlich untersuchen sie ihn jetzt. Dann holen sie eine Krankentrage aus dem Rettungswagen und legen Allah vorsichtig darauf. Drinnen stülpen sie eine Sauerstoffmaske über Allahs Gesicht, die Türen werden geschlossen, der Wagen rollt vom Hof.

Margaretenburg gleicht mal wieder einem Wespennest. Wie ein Lauffeuer hat sich die Nachricht im ganzen Hause verbreitet, die Mädchen und Jungen lungern in der Einfahrt, auf den Fluren und Treppen herum und diskutieren die ungeheure Begebenheit. Wird Allah überleben? Ist er vielleicht schon tot? Und wenn er überlebt – wird er zurückkehren? Wie ist das überhaupt passiert, hat es jemand gesehen?

Die Studierzeit beginnt, aber kaum einer ist in der Lage, sich auf seine Aufgaben zu konzentrieren. In allen Ecken wird getuschelt, und die Aufsicht führenden Lehrer drücken beide Augen zu, mahnen nur hin und wieder sanft, das Arbeiten nicht ganz zu vergessen. In den Zimmern reißen derweil die heftigen Diskussionen nicht ab. Was wird geschehen? Wer von den Lehrern wird Allahs Stelle einnehmen? Dr. Brockhoff, der Deutschlehrer – den sie den Brocken nennen? Oder Dr. Knoll, der im vergangenen Jahr Stellvertreter des Direktors war und in diesem Schuljahr seinen Posten an den Brocken abgetreten hat – aus Gründen der Arbeitsüberlastung, wie er verlauten ließ. Man munkelt allerdings, daß er andere Motive hat. Es hat Mißverständnisse und Meinungsverschiedenheiten gegeben zwischen Allah und ihm. Oder kommt vielleicht ein ganz neuer Direktor?

Beim Abendessen geht es zu wie auf einer Beerdigung. Keiner wagt zu lachen, die Stimmung ist gedrückt. Schließlich betritt Brocken den Speisesaal, gefolgt von der Sekretärin. Er geht zwischen den Tischen hindurch zu dem kleinen Podium, auf dem bei Schulfesten die Kapelle spielt, steigt bedächtig hinauf und wendet sich den Schülern zu. Sofort breitet sich erwartungsvolle Stille aus.

„Ich bin eben im Krankenhaus gewesen“, beginnt der Brocken, „Herr Direktor Lahrner hat einen Herzinfarkt erlitten. Er hat den Anfall überlebt, aber es wird Monate dauern, bis er wieder gesund ist. Wie die Dinge stehen, ist es nicht anzunehmen, daß er seine Arbeit hier wieder aufnehmen kann. Noch lassen sich allerdings dazu keine bindenden Aussagen machen. Das Kuratorium der Stiftung Margaretenburg wird einen neuen Direktor an unsere Schule berufen müssen. Bis dahin werde ich auf Wunsch des Lehrkörpers die Aufgaben unseres verehrten Herrn Direktors übernehmen."

Der Brocken verläßt das Podium, und die Schüler beginnen flüsternd das eben Gehörte zu diskutieren.

„Unvorstellbar, daß der Dicke nicht zu uns zurückkommt!" sagt Joy. „Ich kann mir Margaretenburg ohne ihn überhaupt nicht denken!"

„Da müssen die vom Kuratorium aber verdammt lange suchen, wenn sie wieder so einen finden wollen! Allah ist einfach einmalig, da gibt's gar nichts!" bestätigt Sabine. „Auch wenn wir uns manchmal über ihn geärgert haben, aber – er ist so menschlich!"

„Hätte er doch bloß nicht so viel gegessen!" seufzt Hexi. „Dann wäre ihm das sicher nicht passiert!"

„Na, wenigstens ist er nicht tot. Die meisten, die einen Herzinfarkt haben, sterben doch daran, stimmt's, Pepsi?"

„Das stimmt. Wir sollten die Hoffnung nicht so schnell aufgeben", sagt Pepsi. Sie ist ungewohnt still und nachdenklich, sie hört kaum, was am Tisch gesprochen wird. „Wißt ihr, was ich glaube? Es wird viel von uns abhängen, ob er wieder ganz gesund wird – und möglicherweise sogar nach Margaretenburg zurückkehren kann."

„Wie meinst du das?" fragt Joy.

„Nun, wenn ihr ihn fühlen laßt, wie sehr er euch fehlt, und daß ihr ihn wirklich gern habt! Laßt uns nachher im Gemeinschaftsraum darüber sprechen, was ihr tun könnt."

„Einen Brief schreiben, zum Beispiel", meint Bruni.

„Genau. Und ihm Blumen schicken", fügt Helga hinzu. „Vielleicht könnten wir ihm ja auch einen Kuchen backen?"

„Bloß nicht!" protestiert Hexi. „Sicher muß er jetzt ganz streng Diät halten, um abzunehmen! Wir dürften ihn nicht in Versuchung führen! Also keine Schokolade, keine Kekse, keinen Kuchen!"

„Der arme Allah!" Seufzt die dicke Bruni. „Wie wird er jetzt leiden müssen – er ißt doch so gerne!"

„Wir müssen seine Gedanken eben intensiv in eine andere Richtung lenken", erklärt Sabine energisch.

„Aber das ist wahnsinnig schwer!" Bruni wiegt zweifelnd den Kopf.

Pepsi lächelt. Wenn Pepsi lächelt, ist es, als wenn ihr Gesicht Funken sprüht. Wie bei einem Feuerwerk. Man möchte unwillkürlich ahhh! sagen.

„Es ist vielleicht ein bißchen schwer, Bruni", sagt sie, „aber man kann es schaffen, wenn man den festen Willen hat. Wie wär's mit einer Wette?"

„Einer Wette?"

„Ja – mit Allah. Du schreibst ihm: Lieber Herr Direktor, ich habe gehört, daß Sie jetzt ganz viele Pfunde abnehmen müssen, um wieder gesund zu werden. Das soll ich schon lange tun und habe es bisher nie geschafft. Aber jetzt will ich es mit Ihnen um die Wette tun. Wenn Sie hungern, dann schaffe ich es auch. Vielleicht fällt es uns beiden dann ein bißchen leichter, wenn wir daran denken, daß der andere sich genauso quälen muß."

Die anderen lachen, aber auf Brunis Stirn bildet sich eine steile Falte. Sie denkt angestrengt nach.

„Du meinst, das ist dann so was wie ein ganz persönliches Opfer?" fragt sie schließlich.

„Besser kann man es nicht ausdrücken."

„Da ist was dran. Ich muß mir das noch mal überlegen. Aber wenn es ihm hilft . . ."

„Mir würde so etwas sehr helfen", sagt Pepsi leise. „Nichts ist für das Gesundwerden so wichtig, als wenn die anderen einen spüren lassen, daß man ihnen etwas bedeutet."

„Ich weiß, was du meinst!" sagt Hexi lebhaft. „Mir geht das mit meinen Eltern auch so: Ich weiß natürlich, daß sie mich lieb haben, und daß ich ihnen wichtig bin. Aber sie haben so wenig Zeit durch ihren Beruf, immer sind Proben oder Konzerte, oder sie sind mit dem Orchester auf Reisen – und wenn ich dann mal krank bin und sie sich mächtig aufregen und an meinem Bett sitzen und mich verwöhnen und dauernd fragen, wie ich mich fühle, und was sie noch tun können – also, da kann's mir noch so drekkig gehen, ich finde das unheimlich schön und fühle mich richtig wohl dabei!"

Den anderen geht es ähnlich. Noch abends im Bett diskutieren sie darüber, wie das ist mit dem Gernhaben, und daß man sich vielleicht gar nicht oft genug sagt, wie sehr man sich mag. Und daß es einem manchmal sehr helfen würde, das zu wissen.

„Ich denke sowieso immer, mich kann keiner leiden, weil ich so fett bin", gesteht Bruni ein. „Und weil mich der Gedanke so unglücklich macht, esse ich schnell was Süßes, das tröstet mich irgendwie. Und davon werde ich dann noch dicker – so geht das immer weiter."

„Warum sollen wir dich nicht mögen?" sagt Helga erstaunt. „Ich finde, du bist ein ganz prima Kumpel. Du bist kameradschaftlich, nimmst nie etwas übel, bist hilfsbereit und geduldig, ich mag gern mit dir zusammen in einer Bude sein!"

„Das finde ich auch, genau!" Sibylle richtet sich auf und versucht im Halbdunkel zu Brunis Koje hinüberzuschauen. „Es kommt doch überhaupt nicht darauf an, wie einer aussieht – ich kenne da zum Beispiel einige, die ein Gesicht wie ein Filmstar haben, aber mit ihrem blöden Getue jedem nur auf den Wecker gehen. Wirklich, Bruni, so was darfst du nie wieder denken!"

„Ist das euer Ernst?" Brunis Stimme klingt ein bißchen nach Weihnachtsglocken, so glücklich ist sie. „Wißt ihr was? Ich mache es!"

„Was willst du machen?"

„Ich schreibe den Brief an Allah – wegen der Wette! Und ab morgen fange ich an zu hungern. Aber ihr müßt mir helfen. Ich meine, mich nicht verführen, mit Süßigkeiten oder so!"

„Klar doch!" sagt Helga. „Wir werden auf dich aufpassen wie die Luchse. Und dir helfen, deine Kalorien auszurechnen und dich mit rohen Mohrrüben und sauren Äpfeln versorgen, die den größten Appetit wegnehmen. Und alle paar Wochen schicken wir Allah ein Foto von dir, auf dem man sieht, wie schlank du geworden bist!"

„Das wird ein Jux!" murmelt Katrin, die vierte in ihrer Bude, die schon fast schläft. „Bruni, bald wirst du das tollste Mädchen in der Margaretenburg sein, wetten?"

Pepsi klopft mahnend an die Tür. Sie sagen sich schnell gute Nacht und kuscheln sich in die Kissen. Bruni fühlt sich, als schwebe sie auf Wattewölkchen geradewegs in den Himmel. Man sollte viel öfter den Mut haben, mit anderen über seine Probleme zu reden, denkt sie. Und ich habe immer gemeint, sie verachten mich nur oder sehen mitleidig auf mich herab. Und immer, wenn sie leise miteinander gesprochen haben, habe ich mir eingebildet, sie tuscheln über mich! Bestimmt war das alles nur Einbildung!

Auch im Jungenflügel hat Allahs Zusammenbruch zu ungewöhnlich langen und ernsthaften Gesprächen geführt. Herzinfarkt – davon hat man schon so oft gelesen oder gehört. Aber kaum einer hat das mal aus der Nähe erlebt. Und dabei könnte es doch so leicht dem eigenen Vater passieren! Lebt er nicht schon lange viel zu ungesund? Vom Frühstückstisch ins Auto – vom Auto auf den Bürosessel, abends mit dem Auto nach Hause und wieder in den Sessel – mit der Zeitung oder vor dem Fernsehapparat. Sport? Keine Zeit. Sonntags mal ein Spaziergang, aber was ist das schon!

„Wenn ich mir vorstelle, meinem Vater passiert so was", sagt Christian ins Dunkel des Zimmers. „Mir wird ganz schlecht bei dem Gedanken! Meine Mutter mit fünf Kindern allein – nicht mal arbeiten gehen könnte sie, wegen des Babys. Unser ganzes Leben würde zusammenbrechen."

„Kennst du Pit aus der Zehnten?" fragt Mike. „Sein Vater ist an einem Herzinfarkt gestorben. Mitten in einer Verhandlung ist er zusammengesackt. Jetzt arbeitet die Mutter in einem Modehaus als Verkäuferin – und Pit haben sie einen Freiplatz gegeben. Sein älterer Bruder studiert schon, er verdient sich das Geld als Taxifahrer."

„Das mit Ulrich ist noch viel schlimmer", mischt sich Edward ins Gespräch. „Seine Eltern sind beide bei einem Autounfall ums Leben gekommen. Mann, das muß ein Schock sein! Plötzlich ganz allein dazustehen – in den Ferien ist er bei einer alten Tante, aber das ist doch kein Leben."

„Kommt drauf an. Wenn die Tante nett ist ..."

„Eltern sind Eltern. Auch wenn du manchmal auf sie fluchst und sie nicht kapieren wollen, warum dies oder das gerade so unheimlich wichtig für dich ist", meint Christian. „Als meine Eltern sich damals scheiden ließen und meine Mutter abgehauen ist, weil sie wieder in den Beruf wollte, Mann, das war vielleicht übel. Die Wohnung war leer und traurig, obgleich wir ja immerhin noch zu viert waren, Paps und wir drei Geschwister. Aber es war ein Gefühl, als wenn einer gestorben ist."

„Das kann ich verstehen. Wenn meine Mutter nicht mehr da wäre – bei dem Gedanken wird mir ganz kalt", gesteht Edward den Freunden. „Ich glaube, ich würde wochenlang heulen."

Andy hat sich die Gespräche der anderen angehört, ohne sich zu beteiligen. Was könnte er auch dazu sagen? Er hat nie Eltern gehabt. Und von den Heimleitern war keiner so, daß er ihm lange nachgetrauert hätte. Wirklich verzweifelt ist er nur einmal gewesen, als ein Auto die kleine Katze totgefahren hat, mit der er gerade Freundschaft geschlossen hatte. Er mag gar nicht mehr daran denken, so hat er damals geheult – und jeden Abend, wenn das Licht ausgemacht wurde, ging es von neuem los. Es stieg einfach in ihm hoch, würgte ihn, daß er glaubte zu ersticken – eine Traurigkeit, die schlimmer weh tat als die schlimmsten Halsschmerzen. Morgens war sein Kopfkissen klitschnaß gewesen, und es hatte Wochen gedauert, bis der Schmerz nachließ und er nicht mehr dauernd an die kleine Katze denken mußte.

Jetzt hat er Eltern. Pflege-Eltern. Joys Eltern. Wenn er an sie denkt, vor allem an Mami, wird ihm ganz heiß. Sie ist so hübsch und so ruhig und fröhlich, und er kann ihr alles sagen. Noch ist seine Liebe zu den neuen Eltern ganz zart, ganz empfindlich, man muß sie behüten und schützen und darf ihr nicht weh tun. Sie ist so wie die neugeborenen Mäusekinder: noch nackt und blind und ganz hilflos. Und deshalb mag Andy sich nicht vorstellen, was wäre, wenn diesen Eltern etwas zustoßen würde – wie Allah oder wie den Eltern von Ulrich. Ein solcher Gedanke würde seine Liebe ganz krank machen!

„Seit mein Vater wieder geheiratet hat, ist es unheimlich schön bei uns", erzählt Christian. „Wenn wir in den Ferien nach Hause kommen, ist jeder Tag wie ein Fest."

Draußen auf dem Flur räuspert sich der Wikinger vernehmlich. Sie sollten eigentlich längst schlafen.

„Man sollte auf sie aufpassen", flüstert Mike. „Ich meine, damit sie nicht krank werden oder zuviel arbeiten. Vielleicht sollte man ihnen mal sagen, daß man sie gerne möglichst lange behalten möchte, und daß es nichts zu bedeuten hat, wenn man mal stinksauer auf sie ist, ich meine ... eh, na ja ... man könnte doch was dafür tun, daß sie ein bißchen auf sich achten, damit ihnen nichts passiert ..."

„Daß sie zum Beispiel nicht so rasen mit dem Auto", sagt Edward. „Meine Mutter fährt schrecklich schnell. Und ..."

„Und daß sie ein bißchen Sport treiben zum Ausgleich dafür, daß sie den ganzen Tag im Büro sitzen – wie mein Vater zum Beispiel", schlägt Mike vor. „Er hat immer viele gute Vorsätze, Tennis spielen, Jogging und so – aber am Ende kommt doch nichts dabei heraus. In den Ferien werde ich ihn einfach zwingen – vielleicht kriegt er dann Spaß daran!"

So geht das noch eine ganze Weile weiter. Und nicht nur in der Bude von Mike, Christian, Edward und Andy – auch in allen anderen Zimmern geht das Geflüster von Koje zu Koje. Allahs Herzinfarkt hat sie alle zum Nachdenken gebracht, und nicht wenige von ihnen fassen in dieser Nacht neue gute Vorsätze in dem Bewußtsein, daß so etwas ja auch den eigenen Eltern zustoßen könnte.

Ohne etwas dazu zu tun, hat Allah seine Schüler um eine wichtige Erfahrung reicher gemacht, jeder von ihnen hat an diesem Tag etwas gelernt – der eine weniger, der andere mehr. Der Tod hat sein Gesicht gezeigt – ganz kurz nur, als hätte er einen Vorhang zurückgezogen und gleich wieder geschlossen. Aber es hat ausgereicht, um zu begreifen, daß er stets gegenwärtig ist.

Der General ruft zum Appell

Keiner hat ihn ankommen sehen, aber die Nachricht breitet sich aus wie ein Lauffeuer. Der neue Direktor ist da! Spät am Abend soll er eingetroffen sein, und bereits eine Stunde danach hat er Lehrer und Erzieher zu einer ersten Besprechung zusammengerufen.

Beim Frühstück wird eifrig getuschelt. Wie sieht er aus? Was ist er für ein Typ?

Die Familienmütter und -väter hüllen sich in Schweigen. Sie wirken bedrückt. Sogar die immer muntere Pepsi ist heute nicht zu Späßen aufgelegt.

„Sag doch schon, Pepsi, wie ist er?" drängt Hexi.

„Ihr werdet ihn ja bald zu sehen bekommen", wehrt Pepsi ab.

„Aber du kannst ihn doch schon mal ein bißchen beschreiben!" bettelt Joy. „Wie er aussieht, wie alt er ist und so!"

„Er ist ziemlich alt", sagt Pepsi, und um ihre Mundwinkel zuckt ein hilfloses Lächeln. „Und er ist sehr groß. Groß und schlank und grauhaarig. Er hat eine energische Stimme und hält sich sehr gerade."

„Ui je, ich ahne was!" murmelt Helga. „Und wie heißt er?"

„Plettwitz. Direktor Plettwitz."

„Hoffentlich ist er kein Witz, der Plettwitz", sagt Karin.

„Ich fürchte, eher das Gegenteil", sagt Pepsi leise. Nur Joy und Sabine haben es gehört.

„Wie meinst du das?"

„Könnte sein, daß euch bei ihm die Witze vergehen. Aber ich will darüber nichts sagen. Man muß abwarten. Vielleicht ist er sehr nett."

„Das klingt nicht sehr überzeugt“, meint Verena besorgt.

Pepsi schaut sie erschrocken an. Hat sie zuviel gesagt?

„Wir sollten nicht voreingenommen sein!“ mahnt sie. „Er wirkt vielleicht beim ersten Kennenlernen ein wenig streng, wenn man ihn mit Allah vergleicht. Aber wenn man bedenkt, was für eine schwierige Aufgabe er hier übernommen hat – schon das Gefühl, ständig mit seinem Vorgänger verglichen zu werden – das ist sicher nicht angenehm! Also, gebt euch ein bißchen Mühe, macht es ihm nicht unnötig schwer, seid höflich und offen – dann werdet ihr sicher gut mit ihm klarkommen.“

Als die Mädchen das Klassenzimmer betreten, haben sich die Jungen alle um Christian geschart.

„Christian hat ihn gesehen!“ ruft Mike den Mädchen entgegen, als handele es sich um die Landung eines Ufos oder das Auftreten des Schneemenschen.

„Ja – und?“ Sabine drängelt sich zwischen den Jungen hindurch.

Christian muß mit seinem Bericht noch einmal von vorn beginnen.

„Also, er sieht aus, als wäre er direkt von der Truppe abkommandiert. Ein alter General, wißt ihr. Geht kerzengerade, als hätte er einen Stock verschluckt, schnarrende Stimme, Adlerauge, falls ihr wißt, was ich meine. Vor mir ging einer der Kleinen aus der Fünften. Den hat er gleich angefaucht ‚Kannst du nicht anständig grüßen, Junge?‘ Der Kleine war ganz erschrocken. ‚Doch!‘ hat er gestottert. Da ging er gleich los – ‚Das heißt nicht doch, das heißt ja, Herr Direktor! Wiederhol das!‘ Der Kleine hat vor Schreck kaum ein Wort rausgebracht. ‚Lauter, ich höre nichts‘ hat der Alte geschnarrt. Dreimal mußte der arme Kerl den Satz sagen!“

„Du lieber Himmel – bei uns bricht wohl jetzt das finsterste Mittelalter aus, was?“ Sabine ist empört. „Die armen Lehrer tun mir leid. Wir werden ihm ja hoffentlich nicht allzuoft begegnen.“

„Weiß man's? Vielleicht wandert er von morgens bis abends durch alle Klassen und Wohnungen, um zu sehen, was wir machen!“ sagt Mike düster. „Ich ahne Fürchterliches. Mit so einem Typ gerate ich sicher ganz schnell aneinander!“

„Abwarten und Tee trinken. Vielleicht weiß er einfach nicht, wie er sich hier benehmen soll. Man muß ihm sagen, daß so ein Ton in der Margaretenburg nicht üblich ist!" läßt sich Edward vernehmen.

„So, und wer soll ihm das deiner Meinung nach sagen?" erkundigte sich Oliver. „Wir vielleicht?"

„Die Lehrer müßten es tun. Und wenn die es nicht wollen, eine Abordnung der Schüler – die Klassensprecher zum Beispiel. Schließlich haben wir eine Demokratie, oder? Daß ein einzelner eine Mehrheit unterdrückt, kommt nicht in Frage!" ruft Joy über die Köpfe der anderen hinweg.

„Nun laßt uns erst mal abwarten", mahnt Helga. „Schließlich ist er erst ein paar Stunden da."

„Da hat sie recht", pflichtet Bruni ihr bei. „Wir müssen ihm eine Chance geben. Denkt daran, was Pepsi gesagt hat: vielleicht hat er Schiß vor der Aufgabe hier und geht deshalb so scharf ran!"

„Das hat Pepsi gesagt?" Mike kichert.

„Na, ein bißchen anders hat sie es ausgedrückt. Aber es ist doch gut möglich, oder?"

Der Brocken betritt das Klassenzimmer, und sie huschen auf ihre Plätze. Ihm ist nichts anzumerken – und fragen wollen sie ihn nicht. Der Brocken gehört ohnehin zur Gruppe der Konservativen unter den Lehrern, obgleich er nicht wirklich streng ist. Er hält viel von gutem Benehmen und höflichem Umgangston, außerdem achtet er sehr auf Disziplin in der Klasse, aber wenn man das beachtet, kann man gut mit ihm auskommen.

„Nehmt eure Lesebücher heraus und schlagt Seite 185 auf", sagt der Brocken. „Wir wollen den kleinen Text auf der linken Seite unten analysieren."

Sie kommen nicht weit. Minuten später wird hart an die Tür geklopft. Ein Junge aus der Zehnten stürmt herein.

„Entschuldigen Sie, Herr Dr. Brockhoff, der Herr Direktor läßt Ihnen sagen, alle Klassen möchten sich am Beginn der nächsten Stunde in der Aula versammeln. Der Herr Direktor will zu den Schülern sprechen."

Aus ist es mit der Konzentration. Nun wird man ihn also zu sehen bekommen, den gestrengen Herrn! Die Mädchen und Jungen der Achten werfen sich bedeutungsvolle Blicke zu. Verena zupft unwillkürlich an ihrer Frisur. Für den Rest der Stunde sind die Gedanken nur noch bei dem neuen Direktor. Der Brocken zeigt Verständnis, er ist heute ungewohnt milde. Ahnt er, was auf seine Schützlinge zukommt?

In der Aula geht es mal wieder zu wie in einem Wespennest. Die ganze Schule scheint in Aufruhr geraten zu sein. Vergeblich bemühen sich die Lehrer, einen ruheähnlichen Zustand herzustellen.

Erst das harte Schlagen eines Spazierstocks auf das Holz des Rednerpultes bewirkt, daß augenblicklich Totenstille herrscht. Erschrocken fahren die Köpfe herum, starren hundertachtzig Augenpaare auf den hageren Mann dort oben, der ärgerlich auf die versammelten Schüler hinuntersieht.

„Wenn ich in Zukunft um mehr Disziplin und Ruhe bitten dürfte“, sagt er. Seine Stimme klingt kalt. Für einen Augenblick senkt er den Kopf, dann richtet er sich wieder kerzengerade auf. Er nimmt die Schultern zurück, als wolle er strammstehen und entschließt sich zu einem wohlwollenden Lächeln, das er gleichmäßig über die Anwesenden verteilt.

„Meine lieben Schüler von Margaretenburg“, beginnt er. „Als neuer Direktor eures Internats möchte ich euch herzlich begrüßen. Zunächst möchte ich mein aufrichtiges Bedauern darüber aussprechen, daß ich unter so traurigen Umständen diese Aufgabe übernehmen muß. Mein besonderer Gruß gilt in dieser Stunde meinem verehrten Vorgänger Alfred Lahrner, verbunden mit den besten Genesungswünschen! Doch nun zu uns . . .“

„Achtung, jetzt kommt's!“ flüstert Joy Hexi zu. „Ich habe ein verdammt ungutes Gefühl im Bauch!“

„Und ich erst . . .“

Der neue Direktor auf dem Podium scheint noch ein bißchen zu wachsen, so als zöge von oben jemand mit einem unsichtbaren Gummiband seinen Kopf in die Höhe.

16 4080-20

„Selbstverständlich“, fährt der Direktor fort, „sind meine Arbeitsmethoden etwas anders als die meines Vorgängers. Jeder hat eben seinen ganz persönlichen Stil, nicht wahr, das versteht ihr ja schon, wird bei euch nicht anders sein.“

Ein paar Schüler lächeln höflich.

„Sehr wohl, Herr General“, flüstert Mike. „Ganz wie Herr General meinen!“

„So ist es nur natürlich“, fährt der Direktor fort, „daß ich einiges ändern werde. Ich habe heute morgen einen ersten Informationsgang durchs Haus gemacht, dabei sind mir ein paar Dinge und Verhaltensweisen aufgefallen, mit denen ich nicht einverstanden bin. Nein, gar nicht einverstanden!“

Der neue Direktor sieht durch die Reihen, als wolle er die Gesichter der Übeltäter herauspicken und sie gleich an Ort und Stelle verhaften lassen.

„Die neuen Richtlinien werdet ihr noch in dieser Woche schriftlich bekommen. Sie werden am Schwarzen Brett angeschlagen, darüber hinaus wird jeder Schüler ein Exemplar der neuen Hausordnung ausgehändigt bekommen. Die Klassensprecher werden für die Verteilung sorgen.“

„Da bin ich gespannt“, wispert Hexi.

„Sicher müssen wir morgens vor dem Frühstück eine Stunde exerzieren“, murmelt Christian hinter ihr, „und vor dem Abendessen Geländeübungen machen!“

„Heute nachmittag wird eine Konferenz der Lehrer und Erzieher stattfinden, bei der ich ihnen meine Richtlinien erläutern werde. Da alle Lehrkräfte an dieser Konferenz teilnehmen werden, übernehmen die Schüler der Abiturklasse die Oberaufsicht über die jüngeren. Ich bitte die jungen Damen und Herren im Anschluß an diese Zusammenkunft, zu mir zu kommen, damit ich die Einteilung vornehmen kann. Ausgang und Freistunden müssen deshalb heute einmal gestrichen werden, denn es ist euren älteren Mitschülern nicht zuzumuten, euch außerhalb des Schulgebäudes zu beaufsichtigen.“

„Spinnt der?“ knurrt Edward. „Wofür hält der uns eigentlich?

Für eine Strafkompanie?"

„So ungefähr. General, Sie beginnen, sich höchst unbeliebt zu machen!" murmelt Christian.

Auch die übrigen machen ihrem Unmut Luft.

„Ich bitte mir absolute Ruhe aus!" schnauzt der neue Direktor. „Dies ist vielleicht eine unpopuläre Maßnahme, ich weiß, daß ihr darüber nicht erfreut seid, aber ich darf doch wohl ein wenig Selbstdisziplin erwarten! Ihr werdet den Nachmittag in euren Zimmern verbringen, und wenn ihr eure Hausarbeiten erledigt habt, könnt ihr euch meinetwegen je nach Lust und Neigung beschäftigen. Lesen, Handarbeiten oder Basteln – das ist schließlich keine Strafe. Das wäre für heute alles. Und wenn ihr jetzt in eure Klassenräume zurückkehrt, dann bitte ich mir aus, daß dies in ordnungsgemäßer Form vor sich geht. Jeweils eine Reihe links und eine rechts erhebt sich geschlossen, beginnend mit dem Kleinsten hier vorne, wendet sich zur Mitte und verläßt – immer zwei Schüler nebeneinander gehend – schweigend den Saal. Erst dann erhebt sich die zweite Reihe – und so weiter. Das muß klappen wie am Schnürchen!"

Die Kleinen aus der Fünften rappeln sich hoch. Verwirrt stolpern sie nach draußen und schieben und schubsen sich, bis sich jeweils das richtige Paar zusammengefunden hat, treten sich auf die Füße, motzen sich an, lassen ihre ganze Empörung über den versauten Nachmittag aneinander aus. Die Miene des neuen Direktors wird immer eisiger, und es ist unschwer zu erraten, was er denkt.

Bei den Älteren klappt es ein wenig besser. Sie nehmen die Sache gelassener, warum soll man sich wegen solch einer Kleinigkeit Ärger einhandeln! Da wird es in Zukunft sicher viel entscheidendere Reibungspunkte geben, bei denen es gilt, sich durchzusetzen.

Der neue Direktor hat seinen Namen weg. Von nun an ist er nur noch der General. Und daß dieser General dabei ist, einen Krieg gegen alle zu beginnen, darüber sind sie sich einig. Die Frage ist nur, wer diesen Krieg gewinnt.

„So schlimm habe ich ihn mir nicht vorgestellt", stöhnt Joy.

„Gleich am ersten Tage Hausarrest! Wir sind doch keine Babys! Er tut ja gerade so, als verbrächten wir unsere Freistunden sonst nur unter Aufsicht eines Lehrers!"

„Wirklich!" Sabine zerrt wütend an den Ärmeln ihrer Strickjakke. „Als ob es irgend etwas ausmachte, wenn wir auf den Sportplatz gehen oder einen Spaziergang machen! Und ich hatte mich so auf das Basketballtraining gefreut!"

Am schlimmsten trifft es Andy. Er ist in Panikstimmung. Wie soll er seine Tiere rechtzeitig versorgen, wenn er heute das Haus nicht mehr verlassen darf? Und was, wenn dem neuen Direktor der Zoo nicht in den Kram paßt und er von ihm verlangt, die Tiere wieder aufzugeben? Dann haue ich ab! denkt Andy düster. Ich rufe Mami an und sage ihr, sie soll uns abholen, Joy und mich und die Tiere. Mami versteht das. Der Gedanke tröstet ihn ein wenig. Auf keinen Fall wird er sich seinen Zoo kaputtmachen lassen.

Je näher der Nachmittag rückt, desto eifriger brüten die Schüler der Margaretenburg über Racheplänen. Soll man sich den unsinnigen Hausarrest wirklich so widerspruchslos gefallen lassen? Kann man dem General nicht wenigstens einen kleinen Denkzettel verpassen?

Beim Mittagessen wird die Angelegenheit heftig diskutiert. Pepsi versucht, die erregten Gemüter zu beruhigen. Immer wieder weist sie darauf hin, daß man erst einmal die angekündigte neue Hausordnung abwarten müsse, daß man Vertrauen zu den Lehrern und Erziehern haben solle, sie hätten schließlich auch noch ein Wörtchen mitzureden.

Joy grübelt angestrengt, wie man dem General eins auswischen könnte, während sie in ihren Kartoffeln herumstochert, als hätte sie den Erzfeind persönlich unter ihrer Gabel. Und plötzlich kommt ihr die Erleuchtung.

„Wieviel weiße Farbe haben wir noch?" fragt sie Hexi, die neben ihr sitzt, leise.

„Was für weiße Farbe?"

„Na, vom Kutscherhaus! Die Wandfarbe – die abwaschbare, zum Weißeln!"

„Was willst du denn weißeln?“

Joy beugt sich zu Hexi hinüber und flüstert ihr etwas ins Ohr. Hexi stößt einen unterdrückten Jubelschrei aus und gibt das eben Gehörte sofort an Verena weiter. Die sagt es Bruni, und Bruni flüstert es Helga zu. Bald weiß es der ganze Tisch. Pepsi schaut beunruhigt in die ohne jeden Grund plötzlich so heiteren Gesichter der Mädchen, sagt aber nichts.

Als Sabine die Schüsseln zusammenstellt und zur Anrichte trägt, beugt sie sich zu Uschi am Nachbartisch und gibt die Botschaft weiter. Von dort breitet sie sich in alle Richtungen aus.

Nach dem Essen verlassen die Schüler den Speisesaal ungewohnt schnell und leise. In den Fluren wird aufgeregt getuschelt, dann verschwinden sie hinter ihren Türen. Nur ein paar haben noch im Keller zu tun, doch die Lehrer bemerken nichts Ungewöhnliches.

Andy bekommt vom Wikinger die Erlaubnis, sich ins Kutscherhaus zurückzuziehen. So ist er der einzige, der nichts von dem mitkriegt, was in den nächsten beiden Stunden in der Margaretenburg passiert. Er hat ohnehin alle Hände voll zu tun, ohne Hilfe der anderen die Tiere zu versorgen.

In der Margaretenburg versammeln sich Lehrer und Erzieher zur Konferenz mit dem neuen Direktor. Zur gleichen Zeit schwärmen die Abiturienten aus, um ihren jeweiligen Posten bei den Jüngeren zu beziehen. Sie gehen von Zimmer zu Zimmer, aber wo immer sie hineinschauen, sitzen die Schüler eifrig über ihre Hausarbeiten gebeugt.

„Braucht ihr heute nicht zu arbeiten?“ erkundigt sich Sabine bei Angelika, die die Mädchen der Achten beaufsichtigt.

„Doch, schon.“

„Warum machst du es dann nicht jetzt?“

„Jetzt? Ich kann mich doch nicht konzentrieren, wenn ich dauernd von einem Zimmer ins nächste rennen muß.“

„Wer sagt das? Hast du kein Vertrauen zu uns? Du siehst doch, daß wir arbeiten. Und wir können dir alle feierlich versprechen, daß wir uns nicht von der Stelle rühren werden. Keine von uns wird das Zimmer verlassen, ohne dich vorher zu informieren."

„Das glaube ich euch. Ich komme mir ja selbst ganz blöd vor bei diesem Job! Okay, ich setze mich in euren Gemeinschaftsraum. Wenn einer mich braucht, könnt ihr ja kommen."

„Machen wir. Sag den anderen auch Bescheid, dann geht das schon in Ordnung."

Mit gespitzten Ohren verfolgen sie, wie Angelika von Zimmer zu Zimmer geht und die anderen davon unterrichtet, daß sie sich jetzt in den Gemeinschaftsraum zurückzieht, um ihre eigenen Aufgaben zu machen.

„Alles klar – wir können anfangen!" flüstert Hexi. Wie der Blitz ist Joy am Schrank und holt eine Blechdose mit weißer Farbe heraus.

„Wir sollten das Zeug grau färben – das erhöht die Wirkung!" sagt sie. „Hat jemand schwarze Zeichentinte da?"

„Hab ich! Warte!" Verena geht an ihre Nachttischschublade und kommt mit einem Fläschchen voller schwarzer Flüssigkeit zurück.

„Das ist ja Lidschminke!"

„Na und? Warum soll das nicht gehen?"

„Hast du auch recht. Versuchen wir's."

Sabine gießt die schwarze Flüssigkeit in die weiße Farbe und rührt mit einer ausgedienten Zahnbürste um. Es gibt eine herrlich schmutziggraue Soße.

„Super. Los geht's!"

Hexi nimmt den Farbtopf und öffnet die Fenster.

„Ein Segen, daß die Biester nach innen aufgehen. Sonst hätten wir sie aushängen müssen."

Hexi beginnt, inbrünstig die Scheiben zu bemalen. Bald ziert das Fenster ein gleichmäßiges Gitter aus grauer Farbe, das von weitem genau wie ein Gefängnisgitter aussieht.

„Na – wie findet ihr das?"

„Spitze! Schade, daß wir es nicht von unten sehen können. Da – seht mal rüber!" Joy zeigt aufgeregt zum Jungenflügel hinüber. „Die fangen auch gerade an. Die Fenster der Neunten sind schon fast fertig!"

„Na, wie findet ihr das?" fragt Hexi

„Sieht fabelhaft echt aus!" lobt Sabine. „Grau in allen Schattierungen! He, was macht der denn da?"

„Wo?"

„Im ersten Stock rechts – er schreibt was über das Gittermuster!"

Kichernd drängen sich die Mädchen ans Fenster.

„Ich kann das von hier aus nicht entziffern", jammert Verena, „könnt ihr lesen, was das heißen soll?"

„Nee, auch nicht."

„Hat denn keiner ein Fernglas?"

„Pepsi hat eins – es liegt in ihrem Bücherschrank. Einen Operngucker", fällt Hexi ein.

„Ich hole ihn. Ich sage Angelika, ich brauchte das Lexikon."

Joy geht durch den Gemeinschaftsraum, erkundigt sich höflich nach Angelikas Befinden, murmelt etwas von „Lexikon holen" und verschwindet in Pepsis Wohnzimmer. Hexi hat sich nicht geirrt, dort liegt ein Opernglas. Das Lexikon nimmt Joy zur Vorsicht gleich mit.

„Kann ich euch helfen?" murmelt Angelika, ohne von ihrem Physikbuch aufzusehen.

„Nein, nein, alles klar, mit den Hausaufgaben sind wir fertig. Wir machen ein Kreuzworträtsel."

„Ihr Glücklichen", seufzt Angelika und versenkt sich wieder in ihren Text.

Joy schließt leise die Tür hinter sich und stürmt ins Zimmer hinüber.

„Schnell!" sagt Hexi und reißt ihr das Glas aus den Händen. „Ich werd nicht wieder! Weißt du, was sie geschrieben haben? ‚Der Gefangene von Alcatraz'! Und da drüben, am Nachbarfenster ‚Sing-Sing'!"

„Vielleicht fällt uns da auch noch was ein? Warte mal!" Sabine sieht sich unter ihren Büchern um, aber da steht nichts, das von schmachtenden Gefangenen handelt.

Die Jungen drüben beginnen sich gegenseitig zu übertrumpfen. ‚Teufelsinsel' lesen die Mädchen und ‚Galeerensträflinge'.

„Wie wär's mit – ‚Die Gefangenen des Sultan P.', einfach ‚P' – damit kann der General gemeint sein oder auch nicht."

„Klasse!" lobt Sabine Hexis Einfall. „Los, schreib!"

Hinter ihnen wird leise an die Tür geklopft. Bruni schleicht herein, ihr Gesicht glüht vor Begeisterung.

„Habt ihr gesehen, was die Jungen drüben machen? Wollen wir auch was schreiben?"

„Wir sind gerade dabei", sagt Verena eifrig. Um nichts in der Welt will sie sich anmerken lassen, daß sie eigentlich furchtbare Angst hat vor dem, was danach kommen wird.

Bruni studiert, was Hexi an die Fensterscheibe schreibt.

„Ich weiß schon, was wir schreiben werden", meint sie kichernd. „Wer entführt uns aus dem Serail!"

„Was soll denn das sein?" fragt Verena verständnislos.

„Das kennst du nicht?“ Mitleidig sieht Hexi auf die in Sachen Kultur recht ahnungslose Kameradin hinab. „Die Entführung aus dem Serail – das ist eine Oper, eine ganz berühmte, von Mozart! Und der Serail, das ist ein Harem!“

„Nun sag bloß noch, du weißt nicht, wer Mozart ist“, bemerkt Sabine spitz.

„Klar weiß ich das!“ wehrt Verena ärgerlich ab. „Aber meine Eltern machen sich eben nichts aus klassischer Musik. Sie sind total unmusikalisch! Hexis Eltern sind schließlich beide Musiker!“

„Nun streitet euch nicht. Ich gehe jetzt.“

Bruni schleicht hinaus, und bald darauf hören sie es nebenan kichern.

Als die Lehrerkonferenz beendet ist und man erschöpft ins Freie tritt, bietet sich der Schar der Pädagogen ein erstaunlicher Anblick: Schloß Margaretenburg hat sich in ein Gefängnis verwandelt!

Es gibt einige unter den Lehrern – sehr wenige zum Glück –, die die Maßnahmen des neuen Direktors gutheißen. Ihnen war Direktor Lahrner schon lange viel zu nachgiebig dem Schlendrian der jungen Generation gegenüber. Nun wird endlich ein anderer Wind in Margaretenburg wehen. Ordnung heißt die Parole!

Sie sind es denn auch, die den General sofort von der Ungeheuerlichkeit in Kenntnis setzen.

Die anderen Lehrer, deren Arbeitsfreude und Lebensmut durch die Ankündigungen des Generals auf den Nullpunkt gesunken sind, die am liebsten abhauen würden, alles hinschmeißen – wenn nicht die Kinder wären, die sie nicht im Stich lassen können und wollen, diese anderen sehen die Bemalung mit unverhohlenem Vergnügen.

„Ganz schön mutig!“ sagt Pepsi leise zum Wikinger. „Das gibt einem richtig Auftrieb, den Kampf gegen die alten Zöpfe aufzunehmen. Wer sich das wohl ausgedacht hat?“

„Von meinem Rudel bestimmt keiner“, meint der Wikinger grinsend. „Das hätte ich gemerkt, für so was habe ich einen sechsten Sinn. Aber Moment mal – was war denn heute beim Mittagessen los? –, das Getuschel von einem zum anderen, kam das nicht von Ihrem Tisch?“

„Richtig! Und angefangen hat es bei – nun, das will ich lieber vergessen haben. Ich weiß von nichts.“

„Ich auch nicht“, sagt der Wikinger und schaut unschuldig wie ein neugeborenes Baby. „Gehen wir. Unsere jungen Rebellen werden Rückendeckung brauchen, wenn das zu erwartende Donnerwetter auf sie niedergeht.“

„Ja, wir werden ein paar seelische Pflaster bereithalten müssen. Der Alte wird toben, wenn er das da sieht.“

Zackzack macht Wind

Der Knall kommt postwendend.

Einen Monat Taschengeldentzug. Die Schmiererei sofort beseitigen. Eine Woche Ausgangssperre. Die Anstifter sofort zum Direktor, heißt es.

Aber das hätte er lieber nicht sagen sollen. Die ganze Schule tritt geschlossen in der Halle an, immer schön in Zweierreihen, wie es der General gerne sieht. Sogar die Abiturienten zeigen sich solidarisch und marschieren mit.

Die Runde hat der General verloren. Erstaunt wirkt er, etwas hilflos, dann rettet er sich in einen ehrenvollen Rückzug.

„Wie ich sehe“, der General räuspert sich vernehmlich, „zeigt ihr Kameradschaftsgeist und Solidarität. Das ist erfreulich und spricht für euch. Es ändert aber nichts an der Ungeheuerlichkeit eures ... eurer ...“

„Unserer Protestaktion“, hilft einer aus der Menge weiter.

„So so, Protestaktion heißt das bei euch!“ schnauzt der General. „Ich nenne es eine ungeheure Schweinerei! Ein solches Vorgehen steht in keinem Verhältnis zu meiner Maßnahme, die schließlich nur eurem Schutz dienen sollte!“

„Wir sind doch keine Säuglinge!“ ruft einer.

„Ich verbitte mir jeden Zwischenruf! Das ist eine grobe Ungehörigkeit. Man hat offensichtlich in sträflicher Weise vernachlässigt, euch Manieren beizubringen! Aber das wird sich jetzt ändern. Ab sofort weht ein anderer Wind!"

„Ich rieche ihn schon – den Wind des Generals!" flüstert Mike. „Und ich weiß einen schönen Namen für unseren Oberbefehlshaber: General Zackzack!"

Die Umstehenden kichern. Der Name macht die Runde.

General Zackzack sucht nach einem wirkungsvollen Abgang. Offensichtlich sieht er ein, daß er dringend ein paar Pluspunkte sammeln muß, wenn er nicht den totalen Krieg will.

„Aber damit ihr seht, daß ich kein Unmensch bin", er versucht es mit einem jovialen Lächeln, „will ich einlenken und den Taschengeldentzug wieder streichen. Das Ausgangsverbot bleibt bestehen, bis sich eure Manieren so weit gebessert haben, daß man euch wieder unter Menschen lassen kann. Wegtreten."

Die Schüler sehen sich kopfschüttelnd an.

„Der spinnt doch komplett!" sagt Joy und spricht damit aus, was alle denken. „Wofür hält der uns eigentlich? Und in was für einer Welt lebt er?"

„Schau ihn dir doch an!" sagt Christian wütend. „Ein alter Militarist! Wahrscheinlich hat er sämtliche Kriege mitgemacht und kann das Soldatenspielen nicht lassen. Wie sie ausgerechnet auf den gekommen sind..."

„Wahrscheinlich haben sie in der Eile keinen anderen gefunden. Oder er war besonders billig zu haben", meint Edward.

„Oder er ist ein Duzfreund von ich weiß nicht wem im Kuratorium", wirft Sabine ein.

„Vermutlich hast du recht. Aber wenn er so weitermacht, wird er nicht lange hierbleiben, das schwöre ich euch!" sagt Joy grimmig.

„Du meinst, wir können ihn irgendwie rausekeln?" erkundigt sich Mike eifrig, und seine Phantasie läuft sofort auf Hochtouren.

„Nun – wenn das nicht, dann wird er nicht bleiben können, weil er bald in einem leeren Haus sitzen wird – mit den paar Lehrern, die seine Ansichten teilen. Denn alle anderen werden Margaretenburg verlassen haben. Es gibt genug andere Landschulheime!"

„Da hast du recht. Ich werde meine Eltern schon mal vorwarnen", meint Christian. „Vielleicht kann ich dann wieder zu Hause zur Schule gehen."

„Also, so schnell würde ich ja nicht aufgeben!" Hexi schaut angriffslustig in die Runde. „Ehe Dutzende von Schülern und Lehrern die Margaretenburg verlassen, sollte doch wohl lieber unser General Zackzack Leine ziehen, meint ihr nicht?"

„Man müßte den Elternbeirat überzeugen können. Aber dazu ist es noch zu früh, die werden uns höchstens erzählen, wir sollten abwarten, es müsse sich erst mal alles einspielen und so. Vielleicht reden sie mit Zackzack – aber das wird alles sein." Christian putzt aufgeregt an seiner Brille herum. „Und wenn sie dann von unserer Gefängnis-Arie hören, werden sie auch nicht gerade begeistert sein."

„Ein bißchen übertrieben war's ja", meint Edward.

„Aber Spaß hat's gemacht!" Hexi lacht glucksend in sich hinein. „Und der General Zackzack weiß jetzt, woran er mit uns ist."

Damit hatte Hexi zweifellos recht. Nur die Schüler wissen noch nicht, woran sie mit dem General sind. Denn das dicke Ende kommt noch...

Am Abend wird in den Gemeinschaftsräumen ein mehrere Seiten langer Aufruf verteilt, in denen die neuen Richtlinien des Internats Schloß Margaretenburg enthalten sind. Es wird still in den Zimmern, die Nasen verschwinden in dem Wust von Papier, eng beschrieben mit neuen Regeln und Verboten.

Das Ganze ist in mehrere Kapitel unterteilt. Es beginnt mit einer ellenlangen Einleitung über die Tradition des Schlosses und die Verpflichtungen aus der Vergangenheit. Die meisten von ihnen verstehen nur die Hälfte und überfliegen General Zackzacks Ausflug in die Geschichte, um schneller zu den wesentlichen Punkten vorzudringen. Aber kaum sind sie bis zu den ersten Sätzen des Kapitels ‚Allgemeines Verhalten und Bekleidung' vorgedrungen, gibt es die ersten Empörungsschreie unter den Mädchen.

„Das darf doch nicht wahr sein!"

„Ich glaube, ich spinne...“

„Der hat ja nicht mehr alle Tassen im Schrank – hört euch das an: ‚Lehrer und Schüler der Margaretenburg sollten sich Tag für Tag von neuem ins Bewußtsein rufen, daß sie ein Aushängeschild für eine der besten Schulen des Landes sind. Sie sollen und werden die Elite in unserer Gesellschaft bilden. Darin muß sich unser Erziehungskonzept und unser Verhalten den Schülern gegenüber orientieren. Ein solches Ziel ist nicht ohne Disziplin und Strenge zu erreichen. Beides scheint mir in den vergangenen Jahren vernachlässigt worden zu sein. Es haben sich...‘“

Joy wird durch heftiges Murren und Hohngelächter unterbrochen.

„He! Seid doch mal still! Hört zu, wie es weitergeht: ‚Es haben sich gewisse modische Formen und Verhaltensweisen eingebürgert, die ich nur als lächerlich, ja mehr noch, als gefährlich bezeichnen kann und die, wenn sie weiter um sich greifen, den Nährboden für gefährliche Auswüchse in Staat und Politik bilden können. Kommunismus, ja totale Anarchie werden die Folge sein. Wo kommen wir hin, wenn...‘ Haltet mich fest, ich explodiere gleich! ‚Wo kommen wir hin, wenn Kinder nicht mehr gehorchen lernen und nicht mehr anzunehmen gelernt haben, was man ihnen beibringt. Aber auch die Lehrer muß ich hier rügen. Sie sollten in erster Linie Vorbild sein, ein Vorbild, das man respektieren, zu dem man aufschauen kann, ja, das man ruhig ein wenig fürchten sollte. Aber...‘ Oh, Pepsi, bis jetzt habe ich dich nur bewundert und geliebt, ich verspreche dir – ab morgen werde ich dich fürchten!“ ruft Joy theatralisch und legt mit dramatischer Gebärde die Hand aufs Herz. „Hexi, lies du weiter, ich kann nicht mehr!“

Hexi steigt auf einen Stuhl und räuspert sich geziert.

„Bitte Ruhe, ja? Und Andacht, wenn ich bitten darf! Vielleicht solltet ihr eure Ehrfurcht besser dadurch ausdrücken, daß ihr euch diesen Sermon stehend anhört!“

„Damit wir dann reihenweise in Ohnmacht kippen, meinst du?“ lacht Patty auf. „Ich bleibe lieber sitzen, das ist mir sicherer.“

„Also hört und vernehmt. Moment mal, wo waren wir stehengeblieben? Ach so, hier – beim Fürchten. Jetzt kommt's!" Hexi hebt mahnend den Finger und rollt mit den Augen. „,Aber was muß ich hier in Margaretenburg mitansehen? Lehrer und Erzieher, die mit ihren Schülern eine unerträgliche Gleichmacherei betreiben, die sich von ihren Schülern mit *du* anreden lassen, deren Aufmachung und Kleidung darauf abzielt, sich mit den Schülern auf eine Stufe zu stellen. Statt den jungen Menschen ein Beispiel für Ordnung, Sauberkeit und passende Aufmachung zu geben, sieht man sie in ausgefransten, geflickten Landarbeiterhosen, die Haare...'"

„Der meint Herrn Traubes Jeans!" kichert Verena.

„Oder Rübezahls – die sind auch nicht zu verachten. Und erst die von Fritzchen!" übertrumpft Karin sie.

„Vielleicht meint er auch mich?" murmelt Pepsi.

„Es ist eine grobe Unhöflichkeit, einen Vortragenden zu unterbrechen!" sagt Hexi streng. „Ich verbitte mir jeglichen Zwischenruf! Also: ,Die Haare der Herren hängen in Strähnen bis auf die Schultern hinunter oder gleichen der Tracht des Struwwelpeter. Kurz...' Also nee, Kinder, woher kommt der Opa eigentlich? ,Kurz: die Aufmachung der Herren und Damen Pädagogen läßt ebenso zu wünschen übrig wie die der Schüler und Schülerinnen, die ich zum Teil schlichtweg als katastrophal bezeichnen möchte. An den Anblick hosentragender junger Damen haben wir uns seit Jahren gewöhnen müssen, und es ist – in den richtigen Grenzen wohlgemerkt – auch nichts dagegen einzuwenden. Aber was ich in den Mauern von Schloß Margaretenburg zu sehen bekommen habe, läßt an einen Faschingsball und nicht an eine Schule für gebildete junge Menschen denken. Nachlässigkeit scheint Trumpf zu sein, und die Verfehlungen gerade auf diesem Gebiet sind so zahlreich, daß ich sie nicht einzeln aufzählen kann.' Die Verfehlungen! Wie sich das anhört!"

„Lies weiter, das wird spannend wie ein Krimi!" sagt Sabine. „Fragt sich nur, was am Schluß dabei herauskommt."

„Wohlan, so höret! Uff, ich muß mich erst mal setzen, das hält ja kein Mensch aus. Also: ,Was über die Kleidung gesagt wurde, gilt ebenso für die Manieren. Ob es sich nun um den Lärm und die lockeren Formen bei den Mahlzeiten handelt, um das Rennen und Toben auf Gängen und Treppenhäusern, um die Schlagermusik, die in einer Schule nichts zu suchen hat, oder um die Unverfrorenheit, mit der sich Schüler und Schülerinnen in die Angelegenheiten des Lehrkörpers und der Schule einmischen und glauben, zu allem und jedem ihre Meinung äußern zu dürfen. Hier muß dringend etwas geschehen! Neue Maßstäbe müssen gesetzt, den Auswüchsen mit klaren Richtlinien begegnet werden. Jeder von uns weiß, daß ohne Gesetze und klare Bestimmungen das menschliche Zusammenleben nicht zu regeln ist. Daher werden ab sofort für das Internat Schloß Margaretenburg folgende Bestimmungen gültig...' Jetzt darf mal eine von euch weiterlesen, ich brauche dringend eine Pause!", stöhnt Hexi und gibt das Schriftstück Sabine.

Sabine reckt sich hoch auf, nimmt das Schriftstück mit spitzen Fingern und schaut einmal streng in die Runde.

„A!" sagt sie und macht eine Kunstpause.

„Wieso sagst du ‚A'?" erkundigt sich Joy. „Ich würde da eher ‚Igitt!' sagen!"

„Ruhe. ‚A. Bekleidungsempfehlungen. Es ist uns leider nicht möglich, für die Schüler des Internats einheitliche Schuluniformen anzuschaffen, wie sie in den besten ausländischen Schulen schon seit langem Tradition sind.'"

„Uniformen? Eher laufe ich nackend!" platzt Bruni heraus, und die Mädchen brechen in schallendes Gelächter aus. „Na ja, wenn ich zehn Pfund abgenommen habe", fügte sie schnell hinzu.

„Ruhe, habe ich gesagt! Weiter. ‚Trotzdem wollen wir anstreben, eine gewisse Einheitlichkeit in der Kleidung zu erreichen, um in der Öffentlichkeit den Schüler als ‚Margaretenburger' auszuweisen. Über die dabei zu berücksichtigenden Schulfarben wird noch zu sprechen sein. Vorerst werden folgende allgemeine Richtlinien erlassen: Erstens: peinliche Sauberkeit und Intaktheit der Garderobe werden Schülern und Lehrern zur Pflicht gemacht. An Sonn- und Feiertagen ist das Tragen von Arbeitskleidung nicht erlaubt, die Garderobe soll dem Charakter des Tages angemessen sein. Zweitens: Haarpflege und regelmäßiger Gang zum Friseur werden von den Erziehern kontrolliert.‘ So ein Quatsch, als ob wir das nötig hätten! ‚Drittens: der Gebrauch jeder Art von Schminke und Nagellack ist den Schülerinnen innerhalb des Schulgeländes und für die Dauer der Schulzeit verboten.‘ Tststs – der traut sich was!“

„Das kannst du aber laut sagen!“ knurrt Verena und verschränkt wütend die Arme, als müsse sie ihre sorgfältig lackierten Fingernägel vor einem Spion verstecken.

„Sag mal, Pepsi, müssen wir uns das gefallen lassen?“ erkundigt sich Patty empört. „Wo kommt der eigentlich her? Dieser Obertrottel!“

„Soviel ich gehört habe, ist er ein Bekannter eines der Kuratoriumsmitglieder. Ehemaliger Offizier und jahrelang Leiter einer Offiziersschule. Nach dem Krieg ging er nach Südamerika, wechselte den Beruf und wurde schließlich Leiter eines Internats. Deshalb hat man vermutlich geglaubt, er wäre der richtige Mann für Margaretenburg.“

„Wechselte den Beruf, sagst du?“ Joy lacht höhnisch auf. „Der hat nie den Beruf gewechselt! Was kann er denn außer kommandieren und Befehle austeilen?“

„Allah ist groß!“ murmelte Hexi. „Jetzt sehen wir erst mal, was wir an ihm hatten!“

„Ich verstehe nur nicht, wie die Leute vom Kuratorium auf so einen Typ hereinfallen konnten!“ meldet sich Sibylle aus dem Hintergrund zu Wort. „Das sieht doch ein Blinder, daß der für eine Schule wie Margaretenburg untragbar ist.“

„Ich fürchte, ihr macht euch darüber Illusionen“, seufzt Pepsi, „was das Kuratorium denkt. Mindestens die Hälfte der Mitglieder ist stockkonservativ und gar nicht immer mit Allahs Stil – und dem unseren – einverstanden. Wer weiß, was die sich von ihrem Herrn Plettwitz versprechen.“

„Zucht, Ordnung und eiserne Disziplin. Lauter Jasager und Mundhalter“, zitiert Joy.

„Typisch!“ motzt Helga. „Das alte Muster: Erwachsene gegen Kinder. Und die Erwachsenen sitzen immer am längeren Hebel!“

„Uns vorschreiben wollen, was wir anziehen! Das ist doch ein

Eingriff in unsere persönliche Freiheit! Schließlich ist es mein Problem, ob ich mich in Jeans oder in einem langen Flatterkleid wohler fühle, ob ich Turnschuhe oder Stiefel mit hohen Absätzen mag!" empört sich Sabine.

„Genau!" pflichtet Joy ihr bei. „Wo leben wir denn? Das gehört schließlich auch zu unseren demokratischen Rechten!"

„Freie Entfaltung der Persönlichkeit!" übertönt Hexi sie. „Wie sollen wir sonst unseren eigenen Stil entwickeln?"

„Niemand darf wegen seiner persönlichen Ansichten benachteiligt werden!" fügt Helga hinzu.

Pepsi, die zwischen ihnen auf dem Fußboden gehockt hat, steht auf und reibt sich das schmerzende Kreuz.

„Ich glaube, ich mache uns erst mal einen Kakao", sagt sie lächelnd. „Wir sind erst beim ersten Kapitel dieser fabelhaften Dichtung, und es ist gleich Zeit, zu Bett zu gehen. Egal – das müssen wir jetzt diskutieren, und wenn es noch so lange dauert. Holt ihr inzwischen die Becher raus. Ganz oben im Schrank ist noch eine Schachtel Kekse – extra für solche Fälle aufgehoben."

Die Mädchen schwärmen auseinander, Becher, Teller, Papierservietten werden geholt und im Kreis auf dem Fußboden aufgestellt. Patty hat noch einen halben Kuchen in ihrem Schrank – aus dem letzten Päckchen ihrer Tante. Der wird jetzt aufgeteilt. Dazu kommen die Kekse und alles, was man an Obst zusammentragen kann, jeder trägt irgend etwas zu der improvisierten Party bei.

„Habt ihr großen Hunger?" ruft Pepsi aus der Küche. „Dann mache ich uns noch ein paar Wurstbrote!"

„Könnte nicht schaden", meint Joy. „Geistige Arbeit macht hungrig."

„Okay, übernimmst du das?"

„Hier, Bruni, das ist für dich." Helga kommt mit einem großen Glas Zitronenlimonade – mit Süßstoff gesüßt – und mit einer Scheibe Knäckebrot. „Damit du nicht in Versuchung gerätst."

„Keine Sorge, wenn ich mir etwas in den Kopf gesetzt habe, dann halte ich es auch durch! Danke schön, Helga!"

Eine Viertelstunde später sitzen sie wieder im Kreis beisammen.

17 4080-20

Pepsi hat eine Kerze in die Mitte gestellt, es ist richtig gemütlich.

„Ich schlage vor, wir lesen jetzt erst mal den ganzen Kram bis zu Ende durch, und dann reden wir darüber. Einverstanden?" fragt sie.

„Ja, okay, jeder einen Abschnitt. Fang du an, Sabine!"

Und so kämpfen sie sich durch General Zackzacks pädagogisches Konzept, das darauf hinausläuft, alles bis in die kleinsten Kleinigkeiten festzulegen.

„Wißt ihr, was mich wundert?" fragt Hexi, als sie die Lektüre beendet haben. „Daß er nicht auch festlegt, wann wir aufs Klo dürfen, wann und wie oft man husten und sich die Nase putzen darf und..."

„... wann man einen eigenen Gedanken im Kopf haben darf!" vollendet Joy den Satz. „Kinder, Kinder – wie will er das alles eigentlich durchsetzen? Da braucht er doch ein ganzes Heer von Aufpassern und Funktionären!"

„Am Schluß werden wir unselbständig sein wie die Säuglinge. Wir werden uns kaum allein über die Straße trauen!" sagt Sabine empört.

„Nun, das liegt doch wohl an euch!"

Pepsi, die von den angekündigten Maßnahmen genauso mitgenommen ist wie ihre Schützlinge, rafft sich zu ihrer gewohnten Munterkeit auf. In ihren Augen blitzt es unternehmungslustig. So leicht wird sie sich ihr Konzept nicht kaputtmachen lassen – lieber riskiert sie, daß sie gefeuert wird. Sie ist hier, um junge Menschen zu Selbständigkeit und Verantwortungsbewußtsein zu erziehen und nicht, um kleine Befehlsempfänger aus ihnen zu machen, die zu keiner Eigeninitiative fähig sind.

„Laßt uns überlegen, was wir tun können", sagt sie lebhaft. „Worauf, glaubt ihr, kommt es jetzt am meisten an?"

Die Mädchen schauen sich ratlos an.

„Zackzack so schnell wie möglich loszuwerden!" platzt Hexi heraus. „Sonst bricht hier alles zusammen!"

„Ich würde es anders ausdrücken", beginnt Joy nachdenklich. „Wir müßten das Kuratorium und den Elternbeirat davon überzeugen können, daß die alte Methode, unsere Schule zu leiten, ich meine, die von Allah – also, daß die demokratische Methode, wo jeder mehr persönliche Freiheit und Verantwortung hat –, daß die besser ist."

„Genau!" pflichtet Sabine ihr bei. „Wir müssen irgendwie beweisen, daß unsere Art richtig ist und die andere falsch! Und daß man das nicht so einfach mit uns machen kann – uns so... uns so..."

„Entmündigen", hilft Pepsi weiter.

„Das heißt natürlich, daß wir unheimlich auf Draht sein müssen", ruft Hexi lebhaft. „Nicht, daß einer dann kommt und sagen kann, die wollen ja nur gammeln und machen, wozu sie Lust haben! Also, bei uns muß schon alles hundertprozentig hinhauen. Die Schulleistungen, und daß wir zusammenhalten und einer dem anderen hilft. Und daß wir uns auch mal was einfallen lassen – ich meine, mehr tun, als der Unterrichtsplan von uns verlangt."

„Eins fand ich toll!" wirft Verena ein. „Wie die ganze Schule neulich angetreten ist, als Zackzack nach den Anführern des Streichs gesucht hat!"

„Eben!" Helga setzt vor Eifer ihren Kakaobecher so heftig ab, daß es ein Fußbad auf dem Teller gibt und das Wurstbrot sich mit der süßen Flüssigkeit vollsaugt. Aber das stört sie nicht. „Und was war? Er mußte zurückstecken! Er mußte es anerkennen! Und genauso müssen wir jetzt in allen Dingen zusammenhalten – die ganze Schule. Und müssen zeigen, daß wir uns unzumutbare Sachen einfach nicht aufbürden lassen!"

Pepsi lächelt. Genau so hat sie sich diese Diskussion gewünscht.

„Das heißt", fährt Helga fort, „daß wir morgen sofort mit allen anderen Familien Kontakt aufnehmen müssen, um zu einem gemeinsamen Ergebnis zu kommen."

„Ich wette, in den anderen Gemeinschaftsräumen sitzen sie jetzt genauso und reden sich die Köpfe heiß", meint Bruni und pickt einen winzigen Keksrümel auf, der auf der Schale übriggeblieben ist. Pepsi grinst verständisvoll.

„Also, zu den unzumutbaren Dingen gehört ja wohl vor allem

die Bekleidungsvorschrift", sagt Verena. „Wie stellt der sich das überhaupt vor?"

„Er stellt sich offenbar vor, daß wir Erzieher eure Schränke durchforsten und alles aussortieren, was seinen Vorstellungen von ordentlicher Kleidung nicht entspricht. Die Sachen sollen nach Hause geschickt und möglichst durch andere ersetzt werden."

„Püh!" macht Sibylle. „Am Ende bekommen unsere Eltern noch blaue Briefe wegen nachlässiger Kleidung ihrer Sprößlinge."

„So weit kommt's noch! Ich würde meiner Mutter vielleicht was erzählen, wenn sie versuchte, mir Bekleidungsvorschriften zu machen!" sagte Patty. „Okay, ich kann nicht verlangen, daß sie etwas kauft, das sie selber scheußlich findet, wenn sie es bezahlt. Wenn ich es selber bezahle, ist das etwas anderes. Aber daß ich mir reinreden lasse, was ich anziehe – kommt überhaupt nicht in Frage!"

„Habt ihr manchmal Krach deswegen?" erkundigt sich Pepsi.

„Ganz selten. Eigentlich nur, wenn ich was anziehen will, was längst gewaschen werden müßte."

„Da hat sie ja dann auch recht. Also hört mal zu, meine Lieben: ich denke nicht daran, mich in eure Bekleidungsprobleme einzumischen. Tragt, was ihr wollt – genauso wie ich weiter trage, was mir gefällt. Aber kommt mir darin entgegen, daß ihr darauf achtet, daß euer Kram sauber ist, okay? Ihr wißt: wir wollen dem General keine Angriffsfläche bieten. Und gegen Schmuddeligkeit gibt's nun mal eine Menge Argumente. Mangelnde Hygiene, Geruchsbelästigung, Ärgernis für die anderen – wir wollen solche Gedanken gar nicht erst aufkommen lassen. Verstehen wir uns?"

„Von uns ist doch niemand schmuddelig!" wehrt sich Sabine. „So blöd sind wir doch nicht!"

„Natürlich nicht. Aber es könnte doch sein, daß einer von euch das für einen wirksamen Protest hält – in dem Moment kann ich euch natürlich nicht mehr den Rücken decken, ist doch klar, oder? Und jetzt gehen wir schlafen, sonst kriegen wir alle morgen früh die Augen nicht auf."

Pepsi erhebt sich, und die Mädchen beginnen, das Geschirr zusammenzuräumen.

„Mannomann, da kommt noch was auf uns zu, wenn wir anfangen, Zackzacks Vorschriften zu boykottieren", kichert Hexi.
„Es ist alles eine Frage der Erziehung", antwortet Joy salbungsvoll. „Und General Zackzack muß dringend erzogen werden!"

Die Revolution beginnt

Gleich am nächsten Tag machen sie sich an die Arbeit. Zunächst einmal reden sie mit den Jungen über ihre Ideen und müssen feststellen, daß es auch in der Familie des Wikingers einen langen Diskussionsabend gegeben hat. Und ebenso ist es in den anderen Familien. Jetzt müssen wir zusammenstehen wie ein Mann, wird überall – laut oder leise – verkündet. Ein Gutes hat Allahs Krankheit bewirkt, kein Streit, keine Eifersucht kommt in diesen Tagen auf, die Schüler vom Schloß Margaretenburg fühlen sich wie eine große Familie.

Natürlich wird die neue Bekleidungsvorschrift am heftigsten diskutiert. Die Schüler brüten über Racheplänen. Die jungen Lehrer, die von den neuen Vorschriften ebenso betroffen sind, gehen mit griesgrämigen Gesichtern durchs Haus und sind im Unterricht gereizt und ungeduldig.

Am wütendsten scheint Herr Traube zu sein. Joy begegnet ihm im Park und beobachtet, wie er zornig mit den Füßen Kieselsteine in alle Richtungen schießt. Joy überholt ihn und sieht ihn mitleidig von der Seite an.

„Sind Sie auch so stocksauer auf den neuen Direktor?" fragt sie vorsichtig.

„Stocksauer ist überhaupt kein Ausdruck! Und ich hatte mich so auf die Arbeit hier gefreut." Herr Traube scheint den Tränen nahe.

„Man muß sich ja nicht alles gefallen lassen", tastet sich Joy weiter vor.

„Kommt drauf an. Wenn man keine andere Arbeit findet und

Geld verdienen muß und einem ein Ultimatum gestellt wird..."

„Er hat Ihnen ein Ultimatum gestellt? Darf er das überhaupt?"

„Er tut es einfach. ‚Es steht Ihnen frei zu gehen', hat er gesagt. ‚Aber solange Sie Lehrer in Schloß Margaretenburg sind, werden Sie sich an die Richtlinien des Hauses halten!' Und dann hat er mir befohlen, bis morgen meine Haare schneiden zu lassen und mir einen anständigen Anzug zu besorgen."

„Frechheit!" knurrt Joy. „Wissen Sie, was ich an Ihrer Stelle täte? Ich ließe mir den Kopf kahlscheren und käme im Frack oder in einem schönen altmodischen Bratenrock mit einem hohen steifen Kragen – wie nennt man die Dinger noch mal?

„Vatermörder, glaube ich." Herr Traube lacht. „Deine Idee gefällt mir – hm, darüber muß ich mal nachdenken. Willst du auch zu Andy?"

„Ja."

„Fein."

Bei Andy hat sich bereits eine Gruppe versammelt. Mike, Christian, Edward, Hexi, Sabine, Verena und Sibylle hocken in der Küche des alten Kutscherhauses und palavern, während Andy mit der Einrichtung eines neuen Käfigs beschäftigt ist und Florian in winzigen Näpfen Futter bereitet.

„Wenn wir schon alle hier sind, dann könnt ihr ja auch helfen!" mault Andy. „Ich weiß vor Arbeit gar nicht, wo ich anfangen soll!"

„Klar!" Sabine springt auf. „Machen wir doch gerne, Andy. Sag uns bloß, was wir tun sollen!"

Mit Andy muß man sich jetzt gut stellen. Der Zoo wird bald der einzige Ort sein, wo man vor Zackzack sicher ist. Er interessiert sich offensichtlich nicht für Tiere, hat aber, da der Zoo ein Aushängeschild für das Internat ist – seine Zustimmung zur Weiterführung gegeben. Unter der Bedingung allerdings, daß ständig ein Lehrer die Aufsicht führt, aber das wird zum Glück nicht so genau kontrolliert. So haben die Schüler hier im alten Kutscherhaus einen Zufluchtsort.

Andy kommt mit einer Liste und verteilt Aufgaben. Das Aquarium, das er von einer alten Frau im Dorf geerbt hat, muß gereinigt und in Ordnung gebracht werden. Im Keller liegen Bretter, die zu Regalen verarbeitet werden sollen. Der Stall ist zu weißeln, da kommen demnächst die zwei Heidschnucken hinein, die der Vater eines Jungen dem Internatszoo zum Geschenk gemacht hat.

„Das Füttern und Reinigen der Käfige überlaßt lieber Florian und mir", sagt Andy. „Sonst haut euch einer meiner Schützlinge ab, das will ich nicht riskieren."

Joy läßt Herrn Traube vorgehen und schließt die Tür sorgsam hinter sich zu. Es ist, als wolle sie Zackzack und alle, die ihnen in Margaretenburg auf den Wecker gehen, aussperren. Am liebsten würde sie noch den Riegel vorschieben und Besucher nur nach schriftlicher Voranmeldung hereinlassen.

Herr Traube geht von Käfig zu Käfig, begrüßt die Insassen mit Namen und unterhält sich leise mit ihnen. Auch er fühlt sich erst richtig wohl, wenn er hier drinnen ist.

„Augusta wird heute werfen", sagt er leise zu Andy. „Sieh zu, daß sie nicht gestört wird! Was für ein hübsches Nest sie hat!" Fast zärtlich schaut er auf die schneeweiße Mäusedame. „Kann ich was tun?"

Andy macht ihm ein Zeichen, mit ihm in den ersten Stock hinauf zu kommen. Oben befindet sich die sogenannte „Klinik", zwei Räume, die dazu dienen sollen, kranke Tiere aufzunehmen.

„Wir haben einen Patienten", sagt Andy leise. „Ich wollte es den anderen nur nicht sagen, weil sie sonst alle raufgestürzt wären, um ihn zu sehen."

Er zieht einen Schlüssel aus der Hosentasche und schließt die Tür zu der kleinen Dachstube auf, die ihm früher einmal als Unterschlupf gedient hat, als er noch nicht Schüler der Margaretenburg war.

In der Ecke der kleinen Kammer steht eine Kiste, die Andy rundum mit Heu ausgepolstert und mit einem sauberen Laken ausgelegt hat. Unter einem wollenen Pulli ist ein winziger dunkler Kopf zu erkennen. Der Biolehrer tritt heran und beugt sich hinunter. Ein kleines Äffchen schaut ihn aus fieberglühenden Augen an, der kleine Körper zittert.

„Um Himmels willen, wo hast du denn den her?"

„Vom Tierhändler im Dorf, bei dem ich vorhin Futter holte. Er gehörte einem Leierkastenmann. Der hat ihn dort gelassen, wahrscheinlich, weil er krank ist. Der Händler wollte ihn natürlich so schnell wie möglich loswerden, da kam ich ihm gerade recht. Wir brauchen unbedingt einen Tierarzt, Herr Traube!" sagt Andy eindringlich.

Herr Traube redet leise und beruhigend auf das Äffchen ein, dann schiebt er vorsichtig die wollige Zudecke zurück und beginnt das Tierchen zu untersuchen. Es hat eine Wunde am Hals, und das linke Bein ist in einem bösen Zustand. An der Stelle, an der es angekettet gewesen ist, ist die Haut durchgescheuert, und es haben sich eiternde Ekzeme gebildet. Außerdem ist der kleine Affe bis auf die Knochen abgemagert.

„Ob wir ihn retten können?" meint Andy leise und voller Angst. „Lieber Gott, mach, daß er gesund wird . . ."

„Ich hole den Tierarzt. Und wenn ich ihn auf den Armen hertragen muß!" sagt Herr Traube. „Wir schaffen das schon. Hast du ihm zu essen gegeben?"

„Babynahrung. Ich habe sie ihm mit dem Löffel eingeflößt. Und kleine Stückchen Banane."

„Gut. Ich fahre sofort los. Muß sowieso zum Friseur." Herr Traube grinst. „Vermutlich werdet ihr mich nicht wiedererkennen, wenn ich zurückkomme. Aber wegen unseres kleinen Freundes hier mach dir keine Sorgen. Du solltest ihm jede Viertelstunde eine Kleinigkeit geben. Und viel mit ihm reden und ihn streicheln, damit er Zutrauen bekommt. Hat er einen Namen?"

„Der Händler wußte es nicht."

Herr Traube schaut nachdenklich auf die Wunden, die die Kette an dem winzigen Bein verursacht hat. Er denkt an die Qualen, die der kleine Affe erlitten hat, an den Hunger, den Lärm auf den Straßen, das Grölen der Zuschauer, die Lieblosigkeit des Leierkastenmannes. Und er denkt an seine eigenen Probleme.

„Wollen wir ihn ‚Freedom' nennen? Freiheit?" fragt er.

„Das ist ein guter Name“, sagt Andy.

In den folgenden zwei Stunden gelingt es Andy, immer wieder unbemerkt von den anderen nach seinem kleinen Freund zu sehen. Liebevoll flößt er dem halb bewußtlosen Tierchen winzige Brokken in Milch getauchtes Weißbrot ein oder kleine Happen Banane.

Die anderen sind viel zu sehr mit sich selbst beschäftigt, als daß sie besonders auf ihn achteten. Es fällt ihnen nicht einmal auf, daß Andy nicht zur Studierzeit ins Schloß hinübergeht. Herr Traube hat versprochen, dem Wikinger wegen des Tierarztbesuches Bescheid zu sagen.

„Schade, daß ich nicht schnell mal übers Wochenende nach Hause fahren kann“, seufzt Hexi, als sie zum Schloß hinübergehen. „Auf dem Speicher haben wir eine Truhe mit himmlischen, altmodischen Klamotten – noch von meiner Urgroßmutter! Ich würde mich total neu einkleiden – mit Korsetts und Rüschenkleidern und Blusen mit Stehkragen und Schnürstiefeln.“

„Im Dorf gibt's einen Laden mit gebrauchten Kleidungsstücken – vielleicht sollten wir uns da mal umschauen“, überlegt Sabine.

Mike reißt übermütig einen Zweig mit Kastanienblättern ab und hält ihn sich vor den Bauch.

„Wißt ihr was? Ich geh morgen nur im Blätterröckchen!“

Die anderen quietschen vor Vergnügen.

„He – ich hab eine Idee!“ ruft Christian in das Gelächter. „Wie wär's, wenn wir einfach die Klamotten tauschten?“

„Was ist da groß zu tauschen – wir tragen doch alle ganz ähnliche Sachen, Jeans, T-shirts, Pullis“, meint Joy kopfschüttelnd. „Das bringt doch nichts!“

„Nicht, wenn die Sachen passen! Aber wenn sie zu klein oder zu groß sind?“

„Vor allem zu klein ist gut!“ jubelt Mike. „Hexi, leihst du mir deine gelbe Bluse mit den roten Herzchen drauf?“

„Klar, Mann! Und du gibst mir das schwarze T-shirt mit dem Motorrad!“

„Gemacht!“

„Verena, du hast doch schicke Kleider und Röcke! Könntest du nicht deinen weißen Faltenrock für einen Tag entbehren? Und die rosa Kniestrümpfe?“ fragt Edward.

Verena ziert sich ein bißchen. Aber das Vergnügen an der Verkleidungskomödie siegt.

„Natürlich, Edward. Wird dir prima stehen! Soll ich dir auch die Schuhe mit den hohen Absätzen dazu leihen?“

„Die dürften mir leider um ein paar Nummern zu klein sein. Aber meine schwarzen Schuhe sehen sicher auch nicht übel zu dem Röckchen aus!“ sagt Edward geziert.

„Kann mir einer sagen, wo ich ein Spielhöschen herbekomme – so eins mit einem Kaninchen vorne drauf, das eine Mohrrübe knabbert?“ fragt Christian. „Das wäre mein Traum!“

Die Mädchen stecken kichernd die Köpfe zusammen und flüstern.

„Vielleicht kriegen wir das irgendwie hin“, meint Hexi. „Da fällt uns schon was ein. Wir werden nachher mal unsere Schränke durchwühlen und alles raussuchen, was für euch geeignet ist. Aber ihr müßt das gleiche tun!“

„Klar! Ich glaube, ich habe noch meinen zu klein gewordenen Firmungsanzug.“ Edward macht einen Hüpfer bei dem Gedanken, der ihm gerade durch den Kopf geht. „Das wäre was für unsere Bruni! Ihr müßt nur die Knöpfe vorher fester nähen! Hach, wird meine Mutter sich freuen, wenn ich ihr das erzähle – sie packt ihn mir nämlich trotz aller Proteste jedesmal wieder mit ein!“

„Und wann starten wir das Unternehmen? Gleich morgen?“ erkundigt sich Joy.

„Klar“, Christian reibt sich die Hände vor Vergnügen, „morgen nach dem Frühstück ziehen wir uns um und gehen so in die Klasse. Ich sage es nachher den anderen, vielleicht machen sie mit.“

„Das wäre super!“

Während Hexi, Joy, Sabine und Verena mit ihren Klassenkameradinnen zur Studierzeit im Klassenzimmer verschwinden und die Jungen sich in ihre Buden verkrümeln, betritt der Tierarzt das Kutscherhaus.

Andy führt ihn in die Krankenstube und erzählt, wie er zu seinem Schützling gekommen ist. Der Tierarzt ist ein sympathischer Mann. Er sieht aus, als sei er aus einer Zigarettenwerbung gestiegen, findet Andy. Cowboy am Lagerfeuer oder so. Jedenfalls hat Andy sofort Vertrauen zu ihm.

Der kleine Affe scheint ebenso zu empfinden, jedenfalls läßt er alles brav mit sich geschehen. Er bekommt zwei Spritzen, seine Wunden werden behandelt, das Bein mit einem Verband versehen. Dann bekommt Andy noch eine Salbe und eine Packung Tabletten für die weitere Behandlung seines Patienten.

„Wenn es nicht besser wird, komm morgen zu mir in die Sprechstunde mit ihm. Aber ich denke, er wird sich bald erholen, wenn du ihn tüchtig aufpäppelst und dich weiter so gut um ihn kümmerst. Kannst du auch nachts hier im Haus bleiben?“

„Nur, wenn ich heimlich abhaue – und das möchte ich lieber nicht. Unser neuer Direktor...“

„Ach ja, hab schon gehört, daß es bei euch zur Zeit einigen Wirbel gibt. So was spricht sich hier auf dem Land schnell herum“, meint der Tierarzt lachend. „Nun ja, es wäre gut, wenn du deinen kleinen Freund nicht zu lange allein läßt.“

„Ich kriege das schon irgendwie hin. Vielleicht kümmert sich Herr Traube, unser Biologielehrer, heute nacht um ihn.“

Sie sind inzwischen wieder nach unten gekommen und stehen in dem kleinen Hausflur. Von draußen nähern sich Schritte, und plötzlich steht ein kahlköpfiger junger Mann vor ihnen.

„Guten Abend! Suchen Sie jemanden?“ fragt der Tierarzt und starrt fasziniert auf den kahlen Schädel.

Andy bekommt kein Wort über die Lippen, mit offenem Mund steht er da und glaubt seinen Augen nicht zu trauen.

„Herr Doktor, schön, daß Sie gekommen sind, wie geht es dem Kleinen? Ach so.“ Herr Traube wird rot bis auf den Gipfel seiner frisch geschorenen Glatze. „Sie erkennen mich nicht wieder, ich war vorhin bei Ihnen in der Praxis – bevor ich zum Friseur ging.“

„Ist das jetzt die allerneueste Mode?“ stottert der Tierarzt fassungslos. „Oder haben Sie um tausend Mark gewettet?“

„Weder – noch. Die Bekleidungsempfehlungen unseres neuen Direktors.“ Herr Traube lächelt sanft. „Die Haare sollten kurz getragen werden. So kurz wie möglich.“

„Kürzer geht's wirklich nicht mehr!“ stöhnt Andy und faßt sich an seinen eigenen Schopf, als fürchte er, ihn plötzlich nicht mehr an seinem Kopf zu finden.

„So ist das also!“ Der Tierarzt lacht. „Mir scheint, hier bereitet sich eine Revolution vor!“

Jetzt findet auch Andy seine Fassung wieder.

„Was heißt hier, sie bereitet sich vor! Sie ist schon in vollem Gange! Wir Schüler haben nämlich auch ein Wörtchen mitzureden – und das tun wir!“ erklärt er stolz. „Man wird von uns hören!“

Himbeerrosa Unterhemden

„Alles mal herhören! Oliver, sieh nach, ob kein Lehrer in der Nähe ist und mach die Tür zu!“ ruft Christian und stellt sich vor die Tafel.

„Ich dachte, du wolltest im weißen Röckchen erscheinen?“ fragt Hexi enttäuscht. Sie selbst trägt das schwarze T-shirt mit dem Motorrad und Mikes viel zu große Trainingshose.

„Das ist es ja, was ich euch mitteilen will. Die Aktion ist abgeblasen!“

„Abgeblasen? Warum denn das?“ ruft alles durcheinander und drängt näher heran.

Christian wirft einen Blick zur Tür, aber draußen ist alles ruhig. „Die von der Elften haben nämlich eine Spitzen-Idee ausgebrütet – und bis wir diese Idee in die Tat umgesetzt haben, wollen wir uns ganz unauffällig verhalten. Ich kann euch das jetzt in der Eile nicht erzählen, der Brocken muß jeden Augenblick hier sein. Ich werde Sabine genau informieren, und die kann euch alles in eurem Gemeinschaftsraum erklären, da seid ihr ungestört. Genauso machen wir Jungen das heute abend aus – ich meine die technischen

Einzelheiten und so. Aber ich kann euch versprechen – das wird eine Superschau!“

Leider erscheint der Brocken nun tatsächlich, und es gibt keine Gelegenheit mehr, Christian über diese geheimnisvolle Idee zu befragen. Auch in der Pause wehrt er nur ab. „Viel zu gefährlich hier! Es muß absolut geheim bleiben!“

Nach dem Essen trifft er sich mit Sabine am Sportplatz. Hier kann sie keiner belauschen, und Christian weiht Sabine in den großen Plan ein. Sabine kann es danach kaum erwarten, den anderen davon zu erzählen. Kurz vor Beginn der Studierzeit trommelt sie die Mädchen im Gemeinschaftsraum zusammen. Pepsi ist mit Florian beim Zahnarzt, so sind sie ungestört. Denn es gibt Grenzen für das, was man Pepsi sagen darf, wenn man sie nicht in Gewissenskonflikte bringen will.

„Kinder, die Sache ist einfach super-super!“ beginnt Sabine. „Kennt ihr den Klaus aus der Elften? Er ist als Externer hier, wohnt ganz in der Nähe.“

„Der Blonde mit dem Afrolook, der so berlinert? Den kenne ich!“ sagt Helga. „Und was ist mit ihm?“

„Seine Eltern sind in der Textilbranche. Sie haben eine Kaufhauskette für Bekleidung. Und das hat Klaus auf die Idee gebracht, wir...“ Sabine kichert hemmungslos und bringt kaum noch ein Wort heraus. „Das hat ihn... hat ihn...“

„Nun reiß dich zusammen und spann uns nicht so auf die Folter!“ sagt Joy ärgerlich. „Wir wollen auch mitlachen!“

„Also, er hat sich gedacht“, stößt Sabine immer noch glucksend heraus, „wenn General Zackzack schon so sehnsüchtig davon träumt, uns alle einheitlich zu kleiden und uns am liebsten in Uniform sehen würde, warum tun wir ihm dann nicht den Gefallen und tragen welche? Allerdings eigene – von uns erfundene!“

„Von uns erfundene?

„Und was stellt er sich da vor?“

„Ich sehe nicht, was daran so komisch sein soll!“

„Das mußt du uns schon näher erklären. Wo ist da der Witz? Sollen wir alle in Sträflingskleidung erscheinen?“ rufen sie.

„Viel besser! Klaus hat erzählt, sie haben da eine ganze Wagenladung voller Unterhemden, die nicht verkauft worden sind und verramscht werden sollen. Die gibt's ganz billig. Die sollen wir anziehen. Stellt euch vor: seidig glänzende himbeerrosa Unterhemden, so ähnlich wie T-shirts!"

„Wow!" Hexi läßt sich hintenüber auf einen Stuhl fallen. „Das nenne ich einsame Spitze! Und wann soll das passieren?"

„Sobald wir die Dinger haben. Wir werden das noch verabreden."

„Ein Super-Gag!" jubelt Patty. „Wißt ihr übrigens, was Zackzack als neuestes ausgebrütet hat? Wir bekommen Abzeichen mit dem Schulwappen, die sollen wir tragen, solange wir hier sind! Das gleiche Wappen wie auf der Fahne. Die Fahne will er ja auch anschaffen!"

„Das darf nicht wahr sein! Wir sind bald der reinste Fußballverein!" stöhnt Verena.

„Womöglich noch mit Fahnen-Appell jeden Morgen und Abend. Man sollte dem Guten mal einen Kasten Zinnsoldaten zum Spielen schenken, vielleicht würde das etwas beruhigend wirken! Oder eine alte Kanone, die er jeden Abend von seinem Balkon aus abschießen darf!" meint Karin kopfschüttelnd. „Irgendwie tickt's doch bei dem nicht richtig!"

„Na, jedenfalls hat Klaus sich überlegt, wir sollten uns jeder so einen rosa Unterrock besorgen, und vielleicht sogar einen Aufkleber draufmachen, ein Entchen oder Häschen oder die Biene Maja – eben so Kleinkinderkram. Und eines Tages wollen wir morgens geschlossen in unseren Unterhemden antreten."

„Und die Lehrer? Herrn Traube würde das doch süß stehen!"

Die Lehrer lassen wir aus dem Spiel. Die machen schon ihren eigenen Protest. Siehe Herrn Traube."

„Glaubst du, daß wirklich alle mitmachen?" fragt Bruni.

„Vielleicht nicht alle. Aber wenn von hundertachtzig Schülern hundert so rumlaufen, das dürfte schon einigen Eindruck machen!"

„Ich glaube nicht, daß sich viele ausschließen. Die Abiturienten vielleicht, die haben andere Sorgen. Aber sonst – neulich haben sie doch auch alle mitgemacht! Margaretenburg war sich noch nie so einig!" sagt Joy.

„Und wer will schon vor den anderen als Feigling oder Verräter dastehen!" meint Verena. „Also – wann gehen wir die Dinger kaufen? Oder bringt Klaus uns die mit?"

„Man kann sie bei ihm bestellen, ich nehme die Bestellungen entgegen. Auslieferung an einem geheimen Ort, der noch bekanntgegeben wird. Vielleicht deponiert er sie im Keller des Kutscherhauses. Von dort aus können wir sie dann einzeln holen. Aber das muß noch besprochen werden."

„Kinder, stellt euch vor, alle machen mit! Das muß ein Anblick sein – einfach himmlisch! Zackzack werden die Augen aus dem Kopf quellen!" Hexi leckt sich vor Wonne die Lippen. „Das gibt wieder saftige Strafen! Vielleicht kriegen wir bald eine Arrestzelle?"

„Die muß dann aber Platz für hundertachtzig Leute haben!" meint Joy lachend. „Er wird es wohl beim Stubenarrest belassen. Seht zu, daß ihr euch darauf einstellt. Legt eiserne Vorräte an und besorgt euch einen Haufen Schmöker."

„Was glaubst denn du, wir werden von morgens bis abends Strafarbeiten schreiben", stellt Patty lakonisch fest, „aber das ist die Sache wert."

„Das finde ich auch. Wir werden uns schon nicht unterkriegen lassen!"

In den nächsten Tagen sind die Schüler der Margaretenburg ungewöhnlich ruhig. Niemand fällt unangenehm auf. Im Unterricht wird konzentriert gearbeitet, beim Sport gibt es kein übertriebenes Geschrei, im Hause herrscht Stille. Wo der General auftaucht, wird eisern geschwiegen, und wenn er jemand anspricht und etwas fragt, bekommt er ein zackiges „Jawohl, Herr Direktor" zu hören.

Es müßte ihm eigentlich nicht ganz geheuer vorkommen, aber er hält das Benehmen der Schüler wohl für ein Ergebnis seiner neuen Richtlinien.

In den Freistunden bummelt man – allein oder zu zweit – zum

Kutscherhaus hinüber – jede Viertelstunde ein anderer –, bleibt für ein paar Minuten und geht eilig wieder zum Schloß zurück. In den Zimmern wird gestickt und auf Stoff gemalt, niedliche kleine Dinge, als wolle man ein Säuglingsheim ausstatten, Entchen und Möhren knabbernde Häschen, weiße Kätzchen und niedliche Hündchen mit rosa Schleife, Biene Maja und Donald Duck, Milchfläschchen, Schnuller und Kindertöpfchen, Lätzchen mit der Aufschrift ‚Mamas Liebling', Teddybären und Asterix und Obelix.

Die himbeerrosa Unterhemden entpuppen sich als Monstren aus dickem Stoff, innen wollig aufgerauht, außen seidig glatt, die Größen ab sechsundvierzig aufwärts.

Diese Gewänder werden nun mit den liebevoll hergestellten

Kichernd sitzen sie auf ihren Betten – alle mit Nadel und Faden bewaffnet

Aufnähern verziert. Selbst die Jungen sitzen – kichernd vor Vergnügen – abends auf den Betten, mit Nadel und Faden bewaffnet, und verzieren ihre Uniformen. Kaum können sie den großen Tag erwarten.

Jeden Montag – zum Wochenbeginn – ist Morgenfeier in der Aula. Das ist auch eine Anordnung des Generals. Man singt ein Lied, spricht ein Gebet, dann hält Zackzack einen Vortrag über eines seiner Lieblingsthemen: Gehorsam, Sparsamkeit, Abhärtung oder Disziplin. Das Ganze dauert eine halbe Stunde. Eine halbe Stunde, die sie früher aus den Betten gescheucht werden. Kein Wunder, daß diese Morgenfeier den Margaretenburgern zutiefst verhaßt ist.

Diesmal allerdings sehnen die Schüler den Montag herbei.

„Stellt euch vor, Zackzack hat als Thema für seinen Vortrag ausgerechnet etwas über ‚Schickliche Kleidung' gewählt! Das wäre doch Spitze!" Hexi kichert in ihr Kopfkissen bei der Vorstellung. „Der Vortrag wird ihm im Hals steckenbleiben, bis er daran erstickt!"

Sie können vor Aufregung alle nicht schlafen. Hoffentlich geht nichts schief!

Um Viertel vor sieben klopft ein Schüler bei sämtlichen Familien an. Alle Familienmütter und -väter bitte in die Aula. Ebenso ergeht es den Lehrern, soweit sie im Haus wohnen.

Kurz vor halb acht bewegt sich ein schweigender Zug durch die Gänge des Schlosses Margaretenburg. Nur hier und da ist ein unterdrücktes Kichern zu hören. Dem Zug schließen sich weitere Schüler an, von allen Seiten kommen sie, treffen sich in der großen Halle vor der Aula und stellen sich in Marschordnung auf.

Zackzack hat gerade die Aula betreten, gefolgt von den ratlosen Erziehern, und schaut verwirrt auf die leeren Stuhlreihen, als die große Flügeltür aufspringt und ein Zug von Riesenflamingos hereinmarschiert. Jungen und Mädchen in flatternden rosa Gewändern, unter denen sie offensichtlich kaum etwas anhaben. Einige haben die Hemden malerisch zusammengerafft oder drapiert. Die himbeerrosa Unterhemden sind verziert mit allen möglichen Bild-

18 4080-20

chen und Aufschriften, einige der Jungen haben sich sogar rosa Schleifen ins Haar gebunden, andere einen Schnuller an einem Seidenband um den Hals gehängt.

General Zackzack ist fassungslos. Er öffnet den Mund, aber der beabsichtigte Schrei wird zum heiseren Krächzen. Hinter ihm senken sich die Köpfe, die Gesichter der Erzieher verschwinden hinter vorgehaltenen Händen, ihre Schultern bewegen sich zuckend vor unterdrücktem Lachen. Pepsi glaubt, das Lachen würde sie zerreißen, vorsichtig bewegt sie sich dem Ausgang zu. Dem Wikinger tränen die Augen, seine Gesichtsfarbe wetteifert mit dem Rosarot der himbeerfarbenen Unterhemden.

Herr Traube hat verschlafen. Ohne rechts und links zu sehen, stolpert er in den Saal und läuft auf die Gruppe der Lehrer zu. Herrn Traubes sauber geschorener Schädel zeigt noch Spuren von Seifenschaum, sein Körper steckt in einem viel zu kleinen Konfirmationsanzug, um den Hals trägt er eine schwarze Fliege.

Was ist mit dem Direktor los? Warum benehmen sich die Lehrer und Erzieher so merkwürdig? Die einen weinen scheinbar, die anderen schauen empört ...

Herr Traube sieht sich um. Erst jetzt nimmt er die rosa Gestalten wahr. Der Anblick überfällt ihn so unerwartet, daß es für jede Selbsbeherrschung zu spät ist.

„Brrruuhhuhuhuuuaaaa“, wiehert Herr Traube los und hält sich den Bauch vor Lachen. Vor seinen Augen grinst ein weißes Kaninchen auf rosa Untergrund, das fröhlich mit einer zartblauen Rübe winkt. Ein dicker Obelix zeigt fröhlich sein Hinterteil.

Zackzack kommt zu sich. Sein ganzer Zorn richtet sich auf den armen Biologielehrer, aber Herrn Traubes hemmungsloses Lachen hat ansteckend gewirkt, jetzt lachen auch die Lehrer und Erzieher. Zackzacks Gebrüll geht im allgemeinen Lärm unter.

Nur die Schüler verhalten sich völlig still. Nicht aus der Ruhe bringen lassen! haben sie sich vorher gegenseitig versichert.

„Das lasse ich mir nicht bieten!“ brüllt Zackzack. „Ich lasse mich nicht lächerlich machen! Das werdet ihr bereuen!“ Seine Stimme überschlägt sich. Das Lachen der Lehrer und Erzieher erstirbt.

„Alle Mahlzeiten sind heute gestrichen! Stubenarrest bis auf weiteres. Keiner verläßt sein Zimmer. Die Herren und Damen Erzieher kommen bitte sofort in mein Büro!"

„Bitte geht jetzt in eure Zimmer zurück und zieht euch um", sagt der Brocken, er sieht aus, als hätte er drei Nächte nicht geschlafen.

Die Schüler verkrümeln sich, auf den Treppen und Fluren hört man sie tuscheln und lachen.

„Ich weiß gar nicht, was ihr gegen die nette Anstaltskleidung habt!" flötet einer.

„Unsere Eltern wären froh gewesen, wenn sie so reizende Schuluniformen gehabt hätten", hört man ein Mädchen in belehrendem Ton sagen.

Pepsi und der Wikinger sehen sich an. Dann folgen sie seufzend den übrigen Erziehern in Zackzacks Büro.

„Ich warte auf eine Erklärung!" schnarrt der Direktor böse, kaum daß sich die Tür hinter den letzten geschlossen hat.

Der Wikinger tritt vor.

„Ich glaube, ich kann für alle sprechen. Wir haben von diesem Vorhaben nichts gewußt, Herr Direktor. Sie wissen selbst, daß wir heute morgen von den Schülern unter einem Vorwand zu Ihnen gelockt wurden. Man wollte uns aus dem Wege haben. Verständlicherweise." Der Wikinger versucht es mit einem versöhnlichen Grinsen, aber Zackzack macht ein Gesicht, als habe man ihm statt seines Morgenkaffees eine Tasse mit Pfeffer und Salz gewürzten reinen Zitronensaft verabreicht. „Die Sache ist sicher . . . wie soll ich sagen", fährt der Wikinger fort, „ein dicker Hund. Aber wenn Sie mich als Pädagogen fragen . . ."

„Ich frage Sie aber nicht, Herr Hansen. Was ich hier erwarte, ist eine Entschuldigung und die Versicherung, ihre Schützlinge zu bestrafen und dafür zu sorgen, daß so etwas in Zukunft nicht mehr vorkommen kann! Was Sie hier treiben, ist keine Erziehung, sondern eine einzige Schlamperei, und ich ersuche Sie dringend, sich in Zukunft strengstens an meine Vorschriften zu halten. Ihre Schuld ist es, wenn sich die Schüler der Margaretenburg so aufführen!" erwidert der Direktor scharf.

„Entschuldigen Sie, Herr Direktor!“ sagt Pepsi scharf und tritt vor. Wenn sie wütend ist, sieht sie aus wie der Engel mit dem Flammenschwert. „Wir können stolz auf unsere Schüler sein. Sie haben oft genug bewiesen, daß sie menschliches Format, Verantwortungsbewußtsein und ein Gefühl für Solidarität besitzen! Und das haben sie auch heute! Sie, Herr Direktor, sind selber schuld, wenn die Kinder sich derart zur Wehr setzen! Hätten Sie Ihre Vorstellungen über die Kleidung mit den Schülern offen diskutiert, dann wäre es nie so weit gekommen! Sicher hätten Sie Ihre Vorstellungen durchgesetzt – wenn Sie die Kinder hätten mitreden lassen!“

„Die Kinder mitreden lassen – so weit kommt es noch, daß ich mir von Kindern vorschreiben lasse, was ich zu tun habe!“ schnaubt der Direktor. „Und ich sage Ihnen, ich werde die Rotzgören schon auf Vordermann bringen! Wir wollen doch mal sehen, ob wir hier nicht Gehorsam reinbringen! Und wenn Sie nicht dazu in der Lage sind – ich bin es!“

„Glauben Sie wirklich, Herr Direktor Plettwitz, daß dies der richtige Weg ist, Kinder zu freien, verantwortungsbewußten Bürgern zu erziehen?“ sagt der Wikinger ruhig. Die anderen murmeln Beifall.

„Manieren sollen sie lernen, anständiges Benehmen!“ ruft der Direktor. „Ordnung, Disziplin, Fleiß – das sind die Werte, auf die es ankommt! Seinen Mann stehen, dort wo das Schicksal einen hinstellt, auch Ungerechtigkeiten ertragen, Strapazen auf sich nehmen, ohne aufzumucken! Aber das wird sich hier ändern, ich schwöre es Ihnen! Wem es nicht paßt, der kann gehen. Das wäre jetzt alles. Guten Tag, meine Damen und Herren!“

„Kinder! Jetzt brauche ich erst mal einen starken Kaffee!“ stöhnt Pepsi, als sie in die Wohnung zurückkommt.

„Das haben wir uns schon gedacht“, meint Joy lachend. „Komm nur, im Gemeinschaftsraum ist alles vorbereitet.“

Da sitzen sie an den Tischen. Sie haben Frühstück gemacht, Kaffee und Tee gekocht, und Sabine, Helga und Sibylle kommen mit Pfannen voller Spiegeleier.

„Donnerwetter! Könnt ihr zaubern? Wo habt ihr das ganze Zeug denn her?"

„Wir haben uns ein bißchen auf die Festungshaft vorbereitet. Wir sind doch nicht blöd, oder?" Hexi lacht. „Feiern wir den schulfreien Tag. Man muß aus allem das Beste machen."

Besuch bei Allah

Gegen Abend geht ein Rundschreiben des Generals durchs Haus – mit neuen Anordnungen. Ab sofort wird jeden Morgen eine halbe Stunde Dauerlauf und Frühsport im Freien eingelegt. Bei jedem Wetter. Das Wecken wird entsprechend eine halbe Stunde vorverlegt. Die Erzieher sorgen für die ordnungsgemäße Durchführung des Frühsports. Den Erziehern wird ab sofort untersagt, sich von ihren Zöglingen mit „Du" und dem Vornamen anreden zu lassen. Alle Tätigkeiten und Aufgabenbereiche der Schülerselbstverwaltung gehen auf die Lehrer und Erzieher über. Die Schulzeitung wird bis auf weiteres verboten, die Redaktion aufgelöst. Alle Schülerinitiativen sind bis auf weiteres untersagt. Popmusik und Schlager sind vorerst verboten, Zeitschriften ebenfalls.

Der Junge aus der Zehnten, der die Blätter austrägt, hat Joy einen Brief in die Hand gedrückt und etwas von „Streng geheim!" geflüstert. Joy wirft einen Blick darauf, während sie zum Gemeinschaftsraum hinübergeht. Es ist eine Einladung zu einer Geheimsitzung heute nacht im Tischtenniskeller. Von jeder Familie soll eine Abordnung entsandt werden.

Pepsi hat Brote geschmiert und Tee gemacht, Helga und Karin wetteifern um die Herstellung des besten Obstsalats. Im Gemeinschaftsraum haben sie eine große Tafel gedeckt, aus den Lautsprecherboxen schluchzt es „Only you . . ."

„Ei, was bringt uns die kleine Joy denn da Feines?" flötet Hexi zuckersüß. „Hab ich's mir doch gedacht! Ein neues Gebetbuch vom General! Leg es in die Ecke, bis wir gegessen haben, wir wollen uns nicht den Appetit verderben!"

In Pepsis Wohnzimmer klingelt das Telefon. Sie spitzen die Ohren, als Pepsi den Hörer abnimmt.

„Ja bitte? Was? Ach, du lieber Himmel! Herzliches Beileid! Okay, wir passen auf. Danke schön für die Warnung."

Wie der Blitz sind die Mädchen an Pepsis Seite.

„Was ist passiert?" fragt Sabine drängend.

Pepsi grinst.

„Der General macht Inspektion, ob der Stubenarrest eingehalten wird. Er hat Fritzchen und seine Familie erwischt, wie sie in seinem Zimmer Rührei und Speck gegessen haben. Jetzt warnen sie alle anderen."

„Wie kann man auch so blöd sein und Speck braten!" meint Verena kopfschüttelnd. „Der Geruch muß ihn ja mißtrauisch machen."

„Los Kinder, laßt die Brote verschwinden und nehmt das Geschirr vom Tisch!" mahnt Bruni. „Wer weiß, wie schnell der hier auftaucht."

„Ja, und stellt die Musik aus! Setzt euch in eure Zimmer und tut so, als ob ihr lernt. Wenn die Luft rein ist, machen wir es uns gemütlich", sagt Pepsi und greift zum Telefonhörer. „Ich muß schnell die Warnung weitergeben."

In Sekundenschnelle sind alle Spuren beseitigt und die Mädchen hinter den Türen ihrer Zimmer verschwunden. Die Platte mit den Broten wartet im Wäschekorb, von einem großen Tuch verdeckt. Pepsi bleibt neben dem Telefon sitzen. In den Zimmern werden eilig die „eisernen Vorräte" versteckt, denn wer weiß, ob General Zackzack nicht in die Schränke schaut.

Drei Minuten später klingelt das Telefon wieder. Warnung von unten: Der General hat den Mädchenflügel betreten und ist bei denen aus der Elften. Pepsi gibt die Nachricht weiter.

Nach fünf Minuten wird hart an die Tür geklopft. Pepsi schickt Florian zum Öffnen und tut, als hätte sie nichts gehört. Der General stiebt durch sämtliche Zimmer, schaut sich um, raunzt etwas Unverständliches, wirft einen Blick in die Schränke, findet nichts zu beanstanden und marschiert mit festen Schritten weiter. Pepsis Zimmer läßt er aus.

„Also, er hätte wenigstens anklopfen können!" sagt Sabine wütend. „Schließlich ist dies kein Klassenzimmer, sondern unsere Privatwohnung!"

„Das erklär ihm mal. Ist er weg?" fragt Joy.

Hexi öffnet vorsichtig die Tür. Zugleich gehen alle anderen Türen auf. Ein Aufatmen setzt sich von einem zum anderen fort.

„Wartet, bis er den Mädchenflügel verlassen hat!" warnt Bruni. „Jetzt geht er erst nach oben."

Eine Viertelstunde später klingelt das Telefon auf Pepsis Schreibtisch zum drittenmal. „Entwarnung" heißt es, Zackzack hat den Mädchenflügel verlassen und ist in seinem Büro verschwunden. Die Mädchen schwärmen aus, und im Nu ist der Tisch wieder gedeckt.

Zackzacks Brief heben sie sich für später auf, beim Essen wird kein Wort von ihm gesprochen. Aber als sie sich doch endlich der Lektüre zuwenden, schlagen die Wogen des Zornes hoch. Pepsi sitzt blaß und ratlos zwischen ihnen und schüttelt fassungslos den Kopf. Was ist aus Margaretenburg geworden! Sie kommt sich vor, als sei sie um fünfzig oder mehr Jahre zurückversetzt worden.

Joy hat die Einladung zu der Geheimsitzung Sabine zugesteckt, von dort wandert sie von Hand zu Hand. Ich schlage vor, Sabine und Bruni gehen, kritzelt Patty darauf, und die anderen geben ihr Einverständnis durch Kopfnicken.

So kommt es, daß keiner Pepsi widerspricht, als sie vorschlägt, früher als sonst zu Bett zu gehen. Der heimliche Aufbruch der beiden darf nicht gefährdet werden, und wenn es jetzt einen langen Diskussionsabend gäbe, würde Pepsi ihr Verschwinden sicher bemerken und ein paar sehr direkte Fragen stellen. Und allen ist klar, daß Pepsi in nichts hineingezogen werden darf.

Gegen halb zwölf brechen Sabine und Bruni auf. Im Dunkeln schleichen sie sich aus der Wohnung und über die Hintertreppe bis in den Keller hinunter. Die Zurückgebliebenen drücken zitternd vor Aufregung ihre Daumen, zählen atemlos die Minuten.

Hoffentlich geht alles glatt! Hoffentlich stolpert niemand, gibt es keinen Lärm, keinen Zusammenstoß, hoffentlich kommt keiner der Lehrer auf die Idee, nachts durchs Haus zu gehen. Oder gar der General! Zuzutrauen ist ihm alles.

Flüsternd unterhalten sie sich über immer neue Variationen dessen, was alles passieren könnte. Eine Ewigkeit dauert es, bis die beiden Abgeordneten leise die Türen zu ihren Zimmern öffnen und sich in ihre Betten zurückschleichen.

Sabine lacht glucksend in sich hinein, als sie zu berichten beginnt.

„Morgen während des Frühstücks gibt's eine Supershow!" erzählt sie. „Wißt ihr, worauf die Jungen gekommen sind? Zackzack hat doch den Mädchen Nagellack und jedes Make-up verboten. Aber den Jungen nicht! Sie kommen morgen alle mit lackierten Nägeln und geschminkten Gesichtern zum Frühstück!"

„Klasse! Und was machen wir Mädchen?" erkundigt sich Hexi.

„Wir tragen alle einen Trauerflor. Wir müssen irgendwas Schwarzes finden, einen Turnanzug oder eine Strumpfhose, die wir in Streifen schneiden können. Und wenn der General den Speisesaal betritt und sich auf seinen Platz setzt, fangen wir alle an, den Trauermarsch von Chopin zu summen. Wolfgang aus der Zwölften gibt den Ton an, dann beginnen die Großen leise und nach und nach alle anderen, immer lauter, immer stärker, bis wir sogar Zackzacks Gebrüll übertönen!"

„Den Trauermarsch von Chopin? Wie geht denn der?" erkundigt sich Verena.

„Was? Den kennst du nicht? Na so: tamtamtatamtatatatamtamtamtamtatam", singt Hexi leise vor.

„Ich hab ein altes schwarzes Trikot, das können wir zerschneiden!" flüstert Joy und ist schon an ihrem Schrank. „Wartet mal – hier! Mach mal deine Taschenlampe an, Sabine! Ja, das ist es."

„Gib her, ich hab eine Schere", wispert Verena. „Am besten, wir machen alles gleich jetzt fertig, damit morgen früh in der Eile nichts schiefgeht. Tragen die Jungen auch einen Trauerflor?"

„Klar. Und ich soll allen einprägen: kein Wort, kein Mucks, kein

Kichern oder Lachen. Alle machen ganz eiserne Gesichter. Nur das Summen, kapiert?" raunt Sabine.

„Klar. Hoffentlich halten wir das durch. Vor allem unsere Gakkerliesen vom Dienst!" seufzt Joy.

„Wird schon klappen. Neulich lief es ja auch prima, bei unserer Unterhemdshow."

Und es läuft tatsächlich wie am Schnürchen. Auf geheimnisvollem Wege sind sämtliche Vorräte an Nagellack und Make-up noch in der Nacht zu den Jungen hinübergewandert. Um halb acht erscheinen sie am Frühstückstisch mit sorgfältig getuschten Wimpern, zartgeröteten Wangen und Lippen, himmelblauen oder silbriggrünen Augenlidern und tiefroten Fingernägeln. Die Familienväter brauchen eine Weile, bis sie kapieren, was sich da getan hat, und kaum einer hat Lust, sich mit seinen Zöglingen auf eine Diskussion einzulassen. Der ungewohnte Frühsport steckt ihnen allen in den Knochen.

Mädchen und Jungen tragen ihren Trauerflor um den linken Arm. Ihr Benehmen ist mustergültig, kein Wort fällt, kein noch so kleines Lachen ist zu hören. Es ist, als stünde mitten im Speisesaal ein unsichtbarer Sarg.

Endlich betritt der General die Szene. Keiner sieht ihn an, lautlos erheben sie sich von ihren Plätzen und starren vor sich auf ihre Teller. Noch hat der General den Trauerflor nicht entdeckt, er ist lediglich angenehm überrascht – scheinen doch sämtliche Schüler von einem tiefen Gefühl der Reue erfaßt zu sein. Endlich haben sie begriffen, woher der Wind jetzt weht.

Im Vollgefühl seines Erfolges schreitet der General zu seinem Platz. Dieter aus der Zehnten hat es heute übernommen, den General zu bedienen. Der lange Blonde mit dem Pferdegebiß tänzelt – die Kaffeekanne in der Linken – heran und greift betont langsam mit der Rechten nach General Zackzacks Tasse, wobei er fünf ochsenblutrote lange, kunstvoll zugespitzte Krallen sehen läßt. Sein Gesicht ist blaßgeschminkt, die Augenbrauen schwarz nachgezogen, der Mund ebenfalls blutrot. Man könnte ihn für Dracula halten.

Der General – in der Vorfreude auf seinen Morgenkaffee – lächelt seine Tasse an, doch das Lächeln wird starr, erstirbt zu einer grotesken Grimasse, als sich Dieters Fingernägel in sein Blickfeld schieben. Ungläubig wandert Zackzacks Blick an Dieter hinauf, streift den Trauerflor und bleibt an Dieters gewaltigem rotem Mund hängen. Der General schnappt nach Luft, dann entringt sich ihm ein gefährlich-böses Zischen.

„Was fällt dir ein, verdammter Bengel, mir so unter die Augen zu treten! Schminke! Pfui Deibel! Das ist ... das ist eine bodenlose ... eine bodenlose ...“

„Verzeihung, Herr Direktor“, sagt Dieter sanft, während der General nach Wörtern sucht, die auch nur annähernd seinen Abscheu auszudrücken vermögen, „in Ihren Anordnungen steht nichts davon, daß es den Jungen verboten ist, Make-up und Nagellack zu tragen. Nur den Mädchen!“

Am hintersten Tisch hat Wolfgang begonnen zu summen. Die anderen fallen ein, immer stärker schwillt die Melodie an. Und als der General wie erwartet zu brüllen beginnt, wird sie so laut, daß seine Stimme untergeht, als hätte man ihn in ein Aquarium gesetzt. Man hört nur noch ein dumpfes Gurgeln. Schließlich springt er auf, stampft wütend hinaus und knallt hinter sich die Tür zu.

Sofort bricht der Gesang ab, die Schüler und Schülerinnen machen sich über ihr Frühstück her, als sei nichts gewesen. Ihr Benehmen ist nach wie vor mustergültig, sie sind leise, höflich, unterhalten sich ruhig, gemeinsam räumen sie nach dem Frühstück die Tische ab und gehen schweigend in ihre Klassenräume.

In der großen Pause nehmen sie stillschweigend die Trauerflore ab, schließlich haben sie ihren Zweck erfüllt. Die Jungen befreien sich von dem ungewohnten Make-up und entfernen den Nagellack. Vom General hört und sieht man nichts. Der Unterricht verläuft normal, zum Teil sogar ausgezeichnet, und die Lehrer können sich rühmen, schon lange nicht mehr so einen erfolgreichen Vormittag verbracht zu haben.

Als Joy, Sabine und Hexi nach dem Unterricht ihr Zimmer betreten, ist Pepsi gerade dabei, frische Wäsche auf die Betten zu verteilen. Sie ist ungewohnt blaß und still.

„Noch nichts vom General?“ erkundigt sich Joy.

„Doch – eine schriftliche Mitteilung an alle Erzieher“, sagt Pepsi ruhig.

„Weiter nichts?“ fragt Sabine erstaunt. „Was steht denn drin?“

„Es reicht. Uns wird kurz und bündig mitgeteilt, daß wir umgehend fristlos entlassen sind, wenn noch einmal das Geringste vorfällt.“

„Keine Strafen für uns? Kein Stubenarrest, keine Verbote?“

„So eine Unverschämtheit!“ wütet Joy. „So eine Erpressung – oh, ich könnte ihn in der Luft zerreißen! So eine Gemeinheit!“

„Er weiß natürlich ganz genau, daß er uns damit in der Hand hat!“ schimpft Sabine. „Daß keiner von uns auch nur das Geringste unternehmen würde, wenn es euch in Gefahr brächte!“

„Was ist los? Warum schreit ihr hier so rum?“ Helga steckt den Kopf zur Tür herein, gefolgt von den anderen.

Bald weiß jede von ihnen, auf welche Weise der General zurückgeschlagen hat. Alle sind empört.

„Das wird er uns büßen! Keine Sorge, Pepsi, wir werden nichts tun, was dir schaden könnte – uns wird schon was einfallen!“ faucht Joy. „Er muß endlich begreifen, daß er so nicht mit uns umspringen kann!“

„Das ist leicht gesagt!“ seufzt Hexi. „Klar, daß wir uns an ihm rächen müssen. Aber wie? Im Augenblick fällt mir dazu überhaupt nichts ein. Ich glaube,ich bitte meine Eltern einfach, daß sie mich hier rausnehmen!“

„Ich auch. Und das am besten gleich“, sagt Verena und schiebt sich an den anderen vorbei zu ihrer Koje. „Schade. Es war doch wirklich schön hier – also, mir hat’s jedenfalls Spaß gemacht!“

„Wir müssen eben sehen, daß wir alle in dasselbe Landschulheim kommen!“ schlägt Joy vor. „Vielleicht werden wir dann genausoviel Spaß haben wie hier.“ Es klingt nicht sehr überzeugt.

„Das glaubst du doch selbst nicht. So etwas läßt sich nicht einfach beliebig wiederholen. Überall ist es anders“, meint Sabine.

„Deshalb muß es ja nicht schlechter sein. Jedenfalls müssen wir weg hier! Weg vom General und seinen tollen Erziehungsmethoden. Und ich wette, Pepsi bleibt auch nicht, wenn es so weitergeht. Hab ich recht?“

„Du hast recht, Joy.“ Pepsi tritt ans Fenster und schaut traurig nach draußen, als wäre sie schon dabei, Abschied zu nehmen.

„Na also! Weg von Margaretenburg, es ist die einzige Lösung!“

„Es ist nicht die einzige!“

Bruni, die bisher schweigend an der Tür gestanden und zugehört hat, tritt zu Pepsi ans Fenster, schwingt sich auf das Fensterbrett, verschränkt die Arme und sieht die anderen der Reihe nach an. Richtig siegessicher schaut sie aus, überhaupt ist sie gar nicht mehr wiederzuerkennen, wenn man sie mit dem Mädchen vergleicht, das sie noch vor wenigen Wochen war.

Bruni scheint gewachsen zu sein. Ihre Beine sind lang und auffallend hübsch, Körper und Gesicht wohlgeformt und ohne entstellende Fettpolster. Die Haare sind länger und voller geworden und haben schimmernden Glanz, die Haut hat eine gesunde Farbe bekommen. Bruni hat eisern ihre Diät eingehalten und täglich ein von Helga und Sibylle überwachtes Gymnastikprogramm absolviert.

„Was willst du uns denn für eine Lösung vorschlagen?“ fragt Sabine.

Bruni zieht einen Brief aus der Jackentasche. Sie läßt sich Zeit dabei, um die Spannung noch ein bißchen zu erhöhen.

„Zuerst muß ich euch sagen, daß ich damals – wie Pepsi es vorgeschlagen hat – an Allah geschrieben habe. Drei Tage später kam eine Karte von Allah. Er hat sie der Schwester diktiert, anscheinend hat er sich irre gefreut über meinen verrückten Brief, jedenfalls hat er gesagt, er nimmt den Wettstreit an, und ich soll ihm so oft wie möglich schreiben. Und das habe ich gemacht. Alle zwei, drei Tage. Ich habe ihm von mir erzählt, wie es mir so ging mit dem Fasten, wieviel ich abgenommen habe und so. Und dann habe ich ihm natürlich auch erzählt, was hier so los ist. Zuerst kamen nur kurze Grüße von ihm. Und dann richtige Briefe.“ Die anderen sehen Bruni erstaunt an, und sie wird rot. „Na ja, ich weiß, es war ein bißchen unfair von mir, euch nichts davon zu erzählen. Aber ich fand es so schön, auch mal Post für mich allein zu bekommen."

„Das kann ich gut verstehen", wirft Helga schnell ein. „Wo deine Mutter dir höchstens mal zum Geburtstag schreibt!"

„Sie ist eben so überarbeitet", sagt Bruni entschuldigend. „Na jedenfalls, Allah hat mir geschrieben, wie es ihm so geht, und daß er sich gut erholt, und daß er schon über zwanzig Pfund abgenommen hat, und daß er nie mehr rauchen will. Und jetzt..." Bruni wedelt triumphierend mit dem Brief in ihrer Hand, „jetzt hat er mir geschrieben, daß er aus dem Krankenhaus entlassen wird und für ein paar Wochen in ein Sanatorium hier in der Nähe kommt. Und – hört und staunt – daß er sich viele Gedanken darüber macht, was er alles ändern wird, wenn er nach Margaretenburg zurückkommt. Er lädt mich ein, ihn zu besuchen, und ich könnte auch ruhig noch zwei oder drei andere mitbringen. Hört mal zu – er schreibt: ‚Ich habe mir ganz fest vorgenommen, so gesund zu werden, daß ich meine Aufgabe in Margaretenburg wieder übernehmen kann, auch wenn jetzt noch niemand daran glaubt. Aber mein Arzt hat mir heute bestätigt, daß er diesbezüglich sehr zuversichtlich ist.'"

Die letzten Worte gehen bereits im allgemeinen Jubel unter. Pepsi lacht, als hätte sie eben den Hauptgewinn im Lotto ausgezahlt bekommen, und Verena strahlt über das ganze Gesicht.

Wann fahren wir zu ihm? Wer darf zu ihm fahren? ist jetzt die Frage, die die Gemüter bewegt. Bruni natürlich – und wer noch? Pepsi, denn sie hat das Auto und muß die anderen kutschieren. Brunis beste Freundin Helga vielleicht?

„Ich mache euch einen Vorschlag", sagt Bruni diplomatisch. „Wir stellen eine Abordnung zusammen – aus jedem Zimmer eine. Und die eine könnt ihr ja auslosen."

So kommt es, daß zwei Wochen später Pepsi, Bruni, Joy und Patty ins Auto steigen und in die Berge fahren, um Allah im Sanatorium zu besuchen.

Nach anderthalbstündiger Fahrt halten sie vor einem großen

Park, der vor dem Lärm der Straße durch eine zwei Meter hohe Mauer geschützt ist. Ein von Rosenrabatten gesäumter Weg führt zu einem schneeweißen Schlößchen hinauf, vor dessen Portal ein Springbrunnen plätschert.

„Wäre auch kein schlechter Platz für ein Internat", murmelt Joy. „Es erinnert fast ein bißchen an Margaretenburg."

„Da wird sich Allah sicher wohl fühlen!" Bruni ist den anderen immer zwei Meter voraus, sie kann es kaum noch erwarten.

Von dem Balkon oberhalb des Portals winkt ein Herr zu ihnen hinunter. Ein schlanker, gutaussehender Herr mit grauen Schläfen und einem markanten Gesicht.

Bruni blinzelt, traut ihren Augen kaum...

Dann rennt sie den anderen voraus ins Haus, die Treppe hinauf und steht Sekunden später auf dem Balkon. Um ein Haar wäre sie Allah um den Hals gefallen.

„Donnerwetter!" sagt Allah. „Du bist nicht wiederzuerkennen!"

„Sie aber auch nicht! Sie sehen unheimlich gut aus..." Bruni wird rot.

Aber auch Allah ist verlegen. Durch den Briefwechsel sind sie sich so nahe gekommen, fast Freunde geworden. Da weiß man nun gar nicht, was man reden soll. Es ist gut, daß inzwischen die anderen eintreffen und es eine überschwengliche Begrüßung gibt, ein Hin und Her von Fragen nach dem Ergehen, der Fahrt, dem Wetter in Margaretenburg, den letzten Ergebnissen der Sportmannschaften. Um die wichtigen Themen machen sie erst mal einen Bogen.

„Ich habe uns einen Tee vorbereiten lassen", sagt Allah, „in meinem Zimmer drüben, kommt."

Das Zimmer ist geräumig und hell, die Herbstsonne scheint durch das bis zum Boden reichende Fenster und spiegelt sich auf dem blitzblanken Parkett. In einer Ecke steht ein runder Tisch mit zwei bequemen Sesseln und drei Stühlen, die viel zu hoch sind, man hat sie für den Besuch hereingebracht. Auf dem Tisch warten Tee, Gebäck und Obst auf die Gäste.

Allah schiebt Pepsi galant den Sessel zurecht und wartet, bis die

Mädchen auf den Stühlen Platz genommen haben. Eine Schwester im weißen Kittel erscheint und schenkt Tee ein. Sie hat stark gekrauste schwarze Haare und Augen wie schwarze Knöpfe und lächelt ihnen fröhlich zu.

„Sie versteht kaum Deutsch", erklärt Allah, „sie ist Türkin. Aber sie paßt auf wie ein Schießhund, daß ich meine Diät einhalte!"

Das Mädchen lacht und nickt, als hätte sie alles verstanden. Sie rückt die Schale mit den Keksen ein wenig näher zu Pepsi heran, nickt noch einmal auffordernd und geht.

„Wie geht es Andy?" wendet sich Allah an Joy. „Was macht der Zoo?"

„Oh, ich glaube, Andy ist der einzige von uns, dem es im Augenblick gutgeht", gesteht Joy freimütig. „Der Wikinger... äh... Herr Hansen hält ihm den Rücken frei, damit er soviel Zeit wie möglich für seine Tiere hat. Wir haben inzwischen schon mehr als drei Dutzend davon im Kutscherhaus, das Glanzstück ist ein kleiner Affe. Und natürlich die zwei Heidschnucken, die sind vor drei Tagen angekommen. Zum Glück kann Herr Traube Schafe scheren."

„Der Arme." Allah lächelt stillvergnügt vor sich hin. „Mit seiner Glatze!"

„Ach, das wissen Sie?" fragt Pepsi.

„Ich weiß alles." Allah zwinkert Bruni zu. „Aber ich verspreche euch, daß alles wieder so werden wird wie früher. Und ich hoffe besser. Ich habe eine Menge gelesen in den letzten Wochen – auch ein paar Sachen, die mir euer Biologielehrer Herr Traube empfohlen hat. Und das hat mich auf manche neue Idee gebracht."

Allah erzählt, daß er den landwirtschaftlichen Betrieb, der einmal zu Margaretenburg gehört hat, vielleicht in kleinem Rahmen wieder aufnehmen will. Nur zu Versuchszwecken – um mit den Schülern das Leben auf dem Lande, wie es früher war, zu studieren und nachzuleben. Ob das klappt? Man muß es probieren – in kleinen Schritten natürlich. Aber es könnte den Kindern aus der Stadt – und aus der Stadt kommen fast alle – einen Blick für die Zusammenhänge verschaffen.

Allah hat viel nachgedacht, auch über Schülerselbstverwaltung und solche Sachen. Wir werden über alles diskutieren, sagt er. Wir werden gemeinsam die beste Form für unsere Schule finden. Wir wollen versuchen, unsere kleine Welt Margaretenburg so zu gestalten, wie wir die große Welt gestaltet haben möchten. Wenn ihr es im Kleinen schafft, werdet ihr es später im Großen auch schaffen.

Von General Zackzack wird nicht gesprochen. Das ist auch gar nicht nötig. Zackzack ist eine andere Welt – und die ist jetzt weit weg. Oder doch nicht?

„Ich muß das Kuratorium überzeugen – das ist mein größtes Problem", sagt Allah. „Nicht alle sind für eine fortschrittliche Erziehung. Und die Eltern..."

„Die meisten Eltern stehen hinter uns", sagt Pepsi eifrig, „und was zählt, ist schließlich der Erfolg."

„Und wer oder was ist der Erfolg?" wirft Joy übermütig ein. „Wir! Seien wir ein Erfolg – dann bekommen wir auch grünes Licht für alle neuen Vorhaben!"

„Dann werden wir unsere eigenen Schafe scheren", pflichtet Bruni ihr lachend bei, „und werden die Wolle zu Garn spinnen, und die Jungen stricken daraus einen Pullover für Herrn Direktor Lahrner. Schließlich müssen wir auch die Gleichberechtigung einüben!"

„Nun, vorerst sind das Wunschträume", sagt Allah und sieht plötzlich müde aus. „Erst einmal muß ich gesund werden, so gesund, daß mich das Kuratorium für fähig hält, den Posten wieder zu übernehmen. Und – sie müssen mich wieder haben wollen."

„*Wir* wollen Sie haben! Genügt das nicht?" ruft Joy empört.

„Leider nein." Allah lächelt. „Aber vielleicht hilft es mir."

Rübezahl sieht rot

Joy sitzt Andy zu Füßen und streicht einen Vogelkäfig mit sattgrüner Farbe. Er ist wunderbar groß und geräumig, sie haben ihn bei einem Spaziergang auf der Müllkippe gefunden, fast unbeschädigt, nur die Farbe war abgeblättert. Im Keller arbeiten ein paar Jungen aus der Elften – die Handwerkergruppe – an der Installierung einer Heizung. Sie verlegen Rohre, hauen Löcher in Wand und Decke und streiten sich über die Beschaffenheit der Mauer.

Draußen erinnert ein scharfer Herbstwind daran, daß es höchste Zeit wird, die Heizung fertigzubauen, wenn die Tiere im Schulzoo keine Erkältung bekommen sollen. Freedom, der kleine Affe, hockt auf Andys Schulter und untersucht die Haare des Jungen nach Flöhen. Da er keine findet, schimpft er leise vor sich hin in eigenartig schnatternden Tönen.

„Allah hat zuallererst nach dir gefragt", erzählt Joy. „Und wie es dem Zoo geht."

„Er wird staunen, wenn er sieht, was wir inzwischen alles geschafft haben!"

Andy sieht stolz auf die ansehnliche Zahl sauberer Käfige, in denen sich Ratten, Mäuse, Meerschweinchen, Hamster, Zwerghasen, ein Streifenhörnchen und eine Eidechse tummeln. Drüben in der Küche befindet sich das Vogelhaus, da zwitschert und pfeift es von morgens bis abends, und in der Mitte prangt das Aquarium – von allen Seiten zu bewundern – mit einem Dutzend verschiedener Fischarten.

Herr Traube poltert herein und zieht sich die Pudelmütze von dem stets frierenden, kahlgeschorenen Schädel. Der kleine Affe ist mit einem Satz auf seiner Schulter und begrüßt ihn begeistert.

„Irgendwas Neues in der Kaserne drüben?" fragt Joy. „Vielleicht ein neues Rundschreiben mit Befehlen?"

„Heut nicht", Herr Traube grinst breit. „Nur der Stinkbomben-

19 4080-20

werfer hat einen Monat Ausgangssperre."

„Und wer ist es?"

„Das hat man noch nicht rausbekommen."

„Gut."

„Ich muß gehen", sagt Andy. „Die Studierzeit fängt gleich an. Lösen Sie mich ab?"

„Deshalb bin ich hier."

„Wer hat bei euch Aufsicht?" fragt Joy.

„Kestenberg – unser lieber Rübezahl."

„Da bin ich gespannt", murmelt Herr Traube.

„Wieso?"

„Weil Herr Kestenberg gerade zum Direktor gerufen wurde, als ich das Haus verließ."

Andy pfeift durch die Zähne. In diesen Tagen wird dauernd jemand zum Direktor gerufen. Und meistens hagelt es Rügen und Verbote, da geht es den Lehrern nicht anders als den Schülern.

Andy und Joy bummeln zum Schloß hinüber. Der Wind treibt ganze Wolken trockener Blätter vor sich her. Das prächtige Gebäude wirkt grau und vernachlässigt. Sicher ist das nur Einbildung, daran mag das schlechte Wetter schuld sein, die faulenden Reste der letzten Sommerblumen in den Rabatten, der von welkem Laub verdeckte Rasen.

Und trotzdem: Margaretenburg verändert sich von Tag zu Tag. Keiner hat mehr Lust, freiwillig etwas zu tun, das nicht ihm selber nützt. Die Gärtnergruppe beschränkt sich auf das Obsternten und stopft sich die eigenen Taschen voll. Die übrigen Arbeiten werden vernachlässigt. Wen kümmert es noch, wie Park und Garten aussehen, und ob die Einfahrt einen gepflegten Eindruck macht. Und wenn General Zackzack noch so sehr tobt, man hat eben keine Zeit gehabt.

Im Haus ist es ähnlich. Noch nie hat es so viele Reparaturen gegeben, noch nie zuvor sind die Wände so mit Kritzeleien verschmiert worden, Waschbecken und Klos verstopft, Fensterscheiben zerbrochen, elektrische Birnen herausgeschraubt worden. Die Täter sind nie zu ermitteln, keiner hat etwas gesehen.

Je mehr Verbotstafeln an den Wänden erscheinen, desto schlimmer geht es im Haus zu. Eine hemmungslose Zerstörungswut hat die Schüler befallen. Tafelkreide und Schwämme verschwinden, Sportgeräte sind nicht mehr aufzufinden, der Inhalt der Salzfässer ist über den Boden verstreut.

Am Schwarzen Brett erscheinen immer wieder Zettel mit Spottversen oder wilden Beschimpfungen. Zackzacks Verbotstafeln werden mit Farbe überschmiert. Als der General dann auf die Idee kommt, alte Jeans und Hemden in Päckchen zusammen mit allen „für das Internat ungeeigneten Kleidungsstücken" nach Hause an die Eltern schicken zu lassen, kann er am nächsten Morgen seine Tür nicht mehr öffnen, weil man sie bis obenhin mit den angeprangerten Jeans verstopft und vollgepackt hat.

Wenn man dem General begegnet, zerrt man eilfertig an seiner Garderobe, jeder Zoll ein reuiger Sünder, und grüßt so übertrieben ehrerbietig, daß Zackzack ahnen muß, welches Spiel hier mit ihm getrieben wird – ohne doch gegen denjenigen etwas vorbringen zu können.

Zackzack führt einen Kampf gegen Windmühlenflügel. Wo er zupacken will, greift er ins Leere. Er steht auf einsamem Posten. Noch will er es nicht wahrhaben, tut die Untaten ab als „Dummejungenstreiche" – wobei er nicht übersieht, daß die Mädchen fast schlimmer sind in ihren boshaften Einfällen – und beantwortet den Terror mit immer neuen Zwangsmaßnahmen.

Die Arbeit der Neigungsgruppen ist völlig zum Erliegen gekommen, keiner hat mehr Lust, in seiner Freizeit zu musizieren, Theater zu spielen oder Sport zu treiben, wenn jede zweite Probe, jedes zweite Training einem neuen Stubenarrest zum Opfer fällt. Lieber hockt man in den Zimmern oder Gemeinschaftsräumen zusammen und brütet über neuen Streichen.

Die Lehrer haben allen Grund, unzufrieden zu sein. Im Unterricht gibt sich keiner Mühe, man tut gerade das Allernötigste, schreibt voneinander ab und frönt einer Art „Bummelstreik".

Als Andy zur Studienzeit in die Klasse kommt, ist dort der Teufel los. Die Jungen jagen sich über die Bänke, werfen mit Kreide-

Der General kann seine Tür nicht mehr öffnen

stücken und Papierkugeln. Einer beginnt, sich das Gesicht mit Tuschfarben bunt zu bemalen. Die anderen sehen es und machen es nach, bald sehen sie aus wie Indianer mit Kriegsbemalung.

„Was ist denn hier los?“ erkundigt sich Andy beim ersten Klassenkameraden, der ihm in die Arme läuft.

„Kestenberg kommt nicht!“ ruft der über die Schulter zurück und schwingt sich mit Kriegsgeschrei auf das Katheder.

Andy erwischt den nächsten beim Ärmel und hält ihn fest.

„Und warum kommt er nicht?“

„Hat Krach mit dem General gehabt und ist abgehauen“, sagt der Junge achselzuckend. „Wir sollen unsere Hausaufgaben allein machen, hat er gesagt. Er hätte was Dringendes zu erledigen.“

„Dann geh ich wieder."

Andy trollt sich davon und überlegt, ob er es riskieren kann, zum Kutscherhaus zurückzugehen. Aber dann entschließt er sich, erst mit dem Wikinger zu reden. Vorsicht ist die Mutter der Porzellankiste, und man muß alles vermeiden, was die Arbeit im Zoo gefährden könnte.

Während Andy die Treppen in den obersten Stock hinaufsteigt, ist Herr Kestenberg – genannt Rübezahl – bereits auf der Hauptstraße. Er tritt auf das Gaspedal, daß der alte Opel nur so klappert. Die Schüler behaupten ohnehin, er würde nur noch durch die etliche Jahre alte Dreckkruste zusammengehalten und bei der ersten Wäsche in seine Bestandteile zerfallen.

Rübezahl kocht vor Wut. Seine Gesichtsfarbe wetteifert mit dem Karottenrot seiner üppig gelockten Mähne, die Barthaare scheinen zu Berge zu stehen wie das Fell einer wütenden Katze. Immer wieder läßt er die Worte des Direktors, sein verkniffenes Lächeln, die scharfe, hohe Stimme, die herrischen Bewegungen in Gedanken an sich vorüberziehen und beißt sich daran fest, nährt das Feuer seiner Wut mit immer neuen Einzelheiten.

„Mein lieber junger Freund", hat der General bissig gesagt, „Ich habe mit Bedauern feststellen müssen, daß Ihre Leistungen weit unter dem Niveau liegen, das ich bei meinen Lehrkräften voraussetzen muß. Sie beschäftigen sich mit privaten Liebhabereien, während Sie die Kinder beaufsichtigen sollen. Sie sind in unverantwortlicher Weise nachlässig den Schülern gegenüber. Und auch Ihre Aufmachung läßt einiges zu wünschen übrig. Dieser wilde Bart mag für einen Holzfäller angemessen sein, für einen Lehrer meiner Schule ist er einfach unmöglich! Und dann diese Pullover! Besitzen Sie keine Krawatte? Was Sie da tragen, kann man allenfalls auf dem Sportplatz zulassen – aber doch nicht beim Unterricht in der Klasse! Und wie Sie sich von den Schülern behandeln lassen! Wie ihresgleichen! Das ist eine unverzeihliche Schwäche! Man muß den Kindern gegenüber Autorität bewahren, sonst tanzen sie einem bald auf dem Kopf herum! Nein, so geht es nicht, Herr Kestenberg! Ich muß Sie dringend ersuchen, sich anders zu kleiden und die Schüler mit mehr Strenge zu behandeln. Und was Ihren Roman betrifft, heben Sie sich das für Ihre Freizeit auf. In der Studierzeit haben Sie die Schüler zu beaufsichtigen!"

Wie einen Schuljungen hat der General ihn runtergeputzt und am Ende mit Entlassung gedroht, wenn er, Kestenberg, nicht in der Lage sei, sich Respekt zu verschaffen!

Rübezahl sieht rot. Lange hat er sich das gefallen lassen, hat seinen Ärger hinuntergeschluckt, wenn der Herr Direktor seine spitzen Bemerkungen machte, wenn er ihn kontrolliert und beobachtet und womöglich vor den anderen abgekanzelt hat. Rübezahl ist nicht ein Mann wie Herr Traube, der sich den Kopf kahlscheren läßt und in einem alten Pastorenanzug herummarschiert und den Clown spielt. Er muß sich seiner Haut wehren, er läßt sich nicht einfach an die Wand drücken!

Im ersten Augenblick hat er dem Direktor alles vor die Füße schmeißen wollen. Hat ihn anbrüllen wollen: Ich kündige fristlos!

Aber dann sind ihm die Mädchen und Buben eingefallen, die von Woche zu Woche unglücklicher werden, die nicht mehr arbeiten mögen – ja, nicht einmal mehr in ihrer Freizeit Spaß haben. Und die Kollegen, die Lehrer und Erzieher, die ebenfalls an ihrer Arbeit keine Freude mehr haben und wie verregnete Vogelscheuchen durchs Haus schleichen. Und er hat beschlossen, sofort etwas zu unternehmen. Er muß mit dem Vorsitzenden des Kuratoriums sprechen. Jetzt gleich!

Professor Wagenfels wohnt in einer altmodischen Villa am Rande der Kreisstadt. Eine erschrockene Haushälterin öffnet Rübezahl, er muß wohl wirklich zum Fürchten aussehen. Der Herr Professor sitzt gerade beim Tee.

Auch der Professor erschrickt, als Rübezahl ins Zimmer stürmt.

„Entschuldigen Sie die Störung, Herr Professor", sagt Rübezahl so zahm, wie es ihm in dieser Stimmung möglich ist. „Aber ich muß Sie dringend sprechen! Es ist etwas geschehen, das keinen Aufschub duldet!"

Wenn er jetzt auch „mein lieber junger Freund" zu mir sagt, haue ich ihm die Teekanne über den Schädel, denkt Rübezahl und bemüht sich verzweifelt um innere Ruhe und Gelassenheit.

„Mein lieber Herr Kestenberg", sagt der Professor, „um Himmels willen – es ist doch kein Unglück geschehen?"

„Leider ja, Herr Professor. Ich darf mich setzen? Das Unglück geschieht seit Wochen! Fortwährend! Und keiner hat offenbar den Mut, sich dagegen zur Wehr zu setzen!"

„Rauschgift?" flüstert der Professor mit aufgerissenen Augen.

„Aber nein..."

„Alkohol!"

„Auch nicht. Wenn man es genau nimmt, ist es so schlimm wie beides zusammen!"

„Sie machen mir Angst, Kestenberg!"

„Herr Professor", beginnt Rübezahl sanft. „Sie wissen, Margaretenburg war berühmt für seine moderne, aufgeschlossene Erziehung. Eltern, die ihre Kinder ganz besonders fördern wollten, ihnen mehr bieten, als sie in einer landläufigen Schule bekommen konnten, schickten sie als Schüler nach Margaretenburg!"

„Darauf sind wir stolz, ja!" Der Professor bestreicht einen Keks mit Erdbeermarmelade und läßt ihn in seinem Mund verschwinden.

„Sie werden nicht mehr lange Grund haben, stolz zu sein", sagt Rübezahl kalt. „Ihr neuer Direktor ist dabei, aus Margaretenburg so etwas wie eine Kaserne zu machen, mit militärischem Drill, Verpflichtung zu absolutem Gehorsam und der Unterdrückung jeglicher persönlicher Freiheit. Eigeninitiative, eigene Meinungen sind nicht mehr erwünscht. Sogar vor uns Lehrern macht Herr Direktor Plettwitz nicht halt!"

Der Professor vergißt, den nächsten Keks in den Mund zu stekken, und da er zuviel Marmelade draufgehäuft hat, tropft ihm der klebrige Brei durch die Finger.

„Was Sie nicht sagen", stottert er verblüfft.

„Die Schüler reagieren darauf wie nicht anders zu erwarten: mit Aufsässigkeit, Streiks, Vernachlässigung der Arbeit, Zerstörungswut und Verantwortungslosigkeit! Alles, was wir in den vergangenen Jahren aufgebaut haben, hat dieser Herr in wenigen Wochen kaputtgemacht! Herr Professor – so geht es einfach nicht weiter! Sie müssen etwas unternehmen! Sonst ist Margaretenburg nicht mehr zu retten! Die Mehrzahl der Schüler will nach diesem Schuljahr auf ein anderes Internat überwechseln. Und neue werden Sie nicht bekommen, wenn sich herumspricht, wie es jetzt in Margaretenburg zugeht. Wollen Sie es wirklich so weit kommen lassen?"

Der Professor stopft sich hastig den Kecks in den Mund und sinkt nachdenklich in sich zusammen. Rübezahl greift zu der Tasse, die man ihm hingestellt hat, und läßt den heißen Tee durch die Kehle rinnen. Uff, jetzt geht es ihm schon ein bißchen besser. Die erste Runde hat er überstanden.

„Nun ja, es sind da auch einige Anfragen gekommen, von Eltern", beginnt der Professor zögernd. „Ärger wegen der Kleiderordnung – ich verstehe eigentlich nicht, warum es deshalb so viel Wirbel gegeben hat."

„Darüber kann man sicher verschiedener Ansicht sein. Aber das ist auch nicht das Wesentliche..."

„Sondern?"

„Erstens lassen sich die Kinder in dem Alter nicht mehr vorschreiben, was sie anziehen sollen. Und wenn man sie in dieser Hinsicht beeinflussen möchte, kann man das allenfalls mit überzeugenden Argumenten tun – nicht mit Befehlen und Verboten. Und zweitens: Wenn man in Margaretenburg schon eine Kleiderordnung einführen möchte, dann hätte man das Thema den Schülern vorher zur Diskussion stellen müssen, man hätte mit ihnen darüber reden müssen. Vielleicht hätten sie dann von selbst einen vernünftigen Vorschlag gemacht! Seit Jahren versuchen wir, die Kinder zu demokratischem Verhalten zu erziehen – auch im Fall der Kleidung hätte man den demokratischen Weg wählen müssen. Jetzt ist es zu spät – inzwischen herrscht der totale Krieg zwischen Schulleitung und Schülern!"

„Aber lieber Kestenberg!" Der Professor hebt abwehrend die Hände. „Übertreiben Sie da nicht ein bißchen?"

„Übertreiben? Herr Professor, wenn Sie das glauben, kann ich Ihnen nur raten, einmal einen überraschenden Besuch in Margaretenburg zu machen und mit offenen Augen durchs Haus zu gehen!"

„Sind die übrigen Lehrer – äh, sind Ihre Herren und Damen Kollegen auch dieser Ansicht?"

„Mit Ausnahme von Herrn Dr. Knoll, der die Ansichten des Direktors vertritt – alle."

„Soso, ja, hm." Der Professor springt auf und geht ans Fenster. Er setzt eine bedeutungsvolle Miene auf und legt die Hand über die Augen, als sei er in tiefes Nachdenken versunken. Das tut er immer, wenn ihm absolut nichts mehr einfallen will, aber nur seine Haushälterin weiß es. Rübezahl wartet ergeben auf das erlösende Wort.

„Ich muß... man müßte... nun ja, der Fall muß zunächst mal von allen Herren und Damen des Kuratoriums beraten werden", murmelt der Professor. „Ich kann Herrn Direktor Plettwitz ja nicht einfach so mir nichts, dir nichts auf die Straße setzen, ich meine, ohne triftigen Grund."

„Und wie müßte dieser Grund Ihrer Meinung nach aussehen?" fragt Rübezahl gespannt.

„Nun, es müßte erwiesen sein, daß Direktor Plettwitz nicht die geringste Autorität bei den Schülern besitzt."

„Aha."

„Aber selbst wenn ich ihn bewegen könnte, den Posten wieder aufzugeben – wo bekomme ich so schnell einen neuen Internatsleiter her?"

„Haben Sie schon mit Lahrner gesprochen?"

„Nur einmal im Krankenhaus – vor einigen Wochen. Der Arzt meinte, es wäre undenkbar, daß Lahrner wieder ins Berufsleben zurückkehren könnte."

„Dann sollten Sie ihn so bald wie möglich besuchen."

„Sie meinen, er hat sich von seiner Krankheit erholt?"

„Sie werden staunen!"

„Ja, da... das würde natürlich einiges ändern."

Zackzack zieht sich zurück

Als Rübezahl in die Einfahrt zur Margaretenburg einbiegt und am Schloßportal vorbei auf den Parkplatz fahren will, sieht er das hagere Gesicht Dr. Knolls hinter einer Gardine verschwinden. Und als er zwei Minuten später das Haus betritt, empfängt ihn der ältere Kollege mit dünnem Lächeln.

„Sie möchten die Güte haben, sich noch einmal zum Herrn Direktor zu bemühen, lieber Herr Kestenberg."

„Schon wieder?" brummt Rübezahl. „Der muß eine unstillbare Sehnsucht nach mir haben."

Was kann der Alte von ihm wollen? Natürlich, er hat die Klasse vorhin sich selbst überlassen. Ach was, jetzt ist schon alles egal.

Rübezahl klopft kurz und energisch gegen die Tür und tritt ein, ohne die Antwort abzuwarten.

„Sie wollten mich sprechen, Herr Direktor?"

Der General sieht überrascht auf, dann verhärtet sich sein Gesicht.

„Sie sind fristlos entlassen, Kestenberg. Wegen unerlaubten Verlassens des Schulgeländes und grober Vernachlässigung Ihrer Aufsichtspflicht!" schnarrt der Direktor.

Rübezahl grinst.

„Sie nehmen mir eine Arbeit ab, Herr Direktor", sagt er ruhig. „Darum wollte ich Sie nämlich eben bitten. Ich kann es mit meinen Grundsätzen nicht vereinbaren, in einer nach Ihren Vorstellungen geleiteten Schule zu unterrichten."

„Die Sekretärin hat Ihre Papiere bereits fertiggemacht", sagt Direktor Plettwitz kalt. „Ich bitte Sie, das Haus innerhalb einer Stunde zu verlassen."

„Ich werde nur eine halbe brauchen."

Rübezahl verläßt das Zimmer ohne ein weiteres Wort. Er kennt sich. Wenn er jetzt noch einmal den Mund aufmacht, kommt eine

Grobheit heraus – und das will er sich lieber verkneifen.

Draußen ruft er ein paar Schüler aus der Zehnten heran, die an der Mauer lehnen und sich langweilen.

„Ich könnte ein paar Helfer gebrauchen“, sagt Rübezahl und schielt – immer noch grinsend – von einem zum andern. „Zum Packen. Ich verlasse euch nämlich.“

„Für immer?“

„Sieht so aus.“

„Er hat Sie gefeuert?“

„Das gibt's doch nicht!“

„Und das lassen Sie sich gefallen?“

„Ich wollte ihn ohnehin um meine Entlassung bitten. Also, was ist?“

„Klar helfen wir!“

Eine halbe Stunde später rollt der alte Opel vom Hof, umringt von Schülern. Wer nicht draußen vor dem Portal steht, hängt aus einem der Fenster, winkt und schreit mit den anderen um die Wette. An allen Ecken bilden sich Sprechchöre. „Hoch Kestenberg!“ „Es lebe Rübezahl!“ „Kestenberg, komm wieder!“ „Rache für Kestenberg!“ Es ist ein Höllenspektakel.

Auf dem Balkon über dem Portal steht der General und brüllt. Kein Mensch versteht ihn, sie tun, als sei er gar nicht da. Wie er dasteht und den Mund aufreißt, sieht er aus wie ein Fisch, der nach Fliegen schnappt. Zum Lachen. Soll er doch brüllen, wenn's ihm Spaß macht, es ist ihnen egal. Alles ist ihnen egal.

Als sie eine Stunde später zum Speisesaal kommen, ist er verschlossen. Es gibt kein Abendbrot heute wegen grober Verstöße gegen die Vorschriften. Und morgen doppelte Studierzeit, alle Freistunden werden gestrichen.

„Und damit wir die Sache hier endlich in den Griff bekommen, Knoll“, sagt der Direktor in seinem Büro und marschiert auf und ab, „wird ab sofort die Post zensiert, verstanden?“

„Gehen wir da nicht ein bißchen zu weit, Herr Direktor?“

„Unsinn. Schließlich müssen wir uns vor den jungen Rebellen da unten schützen. Alle aus- und eingehende Post der Schüler kommt

Der General sieht aus wie ein Fisch, der nach Fliegen schnappt

zu mir. Die eingehende Post geht ohnehin zuerst durch unsere Hände. Und die hinausgehende ist in Zukunft im Büro abzuliefern. Geben Sie das an die Erzieher weiter. Wer sich nicht daran hält, wird gefeuert, basta."

Herrn Dr. Knolls Lächeln gerät etwas schief, ihm ist unbehaglich zumute – aber er sagt nichts.

„Das könnte ihm so passen – die Post zensieren! So weit kommt es noch!" faucht Pepsi, als die neue Maßnahme bekanntgemacht wird. „Joy, ruf bitte mal die ganze Mannschaft im Gemeinschaftsraum zusammen, ich möchte etwas mit euch besprechen."

In Sekundenschnelle haben sich alle um Pepsi versammelt.

„Hört zu!" Pepsi sprüht vor Entschlossenheit Funken. „Unser verehrter Herr Direktor hat sich mal wieder was ganz Tolles einfallen lassen, eine Maßnahme, die darauf abzielt, kein unzensiertes

Wort mehr außer Haus gehen zu lassen. Aber das geht nun wirklich zu weit, es ist eine Einmischung in eure persönliche Freiheit, die ich mir als Erzieherin nicht bieten lassen kann! Bitte, hört mir zu!" beschwichtigt sie die Mädchen, die vor Empörung wie die Raketen an die Decke gehen. „Ich habe nämlich einen Plan, wie wir den Eltern die Unmöglichkeit seiner Maßnahmen beweisen können. Paßt auf: Ich werde euch Kopierpapier geben, und ihr schreibt in Zukunft jeden Brief mit Durchschlag. Den Durchschlag steckt ihr in einen Umschlag, adressiert ihn und gebt ihn mir, ich bringe ihn dann zur Post. Das Original geht ins Büro. Auf diese Weise können wir kontrollieren, welche Briefe zurückgehalten werden und welche nicht."

„Du bist ganz schön in Fahrt!" Hexi kichert. „Und ich gehe vermutlich nicht fehl in der Annahme, daß wir frei von der Leber weg unseren Eltern schreiben sollen, was wir von den Verordnungen unseres verehrten Generals Zackzack halten?"

Pepsi lacht vielsagend.

„Schreibt eure ehrliche Meinung."

„Wie sagt das Sprichwort so schön: ‚Ehrlich währt am längsten!' Oder auch: ‚Was du heute kannst besorgen, das verschiebe nicht auf morgen!'. Ich werde sofort einen wunderschönen Brief an meine Eltern schreiben", flötet Joy.

„Meine Briefe an Allah gehen nicht ins Büro! Kommt überhaupt nicht in Frage!" wütet Bruni. „He! Pepsi! Glaubst du, es geht vielleicht nicht mit rechten Dingen zu, daß ich diese Woche noch keinen Brief von Allah bekommen habe? Das wäre ja wirklich das Letzte!"

Pepsis Augen werden zu schmalen Schlitzen. Erst jetzt wird ihr die neue Maßnahme in ihrer vollen Tragweite bewußt, daß der General nämlich nicht zögern wird, auch die eingehende Post zu zensieren.

„Keine Sorge, Bruni!" knurrt Pepsi. „Darum werde ich mich höchstpersönlich kümmern!"

Als am nächsten Tag das Postauto vor der Einfahrt hält, ist Pepsi wie der Blitz unten im Büro. Zugleich mit dem Postboten steht sie vor dem Tisch der Sekretärin.

„Oh, wie schön“, zwitschert Pepsi, als habe sie eigentlich etwas ganz anderes hier gewollt. „Da kann ich die Post für meine Mädchen ja gleich mitnehmen!“

Die Sekretärin wird sichtlich nervös.

„Die muß ich erst sortieren“, sagt sie hastig.

„Ach, das nehme ich Ihnen gerne ab. Ich habe gerade Zeit, und Sie haben ohnehin so viel zu tun“, antwortet Pepsi liebenswürdig.

„Aber der Herr Direktor will sie zuerst sehen“, wehrt sich die Sekretärin schwach.

„Der Herr Direktor? Die Briefe an meine Mädchen? Das kann doch wohl nicht sein, was gingen ihn die Briefe der Eltern an die Kinder an?“

Pepsi macht sich in aller Ruhe daran, die Post zu ordnen und die an ihre Schützlinge gerichteten Karten und Briefe auszusortieren. Auch ein Brief von Allah an Bruni ist dabei. Pepsi lächelt zufrieden.

„Hier wäre noch das Paket“, sagt der Postbote neben ihr zu der Sekretärin. „Macht eine Mark sechzig.“

„Oh, die Fahne und die Abzeichen“, murmelt die Sekretärin und gibt dem Postboten das Geld.

„Fahne?“ Pepsi horcht auf.

„Äh – ja, die Internatsfahne“, stottert die Sekretärin und schaut unsicher zum Zimmer des Generals hinüber. Sie hätte sich nicht verplappern dürfen.

„Soso ...“ Pepsi tut, als sei sie nicht sonderlich interessiert. „Und was für Abzeichen?“

„Die Abzeichen, die sich die Schüler anstecken sollen“, gesteht die Sekretärin zögernd ein.

„Und was ist drauf – auf der Fahne und den Abzeichen?“

„Ein Wappen in den Schulfarben, glaube ich – und irgendein lateinischer Spruch“, sagt die Sekretärin ungeduldig.

„Na toll!“ sagt Pepsi und strahlt die gestrenge Dame an. „Und wann ist der große Tag der Fahnenweihe?“

Die Sekretärin schaut sich noch einmal ängstlich zur Tür des

Direktorzimmers um. Dann beugt sie sich zu Pepsi vor.
„Anläßlich des Elternsprechtags", flüstert sie feierlich.
„Ja – soll denn einer stattfinden?" fragt Pepsi erstaunt. „Bis jetzt war keine Rede davon!"
„Morgen gehen die Einladungen heraus. Und nächste Woche Samstag ist der Termin.
„So kurzfristig? Warum um Himmels willen?"
„Ich darf eigentlich nicht darüber sprechen, aber – der Herr Direktor möchte, daß es die Schüler erst kurz vorher erfahren. Aus erzieherischen Gründen!"
„Das ist ja hochinteressant", Pepsi bemüht sich, die redselige Dame nicht merken zu lassen, wie wütend sie ist. Sicher wäre dann nicht mehr die kleinste Information aus ihr herauszubringen. „Und warum hat man die Erzieher nicht benachrichtigt? Schließlich gibt es doch Vorbereitungen . . ."
„Dazu hat sich der Herr Direktor nicht geäußert", sagt die Sekretärin steif. Er wird seine Gründe haben."
„Gewiß, gewiß. Vermutlich wird er es uns noch heute mitteilen. Danke für die Post!" Pepsi verabschiedet sich mit einem zuckersüßen Lächeln und marschiert schnurstracks zum Wikinger hinauf.

Eine halbe Stunde später sind alle Familienväter und -mütter informiert und zu einem zwanglosen Zusammensein nach dem Dienst in Pepsis Wohnung eingeladen.

Die Mädchen verbringen den Nachmittag damit, Kuchen zu backen und Appetithäppchen herzustellen. Vor dem Zubettgehen dürfen sie für die Gäste Tee und Glühwein bereiten.

Es ist, als fände eine große Geburtstagsparty statt, als sie alle in Pepsis Wohnzimmer im Kreis hocken, auf aus allen Zimmern zusammengetragenen Stühlen oder mitgebrachten Kissen auf dem Boden. Aber zum Feiern ist ihnen nicht zumute.

„So geht es einfach nicht weiter, Kinder", eröffnet Pepsi temperamentvoll die Sitzung. „Man kann uns Erzieher nicht entmündigen und zu bloßen Befehlsempfängern machen – genau wie die Schüler! Da wird ein Elternbesuchstag angesetzt, ohne daß wir vorher gefragt oder auch nur informiert werden! Vermutlich um jede Möglichkeit auszuschalten, daß wir den Tag auf unsere Weise vorbereiten können."

„Der kurzfristige Termin läßt vor allem auf eines schließen", fügt der Wikinger hinzu. „Daß der Direktor hofft, nur wenige Eltern könnten sich so kurzfristig von ihren Verpflichtungen freimachen, um nach Margaretenburg zu fahren. Die wenigen, die kommen, bekommen dann ein Programm um die Ohren gehauen, daß ihnen Hören und Sehen vergeht, mit viel Bumbumtrara, Fahnenweihe, feierlichen Reden, Musik und ein paar sportlichen Wettkämpfen – und dann werden sie so schnell wie möglich wieder abgeschoben."

„Wie ich unseren Herrn Direktor kenne", sagt Fritzchen, der jüngste unter den „Vätern", der von seinen Schülern fast nicht zu unterscheiden ist, „werden die armen Eltern mit einem Haufen Papier eingedeckt, Rundbriefen, Verordnungen, Programmen, Absichtserklärungen und so weiter, und so weiter. Damit wird er versuchen, die persönlichen Gespräche auf ein Minimum zu beschränken!"

„Das dürfen wir uns nicht gefallen lassen!" sagt Helga, eine hübsche, sportliche Blonde, temperamentvoll. „Meine Töchter – wenn ich sie mal so nennen darf – sind alle sechzehn, siebzehn Jahre alt. Das heißt, fast erwachsen! Sie erwarten einfach von mir, daß ich Farbe bekenne und mich offen gegen die neuen Erziehungsmethoden ausspreche. Und mit Recht. Sie können nicht begreifen, daß wir uns bisher so ruhig verhalten haben!"

„Nein, so geht es wirklich nicht weiter", murmeln die anderen zustimmend.

„Ich würde vorschlagen, wir entwerfen gemeinsam einen Brief an die Eltern." Der Wikinger steht auf; wie immer treibt es ihn, hin und her zu gehen, wenn er einen Gedanken entwickelt. Aber da ist auch nicht der kleinste Platz mehr, so er seinen Fuß hinsetzen könnte, so dicht gedrängt hocken sie auf dem Fußboden. Also läßt er sich wieder in seinen Stuhl fallen. „Ja, was wollte ich sagen – ach so. Einen Brief an die Eltern, in dem wir unsere Ansichten klar zum Ausdruck bringen und uns von den Methoden dieses Herrn Plettwitz distanzieren. Wir werden sie um eine Stellungnahme bitten und nötigenfalls unsere Kündigung anbieten."

„Das tut zwar weh, wenn man nicht weiß, woher man so schnell eine neue Stellung nehmen soll, aber es muß wohl sein", sagt Peppsi. „Es müssen endlich klare Verhältnisse geschaffen werden."

Sie diskutieren noch lange an diesem Abend. Und es geht ihnen wie den Schülern: die kritische Situation bringt sie einander näher, Freundschaften bahnen sich an. Man sollte viel öfter so zusammenkommen!

Zwei Tage später verkündet General Zackzack den Elternbesuchstag. Die Freistunden werden bis dahin gestrichen, statt dessen sind alle Schüler abkommandiert, Schloß Margaretenburg auf Hochglanz zu bringen. Außerdem läßt der Direktor den Aufmarsch zur Fahnenweihe üben. Das Kuratorium hat er selbstverständlich auch eingeladen.

General Zackzack trifft seine Vorbereitungen, aber er ist nicht der einzige. Nicht nur er hat die Eltern und die Mitglieder des Kuratoriums der Stiftung Margaretenburg eingeladen, auch die Erzieher haben das getan – und ihre Begründung lautet völlig anders. Man möchte sich doch selbst überzeugen, wie sich das Landschulheim Margaretenburg zu seinem Nachteil verändert habe. Lehrer und Erzieher hofften auf eine offene Aussprache.

Doch nicht nur die Erwachsenen bereiten sich auf den Tag vor. In aller Heimlichkeit rüsten sich die Schüler zur Entscheidungsschlacht gegen den verhaßten General. Die Klassensprecher haben sich zu einem Geheimtreffen im Keller des Kutscherhauses zusammengefunden, kaum daß sich die Sache mit der Fahnenweihe herumgesprochen hat.

Sie brauchen nicht lange, um sich einig zu werden. Eine kurze Diskussion, dann ist der Plan gefaßt. Die Vorbereitungen klappen wie am Schnürchen.

Am folgenden Abend sind im Dorfladen Sicherheits- und Stecknadeln ausverkauft. Auch die Vorräte an Stoffen und buntem Stickgarn haben sich reduziert. Im Internat scheint eine Handarbeitswut ausgebrochen zu sein.

General Zackzack freut sich über die beiden besonders eifrigen

20 4080-20

Kinder aus der Fünften, die die Ehre haben werden, auf dem Höhepunkt des Festakts die Fahne zu hissen. Immer wieder üben sie es.

Der Andrang am Besuchstag ist unerwartet groß. General Zackzack hat vor dem Schloß eine Tribüne errichten lassen, mit einem Rednerpult und Plätzen für die Ehrengäste. Vor dem Portal auf dem Rasen wartet die Fahnenstange. Zum Glück ist das Wetter sonnig und trocken, man kann sich Zeit lassen für den Festakt, General Zackzack schmückt seine Rede noch mit ein paar Anekdoten aus seiner glorreichen Vergangenheit und befiehlt, von den auf dem Programm stehenden Liedern mehrere Strophen singen zu lassen.

Die ankommenden Eltern werden von Herrn Dr. Knoll und der Sekretärin empfangen und zu den wartenden Stuhlreihen vor dem Schloß geführt. Irritiert sehen sie sich nach ihren Sprößlingen um, doch die Kinder sind nicht zu sehen. Flüsternd unterhält man sich über das, was man aus den Briefen der Kinder erfahren hat. Und das Rundschreiben der Erzieher wird heftig diskutiert.

Die Mitglieder des Elternbeirats können sich vor Fragen und Beschwerden kaum retten. Wie soll es weitergehen? Hat man schon etwas unternommen? Hier jedenfalls können die Kinder nicht bleiben, wenn sich nicht bald etwas ändert.

Tips werden von einem zum andern gegeben. „Ich schicke meine Tochter jetzt nach England." „Sehr gut soll auch Erlenhof sein." „Haben Sie schon mal an die Schweiz gedacht?" „Ich habe da von einem ganz vorzüglichen Internat an der englischen Küste gehört."

General Zackzack merkt nichts davon. Und er merkt auch nichts von dem heimlichen Tausch in der Turnhalle, wo die Fahnenträger – wie alle übrigen Schüler – sich auf den Aufmarsch vorbereiten und Klaus aus der Zwölften sich daranmacht, das Tonband zu bedienen.

Ein Militärmarsch klingt auf. Von der Turnhalle her marschieren sie im Gleichschritt mit todernsten Gesichtern. In ihren Trainingsanzügen sehen sie aus wie eine jugendliche Olympia-Mannschaft, doch dort, wo auf der linken Brusttasche das Internatsemblem angeheftet werden sollte, leuchtet ein aufgenähter Stoffetzen mit der Aufschrift *Nein!*

Die jugendliche Truppe stellt sich in strammer Haltung um die Fahnenstange – genau, wie sie es so oft geprobt haben. General Zackzack, der ihnen den Rücken zukehrt, tritt ans Rednerpult und beginnt mit seiner Rede. Es kommt viel von der Genugtuung darin vor, die es bereitet, Mitglied eines Elite-Internats zu sein.

Die Zuhörer werden unruhig und flüstern miteinander. Die Gesichter der Kuratoriumsmitglieder drücken Unbehagen aus, doch der Direktor, einmal im richtigen Fahrwasser, ist noch lange nicht fertig. Endlos scheint seine Rede, aber schließlich kommt er doch zum Ereignis des Tages und bittet die Anwesenden, sich von ihren Plätzen zu erheben.

Feierliche Marschmusik erklingt. Auf einen Wink des Generals beginnen die beiden aus der Fünften, die Fahne langsam hochzuziehen. Wie bestellt greift ein kräftiger Wind nach dem Tuch und breitet es auseinander. Schallendes Gelächter erklingt aus den Reihen der Zuschauer. Die Marschmusik bricht ab und macht einer Elvis-Presley-Nummer Platz, einem harten Rock.

Der General starrt fassungslos auf das Fahnentuch. Auf blaurotem Untergrund steht in glitzernden Goldlettern *Allah!* Und auf der anderen Seite *Plettwitz go home!*

Kaum ertönen die ersten Takte der Rockmusik, jubeln die Schüler auf und beginnen zu tanzen. Laut singen sie mit, klatschen in die Hände und applaudieren den Zuschauern zu, so daß die, angesteckt von so viel Fröhlichkeit, ebenfalls zu klatschen beginnen.

Der Direktor steht wie erstarrt auf dem Podium, unfähig, sich zu rühren. Schließlich erbarmt sich Professor Wagenfels, der Kuratoriumsvorsitzende, des geschlagenen Generals und führt ihn vom Platz seiner Niederlage fort ins Haus. Die Kinder haben begonnen, die Eltern in den Tanz einzubeziehen, Väter tanzen mit ihren Töchtern, Mütter mit ihren Söhnen.

„Kinder, das war ja eine Supershow!“ lacht Pop und schließt seine Tochter Joy in die Arme. „Am Anfang habe ich tatsächlich geglaubt, euer neuer Direktor meinte das alles bierernst, was er da verzapft hat!"

„Du wirst lachen – er hat es ernst gemeint!" antwortet Joy verblüfft. „Wir haben das alles heimlich . . ."

Aber ihr Vater tanzt schon wieder und hört nicht mehr zu. Und Joy kommt blitzartig die Erkenntnis, daß es vielleicht viel besser ist, wenn die Eltern glauben, das Ganze sei ein Scherz gewesen, ein Schauspiel, eine Verkleidungskomödie.

Der Wikinger springt auf das Podium und verkündet, jede Familie lade die dazugehörenden Eltern zu sich ein, man habe im Gemeinschaftsraum jeder Wohnung eine kleine Erfrischung bereitet und freue sich auf einen Tag des fröhlichen Zusammenseins und der Aussprache.

Pepsi hat gut vorgesorgt. Im Gemeinschaftsraum stehen ein kaltes Buffet und Getränke. Überall sind kleine Sitzecken, Tischchen mit Blumen geschmückt, jedes für drei bis vier Personen. Die Türen haben sie ausgehängt, so daß man von einem Zimmer ins andere wandern und mal hier, mal dort Station machen kann. Hin und wieder schaut einer der Lehrer herein, setzt sich zu denen, die ein Gespräch über die Leistungen ihrer Töchter führen möchten, aber allzu ernst werden diese Beratungen heute nicht. Es ist, als wenn nach langer Regenzeit zum erstenmal wieder strahlender Sonnenschein herrsche.

Gegen Abend dürfen die Kinder mit ihren Eltern das Internat verlassen, um den Rest des Tages mit ihnen allein zu verbringen. Mami und Pop, Joys Eltern, sind zu Andy hinaufgegangen, um sich noch ein wenig mit dem Wikinger über ihn zu unterhalten. Joy wartet neben dem Auto auf sie.

Sie hat sich mit angezogenen Beinen auf die Mauer gesetzt, die den Parkplatz gegen den Gemüsegarten abgrenzt. Hingerissen zupft sie an den Fransen ihrer Jeans.

Vom Schloß her kommt ein Mann mit einem schweren Koffer und einer Aktentasche. Er trägt den Kopf gesenkt und geht mit schleppenden Schritten. Joy erkennt ihn kaum wieder, als er an ihr vorbei zu seinem Auto hinübergeht und den Kofferraum öffnet.

Schwerfällig hebt er den Koffer hinein, läßt die Haube zufallen und wendet sich der Fahrertür zu. Es dauert eine Weile, bis es ihm gelingt, das Türschloß zu öffnen.

General Zackzack wirft die Aktentasche neben sich auf den Sitz und steigt ein. Keinen Blick wirft er auf Schloß Margaretenburg zurück, als er den Motor anläßt und langsam vom Hof fährt.

Joy empfindet plötzlich Trauer und Scham. Nicht, daß sie sich nach General Zackzack zurücksehnte, aber in diesem Augenblick begreift sie seinen großen Traum von einer einheitlich uniformierten, fröhlich marschierenden und gehorchenden jugendlichen Schar, die Margaretenburg wie die Ritter eines Geheimbundes verlassen und überall auf der Welt für ihr Internat und dessen Mitglieder einstehen. Joy kommt es vor, als blättere sie in einem sehr alten Buch mit rührenden Geschichten von Leuten, die man sich so im normalen Leben gar nicht mehr vorstellen kann – so schrecklich altmodisch, steif und ein bißchen zu Herzen gehend.

Er muß sich verdammt einsam gefühlt haben, der alte Junge, denkt sie. Keiner hat ihn hier verstanden. Armer General Zackzack! Am liebsten würde sie jetzt hinter ihm herlaufen, ihn am Ärmel zupfen und sagen: Nehmen Sie's nicht tragisch, wir haben es ja nicht böse gemeint. Wir kommen eben aus verschiedenen Welten, das müssen Sie verstehen! Viel Glück und alles Gute – und seien Sie nicht traurig! Joy ist selbst ganz gerührt von ihren Gedanken.

„Ach, Mist!" murmelt sie. „Warum mußte er es auch so weit treiben."

Es ist kalt, und sie friert plötzlich in ihrer dünnen Jacke. Zum Glück kommen Mami, Pop und Andy gerade aus der Tür, und kein Wort wird mehr von General Zackzack gesprochen. Von saftigen Steaks und Rieseneisbechern ist die Rede, und wo im Umkreis das beste Lokal zu finden ist. Andy darf vorne neben Pop sitzen und erzählt von dem kleinen Affen Freedom und seinen Streichen. Und Joy kuschelt sich auf dem Rücksitz neben Mami und läßt sich von ihr wärmen.

„Die Welt ist schon unheimlich in Ordnung", sagt Joy, „wenn wir vier so zusammen sind."

Ein Geschenk für Allah

Es ist Winter geworden. Einfach so – über Nacht. Gestern schien noch die Sonne auf die Reste von buntem Laub und die letzten Rosen vor dem Schloß, jetzt ist alles weiß überzuckert und wie erstarrt unter der ersten dünnen Schneedecke. Die erfrorenen Blätter lösen sich wie von unsichtbaren Händen gepflückt von Bäumen und Büschen und segeln zur Erde, der Boden knirscht unter den Füßen.

Doch den Mädchen und Jungen in Margaretenburg ist es, als sei der Frühling ausgebrochen. Heute morgen beim Frühstück kam die Nachricht: Allah kehrt zurück! In einer Woche wird er sein Amt als Direktor des Landschulheimes wieder übernehmen.

Seither gibt es nur noch ein Thema. Wie soll man Allahs Rückkehr gebührend feiern? Es muß ein großes Fest geben, das ist klar, das schönste, das es in Margaretenburg je gegeben hat! Daß in der kommenden Woche die Adventszeit beginnt, trifft sich gut. Blumen sind teuer, und so kann man das ganze Haus mit Tannen, Kerzen, bunten Bändern und Kugeln schmücken, mit Strohsternen und selbstgebasteltem Wachsschmuck – sie überbieten sich gegenseitig an Ideen und Vorschlägen.

An normalen Unterricht ist nicht zu denken. Die Lehrer geben sich geschlagen – eine Woche lang wird man sich auf Allahs Rückkehr vorbereiten, das Haus auf Hochglanz bringen, Schmuck und Geschenke basteln, für einen bunten Abend proben und reparieren, was in Haus und Garten von den Schülern selbst gemacht werden kann.

Noch am Nachmittag gehen sie in Gruppen durch alle Räume, stellen Listen auf, welche Arbeiten zu tun sind, teilen ein, berechnen Materialkosten und gehen mit Sammellisten herum.

Das Schulorchester setzt für jeden Tag zwei Stunden Probe an, die Theatergruppe wühlt in Bergen von Büchern, um die geeigneten Texte zu finden – ein bißchen besinnlich und ein bißchen was Lustiges –, und einen eigenen Sketch wollen sie auch verfassen. Das Haus summt vor Geschäftigkeit.

Andy, Florian und Herr Traube bringen den Zoo auf Hochglanz, obgleich das eigentlich nicht nötig wäre, denn Andy sorgt ohnehin in seinem Reich für peinliche Sauberkeit und ein wohnliches Aussehen der Käfige und Ställe, damit sich seine Schützlinge wohl fühlen.

Abends sitzt Andy tief in Gedanken versunken bei den anderen im Gemeinschaftsraum. Jeder von ihnen bastelt an irgend etwas herum, repariert, malt, gießt Wachs in Formen, bindet Bücher neu ein oder schreibt neue Listen oder Aufkleber für den Biologieraum oder die Bücherei. Plötzlich springt Andy auf und rennt in sein Zimmer hinüber. Er zieht die Schublade seines Nachttischs auf, holt sein Portemonnaie heraus und schüttet den Inhalt aufs Bett. Nachdem er sein Kapital zweimal durchgezählt hat, bittet er den Wikinger um ein Gespräch unter vier Augen.

Am folgenden Nachmittag läßt sich Andy für einen längeren Ausflug ins Dorf beurlauben. Herr Traube begleitet ihn. Und am Abend erscheint er mit leuchtenden Augen im Speisesaal und marschiert zu Joys Tisch hinüber.

„Ich habe ein wunderbares Geschenk für Allah!“ verkündet er glücklich.

„Wirklich? Erzähle!“

Die Mädchen springen auf und umringen ihn.

„Ein Geschenk für Allah?“ fragt Joy. „Ganz allein von dir? Von deinem Taschengeld?“ Ein bißchen Neid schwingt in ihrer Stimme mit. Warum hat er sie nicht gebeten, sich zu beteiligen?

„Ich habe Vorschuß genommen“, gesteht Andy. „Und Herr Traube hat was dazugegeben.“

„ Nun sag schon, was es ist!“ drängt Hexi.

„Ein Ferkel.“

„Ein Ferkel? Für Allah? Glaubst du, daß das so passend ist?“ fragt Sabine naserümpfend.

„Ein Glücksschweinchen sozusagen“, wirft Joy schnell ein, als sie Andys enttäuschtes Gesicht sieht. „Das ist doch süß!"

„Und so nützlich", lästert Helga im Hintergrund. „Am Spieß gebraten ist es besonders lecker!"

„Es ist ein Ferkel für unseren Zoo, ein Geschenk von mir und Herrn Traube, und wir haben es Allah genannt – ihm zu Ehren – und wir hoffen, daß es groß und stark und schön wird und viele Kinder bekommt!" stößt Andy wütend heraus.

„Ach, das Ferkel Allah ist eine Dame? Ich werd nicht wieder", kichert Hexi.

Joy legt ihrem Bruder den Arm um die Schulter.

„Laß dich von den blöden Zicken bloß nicht ärgern! Ich finde euer Geschenk Klasse! Hoffentlich fühlt es sich nicht unglücklich so allein – ohne seine Geschwister! Habt ihr es schon in den Stall gebracht? Darf ich es nachher sehen?"

Andy lächelt sie dankbar an.

„Ich glaube nicht, daß es unglücklich ist. Es ist schon ein bißchen größer, weißt du. Wir haben es mit Leckerbissen gefüttert und uns lange mit ihm unterhalten, bis es sich ganz fröhlich in sein Stroh gekuschelt hat und eingeschlafen ist."

„Dann werden wir es lieber heute abend nicht mehr stören", beschließt Joy. „Es braucht seine Ruhe."

„Ihr seid schon ein paar Verrückte", murmelt Helga.

„Das verstehst du nicht!" Joy hängt sich demonstrativ bei Andy ein und führt ihn zu seinem Tisch hinüber. „Ich freue mich für dich!" sagt sie leise. „Und ich gebe dir auch einen Teil von meinem Taschengeld dazu."

„Ehrlich?"

„Ist doch klar."

Eine Woche später ist es soweit. Nachmittags um drei Uhr soll Allah eintreffen. Er kommt mit dem Zug, und der Brocken wird ihn vom Bahnhof abholen.

In Margaretenburg wirbelt es durcheinander. Letzte Vorbereitungen werden getroffen. Das Portal ist mit einer Girlande umkränzt, rotgoldene Buchstaben verkünden darüber „Herzlich willkommen, lieber Allah!"

Leider hat heftiger Regen die frisch geharkte Einfahrt in eine Pfützenlandschaft verwandelt, die Mitglieder des Schulorchesters stehen in Gummistiefeln vor dem großen Rondell und schauen besorgt in den Himmel. Aber der tut ihnen den Gefallen und hält seine Schleusen dicht – kein Tropfen stört den feierlichen Empfang.

Die Schüler bilden einen großen Halbkreis um die Auffahrt. Das Empfangskomitee, bestehend aus den Klassensprechern und einigen „Auserwählten", zu denen auch Bruni und Andy gehören, hat sich auf den Treppenstufen gruppiert. Wolfgang aus der Zwölften hechtet von einer Ecke des Platzes zur anderen, um schon mal ein paar Fotos für die Schulzeitung zu schießen.

Zu Andys Füßen steht ein Korb, aus dem es fröhlich-fragend grunzt. Da drinnen sitzt Allah, die Kleine, in Erwartung der feierlichen Übergabe. Herr Traube hält Freedom auf dem Arm, zur Sicherheit hat er ihn an die Leine genommen, denn man weiß bei dem Äffchen nie, was es im nächsten Augenblick anstellen wird.

„Ich bin so aufgeregt, ich mach mir gleich in die Hosen", wispert eine Kleine aus der Fünften.

Hexi, die hinter ihr steht, kichert.

„Nicht wahr – es ist, als ob der Papst persönlich erschiene und wir alle einzeln vor ihm einen Hofknicks machen müßten – mit Handkuß und so!"

„Oder die Königin von England!"

„Stellt euch mal Allah als Königin von England vor – mit langem Gewand, Zepter und Krone." Verena lacht nervös auf. „Oder mit Bischofsmütze und zehn Meter langer Schleppe!"

„Hoffentlich hat der Zug nicht eine Stunde Verspätung", stöhnt Sabine, „sonst erfrieren unserer Kapelle die Finger!"

„Und uns die Beine!"

„Macht nichts. Für Allah ist uns kein Opfer zu groß", sagt Christian, dabei schlagen ihm jetzt schon die Zähne aufeinander – teils vor Kälte, teils vor Aufregung. Ein Gefühl ist das – wie vor den Zeugnissen!

„Sie kommen!"

Uli, den besten Läufer der Schule, haben sie vorn als Wachtposten an die Allee gestellt. Jetzt hetzt er in großen Sprüngen heran und wedelt mit den Armen. Hinter ihm biegt das Auto in die Einfahrt ein.

Andy bückt sich zum Korb und befreit die kleine Allah aus ihrem Gefängnis. In eine bunte Decke gewickelt hält er das Schweinchen im Arm, als das Auto vor dem Portal hält.

„Hurra!!!" brüllt es aus hundertachtzig und noch ein paar mehr Kehlen.

Die kleine Allah zuckt erschrocken zusammen und kriecht tiefer in die Decke. Andy hält sie fest umklammert. Ganz schön schwer ist das kleine Biest, denkt er. Hoffentlich entwischt sie mir nicht!

Allah steigt aus dem Wagen. Er sieht aus, als käme er aus dem Skiurlaub, braungebrannt, schlank und vergnügt. Strahlend winkt er nach allen Seiten. Der Brocken bückt sich über den Gepäckraum und rückt verlegen an den Koffern herum, er ist immer so schnell gerührt, und das ist ihm schrecklich peinlich.

Aber auch Allah ist gerührt, als er jetzt die Treppenstufen betritt und mit einem Willkommensgedicht empfangen wird. Gundi, die Jüngste und Kleinste in Margaretenburg, hat es tagelang geübt und bleibt nur ein einziges Mal vor Aufregung stecken, weil sie vergessen hat zu atmen und nun keine Luft mehr kriegt. Zum Abschluß macht sie einen tiefen Knicks und überreicht Allah einen großen Strauß Rosen.

Dann tritt Andy vor. Hinter ihm steht Herr Traube mit Freedom und versucht ein Gesicht zu machen, das zu Allahs Freudentränen paßt – feierlich-ernst und strahlend zugleich. Andy tritt nahe an Allah heran und hält ihm die kleine Allah entgegen.

„Der Zoo von Margaretenburg heißt Sie herzlich willkommen, Herr Direktor!" trompetet Andy mit leuchtenden Augen. „Dies ist ein Begrüßungsgeschenk für Sie. Sie heißt Allah."

Hinter Andys Rücken gibt jemand dem Orchester ein Zeichen. Eine flotte Begrüßungsmelodie klingt auf. Der große Allah nimmt die kleine Allah in den Arm und drückt sie zärtlich an sich.

Leider übersieht er dabei, daß die Dornen des Rosenstraußes mit dem Hinterteil des Ferkels in schmerzhafte Berührung kommen. Die kleine Allah quiekt empört und beginnt wie wild zu zappeln. Allah versucht sie zu halten, der Rosenstrauß fällt zu Boden, dann die Decke. Die kleine Allah droht unter des Direktors Arm hindurch nach hinten zu rutschen, aber Andy ist zur Stelle und schiebt sie wieder nach oben.

Das Ferkel hält einen Augenblick verdutzt inne, dann stemmt es seine Hinterpfoten mit aller Kraft gegen Allahs Bauch, stößt sich kräftig ab, springt auf die Erde und saust davon. Allah, der Große, hechtet hinterher und macht eine bildschöne Bauchlandung in der nächsten Pfütze, dicht neben Andy, der versucht hat, das Ferkel noch im Flug aufzuhalten.

Die kleine Allah rennt voller Panik hin und her, aber überall sind Beine, greifen Arme nach ihr. Schließlich entdeckt sie eine Lücke – der Brocken hat eben die beiden Koffer ergriffen und schreitet auf das Haus zu. Das Schweinchen flitzt ihm zwischen den Beinen durch, und nun liegt auch der Brocken im Dreck.

Herr Traube hat einen Augenblick wie gelähmt mit offenem Mund dagestanden, jetzt ergreift er die Initiative.

„Bleibt, wo ihr seid, ihr macht sie nur verrückt!“ ruft er den anderen zu, die hinter der Ferkeldame herrennen. „Ich mache das schon!“

Mit Blitzstart ist er hinter Allah, der Kleinen, her. Freedom, überrascht von der allzu heftigen Bewegung, verliert das Gleichgewicht und umklammert ängstlich Herrn Traubes Kopf. Leider hält er ihm dabei die Augen zu, so daß der Biologielehrer ins Ungewisse tappt, an einen der am Boden liegenden Koffer gerät und stolpernd ebenfalls im Nassen landet.

Das Orchester ist mit so viel Feuereifer bei der Sache, daß niemand bemerkt, was da vorn geschieht. „Freude schöner Götterfunken . . .“ spielen sie, was das Zeug hält. Allah, der Große, sitzt im Matsch und lacht und lacht.

„Sie werden sich erkälten, Herr Direktor!“ ruft der Brocken besorgt und wischt sich den Schlamm aus den Augen.

„Laß doch los, du dummes Vieh!“ schimpft Herr Traube und versucht vergeblich, sich aus der ängstlichen Umklammerung des empört kreischenden Äffchens zu befreien.

Andy möchte vor Scham in den Boden sinken, aber da ihm klar wird, daß er sich ja bereits dort befindet, entschließt er sich, mit den anderen mitzulachen. Denn sie lachen inzwischen alle.

Von dem plötzlichen Stimmungsumschwung angelockt, oder sei es auch nur von den im Matsch liegenden Gestalten, die sie für Artgenossen hält, kommt Allah, die Kleine, näher. Fröhlich grunzend beschnuppert sie die vermeintlichen Kollegen. Andy benutzt die Gelegenheit, sie zu packen und schleunigst in ihren Korb zurückzuverfrachten, was sie empört quiekend mit sich geschehen läßt.

„Ich muß sie erst mal baden“, entschuldigt sich der vor Dreck strotzende Zoowärter und trabt in Richtung Kutscherhaus, während Allah sich endlich lachend aus der Pfütze erhebt.

Eine Stunde später sind nicht nur das Ferkel, sondern auch alle übrigen frisch gebadet und umgezogen. Allah, der Große, sitzt im Speisesaal inmitten seiner Schützlinge und läßt sich mit Adventsstollen und heißem Tee trösten. Immer wieder lacht er plötzlich auf, wenn er sich an den denkwürdigen Empfang erinnert. Allah, die Kleine, sitzt in einem Wäschekorb auf einem weißen Badelaken neben ihm, sie hat eine hellblaue Schleife um den Hals und sieht aus, als sei sie aus Marzipan. Und damit sie auch etwas von dem Fest hat, bindet Andy ihr eine Serviette um und kredenzt ihr ein Schälchen mit Babynahrung, die sie begeistert schmatzend in sich hineinschlürft.

Am anderen Ende des Tisches sitzt Frau Lahrner und lächelt hilflos. Die Frau des Direktors läßt sich selten im Internat sehen, und was sie heute hier erlebt, bestärkt sie in dem, was sie schon seit Jahren behauptet: daß sie einen Mann geheiratet hat, der niemals erwachsen werden wird.

Nach dem Tee gibt es einen Rundgang durch das Haus, danach zieht man in die Aula, um einem Konzert des Schulorchesters zu lauschen und die Aufführungen der Theatergruppe anzusehen.

Am Abend findet im Speisesaal ein großes Festessen mit Tanz statt.

Andy ist zuerst ein wenig enttäuscht, daß der Direktor nicht auch gleich den Zoo besuchen will, aber als Allah ihm verspricht, morgen ganz allein mit ihm hinüberzugehen und sich alles zeigen zu lassen, ist er ganz zufrieden.

Und schließlich gibt es noch eine Überraschung. In einer Tanzpause klopft es hart an die Tür, und der Nikolaus poltert herein. Damit hat niemand gerechnet. Wo kommt er her? Wer hat sich diesen Scherz ausgedacht? Einer der Familienväter?

Der Nikolaus schreitet zum Podium, stellt sich inmitten der Musiker auf und greift zum Mikrophon.

„Meine lieben Margaretenburger!" schnarrt er. Nanu – diese Stimme ist ihnen doch noch in Erinnerung? „Ich habe gehört", fährt der Nikolaus fort, „daß man mit euch in den letzten Monaten gar nicht zufrieden war! Was habe ich nicht alles für Klagen und Beschwerden bekommen! Oh! Oh! Oh! Schlimm, kann ich da nur sagen! Ihr wolltet keine Disziplin üben? In schlampiger Kleidung rumlaufen? Lange Haare tragen, ihr Jungen? Ja, wie kann man sich denn nur so unmöglich betragen! Und nicht ‚Jawohl, Herr Direktor!' brüllen wollen, wenn man etwas gefragt wird! Unglaublich! Dagegen muß man mit aller Strenge vorgehen. Mit aller Strenge, sage ich!" Der Nikolaus droht wütend mit der Rute in alle Richtungen.

„Wer ist das bloß?" flüstert Joy.

„Keine Ahnung! Richtig unheimlich, nicht wahr?" flüstert Hexi.

„Deshalb habe ich euch auch heute nichts mitgebracht als einen Sack voller Strafarbeiten und zwei Dutzend Ruten!" ruft der Nikolaus und schleudert seinen Sack auf die Tanzfläche. Dann schubst er einen der Musiker hinterher. „Pack aus, Junge, aber ein bißchen zackzack!"

Der Junge gehorcht grinsend. Er entleert den Sack auf den Fußboden, und eine Fülle von Süßigkeiten und Obst purzelt heraus. Der Nikolaus reißt sich die Maske mit dem langen Bart vom Gesicht. Darunter kommt ein zweiter Bart zum Vorschein – ein roter.

„Rübezahl!"

„Herr Kestenberg!"

„Willkommen Kestenberg! Hoch soll er leben!" brüllt alles durcheinander. Die Kapelle spielt einen Tusch. Es ist ein Höllenlärm.

Joy sinkt erschöpft auf einen Stuhl neben Pepsi.

„Allah ist groß!" sagt sie und lacht.